Siedler

Buch

Sie gehen nicht einkaufen. Sie kochen nicht, sie ziehen ihre Kinder nicht selbst groß, produzieren nichts, was man essen, anziehen, lesen oder anschauen kann.

Dafür haben sie andere: Menschen eben. Denen können sie ganz genau begründen, warum sie effizienter werden und den Gürtel enger schnallen müssen, warum alle mitmachen müssen, um den Planeten zu retten, den Standort, das Abendland oder was immer.

Das sind die Aliens, die unser Leben beherrschen. Sie sind keine grünen Männchen in fliegenden Untertassen, keine entsetzlichen Fratzen aus den Tiefen des Universums – so leicht machen sie es uns nicht. Aber wenn wir genau hinsehen, erkennen wir sie doch. Christoph Spehr leiht uns seine Spezial-Brille, und siehe da: überall sind sie zu finden, in Regierungen und Konzernen, im Betrieb, in der Familie, in der Schule. Sie sprechen von Globalisierung, Nachhaltigkeit und Zivilgesellschaft, davon, daß sie unser Bestes wollen. Und denken doch nur daran, wie sie uns immer besser in den Griff bekommen. Christoph Spehr fordert dagegen eine »Politik der Autonomie«, die sich nicht der immer wirksameren Verwaltung der Welt verschreibt, sondern Herrschaft abwickelt. Sein Buch zeigt, wie wir die Aliens loswerden und wie wir verhindern, daß immer neue entstehen. Denn ein kleines Alien steckt in jedem von uns.

Autor

Christoph Spehr, Jahrgang 1963, Historiker und Forstwissenschaftler, ist Redakteur bei »alaska – Zeitschrift für Internationalismus« und freier Lehrbeauftragter für Politik an der Universität Bremen. 1996 erschien sein Buch »Die Ökofalle. Nachhaltigkeit und Krise«.

Christoph Spehr

Die Aliens sind unter uns!

Herrschaft und Befreiung im demokratischen Zeitalter

Siedler

Umwelthinweis:
Alle bedruckten Materialien dieses Taschenbuchs
sind chlorfrei und umweltschonend.

Siedler Taschenbücher erscheinen im Goldmann Verlag,
einem Unternehmen der Verlagsgruppe Bertelsmann.

1. Auflage Oktober 1999
Copyright © 1999 by
Wilhelm Goldmann Verlag GmbH, München
Umschlaggestaltung: Design Team München
Umschlagfoto: Image Bank
Satz: Bongé + Partner, Berlin
Made in Germany
ISBN 3-442-75548-4

Inhalt

Die Emerald Bar

Sammy was low
just watching the show …
His boss said to him: now listen, boy
you're always dreamin'
you've got no real ambition
you won't get very far.
Sammy boy, don't you know who you are?
You should have been sweeping
up the Emerald Bar.

Queen, »Spread your wings«

Raucher: *Wer sind Sie, ihnen Hoffnung zu geben?*
Smith: *Und was geben Sie den Menschen?*
Raucher: *Wir geben ihnen Zufriedenheit, und sie*
geben uns Autorität.
Smith: *Die Autorität, ihnen die Freiheit*
zu nehmen unter der Maske der Demokratie?
Raucher: *Menschen können niemals frei sein.*
Weil sie schwach sind, korrupt, wertlos und
ruhelos. Die Menschen glauben an Autorität.
Sie haben es satt, auf irgendwelche Wunder
zu warten. Ihre Religion ist die Wissenschaft,
und sie akzeptieren keine anderen Erklärungen.
Sie dürfen nie etwas anderes glauben,
wenn dieses Projekt vorankommen soll.
Smith: *Und was wird sie das kosten?*
Raucher: *Die Frage ist irrelevant, und das*
Ergebnis unvermeidbar.
Auch der Tag steht schon fest.

Akte X, »Talitha Cumi«

1. Alien-Blues

Es gibt Orte, die wir alle kennen, obwohl wir nie dort gewesen sind; ja obwohl es sie vielleicht nicht einmal gibt. Die Emerald Bar ist ein solcher Ort. Sie stammt aus einem Song von Queen, »Spread your wings«, aber sie liegt überall. Sie ist ein bißchen schäbig, was man erst nach Feierabend richtig sieht, oder am Vormittag, wenn sie saubergemacht wird, bevor der Betrieb wieder beginnt. Das ist Sammys Job, die Emerald Bar sauberzumachen. Er steht Tag für Tag mit einem Besen zwischen den Resten des Vortags und kehrt. Kein Job, der einen Menschen ausfüllt. Obwohl Sammy eher schüchtern und ängstlich ist, kann auch er sich dem Eindruck nicht verschließen, daß es im Leben mehr geben muß als den Fußboden der Emerald Bar.

Diese Einsicht fällt Sammy nicht leicht. Sein Leben lang ist er gewohnt, fremden Regeln zu folgen, der Show zuzusehen. Eingreifen ist gefährlich, Selbstbewußtsein und eigene Entscheidungen sind gefährlich für jemanden, der am unteren Ende der Nahrungskette steht. Aber die Versuchung ist zu stark. Sammy öffnet sich für die Idee, die Dinge zu ändern, etwas abzustreifen, was allgemein für ein Leben gilt, aber nur eine tote Sache ist. Sammy träumt davon wegzugehen. Raus hier, bevor es zu spät ist.

Sammys Boß sieht das begreiflicherweise anders. Von Tagträumen wird die Emerald Bar nicht sauber. Der Boß hat viele Sammys kommen und gehen sehen. Er kennt die Anzeichen. Es gibt Schlimmeres, als einen Fußbodenfeger zu verlieren und einen neuen einzustellen, aber es ist eine prinzipielle Frage. Der Boß tut, was alle Bosse tun. Er will saubere Fußböden, und er bekämpft alles, was zwischen ihm und einem sauberen Fußboden steht. Während die Maschine Sammy für saubere Fußböden unerläßlich ist, ist der Mensch

Sammy, der mühsam versucht, in der Maschine Sammy zu erwachen, definitiv eine Gefahr für alle Fußböden der Welt, ein Feind der Zivilisation. Deshalb besteht die Arbeit aller Bosse nicht zuletzt darin, das menschliche Programm Sammy zu zerstören, damit es das Maschinenprogramm Sammy nicht durcheinanderbringt.

Die Maschine Sammy muß regelmäßig von wiederkehrendem menschlichem Unfug gereinigt werden – etwas, was Bosse nebenher machen, automatisch, ohne nachdenken zu müssen. Der Boß mahnt zur Arbeit; Sammy soll sich die absurden Flausen aus dem Kopf schlagen und daran denken, wer er ist: ein Fußbodenfeger, sonst nichts. Als das nicht reicht, geht der Boß konzentrierter vor. Er macht Sammy klar, daß er ein Nichtsnutz ist, zerstreut, ohne jeden Ehrgeiz, und daß er es nie zu etwas bringen wird. Und wieder folgt die rituelle Ermahnung: Ist dir nicht klar, wer du bist? Du fegst hier den Fußboden. Das bist du, sonst nichts. Also verhalte dich entsprechend.

Die Welt ist voller Emerald Bars. Und sie ist voller Geschichten, die in Emerald Bars erzählt werden. Der Song »Spread your wings« ist eine Geschichte unter Männern, genauer gesagt unter weißen Männern, in einem reichen Land, getrennt durch die Klassenfrage. Der Text gipfelt im Aufruf an Sammy, die Flügel auszubreiten und davonzufliegen, weil er »ein freier Mann« sei. Einem freien Mann ist die Emerald Bar nicht zuzumuten; was ein bißchen so klingt, als ob Fußbodenfegen ein natürlicher Job für Sklaven, Frauen, Schwarze oder mexikanische Immigranten sei und deshalb für einen weißen Mann besonders entwürdigend. Direkt gesagt wird das nicht; der Punkt ist, daß die anderen einfach nicht gemeint sind. Es ist nicht ihre Geschichte.

Das tut der Tatsache keinen Abbruch, daß die Emerald Bar ein universales Phänomen ist. Die britisch-sierraleonische Dichterin Iyamidé Hazeley erzählt in dem Gedicht »Political Union« ihre Geschichte von der Emerald Bar, eine Geschichte von Frauen für Frauen. Ihre Emerald Bar ist die organisierte Linke, und ihr Boß sind die männlichen Mitkämpfer, deren Botschaft lautet: »Sister, make coffee for the movement / sister, make babies for the struggle.« Alles andere sind weibliche Flausen, mit denen der Kampf nicht gewonnen wird, und die Genossen werden alles bekämpfen, was zwischen ihnen und dem Sieg steht. Der Refrain ist der gleiche: Ist dir nicht klar, wer du bist? Eine Kaffeemaschine bist du, eine Babymaschine. Also verhalte dich entsprechend.

Was Emerald Bars ausmacht, ist mehr als die Tatsache, daß die einen den Fußboden fegen und die anderen Pläne machen und die Gewinne einstreichen. Es ist die Erfahrung, daß Leute, die auf den ersten Blick aussehen wie normale Menschen, wie du und ich, einem fremden Programm folgen, einem feindlichen Programm, das sie als Angehörige einer fremden Gattung ausweist; daß ihre Solidarität nicht dir gehört, sondern einem fremden Auftrag. Sie sehen nur so aus wie Menschen. In Wirklichkeit sind es Aliens. Außerirdische, Wesen von einem fremden Planeten oder jedenfalls von einem fremden Programm, in dessen Auftrag und nach dessen Logik sie handeln. Gut, sie haben menschliche Anteile, aber im allgemeinen nützt das nichts. Es tut ihnen weh, wenn sie dir kündigen, dich verlassen, deine Sozialhilfe streichen. Sie haben Skrupel, wenn sie dich als Kanonenfutter an die Front schicken, deinen Artikel zensieren, dich durch die Prüfung fallen lassen. Sie fühlen mit dir, wenn sie deinen Lohn kürzen, deine Träume blamieren, deinen Bauch verplanen. Aber sie tun es. Und, Hand aufs Herz, so weh tut es ihnen nun auch wieder nicht. Sie sind mit Schwung bei der Sache, mit jener Leichtigkeit, die man gewinnt, wenn man einem Auftrag folgt.

Alle Aufstände beginnen in Emerald Bars. Meistens beginnen sie damit, daß der Boß seine Position überspannt, so wie der Boß der kleinen Fabrik in Camus' Erzählung »Die Stummen«. Er kürzt die Löhne, und auf den Widerspruch seiner Arbeiter teilt er ihnen mit: »Wer nicht will, der hat gehabt.« Das führt zum Streik, denn »so darf ein Mann nicht reden«.

Andere Aufstände in der Emerald Bar fangen damit an, daß jemand aufwacht und sich zum ersten Mal wirklich umsieht, wie die Frau in einer anderen Erzählung von Camus, »Die Ehebrecherin«, die nachts wach wird, über ihr Leben nachdenkt und in Tränen ausbricht. Zu ihrem Mann sagt sie: »Es ist nichts, es ist nichts.« Sie ist ihm den ganzen Tag auf seiner Geschäftsreise gefolgt, als Anhängsel, und nun hat sie begriffen, daß diese Ehe ihre Emerald Bar ist, daß ihr Job darin bereits festgelegt ist und daß darüber nicht verhandelt wird. Mit dem Mann zu reden macht keinen Sinn. Sie hat ihn während seines Arbeitstags beobachtet. Es ist das Alien-Programm, die Leichtigkeit, mit der er seinem Auftrag folgt und die ihn für sie völlig unempfänglich macht.

Worin dieser Auftrag besteht, ist gar nicht so leicht zu sagen. Die Aliens führen große Worte dafür im Munde. Sie reden von Zivilisation, Demokratie, Recht, Nation, Entwicklung, Umwelt, Produktivität, Wohlstand, was auch immer. Die kleineren Aliens benutzen kleinere Worte: eine ordentliche Ehe, eine saubere Arbeit, ein gutes Arbeitsklima oder »Schulfrieden« (so die Forderung eines Elternbeirats im Bremer Schulstreik der letzten Jahre). Es geht immer um eine bestimmte Reibungslosigkeit, ein Einebnen von Widerständen, einen ungehinderten Abfluß von Energien und Ressourcen hin zu irgendwelchen großen Zielen. Es ist ein Programm der Überantwortung, der Auslieferung an andere.

Viele der Geschichten, die in der Emerald Bar erzählt werden, liefern ihre eigene Version davon, was der Auftrag der Aliens sei. Profit. Akkumulation. Das Patriarchat. Der Kapitalismus. Der Totalitarismus. Der Kolonialismus. Die autoritäre Psyche. Weiße Vorherrschaft. Bürgerliche Gesellschaft. Diese Geschichten sind gar nicht schlecht, aber man kann sich bei ihnen heute nicht mehr so sicher sein. Irritierend ist auch, daß sie mitunter selbst von Aliens erzählt werden.

Das Programm der Aliens zu bestimmen bleibt aber notwendig, um sich eine Befreiung von diesem Programm vorstellen zu können. Die Geschichte, die in »Spread your wings« erzählt wird, mutet für heutige Verhältnisse etwas naiv an. Es gibt eine Reihe Fragen, die uns gleich einfallen: Wenn Sammy wirklich geht, wird es in einer anderen Bar nicht genauso sein? Gesetzt den Fall, er bringt es selber zum Besitzer einer Kneipe, wird er sich anders verhalten als sein alter Boß? Wird er sich anders verhalten können? Wenn die Kneipe dem Staat gehört, einem Kollektiv oder einer Genossenschaft, wenn sie nur fair gehandelten Kaffee ausschenkt oder jeden Monat eine Supervision mit allen Angestellten durchführt: Was wird der Unterschied sein? Wird es einen Unterschied geben?

Iyamidé Hazeleys Geschichte ist moderner. Nicht nur, daß sie von der Unterdrückung nach Geschlecht oder Rasse handelt statt von männlich-proletarischen Erfahrungen. Sie wird auch an einem historisch fortgeschrittenen Punkt erzählt. Hier hat jemand die ersten Flüge schon unternommen. Hier hat jemand sich schon für die Befreiung organisiert und zieht seine Bilanz. Das unterscheidet die neueren Geschichten von den älteren: daß es schon Versuche von Befreiung gegeben hat; daß der Kampf gegen Bosse und Aliens neue Bosse und neue Aliens nach sich zieht; und daß Emerald Bars zäh sind, daß wir uns noch lange, nachdem wir entkommen sind, im Grundriß der Bar bewegen, den wir in uns aufgenommen haben wie Tiger die Schrittfolge in ihrem Käfig.

In der Emerald Bar läuft immer das Alien-Radio. Damals erzählte es von großen Autos und automatischen Besen, die bald kommen und Sammy das Leben erleichtern würden; von Aufstiegschancen, wenn Sammy nur ehrgeizig genug wäre. Heute redet das Alien-Radio Sammy ins Gewissen, daß sein Besen formaldehydfrei sein muß, daß jeder dort fegen soll, wo er steht (»Global denken, lokal fegen«) und daß es eine wertvolle sinnliche Erfahrung ist, mit den Händen zu arbeiten. Die Emerald Bars werden immer moderner, sie haben Betriebspsychologen und Mitbestimmungsmodelle. Selbst unbezahlte Kreativpausen sind denkbar. All das findet auch in den Geschichten seinen Niederschlag.

Aber gehen wir ins Hinterzimmer der Emerald Bar, oder besser noch in die Küche, und hören wir uns eine der Geschichten an, die dort erzählt werden. Es ist die Geschichte vom progressiven Alienismus.

Progressiver Alienismus oder Warum die Außerirdischen die Erde nicht zerstören, sondern erhalten wollen, und wieso das auch nicht viel besser ist

In Hollywood kommen die Aliens immer von außen. Ob »Independence Day«, »Mars Attacks« oder »Starship Troopers«, die Wesen, die sich die Erde unter die Klauen reißen wollen, stammen aus fernen Welten irgendwo im Universum. Sie sehen auch dementsprechend aus – Leute, von denen man bestimmt keinen Gebrauchtwagen kaufen würde und denen man ihre finsteren Absichten sofort ansieht. Aber das ist natürlich Ideologie. Auch wenn es sich im Kino gut macht, sollten wir nicht davon ausgehen, daß die Aliens eines Tages mit dreißig Kilometer langen Raumschiffen am Himmel auftauchen und eklige Rüssel schwenken, damit jeder merkt, daß sie da sind. Denn vermutlich sind sie schon längst da.

Einige Filme wissen das. Zum Beispiel der Klassiker des sozialwissenschaftlich fundierten Alien-Films, John Carpenters »Sie leben« (1988). Carpenter zufolge leben die Aliens mitten unter uns. Die Hauptfigur der Geschichte, John Nada, gerät durch Zufall an eine Brille, mit der sich Aliens und Menschen unterscheiden lassen. Und plötzlich durchschaut er alles.

Die Aliens sind, wie Nada erstaunt feststellt, keineswegs besonders häßlich. Sie haben Tischmanieren und eine gepflegte Erscheinung. Vor allem sind sie clever. Der Kollege, der einem seit Jahren bei der Beförderung vorgezogen wird; der penetrant freundliche Nachbar, der stets seine Rechnungen bezahlen und sich einen Gärtner leisten kann; die Sachbearbeiterin beim Wohnungsamt, der es offensichtlich desto besser geht, je übler die allgemeine Lage wird – sie alle sind, wie Nada erkennt, typische Aliens. Auch die wichtigsten Regierungen, Aufsichtsräte, Konzernleitungen, Verwaltungsspitzen und sonstige Führungsgremien bestehen weitgehend aus Aliens. Es merkt nur niemand. Mit der Brille kann Nada auch die Botschaften hinter der bunten Reklame entziffern, mit der die Aliens alle Städte, alle Druckerzeugnisse, alle Fernsehprogramme überziehen. Sie lauten: Kauf! Paß dich an! Denk nicht nach! Mach mit! oder: Tu deinen Job!

Auch Carpenters Aliens kommen aus dem All, aber das ist nicht entscheidend. Was die Aliens ausmacht, ist nicht ihre Herkunft oder ihre bizarre Blutgruppe, sondern ihr soziales und politisches Programm. Aliens erklären dir, daß deine Mittagspause zu lang ist; daß du am Sonntagnachmittag noch ungenutzte Kapazitäten hast, etwas für die Gemeinschaft zu tun; daß Rauchen verbrecherisch ist, weil du damit die Volkswirtschaft schädigst. Sie sind effizient und skrupellos und pressen aus dir heraus, was sie brauchen können.

Sehen wir mit Nadas Brille noch einmal genauer hin. Allen Aliens ist gemeinsam, daß sie nicht im geringsten fähig oder zumindest nicht willens sind, für sich selber zu sorgen, die einfachen Dinge des Lebens zu bewerkstelligen und für ihr eigenes Überleben zu arbeiten. Sie kochen nicht, sie gehen nicht einkaufen, sie ziehen ihre Kinder nicht groß, sie produzieren selber nichts, was man essen, anziehen, lesen oder anschauen kann.

Dafür benötigen sie andere – Menschen eben. Sie brauchen deren Zeit und Kreativität, ihre Kraft und die Bodenschätze ihrer Länder, ihre Felder und Fähigkeiten. Sie brauchen Kindermädchen, Hausangestellte, Bauern, Arbeiter, Hausfrauen und Mütter. Sie brauchen Fertigwaren und Vorprodukte, Kassiererinnen, Soldaten und Müllmänner. Sonst sind sie hilflos. Die Aliens sind hauptsächlich damit beschäftigt, sich fremde Natur und Arbeit anzueignen. Obwohl sie sich selbst wahnsinnig nützlich finden und von sechzehnstündigen Arbeitstagen stöhnen, tun die Aliens eigentlich nichts. Das heißt, sie tun den ganzen Tag nichts anderes, als andere zu kontrollieren und deren Arbeit zu sich zu dirigieren. Das ist ihr Job. Wenn das nicht klappt, werden sie abberufen und versetzt – auf einen der öden Planeten ohne Popcorn und Kino, an denen das Universum so reich ist.

Innerhalb ihres Programms sind die Aliens flexibel. Sie wenden nur dann Gewalt an, wenn es nicht anders geht. Lieber ist ihnen, daß alle reibungslos mitmachen. Die Aliens erlauben auch Menschen ein gewisses Maß an Aufstieg und Mitsprache – jedenfalls solchen, die ihnen ähnlich sind –, denn das garantiert ihre Kontrolle. Ähnlich sind ihnen alle, die ebenfalls gerne kontrollieren und sich fremde Natur und Arbeit aneignen: Sie lassen sich leicht dazu bringen, menschliche Arbeit und Natur aliengerecht zuzubereiten. Es kooperiert sich besser mit dem Norden als mit dem Süden, besser mit Männern als mit Frauen, besser mit Weißen als mit Schwarzen und überhaupt am liebsten mit der guten alten weißen männlichen Mittelklasse – aber wie gesagt, Aliens sind flexibel.

Die Menschen müssen das nicht Alienismus nennen. Sie dürfen Demokratie, Sozialismus oder Wettbewerb dazu sagen. Aliens bestehen auch nicht auf einer bestimmten Art der Wirtschaftsregelung. Mehr Markt, mehr Staat; mehr Konkurrenz, mehr Subvention: solange sie kriegen, was sie brauchen, ist den Aliens das egal. Natürlich bezahlen sie eigene Werbefachleute, sogenannte Wirtschaftsforscher, die ab und zu auf den Plakaten die Begründungen austauschen, warum wir mitmachen, uns anstrengen, uns anpassen sollen. Aber das Wesentliche ist, daß sich die Ströme von Arbeit und Natur schön ordnen und unterm Strich bei den Aliens ankommen.

Nun sind aber die Menschen wie ein Sack Flöhe. Obwohl sie nichts so richtig checken, entziehen sie sich, wo sie können. Anstatt sich nach Feierabend Arbeit mit nach Hause zu nehmen, fühlen sie sich plötzlich müde und wollen ins Kino oder ein Bier. Anstatt zu büffeln, klagen sie über Kopfschmerzen. Montags machen sie gerne blau. Sie neigen zur Faulheit und Genußsucht und versuchen unablässig, Natur und Arbeit für eigene Zwecke zu gebrauchen. Das stört die Aliens.

Man kann die Menschen beaufsichtigen und manipulieren; aber das ist aufwendig. Man kann sie austricksen; aber sie lernen schnell. Man kann ihnen Versprechungen machen; aber irgendwann werden sie mißtrauisch. Was man nicht kann, ist, neben jeden Menschen ein Alien zu stellen, das jeden Schritt überwacht und erzwingt. Denn dann könnten die Aliens genausogut selber arbeiten. Auch alle Menschen zu erschießen ist nicht möglich – aus einleuchtenden Gründen. Das sind die grundlegenden Probleme, über die an den Alien-Akademien promoviert wird.

Am besten ist es, die Menschen zu bestechen und zu beteiligen. Das geht ins Geld; aber solange sich immer neue Arbeit und Natur aufspüren und eintreiben läßt, klappt es. Die Aliens schöpfen viel ab, aber sie teilen auch viel aus. Überall sind sie auf der Suche nach neuen, bislang ungenutzten Kapazitäten. Sie werfen ihre Netze bis in den letzten Winkel des Planeten aus. Sie investieren üppig in geschultes Personal: Noch im allerletzten Dorf haben sie einen Agenten. Für jede Variante von menschlicher Unlust und Widerstand haben sie eine wissenschaftliche Reparaturabteilung. Sie leisten sich ein weltweites Netz von Semi- und Quasi-Aliens, die an ihrer Stelle für Ordnung sorgen und ihnen Zwangs- und Drecksarbeit abnehmen.

Und so geht eine ganze Weile alles gut. Aber dann knirscht es. Und dann kracht es.

Ungefähr Mitte der siebziger Jahre bekommen die Aliens eine Supervision vom Heimatplaneten. Das Ergebnis ist verheerend. Die Ressourcen der Erde sind endlich, so stellt der Abschlußbericht nicht ganz überraschend fest. Das System ist zwar sehr bequem für die Aliens, aber zu teuer. Es verschleudert die Ressourcen, es muß immer aufwendiger vorgehen, um Arbeit und Natur zu raffen und die Kontrolle zu behalten. Es läßt sich um des lieben Friedens willen zu Arbeits- und Gesellschaftsverträgen hinreißen, die den Aliens von jeder Mark bloß noch dreißig Pfennig lassen. Wo soll das hinführen? Über kurz oder lang wird für die Aliens nichts mehr übrigbleiben. Der Bericht der Überprüfungskommission schließt unmißverständlich: Reformen, sonst – *Jupiter*.

In dieser zugespitzten Situation erfinden einige Aliens einen grundlegenden Neuansatz – den progressiven Alienismus. Der Gedanke ist ebenso einfach wie genial: Man gebe das Problem an die Menschen weiter. Die Erde ist gefährdet! Rettet sie! Nach den Spielregeln der Aliens, versteht sich. Mehr Technik und weniger Konsum; mehr Steuerung und weniger Freiräume; mehr Ärmelhochkrempeln und weniger Gemäkel; und alle müssen mittun. Werdet sparsamer, arbeitet mehr, verbraucht weniger – alles zum Wohle des Planeten.

Der progressive Alienismus gibt sich nachhaltig, zivilgesellschaftlich, global. Man erkennt ihn schnell an seinen Lieblingswörtern. Er spricht gern von »Verantwortung«, alles ist furchtbar »komplex«, und alle sind aufgerufen zur »Partizipation«. Die progressiven Aliens drucken zwei Handzettel, die sie auf der ganzen Welt verteilen lassen. Auf dem einen steht: Wir sitzen alle in einem Boot. Auf dem zweiten steht: Es ist fünf vor zwölf.

Die Lage, lesen wir, ist so dringend, daß keine Zeit mehr für grundsätzliche Veränderungen bleibt. Systemkritik vergeudet Zeit, die für die Rettung des Planeten dringend gebraucht wird. Krempelt die Ärmel hoch und spart dort, wo es am einfachsten ist! Einfacher ist es dort, wo wenig Macht ist und die Widerstände am geringsten sind. Nennt das nicht ungerecht, sagen die Aliens. Nennt es realistisch. Nennt es verantwortlich.

Der progressive Alienismus infiltriert mit Erfolg die Köpfe. Wenn wir morgens im Bett liegenbleiben und die Uni schwänzen, dann rumort es in uns: Ist das angesichts der ökologischen Krise überhaupt zu verantworten? Wird mein

Wissen nicht gebraucht? Und dann sammeln wir die müden Knochen zusammen und schleppen uns hin, um für die Zukunft zu lernen. Wenn wir in der Eisdiele sitzen, die neue CD in der Tasche, nagt das Gewissen: Ist das denn korrekt, wo alles so knapp geworden ist? Wenn wir die Wäsche in die Reinigung bringen, durchzuckt es uns: Könnte ich das nicht selber machen? All die Maschinen. All die Tenside. Geht das nicht auf Kosten von unser aller Zukunft? Unter dem Einfluß des progressiven Alienismus fühlen wir uns schlecht, wenn wir Leistungen beziehen und nichts für den Standort tun. Und wenn wir uns emanzipieren, auf die einfachste, handgreiflichste Art – von zu Hause ausziehen, den Mann vor die Tür setzen, uns weigern, zwanzigjährigen Kindern die Wäsche zu waschen und Wohnsitz zu gewähren –, begehrt die innere Stimme auf: Bin ich nicht egoistisch? Bin ich nicht schuld an der sozialen Verelendung der Gesellschaft? Fördere ich nicht das ökologisch unverantwortliche Wohnen in Single-Haushalten?

Mit Vorliebe wirft der progressive Alienismus auch die Systemfrage auf. Er fragt uns ständig: Wollt ihr nicht ein System? Wollt ihr nicht ein besseres System? Dann denken wir nach und stellen fest, daß wir dafür erst mal alles richtig unter Kontrolle bringen müssen. Daß wir über Arbeit und Natur verfügen müssen, um sie richtig einzusetzen; daß wir dafür am besten weltweit eingreifen und intervenieren müssen. Das freut die Aliens. So lassen sie uns gerne forschen.

Im Gegensatz zu den traditionellen Aliens reden einem die progressiven Aliens ein Loch in den Bauch. Sie haben die gesamte Menschenliteratur gelesen, und sie zitieren und dozieren, daß einem der Kopf schwirrt. Selbst mit Nadas Brille könnte man sie fast für Menschen halten.

Aber wir spüren, daß es Aliens sind. Es ist diese typische Kälte, die von ihnen ausgeht. Sie sind noch ein bißchen smarter, noch ein bißchen cleverer und noch ein bißchen kälter als die alten Aliens. Es sind die freundlichsten und verantwortlichsten Henker, die wir je kennengelernt haben.

Neue Geschichten sind Brückenköpfe, Vorposten auf unbekanntem Terrain. Sie testen eine andere Art, die Dinge zu sehen und Konsequenzen daraus zu ziehen. Man kann neue Geschichten nicht ableiten, man muß sie erfinden und ausprobieren.

Eine Geschichte beruht auf Erfahrungen. Das können kollektive oder persönliche Erfahrungen sein; allgemein verbreitete Erfahrungen oder spezielle Erfahrungen, die einer bestimmten sozialen Gruppe, einer politischen Richtung, dem Schicksal einer bestimmten Utopie zugehören. Ohne dieses Hinterland direkter, unzensierter Erfahrung hat eine Geschichte keine Kraft, keine Wucht.

Aber »power is nothing without control«, wie die Pirelli-Werbung zutreffend bemerkt, und deshalb muß zur Erfahrung ein zweites Moment treten: die Interpretation. Die Erfahrung wird gedeutet, sie wird verallgemeinert, und dadurch werden auch Konsequenzen nahegelegt. Die Erfahrung ist gewissermaßen das spirituelle, die Interpretation das wissenschaftliche Element der Geschichte. (Denn Wissenschaft bedeutet im Gegensatz zu dem, was an den Alien-Akademien gelehrt wird, nichts anderes als die Interpretation von Erfahrung.) Eine Geschichte muß mit sozialen Erfahrungen aufgeladen sein, aber sie muß auch von den zeitgenössischen Diskussionen »informiert« sein. Es gibt noch ein drittes Element: das Selbstverständnis der Geschichte, das, wofür sie sich selbst hält und ausgibt. Dies ist das politische Element einer Geschichte.

Das Hinterland der Geschichte vom progressiven Alienismus ist eine doppelte Erfahrung. Herrschaft hat sich in den letzten zwanzig Jahren modernisiert, sie ist flexibler geworden und hat aus den Aufständen gelernt; und sehr oft nimmt sie die Sprache ihrer früheren Kritiker an. Gleichzeitig sind die bisherigen Formen, in denen sich die Theorie und Praxis von Befreiung artikuliert hat, fragwürdig geworden. Das ist die doppelte Erfahrung, die hinter der Geschichte steht. Die Geschichte vom progressiven Alienismus ist eine Parabel über einen tiefgreifenden Umbruch, der irgendwo zwischen 1968 und 1980 stattgefunden hat: das Ende des Entwicklungsdenkens und der Abschied vom Sozialismus. Gleichzeitig gibt sie dem Ganzen einen Interpretationsrahmen, der weiter zurückreicht. Dem progressiven Alienismus geht der traditionelle voraus, beide sind schon ein Kind des demokratischen Zeitalters. Beiden gemeinsam ist, daß man Herrschaft nicht mehr so einfach erkennt; daß ihre Träger sich aus dem bedienen, was gestern noch Befreiung schien; daß wir einander immer mal von der Seite ansehen und denken: Mensch oder Alien?

Daß in den siebziger Jahren eine Ära endete, die von der Vision der Entwicklung zusammengehalten war, ist inzwischen fast schon Allgemeingut. Entwicklung war das Paradigma der Nachkriegsordnung, und zwar durchaus ein schillerndes. Es war das Programm des klassischen Alienismus, der raffte und austeilte, ohne nach Grenzen zu fragen. Entwicklung war das Versprechen, alle würden einst so leben wie ein männlicher leitender Angestellter in den USA oder Schweden. Dieses Versprechen ruhte auf bestimmten Dogmen: Geschichte vollzieht sich als permanente Höherentwicklung; die reichen, mächtigen Gruppen und Nationen, das männliche Geschlecht und die weiße Zivilisation gehen dabei voran und geben das Muster vor; die Grundlage des Fortschritts liegt in der Zunahme von Technik, Produktion und Wissenschaft; daraus – und nur daraus – ergeben sich Wohlstand, Sicherheit, Freiheit und eine aufgeklärte, vernünftige gesellschaftliche Ordnung. Mit diesem Ziel und seinen Dogmen wurden Verbrechen gerechtfertigt: »Entwicklung« war ein so großartiges Projekt, daß es Opfer, selbst Menschenopfer lohnte. Es wurden aber auch revolutionäre Veränderungen eingeklagt: der Bruch mit überholten Strukturen oder die Ablösung rückwärtsgewandter Eliten, die der gesellschaftlichen Entwicklung im Wege standen.

All das ist vorbei. Heute wird nichts mehr versprochen – und es wollen auch längst nicht mehr alle das haben, was da versprochen wurde. Herrschaft wird heute nicht mehr damit begründet, daß sie erst die Gesellschaft zur Entwicklung und dann die Menschen zu einem Leben in Freiheit und Wohlstand führen werde. Herrschaft wird überhaupt nicht mehr aus Ansprüchen (von Individuen, Gruppen oder Nationen) abgeleitet. Sie wird heute allein dadurch gerechtfertigt, daß sie den Laden am Laufen hält – daß sie nach Möglichkeit alles so aufrechterhält, wie es ist, daß sie wenigstens irgendeine Ordnung und irgendein Überleben garantiert. Es geht nicht mehr voran, es geht weiter. Ungleichheit ist kein Skandal mehr, und die Sorge der sozialen Bewegungen um Umwelt, Frieden, Gerechtigkeit ist in den Händen der progressiven Aliens zur großen Gehirnwäsche geworden. Verhaltensweisen werden heute sanktioniert, weil sie nicht ökologisch, nicht friedlich, nicht gerecht sind. Das Post-Entwicklungszeitalter kennt keine gegensätzlichen Interessen mehr, sondern nur noch Menschen – und die sitzen angeblich alle in einem Boot.

Man kann diese Verschiebung auf der Ebene der großen Diskurse zeigen, die seit dem Ende der siebziger Jahre das Reden von der Entwicklung abgelöst haben: Nachhaltigkeit, Zivilgesellschaft, Globalisierung, (Multi-)Kultur, (Neue) Weltordnung. Es genügt ebenso, in eine beliebige Emerald Bar hineinzugehen und sich anzuhören, wie die Bosse reden. In der nationalen Emerald Bar verspricht niemand mehr Vollbeschäftigung, sondern bestenfalls »Korrekturen« bei der Arbeitslosigkeit. In den akademischen Emerald Bars verspricht niemand mehr persönliche »Entwicklung«, sondern man redet vom blanken Überleben. Die einen denken dabei an das Überleben des Planeten, die anderen an das Überleben im internationalen Wettbewerb, aber die diktatorische Denkrichtung ist die gleiche. Auch in richtigen Emerald Bars lautet der Slogan nicht mehr »Lehrjahre sind keine Herrenjahre« (was ja hieß: danach kommt etwas anderes), sondern

»Prüfe täglich, ob du nicht eine Belastung für den Betrieb bist.« Man ist sehr offenherzig im progressiven Alienismus, aber eben auch argumentativ beschlagen. Die Bosse haben den klassischen Wutausbruch durch die progressive Sorgenfalte auf der Stirn ersetzt. Man muß vorsichtig sein, wenn man diese Falte sieht.

Die entstehende Neue Ordnung entzieht sich der Kritik alter Schule. Man kann sich nicht hinstellen und sagen: »Aber damals habt ihr doch gesagt …« oder »Jetzt haben wir uns entwickelt, wo bleiben denn nun Wohlstand und Freiheit?« Dafür sind alle zu überzeugt, daß die Zeiten sich geändert haben, daß die Versprechungen gar nicht eingelöst werden konnten. Diese Erfahrung muß man ernst nehmen. Niemand glaubt mehr, daß es einen humanen Kapitalismus, einen krisenfesten Markt, einen glücklichen Sozialismus geben könnte. Umfragen würden dies jederzeit zeigen. Deshalb hat eine Kritik, die auf dem Glauben an eine dieser Ideen beruht, keine Kraft.

Mit dem Ende der Entwicklungsära haben alle Befreiungsideen den Boden unter den Füßen verloren, die selbst auf Entwicklungsdenken beruhen – und das galt für fast alle, die seit dem Zweiten Weltkrieg Konjunktur hatten. Die klassische Konzeption nationaler, antikolonialer Befreiungsbewegungen in der Dritten Welt etwa. Der real existierende Sozialismus des »Einholens und Überholens«, des technokratischen Wettlaufs mit dem Kapitalismus, mit all seinem Rationalisierungs- und Aufklärungswahn. Die verschiedenen Spielarten von »Gleichberechtigungspolitik« nach Geschlecht, Rasse, Klasse, die sich als Entwicklungspolitik verstanden – als Nachhilfeunterricht für die Erniedrigten und Beleidigten, als ihre Unterwerfung unter das Diktat einer allgemeinen »Entwicklung«, durch die sie »aufholen« könnten.

Die progressiven Aliens würden uns allzugern weismachen, daß sich das Thema Befreiung damit überhaupt erledigt hätte. Sie werden nicht müde zu erläutern, daß der

Alien-Blues, der uns in der Emerald Bar überkommt, ein rückwärtsgewandtes Gefühl sei, ein emotionales Überbleibsel, der neuen Zeit unangemessen. Sie sind post, wir sind prä. Wir haben den Makel der Fixierung; sie sind offen. Sie sind postfeministisch, *non-racial*, dialogorientiert ohne Scheuklappen, konstruktiv. Wir sind ängstlich, halten an Feindbildern fest, glauben noch an die grauen Männer mit Melone und Zigarre, verharren in Opferhaltung, statt Lösungen zu suchen.

Aber wer sind diese Aliens eigentlich? Wo kommen sie her? Und wieso gibt es überhaupt Aliens?

Der Aufstieg der Aliens

Die längste Zeit der Geschichte waren Aliens, die aussehen wie gewöhnliche Menschen, so ungefähr das letzte, was die Emerald Bars gebrauchen konnten. Die Emerald Bars wurden regiert von Bossen, die sich alle Mühe gaben, als etwas Übernatürliches, Nicht-Menschliches, Besonderes zu erscheinen – wenn schon nicht als Götter oder Außerirdische, so doch zumindestens als eine Gruppe von Leuten, die ganz anders ist und gerade deshalb zur Herrschaft berufen.

Die meisten der uns so geläufigen demokratischen Vorwürfe gegen Herrschende wären damals gar nicht verstanden worden. Daß ein Häuptling korrupt ist, ein Fürst seiner Familie Posten zuschiebt, daß ein König nichts kann – wen störte es? Diese Leute hatte man schließlich nicht gewählt; sie wurden einem von oben geschenkt, von den Göttern oder von der Natur. Einen fernen Abglanz dieser Zeit findet man heute noch in den Boulevardblättern, wo die Fülle der Skandalgeschichten und Enthüllungen über die letzten Adeligen in eines auf keinen Fall münden könnte: in die Idee, diese phantastische, irgendwie übermenschliche Kaste deshalb abzuschaffen.

Alle Herrschaftsmodelle vor dem zwanzigsten Jahrhundert sind »persönlich« und »geschlossen«. Die Herrschaft wird einer konkreten, identifizierbaren Gruppe einfach zugesprochen, ohne Wahl, ohne Ernennung. Diese Menschen verfügen über Sonderrechte, einfach weil sie sind, was sie sind. Sie bilden einen Club, der keine neuen Mitglieder aufnimmt, ein Aufstieg einzelner in die herrschende Gruppe ist nicht möglich.

Da es in einer Gesellschaft (und in der Weltgesellschaft) viele Emerald Bars gibt, die ineinandergreifen, gilt das auf verschiedenen Ebenen. Die feudalen Herrschaftsmodelle des Mittelalters und der Frühen Neuzeit traten ganz offen dafür ein, daß nur der Adel führen kann. Daß in den familiären Emerald Bars die Männer die Bosse sind und nicht die Frauen, dafür entwickelte die mittelalterliche Kirche verschiedene Rechtfertigungen, die darauf basierten, daß Frauen von Natur aus verderbt, sittlich gefährdet, dem Teufel und seinen Einflüsterungen näher seien und deshalb beherrscht werden müßten. Die frühen bürgerlich-kapitalistischen Herrschaftsmodelle banden politische Rechte, etwa das Wahlrecht, ganz ausdrücklich an Besitz und Einkommen. Wer nichts hatte, hatte politisch nichts zu sagen: das war kein Skandal, der verdeckt werden müßte, sondern eine Selbstverständlichkeit. Der Status des Sklaven oder des Untermenschen qua Hautfarbe ist vom weißen Sklavenhandel und Kolonialismus mit extremer Brutalität durchexerziert worden, war aber keineswegs seine Erfindung. Sklaven, Leibeigene oder Fremdarbeiter waren praktisch allen Barbesitzern vor dem zwanzigsten Jahrhundert geläufig, überall auf der Welt: in der athenischen Polis und den afrikanischen Königtümern, im mittelalterlichen China und bei den Azteken, in Preußen und den USA.

Man täuscht sich gern über den Zeitpunkt, zu dem die persönliche Herrschaft außer Mode kam, selbst in den angeblich besonders fortschrittlichen Staaten. Ein gleichberechtigtes Frauenwahlrecht wurde in den USA 1920 eingeführt, in Deutschland 1918, in Großbritannien 1928. Japan brachte es 1925 gerade mal zum allgemeinen Wahlrecht für Männer, ganz zu schweigen von den Kolonien der europäischen Mächte. Trotzdem bekam das Modell der persönlichen Herrschaft mit dem Ersten Weltkrieg Risse, die so tief waren, daß man vom Beginn des demokratischen Zeitalters sprechen kann. Die Herrschaft bestimmter Gruppen war nicht mehr selbstverständlich. Der deutsche Kaiser, der 1918 mit leichtem Gepäck nach Holland floh, mußte erstaunt feststellen, daß ihn niemand zurückholte, und anderen Herrschern erging es noch schlechter.

Aber Aliens gab es noch keine. Die alten Herrschenden bleiben nach 1918 Gruppen und Klassen im Wartestand; sie akzeptieren die Maximen der neuen Zeit, daß Herrschaft gewählt werden muß und daß es keine Unter- und Übermenschen qua Natur geben kann, nicht wirklich. Sie verschmelzen noch nicht mit den »Aufsteigern«. Die Gesellschaft ist weiterhin durchzogen von persönlicher Herrschaft im Detail. Bis zum Zweiten Weltkrieg bleibt die Welt im großen und ganzen von einem Herrschaftsmodell bestimmt, das ganz unverhohlen davon ausgeht, daß keineswegs alle Menschen die gleichen Rechte haben können wie die männliche, weiße Mittel- und Oberschicht der »entwickelten« Länder. Daß die anderen weder berufen noch fähig seien, die gleiche Bestimmungsmacht auszuüben, war nicht bloße Meinung, sondern in Verfassungen und Gesetzbüchern festgeschriebene Regel.

Erst nach 1945 verschwindet, Zug um Zug, die persönliche Herrschaft. Sie macht Platz für ein neues Modell unpersönlicher, abstrakter und »geöffneter« Herrschaft: den Alienismus. Herrschaftsstrukturen verschwinden darin nicht, aber sie funktionieren anders. Es werden nicht mehr von vornherein unterschiedliche Rechte für unterschiedliche Gruppen definiert. Herrschaft und Ungleichheit lassen sich nicht mehr damit begründen, daß bestimmte Menschen eben als Untermenschen geboren sind. »Oben« sind jetzt nicht mehr Herrschende, die sich durch Biologie, Abstammung oder göttliche Weihe auszeichnen, sondern Wesen, die aussehen wie du und ich. Im Alienismus gilt die berühmte Formel von George Orwell: Alle Tiere sind gleich, aber einige Tiere sind gleicher als andere.

Der Übergang von persönlichen zu abstrakten Herrschaftsmodellen ist ein Wechsel dessen, was gesagt wird, aber auch ein Wechsel der Regeln, der politischen und sozialen Verfassungen. Der Wandel wird zum Teil von oben ausgerufen, meistens aber wird er durchgesetzt von organisierten sozialen Bewegungen, die zumindest in dem Punkt Erfolg haben, daß formale Gleichberechtigungen ausgesprochen werden. Die nach Hautfarbe getrennten Busse und Parkbänke in den USA verschwinden. Deutsche Ehefrauen müssen nicht mehr die schriftliche Einwilligung ihres Mannes einholen, wenn sie arbeiten gehen wollen. Das Kolonialsystem geht zu Ende. Herrschaftsstrukturen, die sich nicht zum Grundsatz formaler Gleichberechtigung entschließen wollen, wie etwa die südafrikanische Apartheid bis 1994, sind anachronistische Ausnahmen, über kurz oder lang zum Scheitern verurteilt.

Die Aufhebung des verfassungsmäßigen Unter- und Halbmenschentums wird ergänzt durch einen Wechsel in der konkreten Zusammensetzung der herrschenden Gruppe. Zwar dominiert weiterhin die männlich-weiße Elite der reichsten und mächtigsten Länder das Geschehen, sie verfügt weiterhin über die Mehrheit oder zumindest über die Entscheidungsgewalt in der Gruppe der Mächtigen. Aber sie ist nicht mehr sozial geschlossen. Es gibt tatsächlich kaum noch eine Position, die nicht auch von einer Frau, einem Schwarzen, vom Sprößling einer Arbeiterfamilie et cetera eingenommen werden könnte. Der Papst, der amerikanische Präsident und der Aufsichtsratsvorsitzende der Deutschen Bank sind letzte Ausnahmen, historische Relikte. Auch sie werden fallen.

Damit hört Herrschaft nicht auf; aber sie verändert sich. Der Alienismus bleibt Herrschaft, weil er weiterhin entmündigt und ausbeutet. Aber er tut dies unter Verweis auf die Interessen der Beherrschten oder das Wohl des Ganzen, nicht auf eingeborene Vorrechte. Er ist sehr flexibel und viel schwerer zu greifen als ältere Herrschaftsmodelle. Er ist ein Kind des demokratischen Zeitalters, des Siegeszuges der politischen und sozialen Demokratie im zwanzigsten Jahrhundert, beginnend mit den mächtigsten Ländern, und ein Kind des Postfaschismus.

Der Alienismus funktionierte in seiner kapitalistischen wie in seiner sozialistischen Spielart. Aus heutiger Sicht wirkt die Entwicklung beider Spielarten gar nicht so unähnlich. Die kapitalistischen wie die sozialistischen Länder nach 1945 räumten Partizipation ein, beseitigten alte Vorrechte nach Geburt, schufen soziale Mobilität und dadurch politische Stabilität, mit einem Wort: sie vollzogen den Übergang vom prädemokratischen Zeitalter zum Alienismus. Den Übergang zum progressiven Alienismus bekam der real existierende Sozialismus allerdings nicht mehr so gut hin, oder, anders gesagt, der Übergang war gleichbedeutend mit der Auflösung des Systems. Damit endete auch der Widerspruch, der die Entwicklungsära nach 1945 bestimmt hatte: daß der Sozialismus als prominentester Gegner des Alienismus erschien und gleichzeitig selbst mächtige alienistische Systeme begründete.

Der Abschied vom Sozialismus

In der ersten Phase des demokratischen Zeitalters, vor 1945, gibt es wie gesagt noch keine richtigen Aliens. Aber sie bilden sich. Ernst Toller, leitender Mittäter der 1919 niedergeschlagenen bayerischen Räterepublik, beschreibt in seinem 1927 bei Erwin Piscator in Berlin uraufgeführten satirischen Stück »Hoppla, wir leben!« die Heranreifung eines Prä-Aliens: des (fiktiven) sozialdemokratischen Innenministers Wilhelm Kilman.

Kilman erhält Besuch von seinem Genossen Karl, der seinerzeit mit ihm im Gefängnis gesessen und die letzten acht Jahre in der psychiatrischen Anstalt verbracht hat. Karl fragt ihn treuherzig, ob »der Apparat bald in unseren Händen ist«, weil das Ministeramt doch sicher ein »Kniff« sei. Kilman versucht ihm klarzumachen, daß seine Verantwortung jetzt eine andere sei; er »diene« jetzt dem ganzen Volk, wobei aber auch »mitunter Mut dazu gehört, gegen das Volk zu regieren … Wer hier oben arbeitet, muß dafür sorgen, daß die komplizierte Maschine nicht durch plumpe Hände ins Stocken gerät.« Entsprechend hetzt er die Polizei auf die Arbeiterinnen, die sich weigern, Giftgas zu produzieren – nicht ohne zuvor ein persönliches Gespräch mit einer von ihnen zu führen, um sie zur »Vernunft« zu bringen. Karl erklärt er: »Seien wir doch ehrlich. Wir haben die Revolution gerettet. Die Masse ist unfähig und wird unfähig bleiben vorerst. Jedes Fachwissen fehlt ihr … Später – in Jahrzehnten – in Jahrhunderten – durch Erziehung – durch Entwicklung – wird es sich ändern. Wir müssen heute regieren.«

Das Alien lugt schon aus Kilman heraus, es ist fast alles da: Die Herkunft aus den Reihen der Beherrschten; die Idee der Entwicklung und der Opfer, die damit gerechtfertigt werden; der Stolz aufs Funktionieren der Apparate (»Wie das klappt. Wie das am Schnürchen läuft. Jeder versteht sein Fach«); die Integration der Kritik von gestern ins Herrschen von heute; die bemühte Menschlichkeit und die mechanisch abgesonderten Sprüche: »Man ist so beschäftigt. Man verliert den Kontakt. Laß dir's gut gehen. Mach keine Dummheiten. Im Ziel sind wir uns ja einig. Nur die Wege …« Aber es ist zu früh für den Alienismus. Kilman ist ein guter Versuch, aber umgeben von den Bankiers und Fabrikchefs der alten Zeit, die noch nicht bereit sind, sich in Aliens zu verwandeln und mit Leuten vom Schlage Kilmans zu verschmelzen. Kilman wird schließlich von einem reaktionären Studenten als »Bolschewik« erschossen, und Karl findet, daß die Welt viel mehr einem Irrenhaus gleicht als die Anstalt, aus der er kommt.

Tollers »Hoppla, wir leben!« ist von der Art, mit der man

sich nicht unbedingt Freunde schafft. Während die Rechte dem Stück »kommunistisch-sozialistische Propaganda« vorwarf, bemängelte die KPD-Zeitschrift *Rote Fahne* »Tollers schwächliches Verhältnis zum revolutionären Kampf«. Dieses schwächliche Verhältnis ist nichts anderes als Tollers Interesse an der Herausbildung der Prä-Aliens in den Reihen derer, die der alten Herrschaft den Kampf angesagt haben. Das Spiel zwischen Karls geistiger Verwirrung und der Verrücktheit der Verhältnisse verweigert sich den einfachen Auswegen. Toller hält fest daran, daß der Sozialismus kein Irrtum ist und die Verhältnisse wirklich der grundlegenden Umwälzung bedürfen. Gleichwohl stellt er fest, daß es fürs »Irrewerden« am Sozialismus ebenso gute Gründe gibt, die sich nicht allein auf das ungünstige Kräfteverhältnis schieben lassen.

Die zweite Phase der demokratischen Ära, die Zeit nach 1945, hat den Widerspruch in voller Schärfe hervortreten lassen: daß der Sozialismus als ernsthaftester Gegner der alten Herrschaftsverhältnisse erschien, als Synonym fürs »Ernstmachen« schlechthin, und daß er gleichzeitig alienistische Systeme schuf, die selbst dringend der Alternative bedurften. Natürlich kann man es sich bequem machen und diesem Widerspruch ausweichen. Eine Möglichkeit besteht darin, daß man die sozialistischen Staaten als »nur dem Namen nach sozialistisch« behandelt, die sozialdemokratischen Regierungsübernahmen als »Verrat« abtut und als Sozialismus nur etwas gelten läßt, was es nicht wirklich gibt und was deshalb ohne Fehler sein kann. Sehr erkenntnisfördernd ist das nicht, und man schiebt dabei wichtige historische Erfahrungen mit Wirtschaftsdemokratie, Monopolkontrolle und sozialer Aufklärung einfach beiseite, wie wenn es nur an den Personen oder Parteiprogrammen gelegen hätte.

Man kann dem Widerspruch auch ausweichen, indem man sagt, der Sozialismus sei nie ein Gegner des Alienismus gewesen, sondern immer nur sein Wegbereiter und Gefährte, eine autoritäre, patriarchale, rassistische und eurozentrische

Veranstaltung und sonst nichts. Dies reibt sich jedoch mit der Tatsache, daß in der demokratischen Ära, im zwanzigsten Jahrhundert, praktisch alle, die sich als Sammys in Emerald Bars wiederfanden und der Sache auf den Grund gehen wollten, über den Sozialismus stolperten. Der Feminismus ebenso wie antikoloniale Befreiung, die radikalen schwarzen Bewegungen ebenso wie indigene Organisationen, die antiautoritäre Revolte von '68 in Prag und Berlin, in Paris und Mexico: alle wurden vom Sozialismus auf eigentümliche Weise angezogen, bevor sie sich von ihm abstießen. Viele wurden durch ihn politisiert und blieben ihm in einer gewissen Haßliebe verbunden. Sie bewegten sich in seinem Fahrwasser und entdeckten dann seine Schwächen, die ihn zum Gegner ihrer spezifischen Sache machten. Aber alle, die mehr suchten als den Tramper-Reformismus, der sich an die Straße stellt mit einem Schild »Wir wollen auch ins Auto«, alle, die mit der Veränderung der Verhältnisse Ernst machen wollten, empfanden irgendwann die Faszination des Sozialismus, zumindest als eine Provokation und Herausforderung, an der sich die eigene Radikalität messen lassen mußte.

Diese Faszination fand jedoch ihr Ende. Die Jahre zwischen 1968 und 1980 haben nicht nur dem Entwicklungsdenken den Garaus gemacht, sondern auch den Abschied vom Sozialismus vollzogen. Man wußte das zunächst noch nicht. Man konnte glauben, es gehe um einen reformierten, erneuerten Sozialismus; man konstruierte zungenbrecherische Bindestrich-Sozialismen (ökologischer Sozialismus; feministisch-antirassistisch-sozialistische Allianzen; rot-grün-feministischer Sozialismus et cetera); aber das half nicht. Bis weit in die siebziger Jahre hinein bemühte sich der Kapitalismus, auf sozialem Gebiet seinerseits den Sozialismus »einzuholen und zu überholen«. Dann ließ er es irgendwann sein, und die Bindestrich-Sozialismen zeigten sich außerstande, ihn dafür wirkungsvoll zu kritisieren. Die Idee des Sozialismus war in einem tieferen Sinne beschädigt, als daß man nur ein wenig entwicklungsdenkerischen Lack hätte abkratzen müssen, um den alten Glanz wieder freizulegen. Man kratzte und kratzte, aber es stellte sich kein Glanz mehr ein.

Der Sozialismus, der das demokratische Zeitalter maßgeblich mit herbeigeführt hatte, wurde auch sein Opfer: das Opfer einer kritischen Dekonstruktion durch diejenigen, die nicht die Seite des Kapitals vertraten und sich trotzdem nicht in der sozialistischen Perspektive wiederfinden konnten – weil für diejenigen, die nach Rasse oder Geschlecht diskriminiert werden, der Sozialismus nicht gebaut worden war.

Zwischen feministischen, schwarzen, antiautoritären Bewegungen auf der einen Seite und sozialistischer Politik und Organisation auf der anderen hatte es immer ein Spannungsverhältnis gegeben. Aber eine Zeitlang, unter den Bedingungen der persönlichen Herrschaft, schien es so, als wäre der Sozialismus der natürliche Bündnispartner dieser Bestrebungen. Er zielte auf eine grundlegende Umwälzung der Verhältnisse, und das kam der Erfahrung der nach Rasse und Geschlecht Unterdrückten entgegen, die durch punktuelle Reformen nie aus der Subalternität herausgekommen waren. Zudem war der Sozialismus im Prinzip und sehr häufig auch in der Praxis weniger rassistisch und antifeministisch als andere politische Philosophien und Organisationen. Die Zusammenarbeit zwischen ANC und Kommunistischer Partei in Südafrika ergab sich nicht zuletzt daraus, daß keine andere weiße Partei mit Schwarzen zusammengearbeitet hätte, sich ganz einfach mit ihnen an einen Tisch gesetzt hätte. Von Feminismus verstand der Sozialismus nicht allzuviel, aber im Gegensatz zu anderen politischen Richtungen ermöglichte er Frauen neue Lebensentwürfe, andere Rollen, Partizipation im öffentlichen Raum. Aufklärerisch-rationalistisch, ausgerichtet auf den Hauptwiderspruch zwischen Kapital und Arbeit, forderte der Sozialismus gleiche Rechte für alle in einer Zeit, als Schwarze noch ganz offen als Untermenschen und Frauen als gesellschaftlich nicht mündig behandelt wurden.

Mit dem demokratischen Zeitalter und dem Heraufziehen des Alienismus verwandelte sich diese Stärke in eine Schwäche. Gleichheit reichte nicht mehr aus, das Denken in Haupt- und Nebenwidersprüchen, das der sozialistischen Gleichheitsvorstellung zugrunde lag, mußte das widersprüchliche Bündnis zerstören. Die heterogenen sozialen Gemengelagen, die sich gerade in den Metropolen in und um sozialistische Parteien gebildet hatten, zerbrachen; was Doris Lessing aus feministischer Sicht für die kommunistische Anhängerschaft der fünfziger Jahre in London beschreibt, repräsentiert Steve Biko aus schwarzer Sicht für die studentische Community der sechziger Jahre im südafrikanischen Natal.

Der Sozialismus war ein Versprechen, das dem der Entwicklung ähnelte, aber sich dennoch von ihm abhob. Der Sozialismus war nicht einfach eine Theorie, sondern ein Zentrum. Eine Achse, um die herum sich verschiedene Erfahrungen, Anliegen und Bewegungen gruppierten, zusammengehalten von jenem Versprechen. Das Versprechen bestand darin, daß es einen allgemeinen Grund für Herrschaft und Entfremdung gebe, der sich beseitigen lasse; daß Leiden unnötig sei, weil die Verhältnisse geändert werden könnten; daß Bedürfnisse befriedigt und Emerald Bars aufgelöst werden könnten, wenn eine rationale Struktur gesellschaftlicher Verteilung und Steuerung durchgesetzt würde; und daß es eine strukturell ausgewiesene Klasse gebe, deren Existenz die Aufhebbarkeit von Herrschaft verbürgte – die aber jeder und jedem ermöglichte, sich »auf die andere Seite« zu schlagen.

In diesem Versprechen mischten sich alienistische und anti-alienistische Elemente, was auch bemerkt und bekannt wurde. Aber lange Zeit blieb der Sozialismus so etwas wie ein Maßstab, an dem sich auch diejenigen orientierten, die sich aus seinem Fahrwasser befreiten, weil ihr Anliegen das notwendig machte. Ihr Selbstverständnis und ihr Versprechen waren noch dem des Sozialismus nachempfunden. Sie suchten nach etwas, was den Sozialismus in seinem eigenen Anliegen übertrumpfte: den grundlegenderen Grund; die allgemeinere Unterdrückung; die unterdrücktere Klasse.

Das änderte sich erst, als diese Bewegungen und Individuen, die sich vom Sozialismus emanzipierten und ihre eigene Auseinandersetzung mit dem Alienismus aufnahmen, dabei auch die Vorstellung von Befreiung veränderten. In der Zone des Widerstands, dem Maquis, begannen sich neue Erfahrungen durchzusetzen: daß die Macht nicht an *einem* Ort beseitigt werden konnte, sondern viele Zentren hatte; daß Fortschritt nicht Befreiung verbürgte; daß Gleichheit nur die Hegemonie einer privilegierten Gruppe war; daß demokratische Planung mit Befreiung noch gar nichts zu tun haben mußte; daß zwar Verstaatlichung und Vergesellschaftung nicht unbedingt schlecht waren, daß aber Befreiung tiefere, schwierigere Dimensionen hatte. Diese Verschiebung vollzog sich in der Zeit, als auch der Alienismus vom traditionellen zum progressiven Konzept wechselte, und von da an war der Sozialismus kein Maßstab mehr. Ab Mitte der achtziger Jahre wurde der von allen gleichzeitig fallengelassen: von den kapitalistischen Staaten, die bis dahin die Stabilität des Kalten Krieges geschätzt hatten; von den sozialistischen Eliten, die alle sozialen Garantien nach unten aufkündigten; von den sozialen Bewegungen außerhalb der sozialistischen Länder, für deren Auseinandersetzungen der Sozialismus keinen Nutzen mehr hatte; und von der Bevölkerung innerhalb der sozialistischen Staaten, die ihn als Spielart des Alienismus erfahren hatten und nicht mehr an seine Reformfähigkeit glaubten.

So verschwanden nach 1980 nicht nur die sektiererischen Richtungskämpfe nach dem Motto »Es lebe die politische Linie Nr. 73«, wie Toller es nannte, sondern auch die angestrengten Versuche, den Sozialismus zu widerlegen. Der Abschied vollzog sich wie alle Abschiede: nicht durch endgültige Klärung aller Fragen, sondern dadurch, daß die Luft raus ist. Auch Beziehungen enden bekanntlich nicht damit, daß wir die definitive Wahrheit über sie herausfinden, sondern daß wir an dieser Wahrheit nicht mehr so existentiell interessiert sind.

Der Abschied wirkt jedoch in typischen Beschädigungen

nach, von denen es ebenfalls frei zu werden gilt. Es ist der Impuls, mit dem »abgelegten Versuch« auch all das aufzugeben, wonach wir seinerzeit gesucht haben, und die Neigung, vor lauter Abgrenzung dieselben Fehler zu machen.

Toller könnte auch einen schwarzen Abgeordneten auftreten lassen, sein Stück könnte heute auch in einem institutionell geförderten Frauenzentrum spielen. Wir können weder eine soziale Bewegung noch eine kritische Theorie so »programmieren«, daß sie nicht in der Lage wäre, in eine Form des Alienismus überzugehen beziehungsweise von besonders schlauen und aufgeklärten Aliens für ihre Zwecke genutzt zu werden; und wir können diese Übergänge nicht rechtzeitig erkennen und verhindern, solange wir nicht gelernt haben, die richtigen Fragen zu stellen und andere Kriterien zu entwickeln.

Die Idee der Zusammenfassung aber, die Idee, daß die verschiedensten Bewegungen, Orte und Individuen in einem Zusammenhang stehen – nicht als objektiv erkennbarer, ableitbarer wie im Marxismus, aber als ein gewählter Zusammenhang, der aus ihrer Kommunikation untereinander entsteht –, diese Idee ist heute von kaum zu überbietender Aktualität. Die traditionellen Aliens der Entwicklungsära hatten Angst davor, übertrumpft zu werden. Wovor die progressiven Aliens heute Angst haben, ist, daß es eine neue Zusammenfassung, ein neues Versprechen geben könnte.

2. Fight the Future

Jimi Hendrix wartete hinter der Bühne auf den nächsten Auftritt. Er stand an einen Feuerlöscher gelehnt, hielt die Augen geschlossen und lauschte auf etwas, das aus unendlicher Ferne zu kommen schien. In dieser Haltung überraschte ihn ein Reporter, dem es gelungen war, sich hinter die Bühne zu schleichen. Der Reporter trug ein Toupet und einen Plastikregenmantel. Er sagte: »Hallo! Ich komme von der New York Times!« Jimi Hendrix öffnete die Augen, lächelte wie unter Wasser und sagte: »Sehr erfreut. Ich komme vom Mars.«

Guy Peellaert und Nik Cohn erzählen diese Anekdote in ihren »Rock Dreams«. Aus heutiger Sicht können wir klar erkennen, daß der Reporter ein Alien war. Das Toupet, der Plastikregenmantel, die zwanghafte Freundlichkeit, der kindische Stolz auf die von seiner Institution verliehene Identität: alles deutet darauf hin. Jimi Hendrix sieht das sofort. Durch die spielerische Verdrehung, er selber sei vom Mars, gibt er zu erkennen, daß er den Reporter als Alien durchschaut hat. Wahrscheinlich bedeutet es auch, daß es kein Interview geben wird, daß die geplante Aneignung fremder Natur und Arbeit durch das Alien nicht zustande kommen wird. Hier wird kein Lebenssaft abgesaugt und in eine reißerische Seite Zeitung gegossen. Diesmal nicht.

Die Frage, wer eigentlich das Alien ist, gehört zu den meistgestellten der Zeit seither. Das liegt daran, daß die progressiven Aliens so gut sind. Ihre Toupets sind besser geworden, ihre Plastikregenmäntel atemberaubend menschlich. Im Gegensatz zu den Repräsentanten der persönlichen Herrschaft und auch zu den traditionellen Aliens der Entwicklungsära, die eine gewisse Aura der Unnahbarkeit und der Überlebensgröße noch schätzten (man denke an die geschmacklosen Denkmäler, die sie aufstellten), sind die progressiven Aliens geradezu versessen aufs Menscheln. Es sind schon Aliens in Karaoke-Bars beobachtet worden, die mit ihrer hinreißend dilettantischen Performance den ganzen Saal zu Tränen rühren konnten. Dann gehen sie nach Hause und feilen sich die Krallen.

Es hat ferner Bestürzung ausgelöst, daß die Aliens selbst manchmal gar nicht wissen, daß sie Aliens sind. Deshalb können wir bei uns selber auch nicht so sicher sein. Unsere liebgewordenen ach so menschlichen Eigenschaften sind da keine Garantie. Ridley Scotts Film »Blade Runner«, der 1980 gedreht wurde und die Welt des Science-Fiction-Films nachhaltig veränderte, lotet genau diese Problematik aus. Blade Runner ist die Bezeichnung für den Beruf, dem die Hauptfigur Rick Deckard nachgeht: er jagt Androiden, Roboter, die sich äußerlich nicht von Menschen unterscheiden und »aus dem Verkehr gezogen« werden, wenn sie nicht mehr gehorchen, sondern fliehen und ein eigenes Leben beginnen wollen. Während er seinen Auftrag erledigt, verfängt Deckard sich immer mehr in der Frage, wer eigentlich die Guten und wer die Bösen sind. Ist er selbst möglicherweise auch ein Androide, einer aus der neuesten Generation, mit künstlichen Erinnerungen, einer, der selbst nicht weiß, daß er ein Androide ist? Philip K. Dicks Romanvorlage für den Film hieß denn auch »Do Androids dream of electric sheep?« Letztlich löst Deckard das Problem in der Praxis: Er brennt zusammen mit einer Androidin durch, nachdem er erkannt hat, daß ihn nicht sein Bauplan, sondern sein Auftrag zu einem Alien macht; daß die Schranke zwischen Androiden und Menschen eine künstliche ist, eine Ideologie des angeblich »anderen«, die wie Rassismus oder Sexismus funktioniert; und daß seine Auftraggeber die eigentlichen Aliens sind.

Die grundlegende Verwirrung um Aliens und Menschen hat dazu geführt, daß wir heute alle ein bißchen paranoid geworden sind. Aber Paranoia ist nicht das schlechteste, wenn man Freund und Feind nicht mehr auf den ersten Blick auseinanderhalten kann. Was der Entwicklung und dem Sozialismus die Logik war – die Idee, daß man alles nur richtig ableiten und theoretisch schlußfolgern muß –, ist uns heute unsere tägliche Paranoia: die Überzeugung, daß man allem und jedem und auch sich selbst ein gewisses Maß an Mißtrauen entgegenbringen sollte. Diese Mischung aus Vorsicht und Mißtrauen prägt auch die heutige Vorstellung von Herrschaft und Befreiung.

Das ist etwas, das sich nicht in Büchern abspielt, sondern in unseren historischen Erfahrungen und unserer persönlichen Haltung. In Sachen Alienismus gibt es ein weitverbreitetes Grundwissen, ein paar wichtige Leitlinien, in denen sich unser Erkenntnisstand am Ende des zwanzigsten Jahrhunderts zusammenfassen läßt. Dieses Grundwissen macht einen Großteil dessen aus, was von Theoretikerinnen und Theoretikern seit 1968 als »Postmoderne« beschrieben worden ist, aber es hat noch eine sehr viel populärere Hüterin, die von Millionen konsultiert und geschätzt wird: die Fernsehserie »Akte X«, die 1993 von Chris Charter kreiert wurde.

»Akte X« ist zu Recht als erste konsequent postmoderne Science-Fiction- bzw. Mystery-Serie bezeichnet worden. Die »paranormalen« Fälle, mit denen sich die beiden FBI-Agenten Fox Mulder und Diane Scully herumschlagen, bleiben nicht nur häufig ohne Auflösung, sondern lassen auch bis zum Schluß mehrere Deutungen zu – übernatürliche Phänomene, wissenschaftliche Erklärungen und gesellschaftliche Intrigen schlagen ständig ineinander um. Den roten Faden bildet eine komplizierte Regierungsverschwörung – die Regierung kollaboriert mit Außerirdischen, die die Erde kolonisieren wollen (und natürlich zum Teil auch schon da sind); aber auch hier ist selten klar, wer eigentlich auf welcher Seite steht. Mit dem suchenden Mulder und der skeptischen Scully stehen im Zentrum der Serie zwei *role models*, deren persönliche Geschichte, Charakteristik und Beziehung komplex und widersprüchlich ist und die gleichgewichtig zur

Geltung kommen. Auch in den Folgen, die sich nicht um Regierungsverschwörung und Alien-Kolonisierung drehen, sind die Fälle und »Phänomene« raffinierte Spiegelungen gesellschaftlicher Bedrohungsängste und psycho-sozialer Brüchigkeiten. Mit einem Wort: gerade unter UFOs und außerirdischen Mikroorganismen befinden wir uns mitten im Leben – in unserem postmodernen Alltag.

Machen wir also einen Crashkurs durch die postmoderne Erfahrung anhand von elf Thesen zu »Akte X«.

These 1: Das 20. Jahrhundert war eine
ziemlich oberflächliche Veranstaltung.

Das zwanzigste Jahrhundert ist bekanntlich zu Ende, und dafür wurde es auch langsam Zeit. Dieses Jahrhundert betrachtete die vorherigen Jahrhunderte (also alle außer sich selbst) als die »dunklen«, und es war seine Lieblingsidee, das Licht einzuschalten, um sich nicht im finsteren Zimmer fürchten zu müssen. Um die Geister zu vertreiben.

Sowjetmacht plus »Elektrifizierung« sollten nach Lenin die neue, strahlende Zukunft verbürgen; Wissenschaft und Technik plus freie Märkte war das Rezept Trumans; McDonald's plus freie Wahlen ist die Empfehlung der letzten Jahre. Die an sich nicht so schlechte Idee der Aufklärung, selber mit dem Denken anzufangen und sich nichts vorsetzen zu lassen, verkehrte sich in die Propaganda, die alten Mythen aufzugeben und statt dessen an die neuen zu glauben: Der Mensch sei ein rational agierendes Einzelwesen, dessen Verhalten man spieltheoretisch rekonstruieren könne, und die Übel der Gesellschaft ließen sich kurieren, wie man einen schlechten Zahn zieht. Die einen hielten die Beschränkung der Märkte für den Zahn, den man ziehen mußte, die anderen das Privateigentum an den Produktionsmitteln. Alle anderen Fragen, mit denen sich Menschen bisher beschäftigt hatten – Wie werden wir frei? Wovor haben wir Angst? Woran sind wir schuld? Wie halten wir es miteinander aus? Wann sind wir wir selbst? –, alle diese Fragen galten als Nebenfragen, Phantomschmerzen sozusagen, die nach der empfohlenen Wurzelbehandlung verschwinden würden.

Verschwunden ist gar nichts. Und während das angeknipste Licht anfängt zu flackern, wird deutlich, daß die Dämonen die ganze Zeit da waren. Gerade diejenigen, die sich zu befreien begannen, machten die Entdeckung, von welch ungeheuren Mächten, Ängsten, Hörigkeiten und gelenkten Phantasien sie beherrscht wurden. Daß uns jemand auf unerklärliche Weise seinen Willen aufzwingt (wie in der Folge »Pusher«), daß ein Dämon schwarzen Immigranten die Hautpigmente wegsaugt und damit ihre Seele nimmt (»Teliko«), daß die Befriedung unserer Dämonen uns zu apathischen Alzheimer-Patienten macht (»Excelsis Dei«) – das scheinen uns heute irgendwie realistischere Probleme als die Frage, ob den Gesetzen der Dialektik gegenständliche Wirklichkeit zukommt und ob die Importsubstitution oder die selektive Abkopplung der beste Weg zur Entwicklung ist.

Die Rezepte des zwanzigsten Jahrhunderts kratzten nur ganz an der Oberfläche der Menschen und der Gesellschaft entlang, und einen entsprechend hilflosen Eindruck machen sie, wenn es nicht klappt. Das postmoderne Interesse an den Dämonen ergibt sich daraus, daß der Aberglaube an Entwicklung und Fortschritt, ans Bruttosozialprodukt und an d'Hondt zurückgegangen ist. Das heißt jedoch nicht, daß es irgendwo eine Bank sicherer Gewißheit gibt, wenn man der Moderne nur gründlich wieder abschwört. Auch den alten Rezepten kann man nicht trauen. Als Mulder in »Bad Blood« aus zwei Brotstückchen ein Kreuz formt, zucken die Vampire bloß mit den Achseln: Falscher Film!

These 2: Vertrauen Sie niemandem!

»Akte X« ist *post-Watergate.* Die Figur des »Deep Throat«, des Informanten aus Regierungskreisen, wurde direkt aus dem Watergate-Doku-Spielfilm »Die Unbestechlichen« übernommen – einschließlich der Vorliebe für Treffen in Tiefgaragen und der Formulierung, daß »die Verschwörung viel weiter geht, als sich das jemand vorstellen kann«. Gleichzeitig ist »Akte X« ebenso deutlich *post-Holocaust.* Der Verweis findet sich ständig. Güterzüge, die mit menschlicher (oder nicht ganz so menschlicher) »Ware« durchs Land rollen, endlose Archive, die der restlosen Erfassung der Bevölkerung und der Selektion dienen, Verbrennungsöfen und verkohlte Leichenberge, schreckliche »Experimente«, die grauenhaften Entscheidungen, die sich aus der Kollaboration ergeben; Mulder, dessen Schwester an seiner Stelle selektiert wurde, und der nun aus der Schuld des Überlebenden handelt. Deutsche und japanische Kriegsverbrechen, Menschenversuche und Massenvernichtung des Faschismus sind immer präsent – im biographischen Hintergrund der Personen, in der Geschichte der Institutionen oder als Anspielung auf das Ausmaß des Unvorstellbaren. (David Duchovny, der Fox Mulder spielt, erklärte einmal, solange er keine andere Anweisung erhalte, begreife er Mulder als Juden.) Die Konsequenz ist, Regierungs- und Konzernverbrechen jeder Größenordnung grundsätzlich für möglich zu halten. Sie liegen in der Logik der Sache, und die »eigenen« Leute können immer die schlimmsten sein.

Alle Aliens wollen, daß man ihnen vertraut – ob es die amerikanischen Konservativen sind, die »Partei der institutionalisierten Revolution« (wie die Staatspartei in Mexiko tatsächlich heißt) oder die iranischen Mullahs. »Vertrauen ist der Anfang von allem«, lautet der verräterische Reklamespruch der Deutschen Bank. Und die Atomlobby wirbt unter dem Label »Informationskreis Kernenergie« für ihre verstrahlten Transportbehälter: »Castor ist nur ein anderes Wort für Vertrauen.« Aliens at work, wie das geübte Auge sofort erkennt.

Man muß sich vorstellen, daß in den fünfziger Jahren die Enthüllung, in einer beliebten Quiz-Show würden Ablauf und Ergebnisse vorher abgesprochen, einen Sturm der Entrüstung in der amerikanischen Öffentlichkeit hervorrief. Dieses Maß an Naivität ist in der postmodernen Welt endlich verschwunden. Heutzutage erwarten wir von einer Show, einer Wahl oder einer Presseerklärung selbstverständlich, daß betrogen wird; die Frage ist nur *wie*, in welcher Größenordnung, mit welcher Dimension von Gefahr. In »Blood« läßt eine unbekannte Instanz die Einwohner der Kleinstadt Franklin aufeinander losgehen, indem sie sie in einer Art Freiland-Experiment mit psychogenen Insektengiften verseucht, und teilt den Überlebenden abschließend nur mit: »All done. Bye, bye«. In den fünfziger Jahren führte die US-Army Manöver mit echten Atombomben durch, um die Wirkung auf ihre eigenen Soldaten testen zu können (John Wayne starb an den Spätfolgen der Western, die er in der Wüste von Nevada, einem ehemaligen Testgebiet, drehte). Wahrheitskommission und Gerichte in Südafrika ermitteln seit 1997 gegen Männer wie den Agenten und Wissenschaftler Wouter Bassan, die jahrzehntelang versucht hatten, einen Virus zu entwickeln, der nur Schwarze befallen sollte; die an Drogen arbeiteten, mit denen sich Demonstrationen kontrollieren ließen; und die den Sekretär des südafrikanischen Kirchenrates, Frank Chikane, umzubringen versuchten, indem sie seine Unterwäsche vergifteten. Die Grenzen zwischen Fiktion und Realität sind dünn.

Postmodernes Mißtrauen ist radikal und persönlich unbequem. Es geht davon aus, daß es keine Gesellschaftsordnung, keine politische Bewegung, keine soziale Gruppe geben kann, in der solches Mißtrauen nicht mehr nötig wäre. Es gibt ein paar Indizien, die besonders mißtrauisch machen – die Konzentration von Macht, die Kultur der Geheimhaltung, die Anhäufung von manipulativem Wissen und von Techniken mit großer Eingriffstiefe, die Existenz militärischer Männerbünde. Aber Aliens können auch im dörflichsten Ökotopia und in der hochherzigsten Widerstandsgruppe operieren, überall da, wo man mit dem Satz um sich wirft: »Bei uns *kann* das gar nicht vorkommen.« Wenn eine außerirdische Zivilisation, die militärisch nicht zu besiegen ist, tatsächlich die Erde kolonisieren wollte – welche Regierung würde denn anders reagieren als mit äußerster Geheimhaltung und dem Angebot zur Zusammenarbeit? Und wenn eine Bewegung oder eine Revolution auf eine Kraft stößt, die sie bis auf weiteres nicht bezwingen kann – welche Führung hätte bisher anders reagiert als mit dem Aufruf zur Geschlossenheit nach innen und der Bereitschaft zur Kollaboration nach außen?

Das postmoderne Mißtrauen schließt die eigene Person mit ein. Das Individuum kann auch sich selbst nicht ohne weiteres trauen. Es wird nicht nur getäuscht (wovon die Demokraten ausgehen); es ist nicht nur Träger falschen Bewußtseins als Spiegelung falscher gesellschaftlicher Verhältnisse (wovon die Marxisten ausgehen). Es hat selbst teil an allen starken wie dunklen Kräften der Geschichte, kollektiven wie unbewußten Prozessen; es produziert sie selbst, und es ist mit seiner Aufgabe, all dies zu integrieren, häufig überlastet. »Wir sind nicht, wer wir sind. So kann das nicht weitergehen.« Die Funkmeldung des arktischen Forscherteams in »Ice« bringt diese postmoderne Erkenntnis auf den Punkt. Daß die Beteiligten sich daraufhin gegenseitig umbringen, gehört zu den fatalen, weitverbreiteten Fehlschlüssen aus dieser Einsicht.

These 3: Es spielt keine Rolle,
von welchem Planeten man kommt.

Was die Aliens ausmacht, ist ihr soziales Programm. Daß die einen grünes Blut haben und die anderen rotes, darauf kommt es nicht an. Die menschlichen Kollaborateure führen alienistisches Denken mustergültig vor, und unter den Außerirdischen gibt es Spaltungen und Widerstandsgruppen (vor allem in den Folgen »Patient X« und »The Red and the Black«). Der Witz ist ja, daß es letzten Endes kaum einen Unterschied macht, ob wirklich eine Invasion von Außerirdischen bevorsteht oder ob alles nur eine Finte ist, mit der militärische und wirtschaftliche Machenschaften verdeckt werden. Das Alien-Programm bleibt dasselbe. Die Furcht vor denen mit dem grünem Blut ist ein bewährtes Manöver der Aliens, um von sich selbst abzulenken. Sie betonen gern, daß sie Männer (und Frauen) aus der Mitte des Volkes seien. Doch das ist eigentlich völlig wurst – ob es nun zutrifft oder nicht.

Mit dieser Erkenntnis haben sich die Bewohner des zwanzigsten Jahrhunderts extrem schwer getan: daß keiner biologisch oder sozial bestimmbaren Gruppe von vornherein bestimmte Eigenschaften zukommen. (»Anti-Essentialismus« heißt das im postmodernen Jargon.) Zwar gibt es kollektive Erfahrungen und verfügen solche Gruppen über eine jeweils eigene Geschichte mit allen Konsequenzen (deswegen sind ja Vorurteile nie völlig aus der Luft gegriffen, sondern die Karikatur bestimmter Tendenzen). Aber daran sind die Individuen eben nicht zwingend gebunden, erstens, weil es immer mehr als eine Zugehörigkeit gibt, und zweitens, weil aus jeder Gruppe Aliens hervorgehen können – proletarische, weibliche, jüdische, schwarze, alternative, was auch immer. Das ist eine bittere Erkenntnis. Alle Bewegungen bedurften harter Alien-Erfahrungen, um sie zu formulieren. Der Alienismus hat sich diese Erkenntnisschranke gezielt zunutze gemacht, indem er jeder Gruppe nach und nach eine Führung aus ihrer Mitte gab, mit der sie sich identifizieren konnte. Was für diese Gruppe tatsächlich einen Fortschritt darstellt – aber eben nicht den, daß das Alien-Problem gelöst würde.

Deshalb gibt es in »Akte X« nicht nur Aliens, die als Gestaltwandler das Aussehen jeder beliebigen Person annehmen können, sondern auch eine Vielzahl von Kreuzungsversuchen (»The Erlenmeyer Flask«, »Paper Clip«, »Colony/End Game«). Denn natürlich sind alle Regierungen und Konzerne seit Anbruch des demokratischen Zeitalters daran interessiert, alienistische und menschliche Erbmasse zu kreuzen – um Aliens zu schaffen, die sich so unerkannt wie möglich unter die Menschen mischen können und so weit wie möglich in deren Beziehungen und Zusammenhänge eindringen können. Um sie zu erkennen, gibt es kein anderes Kriterium als die Praxis: das Programm, nach dem sie funktionieren.

These 4: In welcher Sprache die Lösung gefunden wird, ist gleichgültig.

Es ist ein Gemeinplatz postmoderner Theorie, daß wir uns der Wirklichkeit nie direkt nähern, sondern immer vermittelt über unsere Vorstellungen von ihr – das, was wir bisher über sie wissen oder zu wissen glauben. Im postmodernen Jargon: Wirklichkeit ist immer etwas, was erzählt wird, und jede Weltsicht, jede Theorie ist eine Geschichte (*narrative*), eine Art, die Dinge zu erzählen. Das heißt nicht, daß die Wirklichkeit unserem Willen unterworfen wäre – wir gewinnen nicht im Lotto, nur weil wir fest daran glauben. Aber ob wir unsere Niete als Fügung des Schicksals sehen oder als Ergebnis mathematischer Wahrscheinlichkeiten, bleibt uns überlassen. Wir können die Sache auch so sehen, daß wir gewonnen haben, aber von der Ziehungsstelle permanent betrogen werden. Wir müssen unsere Geschichte dem anpassen, was passiert, und dabei entscheiden wir uns: Wir stricken sie weiter, akzeptieren zusätzliche Regeln der Erklärung, oder wir geben bestimmte Regeln auf, an die wir bisher geglaubt haben, oder wir wechseln zu einer anderen Geschichte, einem anderen Erklärungsmuster. In welcher Weise wir uns entscheiden, wird uns nicht einfach von den Tatsachen diktiert, sondern wir fällen diese Entscheidung aktiv und danach, was sie für unsere Praxis bedeuten würde.

Es gibt also kein automatisches Erkenntnisprivileg einer bestimmten Sprache und Weltsicht. Die Idee der totalen Objektivität ist nichts anderes als ein Machtanspruch einer ganz bestimmten Geschichte, nämlich der Sprache der technisch-rationalen Wissenschaft, die von sich behauptet, keine Geschichte zu sein, sondern die Regeln der Wirklichkeit selbst zu repräsentieren. In Wahrheit beruht aber auch sie auf einer Entscheidung, die einer bestimmten Praxis dient. In aller Regel verwenden wir auch mehrere Geschichten gleichzeitig, je nachdem, welchen Lebensbereichen und Fragen wir uns zuwenden, und wir ordnen diese Geschichten flexibel, aber in einer bestimmten Hierarchie untereinander an.

In »Akte X« bedienen sich Mulder und Scully verschiedener Primärsprachen – Scully der Sprache der technisch-rationalen Wissenschaft, Mulder hingegen einer Erzählung der Wirklichkeit, in der Intuition und »andere Zusammenhänge« Platz haben. Wer von beiden recht hat, ist unmöglich zu entscheiden, weil sich die Phänomene stets in beide Sichtweisen integrieren lassen – die Frage ist nur, wie kompliziert das ist und was die beiden Sichtweisen jeweils für die Praxis und für die betreffende Person leisten. Die Leistungsfähigkeit des Teams resultiert gerade daraus, daß es über verschiedene »Sprachen« verfügt, von denen eine immer etwas Nützliches abwirft.

In einigen Folgen, wo eine abgeschlossene Story erzählt wird, treffen die beiden Agenten auf Gemeinschaften, die ihrerseits eine bestimmte Sicht der Dinge, eine eigene Mythologie oder Geschichte, haben. Hier wird die Lösung oft gefunden, indem sich Mulder und Scully teilweise auf diese lokale Mythologie einlassen (zum Beispiel in »Teliko« und »Pusher«). Ob sich das, was sie tun, auch in ihre gewohnte Hauptsprache übersetzen läßt, etwa in eine wissenschaftliche Erklärung der Vorgänge, bleibt dann offen. Diese Folgen sind eine Reminiszenz an den klassischen Mystery-Film, wo das Problem relativ harmlos ist: Am Ende geht man einfach wieder in seine gewohnte Umgebung zurück, zu seiner Primärsprache.

In der Postmoderne geht jedoch niemand wieder einfach zu seiner Sprache zurück. Es finden Vermischungen statt, und ihr Medium sind Beziehungen. Dies wird nicht durch die »Lokal-Mythen« demonstriert, sondern einzig und allein durch die Beziehung zwischen Mulder und Scully. Beide bleiben bei ihrer Hauptsprache – irgendeine muß man schließlich sprechen, es gibt keine »Super-Sprache« der Objektivität. Aber sie können mit einer Person arbeiten, deren Sichtweise eine andere ist, und dies versetzt sie in die Lage, die Grenzen der eigenen Sprache zu erkennen, zu zweifeln, abzuweichen, Bruchstücke der anderen »Geschichte« zu verwenden. Nicht weniger wird in der Postmoderne von uns verlangt; und auch wir lernen es nur durch Beziehungen. Wer seine eigene für die Super-Sprache hält, der alle anderen folgen müßten, und wer nicht in der Lage ist, sich auf andere Geschichten einzulassen, ist der Postmoderne nicht gewachsen – oder ein Alien.

These 5: Die Wahrheit ist irgendwo draußen.

Mulder und Scully sind auf der Suche nach einer Wahrheit, die alles ändert. Es ist keine Wahrheit, die sich durch die Konzentration großer Ressourcen auf ein Experiment entdecken ließe. Es ist eine Wahrheit, die nach dem Vorbild eines Puzzles gefunden werden muß. Sie ist gleichzeitig eine Aussage über das Ganze und eine sehr persönliche Sache.

In der Vorstellung der Moderne war die Wahrheit etwas, was immer schon da ist, wie der Topf beim Topfschlagen. In der Postmoderne gilt die Wahrheit als etwas, was erst beim Suchen entsteht und nicht unabhängig von den Suchenden existiert. Wir können nicht aufhören, in unserer jeweiligen Sprache nach der vollen Wahrheit zu suchen, auch wenn wir damit nie fertig werden; und daß wir die Wahrheit nicht besitzen, hindert uns nicht zu handeln. Genau das fasziniert an den Protagonisten von »Akte X«: daß sie suchen und handeln.

Von dem argentinischen Philosophen Ernesto Laclau stammt die scharfsichtige Bemerkung, daß die Idee der Emanzipation von vielfältigen Widersprüchen durchzogen ist; dies bedeute jedoch keineswegs, daß die Praxis der sozialen Bewegungen, die dieser Idee folgen, nicht funktionieren könne oder nichts bewirke. Allerdings müßten diese Bewegungen an den Widersprüchen der Emanzipationsidee und ihrer Praxis arbeiten, um weiterzukommen – sie müßten suchen und handeln.

Die Aliens wollen das nicht. Sie möchten nicht, daß sich die Menschen auf die Suche nach ihrer Wahrheit begeben. Nur die Art, wie sie das verhindern, hat sich geändert. In der Vergangenheit hielten die persönlichen Herrscher an der Idee der Wahrheit fest; sie behaupteten, im Besitz der Wahrheit zu sein und versuchten, andere Sprachen und Geschichten in ihrem Namen zu eliminieren. Heute tolerieren die progressiven Aliens die Existenz verschiedener Weltsichten, liquidieren aber dafür die Idee der Wahrheit. Es könne keine Wahrheit geben, sondern höchstens Vernünftigkeit, soziale Konventionen und Aussagen über Details. Nach dieser Lesart ist jede Sprache nur noch Gerede. Die Menschen reden nur so herum, und das dürfen sie dann auch, denn es hat ja keine Konsequenzen.

Diese Botschaft ist gefährlich, denn wir sind immer nur »so stark wie unsere Überzeugungen« (wie es in »Ascension« heißt), so stark wie unsere Suche nach der Wahrheit. Und diese Wahrheit ist draußen. Außerhalb des Kreises, den die Aliens vollständig manipulieren konnten, außerhalb dessen, was man uns bisher gezeigt hat. Auf der Rückseite der Fassaden liegen die Trümmer; die Bauanleitungen der Täuschungen, die Lohnzettel der Arbeiter, die Fahrpläne ihrer Anwerber; die Persönlichkeitsprofile, die erstellt wurden, um uns lenken zu können. Erst von außerhalb können wir die Emerald Bars richtig erkennen. Es ist unsere Wahrheit, und sie muß von uns selbst gefunden werden, weil sie sonst keinen Wert hat, ja noch nicht einmal existiert.

These 6: Es führt zu nichts, darüber nachzudenken,
warum die Regierung einen leben läßt.

Manche Bewegungen hängen unverdrossen der Idee an, nur
ein toter Indianer sei ein guter Indianer: denn damit sei wenigstens der Beweis erbracht, daß er kein Agent der Gegenseite sei. Nichts ist falscher. Die Aliens haben keine Skrupel,
eigene Agenten und Verbündete umzubringen. Sie sparen
prominente VertreterInnen der Gegenbewegungen auf, im
Gefängnis oder Hausarrest, weil sie vielleicht einmal als Ver-
mittler oder Verhandlungspartner nützlich werden könnten,
wenn die Zeiten sich ändern. Sie denken an die Medien und
wissen, daß man die zentralen Figuren manchmal stehen lassen muß, wenn man die Partie gewinnen will. Die Einflußnahme von morgen ist wichtiger als die Kommandoaktion
von heute. Wer lebt, muß deshalb nicht korrupt sein. Und
wer glaubt, auf der richtigen Seite zu stehen, nur weil er kein
Geld nimmt und mit niemandem paktiert, hat eine unzureichende Vorstellung davon, wie komplex Bestechungen sein
können. Die meisten werden benutzt, ohne daß jemand mit
ihnen darüber verhandelt.

In »Akte X« taucht ab und an die Frage auf, wieso die
Verschwörer Mulder und Scully nicht einfach umbringen.
Die Erklärungen variieren. Vielleicht gibt es einflußreiche
Freunde im Apparat; vielleicht würde es zu viel Staub auf-
wirbeln; vielleicht ist es besser, die Agenten in die Irre zu führen, als sie auszuschalten und neue an den Hals zu bekommen; vielleicht spielen auch persönliche Bindungen über die
Fronten hinweg eine Rolle; wahrscheinlich gibt es über diese
Frage immer mal Verhandlungen, von denen man wenig mit-
bekommt. Das eigentlich Bemerkenswerte ist jedoch, wie
wenig Wert die Serie auf die schlüssige Beantwortung dieser
Frage legt und wie wenig sie den Hauptfiguren auf der Seele
brennt.

Sie haben recht damit. In der postmodernen Welt führt die
Frage »Wieso hat mich noch niemand ausgeschaltet? Wieso

lassen sie uns immer noch machen?« nicht weit. Die Kräfteverhältnisse sind kompliziert geworden. Sie sind nur noch global denkbar. Man sieht nur einen kleinen Ausschnitt des Bretts. Jeder Satz weißer und schwarzer Figuren ist von ganz vielen grauen Figuren umgeben, hellgrauen und dunkelgrauen. Letztlich ist auch Weiß nur ein sehr helles Hellgrau und Schwarz nur ein sehr dunkles Dunkelgrau, und man sieht erst am Ende der Partie, wer eigentlich auf welcher Seite gespielt hat. Der Wunsch der Fundamentalisten und Puristen jedweder Art, Weiß und Schwarz deutlich zu trennen und ohne Grau zu gewinnen, ist illusionär. Niemand gewinnt ohne Grau.

Die Revolution in Chiapas könnte wahrscheinlich militärisch niedergeworfen werden, wie viele andere vorher; aber der internationale Ansehensverlust wäre hoch, es gibt innere Fraktionen in der mexikanischen Politik, die USA wollen in ihrer unmittelbaren Nachbarschaft nichts riskieren, was ihren eigenen Süden in Aufruhr versetzen könnte et cetera. Die grauen Figuren wollen aber gespielt werden, die hellgrauen ebenso wie die dunkelgrauen, und die zapatistische Befreiungsarmee ist darin sehr gut. Wenn es allerdings ganz einfach wäre, den Aufstand militärisch niederzuschlagen, dann würde er niedergeschlagen. Daß es ihn immer noch gibt, heißt jedoch nicht, daß er auf der falschen Seite steht. Umgekehrt spielen die Regierungen im Irak und Iran, die lange Zeit abwechselnd als internationale Hauptfeinde gehandelt wurden und sich darauf eine Menge einbilden, eine höchst positive Rolle bei der Befriedung der Region und bei der Sicherung der Profite – ungeachtet der Vehemenz, mit der sie die Gesellschaft von allem »Westlichen« zu reinigen versuchen.

So kommt man also nicht weiter. In einer Welt, in der jeder sein eigener Doppelagent ist, führen Fundamentalismus und politischer Purismus nirgendwohin. Das Brett umfaßt alle Figuren, und keine Figur kann vom Brett herunter. Die Beurteilung, ob man für die Aliens arbeitet oder gegen sie, muß sich nach anderen Kriterien richten als danach, wem man die Hand gegeben hat.

Dazu gehört auch der Abschied von der schönen Idee, die einen würden den anderen nur etwas aufzwingen – die Konzerne den Arbeitern den Kapitalismus, die Männer den Frauen das Patriarchat, das Abendland dem Rest der Welt die Weltordnung. So funktioniert es nicht. Wie die postkoloniale Kritik herausgearbeitet hat, ist zum Beispiel der Kapitalismus kein Fertigprodukt, das in Europa entwickelt und dann in den Rest der Welt gewaltsam exportiert wurde. Er ist von vornherein ein Verhältnis, eine Beziehung: zwischen den »entwickelten« und den »unentwickelten« Regionen, zwischen Mutterland und Kolonien, zwischen Peripherie und Zentrum. Er wird nicht nur im Zentrum entwickelt, sondern mindestens genauso an der Peripherie, denn er muß sich ihren Bedingungen anpassen, um sie zu beherrschen. Man kann den Kapitalismus nicht verstehen, wenn man nur die Industrieländer analysiert. In ähnlicher Weise kann man das Patriarchat nicht verstehen, wenn man nur die Männer und ihre Interessen analysiert. Und man kann die Aliens nicht verstehen, wenn man nicht auch uns analysiert.

Alle Herrschaftsbeziehungen sind fatale Symbiosen. Ihre Auflösung erfordert auch von den Beherrschten, sich zu verändern. Das geht nicht ohne Risiken, aber möglicherweise sind ja die Spielräume größer, als man gedacht hat. Man muß also nicht unbedingt schlecht leben dabei. Einschußlöcher im Hut sind jedenfalls nicht notwendig der Beweis, auf dem richtigen Weg zu sein.

These 7: Die Regierung steckt immer mit drin,
aber es kommt nicht darauf an, das herauszufinden.

Vieles verschwindet im Dunkeln. Beweise werden gefunden und gehen wieder verloren. Zusammenhänge werden aufgedeckt und verunklaren sich wieder. Und wenn schon.

Der Enthüllungsdrang ist eine zwiespältige Sache. Ist die Verschwörung erst einmal aufgedeckt, dann ist sie nicht mehr so interessant. Wir fühlen uns irgendwie betrogen, weil nicht das eintritt, was wir erhofft haben. So jedenfalls ist das Schicksal vieler Bewegungen, die sich zu stark dem Aufdecken der »Skandale« verschreiben.

Seit Watergate wird gern enthüllt. Der Corpus der Herrschaft wird immer wieder von Skandalen und Verwucherungen gereinigt, aber das tut ihm letztlich keinen Abbruch. Konzerne haben sich daran gewöhnt, daß Nicht-Regierungs-Organisationen über sie wachen. Enthüllung ist wichtig, aber sie ist auch eine starke Verführung, die einen mit leeren Händen zurückläßt. Die geklonten »Samanthas« in »End Game« wissen das, sie benutzen Mulder, indem sie seinen Enthüllungsdrang provozieren. Enthüllung ist ähnlich problematisch wie die Rache, die Mr. X Mulder in »One Breath« anbietet – der sich dann doch dagegen entscheidet und den Abend, an dem seine Wohnung durchsucht werden soll, bei Scully in der Klinik verbringt.

Die Wahrheit ist, daß die reine Kritik der Verhältnisse nicht weiterführt. Solange wir keine Alternative zur fatalen Symbiose der Herrschaft produzieren, geht das System der Aliens aus jeder Enthüllung gestärkt hervor.

Herrschaft ist, wie Foucault herausgearbeitet hat, nicht einfach Unterdrückung. Sie ist schöpferisch. Sie ordnet die Verhältnisse, sie bringt Beziehungen und Identitäten hervor, sie ist kreativ. Wenn wir sie herausschneiden, sterben wir. Gerade nachdem das feindliche Implantat aus Scully (und den anderen von Aliens entführten Frauen) entfernt worden ist, dreht das Immunsystem durch, und der Krebs entsteht. Wir sind keine Steine; wir können nicht ohne *irgendeine* soziale Form, ohne *irgendeine* psychische Verfassung, ohne *irgendein* gesellschaftliches Verhältnis existieren. Herrschaft realisiert *eine* Möglichkeit von uns; und solange wir keine andere finden, können wir nur dienen oder untergehen. Deshalb bleiben so viele Enthüllungen folgenlos. Es geht darum, was die anderen Möglichkeiten sind und wie wir sie finden.

These 8: Das Böse ist nicht das Problem.

Für die Postmoderne wie für Chris Carter ist klar, daß das Böse existiert. Das heißt nicht, daß wir ihm gegenüber hilflos sind. Alle Menschen, alle Kulturen, alle Weltsichten, alle sozialen Beziehungen und Systeme haben ihre Erkenntnisse und ihre Methoden, damit umzugehen. Nur ein für allemal ausschalten können wir es nicht. Es passiert. Wenn wir gut sind, geht es wieder von uns, und seine Folgen bleiben beschränkt; aber wir können es nicht wirklich zerstören. Wir müßten zu viel mit herausschneiden. Die Faszination, die wir ihm gegenüber mitunter empfinden, hat damit zu tun, daß es Verwandtschaften gibt – mit der notwendigen Destruktion, der notwendigen Negation, der Infragestellung des Bestehenden, der Amoralität der Freiheit. Wenn wir all das zusammen auslöschen würden, entstünde eine Ordnung, die noch viel schrecklicher wäre.

Weil wir aber damit umgehen können, ist das Böse auch nicht das eigentliche Problem – ganz im Gegensatz zu dem, was die Heilsversprechen der Moderne uns weismachen wollen. Jeder Herrschaftsanspruch des zwanzigsten Jahrhunderts hat versprochen, uns vom Bösen zu befreien, ein für allemal: kein Tod, kein Verbrechen, keine Trennung, keine Krankheit, kein Unglück, nicht einmal mehr schlechtes Fernsehprogramm, wir müssen nur unterschreiben.

Das Unheimliche an diesem Jahrhundert ist aber gerade, daß sich alle alten Mächte und alle dunkelsten Kräfte mit der hochzentralisierten, rationalisierten Leistungsfähigkeit der modernen Technik und bürokratischen Organisation verbünden. Das Problem ist die Macht, die diese Fähigkeit zur effektiven Kontrolle und zum konzentrierten Einsatz der Mittel dem Bösen verleiht. Es ist der Aufbau von Instanzen, die restlose Erfassung und vollständige Kontrolle beanspruchen, die Wissen konzentrieren und in manipulative Macht verwandeln, die den Tätern die Furcht vor Schuld nehmen und die Opfer vorbereiten. Alle diese Instanzen behaupten,

sie müßten so mächtig sein, um das Böse aus der Welt vertreiben zu können – Regierungen und ihre Geheimdienste
behaupten es, Kirchen und Sekten behaupten es und natürlich die Industrie. Aber alle diese Instanzen sind besonders
anfällig für das Böse, denn sie können nicht zulassen, vom
Willen anderer gestört, von fremdem Eigensinn behindert zu
werden. Sie verfügen über keine Mechanismen der Selbstbe-
grenzung, und da sie alle anderen Mittel der Verteidigung
und Heilung beiseite schieben, machen sie sich unersetzbar.
Die Vorstellung, diese Instanzen wieder aufzulösen oder
auch nur zu begrenzen, wird undenkbar; wir sind den Wäch-
tern ausgeliefert. Wir lassen uns aufwendig einschließen und
stellen dann fest, daß die Gefahr nicht draußen ist, sondern
drinnen.

Wir selber verlernen dabei, mit dem Bösen umzugehen, in
uns und in anderen. Das Wissen, das wir dafür bräuchten,
wird uns nicht weitergegeben, und wir werden daran gehindert, selbst welches zu erwerben. Das geschieht mit Absicht.
Es ist eine gezielte Entmündigung und Überantwortung an
die Instanzen. Wir sollen nicht lernen, mit uns selber klarzu-
kommen oder uns zu wehren. Mit Mulders Worten: »Wir
werden am Abgrund stehend allein gelassen.« Damit wir
nach dem Staat schreien, nach der Gesellschaft, nach dem
Militär, nach der Tradition, der Moral oder der Wissenschaft,
nach irgend jemandem, der uns alles abnimmt.

Mit den mutierten Plattwürmern, leberfressenden Nachbarn und inneren Stimmen können wir aber durchaus selber
fertig werden. Genau das zeigen Mulder und Scully. Wir können besser damit fertig werden als mit den konzentrierten
Machtkomplexen, die sich um uns aufbauen, häufig zunächst freundlich und mit betont guten Absichten. Nicht
umsonst antwortet Mulder in »E.B.E.« auf die Ausführungen
der »Lone Gunmen« (eine Gruppe abgedrehter, aber gutinformierter Verschwörungstheoretiker), der russische Natio-
nalist Schirinowski werde an die Macht kommen durch »die
bösartigste und verruchteste Kraft des zwanzigsten Jahrhunderts«: »Ach ja? McDonald's?«

These 9: Aliens kann man nicht vor Gericht bringen.

In »Fire« sagt Scully: »Ich habe vergessen, wie es ist, einen Tag im Gericht zu verbringen«, und Mulder erwidert: »Das ist einer der unschätzbaren Vorteile, wenn man Außerirdische und genetische Mutanten jagt. Man muß nur selten Anklage erheben.«

Aliens kann man eben nicht vor Gericht bringen. Sie organisieren die Regeln sozialer Systeme so, daß sie zu ihrem Vorteil sind, und deshalb brauchen sie nicht gegen die Regeln dieser Systeme zu handeln. Sie verstoßen nicht gegen Gesetze, sie machen die Gesetze. Die Macht besteht wesentlich darin, das Recht zu setzen, und daher läßt sich mit dem Recht wenig gegen die Macht ausrichten. Jeder Schüler, der seine Schulordnung aufmerksam gelesen hat, weiß das.

Gesetze an sich helfen ja auch nicht. Man muß Macht haben oder die Macht der Aliens begrenzen und untergraben. Wenn man das nicht kann, können sie die Beweise verschwinden lassen oder die Auslegung der Gesetze durchsetzen, die sie brauchen. Man muß Fakten setzen. Das ist schmerzlich, da das zwanzigste Jahrhundert doch so besessen war von Tribunalen. Aber Tribunale nützen nichts. Und weil die Aliens so flexibel sind und sich unter den verschiedensten Bedingungen breitmachen können, nützt auch die sogenannte Systemfrage nichts. Es kommt nicht auf die Wahl des richtigen Systems an, sondern auf das Handeln in jedwedem System.

Das bekannteste Problem im Umgang mit Aliens ist aber, daß einem keiner glaubt. Wer nicht betroffen ist, für den ist schwer greifbar, was eigentlich die Unterdrückung ausmacht. Das gilt für Familienstrukturen ebenso wie für das System des Kolonialismus: Die tiefsten Formen von Paralysierung, die man erfährt, sind für andere praktisch nicht nachvollziehbar. Frantz Fanon schreibt: Die Depersonalisierung, die der Kolonisierte durch den Kolonisierer erfährt, erzeugt eine so tiefgreifende Verletzung, daß sie nur durch revolutionäre Gewalt bewältigt werden kann; es ist eine Verletzung, die über die offensichtlichen Mißhandlungen hinausgeht. In ähnlicher Weise sollte man nicht hoffen, jemandem schlüssig erklären zu können, wieso eine bestimmte Autoritätsperson im Familien- oder Arbeitszusammenhang einem die Luft zum Atmen nimmt – weil diese Autorität häufig darauf beruht, daß sie von den anderen gar nicht als solche wahrgenommen wird. Vor Gericht könnte man nichts beweisen.

Man kann sich nicht darauf berufen, daß die Aliens die Regeln verletzen. Man kann nicht mit den Regeln gegen die Aliens angehen, denn wie Gayatri Spivak sagt: »There are no rules but the old rules.« Die bestehenden Regeln sind die der Aliens eben. Das Neue, der Schritt nach draußen, hat keine Regeln.

These 10: Alle Gesellschaftstheorien haben sich bemüht, der Gesellschaft eine Zukunft zu verpassen; es kommt aber darauf an, sie von dieser Zukunft zu befreien.

»Fight the Future« ist der Titel des (ersten) Akte-X-Films – eine programmatische Formulierung für die »Mythologie« der Serie, also den Plot mit der Regierungsverschwörung und der geplanten Kolonisation durch Außerirdische. »Gegen die Zukunft kämpfen«, das tun Mulder und Scully. Diese Zukunft ist bereits festgelegt, »auch der Tag steht schon fest«, wie der Raucher in »Talitha Cumi« bemerkt. Aber für Mulder und Scully geht es nicht darum, diese Zukunft zu »gestalten« (wie man das im progressiven Alienismus gern nennt und wie die Geheimregierung der »Elder« in »Akte X« sich das vorstellt), sondern sie zu verhindern.

Die Zukunft ist kein unglücklicher Fehler, den man nur korrigieren muß. Sie ist eine zwangsläufige Entwicklung, für die die Weichen schon lange gestellt sind und die sich konsequent aus den Strukturen der Gegenwart ergibt. Die klassische Durchführung dieses Motivs, das seitdem im (post)modernen Science Fiction eine große Rolle spielt, stammt allerdings nicht aus »Akte X«, sondern aus James Camerons Film »Terminator II«. Kurz der Inhalt:

In der Zukunft wird die Welt von Maschinen regiert, gegen die sich eine menschliche Untergrundarmee zu wehren versucht. Um deren Anführer John Connor auszuschalten, schicken die Maschinen einen Cyber-Killer, einen Terminator, in die Vergangenheit zurück, wo er Connor als Jungen töten soll. Die Widerstandsbewegung schickt ein älteres Cyborg-Modell hinterher, das umprogrammiert wurde, um den jungen Connor zu schützen. Der »gute« Terminator erklärt Johns Mutter, wie alles kam: Die USA bauen einen Supercomputer, Skynet, der die gesamte Luftabwehr und atomare Bewaffnung koordinieren soll; der Computer entwickelt ein Bewußtsein und soll abgeschaltet werden; er wehrt sich, indem er die Interkontinentalraketen auf Rußland abfeuert, weil er weiß, daß der sowjetische Gegenschlag auch die Menschen in den USA vernichten und ihn selbst vorm Ausstöpseln retten wird; nach dem atomaren Inferno übernehmen der Computer und die von ihm gesteuerten Maschinen die Macht. Als Johns Mutter das klar wird, beschließt sie, die Entwicklung von Skynet zu verhindern und dadurch die Zukunft zu ändern – genaugenommen, die schon feststehende Zukunft zu verhindern. Am Schluß heißt es lapidar: »Die Zukunft war wieder offen.«

»Fight the Future« und die »Akte X«-Mythologie folgen demselben Motiv: Die Zukunft ist etwas, was verhindert werden muß. Allerdings ist sie nichts, was dem Plan der Herrschenden entgleitet wie in »Terminator II«, sondern sie *ist* der Plan, der Masterplan, der sich ihnen wie zwangsläufig aufdrängt. Er besteht darin, die Strukturen der Gegenwart (und die Konstruktion der Vergangenheit) so zu revolutionieren, daß Herrschaftsverhältnisse verewigt werden. Zum Beispiel indem man eine Krankheit verbreitet, gegen die man allein den Impfstoff hat. Die Industrie arbeitet heute daran, die Welt mit Nährpflanzen zu überschwemmen, die im Prinzip krank sind, wenn man nicht die richtigen Mittel zur »Behandlung« dazu kaufen kann. Der Weltmarkt ist eine Krankheit, gegen deren katastrophale Folgen man sich nur schützen kann, wenn man sich denen unterwirft, die einem »Investoren« geben. Die »Informationsgesellschaft« ist eine Krankheit, die Menschen hoffnungslosem Elend überantwortet, wenn sie nicht mehr »einstöpseln« können. Die Verbindung von Umweltschäden und Gentechnologie ist dabei, die Welt an sich zu einer Krankheit zu machen, deren Symptome nur die Konzerne des Nordens lindern können. Es sind skrupellose Revolutionen mit dem denkbar konservativsten Ziel. Und auf die Frage, was die Menschen das kosten wird, antworten alle Aliens wie der Raucher: »Die Frage ist irrelevant, und das Ergebnis unvermeidlich.«

Interessanterweise ist es in »Akte X« der »Verräter« Alex Krycek, der diesen Mechanismus am klarsten durchschaut. In »The Red and the Black« erklärt er Mulder: »Diese Leute verstehen sich als die Ingenieure der Zukunft. Und sie sind die wahren Revolutionäre … Es wird gerungen um Himmel und Erde. Und es gibt nur eine Regel: Unterwerfung oder Widerstand.« Und als Mulder verständnislos nachfragt: »Gegen wen?« korrigiert ihn Krycek: »Nein, nicht gegen *wen*. Gegen *was*.«

Befreiung ist, gemäß der postmodernen Auffassung, nicht dazu da, den Menschen eine Zukunft zu verpassen, sondern eine Zukunft zu verhindern, die ihnen zugedacht ist. Eine Zukunft, die tief eingesenkt ist in die Gegenwart, wie eine fatale Rechenaufgabe, die von den verschiedensten Personen und Institutionen in gleicher Weise gelöst würde. Befreiung besteht nicht darin, aus dieser Rechnung das Richtige herauszubekommen, sondern darin, die Gleichung selbst zu zerstören.

These 11: Sex haben auch Aliens.

Zu den Dingen, die in »Akte X« *nicht* passieren können, gehört eine Liebesbeziehung zwischen Mulder und Scully – jedenfalls wäre das das Ende der Serie. Das heißt nicht, daß die beiden sexlose Wesen wären. Sie haben Sex, Affären und ehemalige Affären (bei Mulder gibt es zum Beispiel Kristen Kilar in »3«, Detective Angela White in »Syzygy« oder Phoebe Green in »Fire«; bei Scully gibt es Rob in »The Jersey Devil«, Jack Willis in »Lazarus« oder Ed Jerse in »Never Again«). Sie haben nur nichts *miteinander*. Das haben andere Serienpaare natürlich auch nicht; aber Mulder und Scully verbindet dabei eine Beziehung, die von extremer Intimität ist, die sich jedoch hartnäckig weigert, die Form einer Liebesbeziehung anzunehmen.

Nach Jahrhunderten des romantischen Patriarchats ist es in der Praxis schwer, auf der Leinwand aber unmöglich, Liebesbeziehungen darzustellen, in denen Autonomie und Respekt der Beteiligten erhalten bleiben und die prinzipiellen Konflikte und weltanschaulichen Gegensätze zwischen beiden nicht verharmlost werden. Das zentrale Element der Serie, daß Mulder und Scully unterschiedliche Geschichten vertreten, die von einer gewissen schmerzhaften Unvereinbarkeit und latenten Feindseligkeit sind, und sie sich trotzdem nahekommen und die Grenzen ihrer eigenen Geschichte erkennen – dieser Aspekt würde unter dem Druck einer Romanze zusammenbrechen. Die *no-sex*-Beziehung steht ferner für die unmißverständliche postmoderne Abgrenzung gegen die absurden, aber schier unausrottbaren Ideen von der Unschuld menschlicher Bedürfnisse, der Befreiung durch emotionale Unverkrampftheit und der »schönsten Sache der Welt«. Sex und Sexualität sind keine überzeitlich-natürlichen Empfindungs- und Verhaltensweisen, sondern in extremer Weise historisch geformt und keineswegs notwendig der Gegenpol von Herrschaftsverhältnissen, sondern meistens ihr Medium.

Die Romanze steht hartnäckig für die Ideologie, daß nach der Entdeckung der Eigenständigkeit, dem Zeitalter der Trennungen und widersprüchlichen Geschichten, endlich mal alles heimkehren müsse in den Schoß einer großen Einheit: der einen Beziehung, der einen Partei, der Einen Welt, der einen Wahrheit. Muß es aber nicht und wird es nicht. Wir dürfen erwachsen bleiben und an unserer Geschichte festhalten. Die Einheiten der Zukunft werden zögerliche, vorsichtige, von Respekt und einem informierten Selbstverdacht geprägte Beziehungen sein.

Die sechziger und siebziger Jahre mit ihren biologistischen Triebbefriedigungsphantasien und ihrer regressiven Flower-Power-Weltumspannung sind glücklicherweise vorbei. In den neunzigern und in der Postmoderne gilt schlicht: Sex haben auch Aliens. Die Kontaktanzeigen im Internet studiert der mutierte Killer in »2Shy«, der seinen Auserwählten beim ersten Date das Fett absaugt; die Aliens in »Gender Bender« können sogar ihr Geschlecht wechseln, wenn sie ihre Opfer beim Liebesakt töten; die Mitglieder des konspirativen Schattenkabinetts der »Elder« werden gern im Kreis ihrer Lieben gezeigt und haben Familienbilder auf dem Nachttisch stehen; und der Satz: »Du hast etwas, was ich brauche« bekommt in »Leonard Betts« eine Bedeutung, die ihn zur Kenntlichkeit verändert: die einer beunruhigenden Drohung.

Sex und Liebe sind Paradebeispiele dafür, daß es ein Irrglaube ist, Menschen aufgrund ihrer menschlichen Eigenschaften definieren zu wollen. So konnte man vielleicht noch Menschen von Maschinen unterscheiden, aber nicht mehr von Aliens. Die können das alles auch. Wir finden an uns selbst nichts, wovon wir sagen könnten: Das ist definitiv menschlich und schließt eine Alien-Existenz aus. Wir erkennen den Unterschied nur daran, ob wir mit anderen zu Beziehungen freier Kooperation fähig sind (statt zu Alien-Verhältnissen) und ob wir insgesamt durch unser Handeln für oder gegen die Sache der Aliens stehen.

Um das zu beurteilen, müssen wir freilich weiter ausgreifen. Über die in diesem Crashkurs behandelten Maximen ist viel gesagt und geschrieben worden – Erfahrungen und Erkenntnisse darüber, wie man die Aliens *nicht* loswird. Aber wir wollen ja wissen, wie es wirklich geht. Dazu bedarf es einer Betrachtung dessen, wie die Herrschaft der Aliens eigentlich funktioniert; einer Erkundung der befreiten Gebiete, wo versucht wurde, sich von den Aliens zu emanzipieren; und einer programmatischen Orientierung darüber, wie man gegen sie handeln soll.

Die Herrschaft der Aliens

– *Ich bin Yor-El-3 vom Planeten Karacho und
  wurde von unserem Herrscher hierhergeschickt,
  um seine irdische Kolonie zu bewachen.*
– *Wie bitte? Die Erde ist eigentlich im Besitz des
  Planeten Karacho, und bei uns hat es niemand
  bemerkt?*
– *Sieht ganz so aus. Aber das ist die Politik
  unseres Herrschers! Er läßt seinen Kolonien ein
  großes Maß an Selbstbestimmung.*

Micky Maus,
Lustiges Taschenbuch Nr. 227

Picard (als Borg): *Ah, Worf! Klingone! Krieger-
  rasse. Sie werden auch bald angepaßt.*
Worf: *Wir Klingonen werden niemals aufgeben!*
Picard: *Warum widersetzen Sie sich?
  Wir haben nur die Absicht, die Lebensqualität
  zu erhöhen – für alle Rassen.*
Worf: *Die Lebensqualität meines Volkes ist gut,
  so wie sie ist.*
Picard: *Eine bescheidene Einstellung. Sie werden
  eins sein mit den Borg. Sie alle werden eins sein
  mit den Borg.*

Star Trek – Next Generation,
»The Best of Both Worlds, Part II«

1. Ungleiche, gleiche und gleichere Tiere

Am 15. April 1912, gegen halb drei Uhr morgens, versank ein 60 000 Tonnen schwerer Klotz aus Stahl und Glamour in den Fluten des Nordatlantiks: die Titanic. Kurz vor Mitternacht rammte das Schiff, dessen Besatzung ungefähr ein Dutzend Funkwarnungen in den Wind geschlagen hatte, einen Eisberg, der sechs relativ unscheinbare Risse in die Bordwand schlug. Der Luxusliner lief unaufhaltsam voll. Zwei Stunden und vierzig Minuten nach der Kollision tauchte der Bug endgültig ab, das Heck richtete sich senkrecht nach oben, und die Titanic schoß unter Wasser – mitsamt ihrem getäfelten Rauchsalon, dem elektrischen Kamel im Gymnastikraum, dem türkischen Bad und den fünf Klavieren.

Aus heutiger Sicht ist schwer nachvollziehbar, wie jemand auf die Idee kommen konnte, ein derartiges Monstrum für »unsinkbar« zu halten; aber damals war das so. Die Titanic, die sich auf ihrer Jungfernfahrt von Southampton nach New York befand, hatte 2228 Menschen an Bord, Rettungsboote aber nur für knapp 1200 von ihnen. 712 schafften es in die Boote, wurden später von dem Dampfer Carpathia aufgelesen und überlebten. 1516 wurden mit dem Wrack in die Tiefe gerissen oder sprangen ins Wasser und starben. Die amerikanischen Millionäre Astor und Guggenheim gingen ebenso unter wie der Konstrukteur des Schiffes, Thomas Andrews, und der britische Journalist Thomas Stead, der schon Jahre zuvor die unzureichende Ausstattung mit Rettungsbooten kritisiert hatte und nun erleben mußte, was für ein zweifelhaftes Vergnügen es sein kann, recht zu behalten.

1997 bekam James Cameron von Twentieth Century Fox 200 Millionen Dollar für ein 65-Millionen-Liter-Becken mit einer fast originalgroßen mechanischen Schiffsattrappe, für eine Crew, die sich bis hart an die Grenze des Ertrinkens schinden ließ, und für zweieinhalbmal soviel Tricksequenzen wie in »Jurassic Parc«, um den Untergang der Titanic neu zu verfilmen. Der Film kam 1998 in die Kinos und wurde weltweit ein riesiger Erfolg. Millionen von Menschen sahen sich in verschiedensten Sprachen ergriffen an, was Cameron aus der Geschichte gemacht hatte.

Neu war der Stoff nicht gerade; mehrere Filme, unzählige Sachbücher und Romane hatten sich bereits des Themas angenommen. Cameron aber fühlte den Puls der Zeit und lieferte nicht die x-te Variante der Parabel von der technischen Hybris und der Lust am Untergang, sondern ein romantisches Epos über den Beginn des demokratischen Zeitalters. Im Mittelpunkt steht nicht die Katastrophe, sondern die fiktive Beziehung zwischen einem jungen, mittellosen Auswanderer und einer Tochter aus gutem, aber leider verarmtem Haus, die ihre Familie durch die Heirat mit einem wohlhabenden Kotzbrocken sanieren soll. Der Film konzentriert sich auf die Gegensätze von erster und dritter Klasse an Bord – auf die Amoralität einer Welt, in der persönliche Herrschaft noch offen und arrogant zur Schau getragen wird, in der Frauen als Ware verschachert und die niederen Klassen mehr oder weniger als Tiere angesehen werden, von denen man mal eins zur Belustigung im Salon vorführt. Die Empörung gilt der Alten Welt, einer Welt der Alten, die untergeht, und die Sympathie gilt dem neuen Zeitalter, wo Klassenschranken noch bestehen mögen, aber durchlässiger sind und mit mehr Takt gehandhabt werden und wo das Patriarchat nicht abgeschafft ist, aber in partnerschaftlichen Formen ausgeübt wird. Eine Botschaft der Demokratie mithin. Anstelle von drückenden Warnungen vor Eisbergen, die am Beginn des 21. Jahrhunderts auf uns zutreiben könnten, inszenierte Cameron eine Selbstvergewisserung des demokratischen Zeitalters – einen Film, den sich Menschen wie Aliens mit gleicher Rührung ansehen können.

Aliens kommen in Camerons »Titanic« nämlich nicht vor.

Aber auch für die Aliens fing damals alles an. Der Untergang der alten Zeit, der ungeschminkten, selbstgefälligen Herrschaft der einen über die anderen, war für die Aliens das, was das Aussterben der Dinosaurier 65 Millionen Jahre vorher für die Säugetiere gewesen war: Eine Welt verabschiedete sich und schuf Platz für den beispiellosen Aufstieg derer, die bis dahin nur vorsichtig zwischen den gepanzerten Beinen der Donnerechsen hin- und herhuschen konnte. Deshalb rührt der Untergang der Titanic auch die Aliens. Sie genießen die sentimentale Erinnerung an die Anfänge, und stoßen sich gegenseitig kichernd die Ellbogen in die Rippen, wenn die herrschende Klasse von damals sich den Smoking anzieht, um mit Stil und Würde zu sinken. Mit denen war ja wirklich kein Staat mehr zu machen.

Das Ende einer Ära

In Gestalt der Titanic sank nicht nur ein technisches Wunderwerk, dem die Naturgewalten scheinbar nichts anhaben konnten, sondern eine wohlgeordnete Drei-Klassen-Gesellschaft, eine gigantische Emerald Bar, wo die Oberen noch glaubten, sich um die Befindlichkeiten der Unteren nicht weiter kümmern zu müssen. Solche Schiffe sanken zu dieser Zeit reihenweise. Und während auf der Titanic das Personal diszipliniert und mit Respekt ertrank, tat die Bevölkerung der Länder, die von Krieg und Imperialismus betroffen waren und militärische wie wirtschaftliche Untergänge erlebten, ihren Schiffsoffizieren diesen Gefallen nicht.

Die Mathematik der Titanic war einfach zu ungünstig. Trotz einiger ertrunkener Millionäre überlebten von den 337 Passagieren der ersten Klasse immerhin zwei Drittel die Katastrophe, und es hätten fast alle sein können, wenn sie den Ernst der Lage etwas schneller erkannt hätten. Von den 285 Passagieren der zweiten Klasse schaffte es rund die Hälfte, von den Passagieren der dritten Klasse und von der Besatzung, zusammen 1606 Menschen, jedoch nur ein Viertel. Während fast alle Frauen und Kinder aus der ersten und zweiten Klasse gerettet wurden, ertrank über die Hälfte der Frauen und Kinder der dritten Klasse. Insofern war die Rechnung korrekt, sich von der Veränderung der Klassenverhältnisse mehr zu erwarten als von der Contenance des »Frauen und Kinder zuerst«. Besser als Ritterlichkeit hinterher ist ohnehin, vorher die Finger ans Steuer zu bekommen. Es war offensichtlich, daß die Herren und Herrschaften schuld waren am Debakel, zum Beispiel der Titanic-Reeder Ismay, der Risiken und Warnungen ignorierte, sich aber rechtzeitig einen Platz im Rettungsboot sicherte. Fast fünfhundert Leute brachte die Leitung des Schiffes allein dadurch um, daß sie nicht einmal in der Lage war, die Boote ordentlich zu besetzen. Angesichts solcher Verhältnisse war es nicht nur eine Frage der Ehre, sondern des Überlebens, sich nicht länger von unfähigen Trotteln regieren zu lassen.

Und so sahen die Jahre zwischen 1910 und 1920 das Ende einer Ära, wo die Herrschenden noch mit spektakulärer Allmacht über Welt und Untergebene wie über Privatbesitz verfügt hatten. Dem belgischen König gehörte von 1885 bis 1908 die Kolonie Kongo als persönliches Eigentum – der »Kongostaat«, achtzigmal so groß wie Belgien, oder so groß wie Westeuropa ohne Skandinavien, komplett mit zweieinhalb Millionen Menschen; eine Privathölle, auf die die belgische Regierung keinerlei Zugriff hatte und aus der der König durch ein bestialisches Zwangsarbeitssystem seinen Privatsäckel füllte. Als der deutsche Reichskanzler Caprivi 1894 im Reichstag behauptete, den »Eingeborenen« in den deutschen Afrika-Kolonien gehe es prima, legten ihm die sozialdemokratischen Abgeordneten als Antwort nur die Nilpferdpeitschen aufs Pult, die Arbeiter aus Kamerun mitgebracht hatten. Die britischen Suffragetten demonstrierten nicht nur für das Wahlrecht, sondern auch gegen das angestammte Recht jedes Gentleman, seine Ehefrau nach Gutdünken mit einem Stock zu verprügeln, »der nicht dicker ist als sein Daumen«. In den USA kontrollierten Morgan und Rockefeller zusammen ein Fünftel des Volksvermögens, ihnen gehörten 341 Konzerne und 22 Milliarden Dollar Kapital, während die Arbeiter in den Fleischfabriken schon mal selber mit in den Sudtopf fielen. Die Unteren gehörten den Oberen mit Haut und Haar, und die Welt insgesamt war im Besitz eines kleinen Clubs von Herren. Zur Rechtfertigung all dessen hatte man nicht viel mehr anzubieten, als daß es so wohl Gottes Wille sei.

Als die vereinigten Titanic-Kapitäne in einer Mischung aus politischer Unfähigkeit und krimineller Energie etwa eine Billion Goldmark und neun Millionen Menschenleben im Ersten Weltkrieg »ausgaben«, war das Maß voll. Das demokratische Zeitalter war die Konsequenz aus weltweiten Revolutionen und Widerstandsbewegungen derer, die nach Meinung der bisherigen Herrschaften in der Politik gar nichts zu suchen hatten. Über Nacht verschwanden die Dynastien der Habsburger, der Hohenzollern und der Romanows ebenso wie die der Osmanen, das chinesische Kaiserhaus ebenso wie die Monarchie in Portugal. Revolutionen beendeten das alte System in China und Mexiko, in Deutschland und Rußland, in der Türkei und in Persien. Kolonien und Halbkolonien zwischen Europa und dem Mittleren Osten erklärten und erlangten ihre Unabhängigkeit, von Irland bis Tibet, von den baltischen Staaten bis Afghanistan, von Polen bis zur Mongolei. Man muß sich das auf dem Globus ansehen. Zwei Drittel von Europa, Asien und Zentralamerika veränderten radikal ihre bisherige Staatsform. Die lateinamerikanischen Staaten hatten diese Entwicklung schon zwanzig Jahre vorher vollzogen: 1889 stürzten das Kaiserhaus und die Institution der Sklaverei in Brasilien, 1891 die Monarchie in Chile. Andere standen kurz davor, mit zum Teil heftigen Aufständen, von den Ländern des Nahen Ostens bis zu den Philippinen und Kuba.

Die Imperien hatten sich machtpolitisch überdehnt. Das lag jedoch nicht nur an der zum Teil enormen geographischen Ausbreitung, die sie zu Beginn des zwanzigsten Jahrhunderts erreicht hatten. Vor allem hatte sich die Qualität ihrer Gegner verändert. Aufstände sind in der Geschichte nichts Ungewöhnliches, aber sie zielen in der Regel nicht auf neue Staats- und Gesellschaftsformen. Sie beziehen sich auf verletzte alte Rechte, wollen einzelne Mißstände korrigieren oder versuchen eine Wiederherstellung der ursprünglichen Ordnung, was meist unmöglich ist. Womit sich die herrschenden Kreise jetzt konfrontiert sahen, war etwas anderes. Es waren hochorganisierte Bewegungen, die quer durch die alten sozialen Schichten liefen und über die Entschlossenheit und das notwendige Wissen verfügten, ihre Gesellschaften selbst neu zu ordnen. Die Aufstände der alten Zeit hatten mehr oder weniger alle in der Idee der Wiederherstellung oder des »guten Königs« gegipfelt. Die neuen Gegner brauchten keinen König mehr und wollten die Karten grundlegend neu mischen. Die Imperien mußten sich mit der Tatsache auseinandersetzen, daß die, die in den verschiedenen Emerald Bars schufteten, inzwischen ein ungekanntes Maß an Selbstbewußtsein und Illoyalität und eine bis dahin unvorstellbare Fähigkeit zum organisierten Handeln auf höchster Ebene entwickelt hatten.

Das deutlichste Indiz war die Entstehung eines neuen Typs von Vereinigungen und Bewegungen – seien es sozialistische, nationalrevolutionäre oder kulturrevolutionäre –, die um 1890 einsetzte. Sozialdemokratisch-sozialistische Parteien entstanden 1889/90 in Deutschland und Österreich, 1892 in Polen und Italien, 1898 in Rußland, 1893/1906 in Großbritannien, 1891 in den USA, 1910 in Australien und Neuseeland et cetera. Der indische Nationalkongreß wurde 1885 gegründet, die chinesische Kuomintang 1904, die kemalistische Bewegung in der Türkei 1905. In Lateinamerika bildeten sich neue bäuerliche Massenorganisationen. Andere nahmen ihren Ausgang von studentischen Protesten, wie die argentinische Reformbewegung von 1918 oder die Bewegung des 4. Mai (1919) in China.

Die ideologische Ausrichtung der neuen Organisationen war sehr unterschiedlich. Aber den Bewegungen, aus denen sie hervorgingen, die sich um sie gruppierten oder die von ihnen initiiert wurden, war gemeinsam, daß sie in neuartiger Weise integrativ waren; daß sie eine vorwärtsgerichtete Alternative verkörperten, der es nicht um die Restauration des Alten ging; und daß ihre Mobilisierungskraft tief in die Bevölkerung hineinreichte, tiefer, als die herrschenden Gruppen es jemals konnten. Das war das Entscheidende. Sie konnten Männer und Frauen, Intellektuelle und ArbeiterInnen, städtische Schichten und bäuerliche Bevölkerung, Angehörige verschiedener Ethnien und sozialer Traditionsgruppen zusammenbringen. Das heißt nicht, daß sie nicht von Ungleichheiten und Unterdrückungsverhältnissen zwischen diesen Gruppen dominiert wurden; aber diese Dominanz war relativ, und man nahm sich jetzt gegenseitig zur Kenntnis als Vertreter eines gemeinsamen Anliegens: die bisherigen persönlichen Herrscher zum Teufel zu jagen und eine neue Form von Kooperation zu entwickeln. Auch wenn die Ideologien dieser Organisationen es auf den ersten Blick nicht zu erkennen gaben, waren sie ihrem sozialen Charakter nach Bündnisse, und zwar nicht taktische Bündnisse auf Zeit, sondern verbunden in einem Versprechen, das auch die Verhältnisse zwischen den Beteiligten in der Zukunft neu regeln sollte.

Ein neues Bündnis, das die Grenzen der alten Gruppen sprengte; eine emanzipative Vision, die sich nicht darauf beschränkte, die Unterdrückung der Gegenwart durch die Rückkehr zu einer Vergangenheit überwinden zu wollen; die Bereitschaft, nicht nur zu protestieren, sondern Staat und Wirtschaft sofort zu übernehmen; die Fähigkeit, nicht nur Eliten, sondern Massen zu mobilisieren – das unterschied die neuen Organisationen und Bewegungen von den alten, und das machte sie zu einem Feind neuer Qualität. Das neunzehnte Jahrhundert hatte eine Menge von Aufständen gesehen: klassische Erhebungen, die von homogenen sozialen

Gruppen ausgingen, die Fremden vertreiben und die traditionelle Ordnung wiederherstellen sollten. Sie scheiterten alle. Die neuen Aufstände scheiterten nicht. Nur sie waren in der Lage, Bündnisse zu bilden, die tendenziell die gesamte Gesellschaft durchzogen, weil sie auch die traditionellen Unterdrückungsverhältnisse in Frage stellten.

Das Bündnis gegen die persönliche Herrschaft

Der dramatischste Unterschied zu den klassischen Erhebungen gekränkter Männer war die Teilnahme der Frauen an den neuen Aufständen; ein Umstand, den die siegreichen revolutionären Bewegungen oft nachträglich wieder vergessen machen wollte. Die Bolschewiki etwa waren immer noch ein Männerbund, in viel höherem Ausmaß als die russischen Anarchisten oder Sozialrevolutionäre, aber zur russischen Revolution gehörte auch der Aufstand von Frauen gegen das traditionelle Patriarchat. In den neuen Bewegungen waren Frauen nicht mehr nur ein revolutionärer Resonanzboden ohne eigene politische Repräsentation, wie noch in der Französischen Revolution, sondern sie übernahmen wichtige Funktionen und artikulierten ihr Anliegen im Rahmen der neuen Organisationen. Die russische Februarrevolution 1917, mit der das zaristische System gestürzt wurde, nahm ihren Ausgang von einem Generalstreik am internationalen Frauentag (der nach dem alten russischen Kalender nicht auf den 8. März, sondern den 23. Februar fiel) – ein Generalstreik, von dem die Parteien abgeraten, zu dem die Frauen jedoch aufgerufen hatten und dem sich nach und nach Soldaten und männliche Fabrikarbeiter anschlossen. Daß die Bolschewiki Forderungen wie Gleichberechtigung, soziale Reformen und staatliche Unterstützung für Frauen in ihr Programm aufgenommen hatten, verdankten sie dem energischen Druck führender Funktionärinnen wie Alexandra Kollontai, Nadeschda Krupskaja und Inessa Armand. Unter

Alexandra Kollontai als erster Kommissarin für soziale Aufgaben wurden Kindertagesstätten, Schwangerschaftsberatungen und Frauenbüros für Bildung und Alphabetisierung geschaffen. Zu den ersten Beschlüssen der bolschewistischen Regierung gehörte, daß jeder Mensch die Verfügung über seinen eigenen Verdienst sowie einen eigenen Paß erhielt, daß Frauen ihren Namen nach der Eheschließung behalten und ihren Wohnort selbst bestimmen konnten – was nicht weniger bedeutete, als daß Frauen jetzt nicht mehr Eigentum von Männern waren, daß sie aus der persönlichen Herrschaft befreit wurden, die Männer über sie ausüben konnten, einfach weil sie Männer waren.

Ähnliches galt für China. Die Kuomintang, bei ihrer Gründung noch eine revolutionäre Organisation, war die erste Partei, in der Frauen als Mitglieder zugelassen waren. Zu den prominentesten gehörte Chiu Chin, die die erste feministische Zeitung Chinas gründete. Auch am Aufstand von 1911 und an der Bewegung des 4. Mai (1919) waren Frauen aktiv beteiligt. Der junge Mao veröffentlichte 1919 eine Artikelserie gegen die traditionelle Unterdrückung der chinesischen Frau, und die 1921 gegründete Kommunistische Partei war dann auch die erste Organisation, die Frauen den gleichberechtigten Zugang zur Funktionärsebene verschaffte.

Die Gegner der Revolution erfaßten den revolutionären Bündnischarakter der neuen Bewegungen oft sehr viel genauer als deren eigene Führer. Die Exzesse der Konterrevolution richteten sich überall gegen Frauen und deren neue Rollenbehauptung. Der weiße Terror der deutschen Freikorpsverbände, die gegen die Aufstände 1919, 1920 und 1923 eingesetzt wurden, war von einem extremen Frauenhaß getragen, dessen schlimmstes Feindbild die aufsässige, antinationale und sexuell promiskuitive »Bolschewikin« war. Nach der Einnahme des kommunistisch besetzten Shanghai durch die chinesischen Weißen war Folter gegen Frauen an der Tagesordnung; man erzählt, daß die Soldaten Frauen enthaupteten mit dem Schlachtruf »Da habt ihr eure freie Liebe.«

Der Bündnischarakter war der Dreh- und Angelpunkt der neuen Bewegungen und Organisationen. Diese neuartige Integration war ihre fundamentale Leistung, ihr materieller Kern. Genauso wie für die Rolle der Frauen läßt sich das auch für die Rolle von ethnisch Diskriminierten, von bäuerlichen Schichten, von Ungelernten und Marginalisierten beschreiben. Wo dieses Bündnis zustande kam, veränderte es in kürzester Zeit das Gesicht der Welt, am stärksten in den Kulminationsjahren 1911 und 1917 bis 1919. Von diesen Revolutionen ging eine ungeheure Signalwirkung aus. Die ledrige Haut der Herrschaft hatte flankengroße Risse bekommen. Es fand ein regelrechter revolutionärer Erfahrungsaustausch statt, etwa auf dem Kongreß der Völker des Ostens 1920 in Baku, den Tagungen der Dritten Internationale, auch auf dem Kongreß der unterdrückten Völker 1927 in Brüssel.

In der Integrationsleistung und der verbindenden Stärke der neuen Vision lag aber auch das Problem. Denen, die die neuen Bewegungen führten, wuchs eine enorme Macht zu. Aus ihrer Sicht wurde eine Sezession, ein Wiederausscheren aus dem Bündnis, undenkbar; wer auch nur mit dem Gedanken spielte, wurde augenblicklich zum Feind. Individuen und Gruppen können aber nur dann wirklich Einfluß nehmen, wenn sie ihre Kooperation auch aufkündigen dürfen, wenn sie damit drohen können, ihre Mitwirkung einzuschränken oder aufzugeben. Alles andere sind nur Verhandlungen über die Bedingungen der Kapitulation, über den Preis, der für die Selbstaufgabe bezahlt wird. Die Macht derer, die die Integration anführten und damit den Schlüssel zur Befreiung in der Hand hatten, bewirkte deshalb über kurz oder lang, daß Vorrechte und Privilegien durch die Hintertür wieder hereinkamen, weil die Druckmittel für Veränderungen viel wirksamer beseitigt wurden als zuvor. Bauernaufstände und bäuerliche Handelsverweigerung, autonome weibliche Organisation, ethnisch begründete Widerstandskulturen, spontane oder politische Streiks, soziale Verweigerung oder auch nur politische Reserviertheit wurden dort, wo das demokratische Zeitalter seine ersten Siege errungen hatte, weit unnachgiebiger und effektiver bekämpft.

Die Integration führte diejenigen, die von Unterdrückung betroffen waren, an die Schwelle zur Befreiung; aber sie nahm ihnen gleichzeitig die Waffen, sich in einer geänderten gesellschaftlichen Konstellation zu behaupten. Denn einerseits verfügte erst das gemeinsame Bündnis über genügend Macht, die verschiedenen Formen persönlicher Herrschaft anzugreifen; aber weil das Bündnis Verweigerung und aktive Verhandlungsmacht als Sabotage ahndete, war die künftige Stellung all seiner heterogenen Teilnehmer abhängig vom »Einsehen« der führenden Gruppe. An dieser Stelle begannen die ersten Aliens zu schlüpfen, und das ist es, was in »Titanic« verschwiegen wird: der »Beginn des Klassenkampfes und der sexuellen Befreiung«, den Cameron laut eigener Aussage in seinem Film darstellen wollte, ist eben nur dann ein wirklicher Beginn, wenn die Beteiligten der Kommandoaktion anschließend nicht in das Gefängnis einer romantischen Einheit gesperrt werden, sei sie politischer oder privater Art. Die revolutionäre Freiheit der jungen Männer hatte auch in der Realität einen gewissen Sex-Appeal; nur besaßen sie nicht die liebevolle Selbstlosigkeit, nach getaner Arbeit vor den Augen ihrer Angebeteten zu ertrinken.

Das demokratische Zeitalter

Auf dem Promenadendeck, bei den alten Herrschaften, hatte man im Grunde kein Konzept für die neue Situation. Die Reaktionen erfolgten ungeordnet, ad hoc, defensiv; auch wenn man sich später bemühte, sie als geplante Transformation und geordneten Rückzug darzustellen. Ganz so wie auf der Titanic unterschätzte man die Lage. Einige schwankten hilflos zwischen Ohnmacht und Größenwahn. Der deutsche Kaiser kaute noch an der Frage seiner Abdankung herum, als er feststellen mußte, daß der Reichskanzler Max von Baden schon eine für ihn geschrieben hatte und die Presse sie bereits druckte; von dieser Ungeheuerlichkeit soll sich der Kaiser moralisch nie wieder erholt haben. Andere glaubten, das Blatt militärisch wenden zu können, und nahmen erst nach erbitterten Fehlschlägen zur Kenntnis, daß dies nicht möglich war. Die britische Regierung akzeptierte den indischen Nationalkongreß erst, versuchte ihn dann gewaltsam niederzuhalten, um dann doch wieder mit ihm zu verhandeln. Britische, französische, amerikanische, italienische und deutsche Armeeeinheiten führten 1918/19 einen offenen Interventionskrieg gegen das revolutionäre Rußland, um ihn dann wieder abzubrechen.

Erst nach und nach stellte man sich auf die veränderten Gegebenheiten ein, entwickelte so etwas wie eine Strategie. Sie bestand zuallererst darin, zur Kenntnis zu nehmen, was nicht mehr ging, sprich, den Eintritt ins demokratische Zeitalter zu vollziehen. Die alte Zeit war ganz unverhüllt eine Welt der ungleichen Tiere gewesen; jetzt ging es darum, sich zur Gleichheit zu bekennen und auf geschickte Weise dennoch gleicher als die anderen zu bleiben. Nach der ersten Panik machte man eine Reihe nützlicher Entdeckungen, die weiterhalfen. Man konnte ruhig alle wählen lassen, wenn man über die Mittel verfügte, selbst eigene Massenparteien zu gründen und die Medien zu kaufen. Es war nicht so schlimm, eine Kolonie in die Unabhängigkeit zu entlassen, wenn man sie ökonomisch und kulturell fest in das eigene Imperium einband. Soziale Zugeständnisse, selbst wenn sie Geld kosteten, waren vertretbar, wenn auf der anderen Seite der Output stieg. Auch Regierungsgewalt konnte man den bisher Ausgeschlossenen überlassen, solange man die Kontrolle der Machtmittel in der Hand behielt und damit notfalls drohen konnte. Wir dürfen annehmen, daß die ersten Prä-Aliens bei diesen Erkenntnissen Pate standen. Es ist unverkennbar frühes alienistisches Wissen, das in dieser partiellen Einlassung auf das demokratische Zeitalter zum Ausdruck kam.

Das demokratische Zeitalter war etwas grundlegend anderes als das, was man bisher manchmal als »Demokratie« bezeichnet hatte. Vom antiken Griechenland bis zum bürgerlichen Großbritannien, vom revolutionären Frankreich bis zu den imperialistischen USA galt die Faustregel, daß eine verschärfte Expansion nach außen eine Erweiterung der »rechtsfähigen« Gruppe nach innen erforderlich machte. Doch die »anderen«, Sklaven, Frauen, Kolonien, Unterklassen, Abhängige und Besitzlose, waren stets außen vor geblieben. So ging es jetzt nicht mehr. Die »anderen« hatten sich organisiert, man mußte sich mit ihnen auseinandersetzen. Als Minimum stand auf der Tagesordnung, sie am Zustandekommen und auch der Zusammensetzung der Exekutive zu beteiligen; ein Mindestmaß an materiellen Existenzgarantien zu gewähren; und die bisherigen Privilegien und Zwangsrechte nach Geburtsstand (ob Rasse, Geschlecht, Nation oder Besitz) zu relativieren – eine Revision des Reichs der ungleichen Tiere also.

Für diese Agenda profilierten sich zwei Varianten der Umsetzung, die kapitalistisch-amerikanische und die sozialistisch-sowjetische, die jeweils Modellcharakter hatten und das Verhältnis zwischen Nationen, das Verhältnis zwischen Arbeit und Kapital und die »anderen Unterdrückungsverhältnisse« (nach Rasse, Geschlecht, Stadt/Land, sozialer Schichtung und sozialer Abweichung) jeweils neu regelten. Die US-Variante sah für die internationale Ebene die geregelte Beendigung des Kolonialsystems und die Einrichtung des Völkerbunds vor – so proklamierte es Präsident Wilson 1918 in seinen »14 Punkten« und der Rede von der »demokratischen Weltrevolution«. Die extreme Machtverzerrung zwischen Arbeit und Kapital sollte durch Antitrustgesetze, progressive Steuern und die freie Tätigkeit der Gewerkschaften relativiert werden. Für »den Rest« sah dieses Programm die formale Rechtsgleichheit vor (etwa die Einführung des Frauenwahlrechts 1920 und die Abschaffung der »Intelligenztests« und anderer Spezialgesetze, mit denen man

Schwarze um ihr Wahlrecht brachte), eine schwache wohl-fahrtsstaatliche Verantwortung des Staates und die Freiheit der politischen Betätigung, solange sie sich nur auf die Wahr-nehmung von Gruppeninteressen und nicht auf »staatsfeind-liche« Aktivitäten bezog. Die sowjetische Variante strebte für die internationale Ebene, abgesehen von der Abschaffung des Kolonialsystems, die gegenseitige Unterstützung und wirtschaftliche Zusammenarbeit derjenigen Länder an, die die »soziale Revolution« vollzogen und sich den wirtschaftli-chen Erpressungsmöglichkeiten des internationalen Kapitals und der alten Kolonialmächte entziehen mußten. Das Ver-hältnis zwischen Arbeit und Kapital wurde reformiert durch Verstaatlichung von Großindustrie und Großgrundbesitz und die Verlagerung der wirtschaftlichen Entscheidungsge-walt auf staatliche Instanzen, die gesellschaftlichen Interes-sen eher Rechnung tragen würden. Die Antwort auf »den Rest« der Unterdrückungsverhältnisse beinhaltete ebenfalls formale Rechtsgleichheit; eine starke Verantwortung des Staates für materielle Korrekturen von Benachteiligung (zum Beispiel Maßnahmen, die Frauen die kontinuierliche Ausübung von Lohnarbeit ermöglichten, sowie eine ausge-prägte Bildungspolitik); und die Möglichkeit, durch die Inte-gration in die Partei Einfluß auf gesellschaftliche Entschei-dungsprozesse zu gewinnen und überkommene soziale Un-gleichheiten »von oben« aufzubrechen.

Im historischen Rückblick springen die Parallelen stärker ins Auge als die Unterschiede. In der amerikanischen Vari-ante blieben die alten Eliten nicht ungerupft, und die sowje-tische Variante beseitigte zwar Zar und Auslandskapital, aber nicht die verschiedenen Eliten in Wirtschaft, Staat und Gesellschaft. Auch die Unterscheidung, das eine Modell hätte mehr für ökonomische, das andere mehr für politische Formen der Ordnung und Unterordnung gestanden bezie-hungsweise für die Herrschaft des Kapitals einerseits, die Herrschaft des Staats andererseits, läßt sich nicht aufrechter-halten; wirtschaftliche und politische Macht waren in beiden

Modellen eng miteinander verknüpft. Beide Varianten realisierten die demokratische Miminal-Agenda. In beiden Varianten war kein Platz für Sklaverei und Adelsprivilegien, und beide schufen Möglichkeiten zu sozialer Mobilität und individuellem Aufstieg. Sie vollzogen die Verschiebung in der Funktionsweise von Herrschaft, die für das demokratische Zeitalter prägend wurde: Etwas weniger unmittelbare Gewalt, jedenfalls in »stabilen« Zeiten, wo die Kompromisse hielten, und viel mehr Manipulation. Weniger Verteidigung alter Bastionen und Vorrechte, mehr Einfluß durch zielgerichtete Kombination der Kräfte und Herstellung von Mehrheiten, durch aktive, quer durch die Gesellschaft laufende Bündnisse. Fahrstuhleffekte, die das materielle Niveau, Bildung und Einflußmöglichkeiten für breite Schichten besserten, den Abstand zu den gesellschaftlichen Eliten aber nicht verringerten. Eine Illusion der Befreiung durch die Abschaffung persönlicher Herrschaft – hier durch formale individuelle Freiheitsrechte, dort durch die Abschaffung des Privateigentums an den großen Produktionsmitteln. Weg von der Herrschaft der unverhohlen ungleichen Tiere, hin zu einem Ethos demokratischer Gleichheit, der die eigentlichen Mechanismen verschleiert, durch die einige Tiere gleicher bleiben als andere.

In voller Gestalt traten jedoch sowohl die demokratische Agenda als auch die beiden Hauptvarianten ihrer Realisierung erst in der Zeit nach dem Zweiten Weltkrieg hervor. Die Umstürze der Jahre zwischen 1910 und 1920 hatten das demokratische Zeitalter zwar mit Macht eingeläutet, die Einlassung darauf blieb jedoch halbherzig und begrenzt. Für die Herrschaften auf dem Oberdeck war die neue Zeit vorerst eine Ordnung zweiter Wahl, ein notgedrungener Kompromiß, die Entdeckung der neuen Möglichkeiten stand noch im Hintergrund. Die ungleichen Tiere räumten einige Kommandohöhen und warteten im Hintergrund auf die Gelegenheit, zurückzuschlagen und zurückzukehren. Vieles wechselte nur den Namen. Zum Beispiel konnte man jetzt Bevölkerungen und Länder nicht mehr einfach kaufen und tauschen wie beim Monopoly, so wie Rußland 1867 Alaska an die USA verkauft oder das Deutsche Reich Sansibar gegen Helgoland getauscht hatte. Der Völkerbund hatte jedoch nichts Eiligeres zu tun, als die Kolonien der Verlierer des Ersten Weltkriegs den Siegern zu überschreiben. Man sagte nur nicht »Kolonien« dazu, sondern »Mandate des Völkerbunds«. Die »Mandatsgebiete« wurden offiziell beherrscht mit dem Auftrag, sie in die Unabhängigkeit zu führen (dabei teilte man diese Länder nach ihrer »Reife« in die Klassen A, B und C ein), aber das war nicht mehr als ein Feigenblatt. Umgekehrt lernten die USA bereits die Möglichkeiten der neuen Zeit schätzen: 1913 inszenierten sie eine Revolution in Panama, das zu einem »unabhängigen« Staat wurde. Die US-Interessen am Panamakanal ließen sich so sehr viel eleganter gegen Kolumbien durchsetzen, als es mit einem häßlichen Krieg alter Schule der Fall gewesen wäre. Das waren Kabinettstückchen, mit denen Geist und Mathematik der Titanic nur umdekoriert, aber nicht wirklich umgewandelt wurden. Die persönlichen Herrscher hatten sich nur ein sehr dünnes demokratisches Mäntelchen übergeworfen, und die Aliens, von denen sie sich ab und zu beraten ließen, veranstalteten ein paar erste Fingerübungen.

Demokratie und Gewalt

Der Eintritt ins demokratische Zeitalter war nicht überall, aber sehr häufig, mit exzessiven Gewaltausbrüchen verbunden. Das galt nicht nur für die Träger der Konterrevolution, sondern auch für die Beteiligten des demokratischen Aufruhrs selbst. Ein Teil dieser Gewalt geschah schlicht aus Revanche: Gewalt – oft brutal und grausam – gegen die, deren Gewalt man bislang untertan gewesen war. An der Revanche gibt es Aspekte, mit denen man schwer rechten kann: den Wunsch, die Rückkehr alter Peiniger »todsicher« zu verhindern; den Versuch der Selbstheilung zerstörter Identität im Akt der Gegengewalt; die Notwendigkeit, sich und anderen wirklich zu zeigen, daß die Dinge jetzt anders liegen. Die Revanche beinhaltet aber immer auch eine Verinnerlichung der alten Regeln: Nur, wer töten kann, wird als freier Mann anerkannt; und nur wer in großem Stil, gezielt und geplant töten kann, wird als Staat anerkannt. Beides zusammen begründet eine fatale Kultur der Gewalt, die in vielen nachrevolutionären Ländern herrscht, zuletzt im demokratischen Südafrika nach dem Fall der Apartheid.

Ein zweiter Teil der Gewalt, die am Übergang zum demokratischen Zeitalter grassiert, besteht in einer zynischen Korrektur der demokratischen Mathematik. Wenn Mehrheiten eine Rolle spielen, wenn nationale Selbstbestimmung und Selbstorganisation sozialer Gruppen schwer abweisbare Forderungen sind, dann muß man eben diejenigen beseitigen, die die eigene Kalkulation stören. So begingen die Kräfte, die mit der nationalrevolutionären Bewegung die moderne Türkei schufen, den Völkermord an den Armeniern, den ersten Genozid des zwanzigsten Jahrhunderts. Die Lynchjustiz gegen Schwarze im Süden der USA, die nach 1919 wieder großen Auftrieb bekam, drückte dasselbe Kalkül aus, ebenso wie die bolschewistische Politik in den Jahren des Bürgerkriegs, nicht nur Individuen, sondern auch ganze soziale Gruppen auszulöschen.

Der dritte Teil der Gewalt schließlich, die den Übergang ins demokratische Zeitalter begleitet, betrifft die neue Staatsräson und die Durchsetzung alter Unterdrückungsverhältnisse, insbesondere zwischen Stadt und Land, Zentrum und Peripherie, aber auch zwischen Geschlechtern, zwischen ethnischen Gruppen, zwischen Staat und Individuen. In manchen Fällen war es verbrecherische Borniertheit, mit der die revolutionären Bündnisversprechen leichtfertig gebrochen wurden. Wenn es darum ging, die Ordnung, die Produktion, die nationale Einheit oder was immer aufrechtzuerhalten, verhandelten die dominanten Gruppen nicht, sondern beendeten Konflikte mit Gewalt – was nur zeigte, daß ihnen diese Werte wesentlich näherstanden als das Schicksal ihrer BündnispartnerInnen. Ihre Macht zogen sie allerdings auch daraus, daß es meist keine artikulierten Alternativen gab, die für alle gangbar und praktikabel gewesen wären.

Die Zeit des alten Käses

So vollzog sich neben und nach dem Weltkrieg ein großer Bürgerkrieg. Entgegen den heroischen Darstellungen waren die Fronten unübersichtlich. Zum einen standen sich die Reste der persönlichen Herrscherclique und der demokratische Aufruhr der Gesellschaft gegenüber, zum anderen festigten die dominanten Gruppen innerhalb der revolutionären Bündnisse ihre Macht. Die Kompromisse, die danach ein paar friedliche Jahre lang hielten, wurden selbst mit Gewalt geschrieben.

Unter der Oberfläche aber gärte es weiter. Der Untergang der Titanic, die Erschütterung des alten Systems, die Ohrfeigen für die Arroganz der selbstgefälligen Übermenschen jeder Art hatten einen Spalt geöffnet, durch den der Geruch von Freiheit, von Regelüberschreitung, überallhin strömte. Eine Menge alte Rechnungen wurden beglichen, neue Lebensformen ausprobiert. Gerade diejenigen, die unter den »sonstigen Unterdrückungsformen« firmierten, testeten aus, was möglich war, und das nicht nur in den städtischen Zentren. Es war ein bißchen wie in der Geschichte vom Sohn einer Immigrantenfamilie, die jahrelang am Eßtisch unter dem Dogma leidet, daß es Sünde ist, Lebensmittel wegzuwerfen, ganz egal, wie sie inzwischen schmecken mögen. Als er endlich genug Geld verdient, um sich ein eigenes Dach überm Kopf zu leisten, veranstaltet er eine Art Ritual, bei dem er einen Brotkanten und ein Stück verschimmelten Käse mit den Worten beerdigt: »I, William Joseph III., do declare the time of old cheese and hard bread to be dead and gone for ever.«

Auch wenn die politischen Fronten sich festfraßen, hatte das Gefühl, die Zeit des alten Käses sei vorbei, in vielen Beziehungen und Verhältnissen seine Wirkung. Es blieb den Aliens vorbehalten, damit fertigzuwerden. Sie mußten auf ihre große Zeit noch eine Weile warten und gründeten vorerst schon mal Hollywood.

2. Busfahren im Postfaschismus

Der Bus hält, die Türen gehen quietschend auf. Ein Rudel Grundschüler schwappt herein. Im allgemeinen Chaos des Ein- und Aussteigens gelingt es ihnen, sich auf die beiden vordersten Reihen zu quetschen: die Mädels vorn, die Jungs dahinter; man lebt in der Altersphase der offenen Geschlechterfeindschaft. Vorne links sitzt Natalie, die als einzige von ihren Begleiterinnen immer wieder mit Namen angeredet wird und Geschichten vom Wochenende zum besten gibt. Die Jungs lästern über Mädchen im allgemeinen und ganz besonders über Natalie. Die Girls tun so, als ob sie nichts hören. Aber nach einer Weile läßt Natalie beiläufig fallen, der da hinten mit den großen Ohren sei ja in Angela verliebt, das wisse sie genau, haha, und schließt ein passendes Kinderreimchen an, das noch einigermaßen jugendfrei ist.

Die großen Ohren laufen knallrot an. Es geht immerhin um die kolossale Unterstellung, ein persönliches Verhältnis mit dem Feind zu haben. Natürlich kann man einem Mädchen kein Wort glauben, aber die Luft zwischen den großen Ohren und seinem Männerbund links und rechts auf der Bank wird sofort etwas dünner. Ein ungeschicktes Dementi wird nach vorn geschleudert, was dort auf ausgesuchte Heiterkeit stößt. Ein Wort gibt das andere, schließlich wird auf der hinteren Bank ein geordneter Rückzug versucht und eine Teilniederlage akzeptiert, mit einem wegwerfenden »Fick dich ins Knie«. »Fick dich doch selber«, tönt es fröhlich zurück.

Die Spannung im Bus knistert förmlich. Die Rentnerinnen, die im Mittelgang vor der Türe stehen und dem lärmenden Spektakel schmallippig zusehen, wachsen zu einer Mauer des Vorwurfs zusammen. Daß das Jungvolk nicht im Traum daran denkt, seine Sitzplätze den dort hinten versammelten vierhundert Jahren Arthrose anzubieten, ist eine Sache; aber daß es in der Öffentlichkeit Obszönitäten austausch, wie wenn keine Erwachsenen anwesend wären, ist eine andere.

Vorne scheint das Treiben wieder zum Anfang zurückzukehren: Die Girls erzählen sich Geschichten, die Jungs lästern über die Girls, allerdings etwas weniger laut als vorher. Aber Natalie beschließt, ein Exempel zu statuieren. Sie habe klare Beweise, greift sie das Thema wieder auf, in der Klasse abgefangene Briefchen: Hallo Angela, was machst du nach der Schule? Dein Gerd, haha, mit fünf Rechtschreibfehlern, und ausgerechnet Gerd, der nicht mal beim Pinkeln seinen Pimmel richtig halten könne, prust.

Die großen Ohren, die offenbar Gerd heißen, krümmen sich schmerzhaft zusammen. Ein fragender Blick ruht auf jedem Ohr. Mit »Lüge« und »Schwein« ist es jetzt als Dementi nicht mehr getan, jetzt müssen »Fotze« und »Schlampe« her. Im Bus breitet sich Unruhe aus. Natalie zieht die Sache unbeirrt durch und wühlt weiter in Peinlichkeiten. Schließlich nimmt Gerd seine wieder knallroten Ohren, quetscht sich raus auf den Gang und knallt Natalie eine an die Schulter. Empörung und Geschrei in der vorderen Reihe sind groß, aber auch die Befriedigung: Gerd hat eingestanden, daß ihm nichts mehr einfällt und er es nicht mehr aushält; die totale Kapitulation. Gerd zieht sich mit hängenden Schultern in die zweite Bank zurück, ein geschlagener Mann, jedoch wieder aufgenommen von seiner Männergemeinschaft, die bis zur verbleibenden Haltestelle nur noch über Fußball spricht. Dann steigen alle zusammen aus.

Die Rentnergang im Mittelgang atmet schwer. Die Gesichter sind kalkweiß vor Ohnmacht. Kopfschütteln und Bitterkeit. In welchen Zeiten leben wir? Stellt das denn niemand ab? Ein paar hinter die Löffel, das wär's gewesen, früher. Aber es stellt niemand ab, es greift auch niemand ein.

Ich liebe solche Szenen. Sie zeigen einem, daß man wirklich in einer postfaschistischen Gesellschaft lebt. Man kann nicht überall auf der Welt so Bus fahren. Auch hier kann man das noch gar nicht so lange.

Im alienistischen Begriffszoo

Nicht von ungefähr hat die Auseinandersetzung um Faschismus und Postfaschismus in den letzten Jahren mehr Menschen (und mehr Aliens) beschäftigt als die Auseinandersetzung um Sozialismus und Kapitalismus. Der Alienismus beerbt den Faschismus; aber die Frage, welche Ausgestaltung von Postfaschismus sich in einer Gesellschaft durchsetzt, wird erst danach, und oft sehr viel später, ausgefochten.

Der Faschismus, um es gleich zu sagen, ist keine Herrschaft von Aliens. Natürlich gibt es Aliens, die für ihn arbeiten; aber Aliens arbeiten schließlich für alle und jeden, wenn die Kasse stimmt. Der Faschismus ist eine durch und durch menschliche Angelegenheit. Er ist der letzte Versuch, bevor die Aliens übernehmen. Er ist Konterrevolution gegen das demokratische Zeitalter und Demokratie-Exzeß in einem. Er ist das letzte Aufgebot persönlicher Herrschaft und gleichzeitig ihr Ausverkauf. Er verschmilzt die alten Eliten, die noch nicht bereit sind, sich von der Ära persönlicher Herrschaft zu verabschieden, mit breiten Kreisen, die gegen diese Ära nichts anderes einzuwenden haben, als daß sie nicht dazugehörten. Herrschaft im demokratischen Zeitalter kann den bisherigen Untergebenen den Zugang zu Politik und Öffentlichkeit weder komplett vorenthalten noch bedingungslos gestatten; sie muß den Ressentiments gegen die Herrschaft der wenigen Raum geben, ohne das Prinzip von Herrschaft zu zerstören. Der Faschismus ist eine entsetzliche, aber auf Zeit funktionsfähige Variante, dieses Dilemma zu lösen. Als solche bleibt er im gesamten demokratischen Zeitalter eine potentielle, bedrohliche Alternative.

Aliens haben kein Problem damit, über Faschismus zu reden. Sie reden sogar ausgesprochen gern darüber, halten Ge-

86

schichtswettbewerbe ab und stellen Mahnmale auf. Schließlich sind sie die Erben. Sie verstehen allerdings keinen Spaß, wenn jemand versucht, den Faschismus-Begriff außerhalb des Käfigs zu verwenden, den sie ihm in ihrem Begriffszoo zugewiesen haben. Der Satz »Das ist Faschismus!« darf nicht frei herumlaufen. Darin sind sich die verschiedenen Spielarten von Aliens einig.

Nach marxistischer Lesart kann der Faschismus-Begriff nicht von seiner Verbindung zum Kapitalismus gelöst werden; sozialistische Länder sind damit per definitionem vom Vorkommen von Faschismus befreit. Nach bürgerlich-westlicher Lesart ist die Verwendung des Faschismus-Begriffs außerhalb seiner historischen Epoche, nämlich Europa in den dreißiger und vierziger Jahren, nicht zulässig. Das heutige Afghanistan der Taliban-Herrschaft scheidet damit ebenso aus dem Faschismus-Verdacht aus wie die Apartheid in Südafrika vor 1994 oder in den USA der fünfziger Jahre. Auch das Beharren, die Dimension des von Deutschen an Juden verübten Holocaust verbiete jedes Vergleichen, erhält seine alienistische Wendung dann, wenn damit auch jedes Nachdenken über Faschismus jenseits dieser zeitlichen und räumlichen Grenzen gekappt wird. In jedem Fall bleibt der Faschismus im Kasten. Er wird solange begrifflich eingehegt und eingemauert, bis er für die Realität nach 1945, außerhalb Mitteleuropas und unterhalb der Ebene kompletter totalitärer Staatssysteme nicht mehr taugt. Daß dennoch Menschen überall auf der Welt von Faschismus sprechen und ihn als lebendiges Phänomen erleben, ist in den Augen der alienistischen Begriffswächter nicht erlaubt.

Diese begriffliche Einhegung geht mit Eurozentrismus, latentem Rassismus und elitärem Denken einher: Als der eigentliche Horror des Faschismus wird empfunden, daß etablierte, zivilisierte, weiße Männer zu so etwas fähig sind beziehungsweise plötzlich zu Opfern werden können. Man nennt das Zivilisationsbruch, weil die bisherige zivilisatorische Aufteilung in Henker und Opfer zusammenbricht und teilweise neugeordnet wird; worin auch gleich die Perspektive enthalten ist, diesen Bruch wieder zu kitten und mit der Zivilisation weiterzumachen.

Wer nicht zur aristokratischen Zivilisationselite, zur Kaste der Dichter und Denker gehört oder wer glaubt, Faschismus nicht in Geschichtsbüchern, sondern auf dem Schulhof oder auf dem Sozialamt zu erfahren, soll das gefährliche Wort Faschismus dagegen gar nicht erst ausgehändigt bekommen. Dieses Verfahren ist typisch für alienistische Begriffsbildung. Sie folgt generell der Maxime »Freedom is the answer to a question you don't have to ask« – Freiheit ist die Antwort auf eine Frage, die *du* nicht zu stellen hast (aus dem Song »No White Clouds« aus dem Soundtrack zu »Strange Days«).

Faschismus und Demokratie

Wie muß ein Faschismus-Begriff aussehen, der mit dieser Maxime bricht, der kein alienistischer sein soll? Er muß sich dafür interessieren, wie und wofür Menschen den Ausdruck »Faschismus« verwenden. Es gibt ein Alltagsbewußtsein davon, was »faschistisch« ist, und diese aus gesellschaftlicher und historischer Erfahrung geronnene Vorstellung gilt es ernst zu nehmen. Ein aus dem Käfig befreiter Faschismus-Begriff muß sicherlich zu den historischen »Referenzfaschismen« in Deutschland, Italien und Spanien passen; er muß aber so offen sein, die Artikulation »Das ist Faschismus« auch außerhalb dieser Referenzfaschismen zuzulassen. Er sollte es unterlassen, Behauptungen darüber, wieso und woraus Faschismus entsteht, gleich mit in die Definition hineinzubasteln. Deshalb sollte er sich auch nicht vorrangig an formalen Strukturen der gesellschaftlichen Ordnung orientieren, sondern an der gesellschaftlichen Realität, wie sie Menschen erfahren.

So betrachtet gehören zum Faschismus fünf Elemente:
– Der Exzeß der Gewalt und die Brutalität der Mittel. Im

Faschismus herrscht nicht nur Unterdrückung, sondern Liquidierung und Terror. Widerstand und Abweichung sollen nicht kontrolliert, sondern ausgemerzt werden.

– Die Ausgrenzung konkreter, definierter Gruppen als Menschen minderen Rechts, die von den »Vollbürgern« separiert und ihnen untergeordnet werden. Im Faschismus herrscht Apartheid. Die Angehörigen der »minderwertigen« Gruppen sind nicht nur Ziel staatlicher Gewalt; ihnen gegenüber sind alle Angehörige der »vollwertigen« Gruppe zur Ausübung von Gewalttaten (Mißhandlung, Vergewaltigung, Tötung) berechtigt und aufgerufen, die gegen Mitglieder der »vollwertigen« Gruppe streng sanktioniert würde.

– Eine Ideologie des Herrenmenschentums, die eine solche Praxis legitimiert. Die Herren (Sartre spricht von den »Chefs« und den »Chefvölkern«) verhandeln nicht, sie bestimmen; sie dulden keinen Widerspruch; sie sind Subjekte, umgeben von bloßen Objekten, denen ihre Rollen zudiktiert werden. Die Ideologie des Herrenmenschentums kultiviert männlich-soldatische Werte und das Prinzip von Befehl und Gehorsam. Sie fordert und legitimiert den bewußten Bruch mit traditionellen oder allgemeinmenschlichen Moralvorstellungen und stiftet eine »Gemeinschaft der Übertretung«, aus der kein Mitglied der »Chefgruppe« sich absetzen darf.

– Eine totalitäre Öffentlichkeit, die zentral organisiert ist. Kritik an der gesellschaftlichen Realität ist nicht möglich, Infragestellung der herrschenden Ordnung wird nicht geduldet. Prinzipiell abweichende Meinungen sind nicht bloß machtlos oder werden sanktioniert; sie werden beseitigt. Differenzen können nur ausgewiesene, vorgelagerte Detailbereiche betreffen. Die Artikulation von Interessen, die sich nicht als identisch mit dem »Volkswohl« bezeichnen, wird verfolgt; im Zuge dieser Verfolgung kann die Öffentlichkeit sich beliebig weit in die Privatsphäre hinein ausdehnen.

– Schließlich gehört zum Faschismus die systematische und geplante Vernichtung ganzer Bevölkerungsgruppen, im eigenen Land oder darüber hinaus. Das Extrem dieser Vernichtung, das nur von einigen faschistischen Staaten erreicht wird, ist der Völkermord. Massenmord geschieht nicht spontan, er muß organisatorisch wie psychologisch vorbereitet werden. Der Faschismus entwirft eine künstliche Gesellschaft, in der ausgewiesene Gruppen keinen Platz haben und beseitigt werden – in einer kriminellen Anstrengung, die wissenschaftliche, bürokratische und technische Bemühungen mit einschließt und einem schrankenlosen Effizienzdenken folgt. Die Vernichtung erscheint als »Säuberung« von »Überflüssigem« und »Schädlichem«. Die »Überflüssigen« der neuen Gesellschaft können ethnische Gruppen sein, aber auch soziale Milieus. Die Vernichtung kann durch direkten Massenmord, durch Entzug der Lebensgrundlagen, durch Preisgabe gegenüber existentiellen Bedrohungen (Naturkatastrophen, Zusammenbruch der Versorgung, Gewalt durch andere) erfolgen.

Diese fünf Punkte – Terror, Apartheid, Herrenmenschentum, totalitäre Öffentlichkeit, geplante Vernichtung – spannen einen Rahmen auf, innerhalb dessen unterschiedliche nationale und historische Ausprägungen des Faschismus auftreten, die gleichzeitig aber als gemeinsames Phänomen betrachtet werden können. Die Singularität der industriellen Judenvernichtung im faschistischen Deutschland ist damit nicht bestritten. Bestritten wird allerdings, daß sich bestimmte politische und wirtschaftliche Ausgangssysteme von vornherein ausnehmen ließen. Ein solcher Faschismus-Begriff entgeht eher dem Eurozentrismus und allzu schneller politischer Vereinnahmung oder Unschädlichmachung. Er ermöglicht es, Faschismus zu nennen, was wie Faschismus aussieht.

Die fünf Kriterien beinhalten auch, daß der Faschismus eine Herrschaftsform innerhalb des demokratischen Zeitalters ist. Er wendet sich gegen die Zumutungen des demokratischen Zeitalters, gegen die Infragestellung bisheriger Emerald Bars, die Bedrohung persönlicher Herrschaft. Gleichzeitig ist er aber auch eine Verkörperung des demokratischen

Zeitalters, quasi ein Demokratie-Exzeß. Die Diktatur eines Apparats, so brutal sie auch sein mag, macht allein noch keinen Faschismus aus; dazu gehört eine soziale Basis, eine breite gesellschaftliche Akzeptanz, eine Zustimmung von unten. Faschismus integriert und privilegiert bestimmte Gruppen (und eben nicht nur eine enge Herrschaftsclique), so wie er andere ausgrenzt, ihnen minderen Status zuweist oder sie liquidiert. Er bedient die Ansprüche weiter Bevölkerungsteile auf Dominanz, Autorität und Sicherheit.

Die Systematik der Vernichtung ist nicht denkbar ohne die Breite der Komplizenschaft. Hier sind keine Konquistadoren am Werk, sondern Bevölkerungsmehrheiten, die in den Status kollektiver persönlicher Herrschaft aufsteigen. Die Qualität der demokratischen Bewegungen des zwanzigsten Jahrhunderts, erstmals die Gesellschaft in ihrer ganzen Breite zu erfassen und zu organisieren, verwandelt sich in die Einfallstraßen, auf denen staatliche Macht jeden Winkel der Gesellschaft erreichen kann. Die Idee der Neugestaltung wird zu einer Gesellschaftstheorie, die keine gegebene »natürliche Ordnung« verteidigt, sondern eine künstliche schaffen will – eine, in der nicht für alle Platz ist.

Das Herrenmenschentum ist dabei die soziale Neuvermessung der Grenzen zwischen Menschen und Untermenschen. Die Herrenmenschen der »Volksgemeinschaft« sind die demokratische Verallgemeinerung der früheren persönlichen Herrschaft. In der vordemokratischen Ära herrschten wenige »Besondere« über die »Normalen«, und beide zusammen bildeten eine Gesellschaft von oben und unten. Im Faschismus herrschen »Normale« über »Anormale«, und die »Normalen« sind sich selbst Gesellschaft genug. Für die Beherrschten der alten Zeit gab es einen untergeordneten Platz, für die »Anormalen« der neuen Zeit gibt es gar keinen. Sie werden nicht ausgebeutet, sondern beraubt, benutzt und weggeworfen.

Die klassische ideologische Konstruktion dafür ist das Konzept der »Rasse«. Die »Herrengruppe« der Volksgemeinschaft muß aber nicht unbedingt als »Rasse« konstruiert werden; sie kann ebenso als soziale Gruppe oder als Träger einer authentischen Kultur oder zukünftigen Zivilisation auftreten. Jedenfalls ist sie nie rein biologistisch definiert: Man kann sich auch durch Mißverhalten und fehlende Komplizenschaft außerhalb der »Rasse« stellen. Hier kommt wieder das demokratische Dilemma zum Tragen. Herrschaft innerhalb der »Normalen« erscheint nicht mehr als Herrschaft, sondern als gemeinschaftliche Ordnung, weil Abweichungen als »unrassisch« oder »anormal« ausgeschlossen werden. Antisemitismus zum Beispiel ist deshalb immer auch ein Ordnungsprinzip *innerhalb* der nicht-jüdischen Volksgemeinschaft.

Faschismus ist kein eigengesetzliches (ökonomisches oder politisches) »System«. Er ist eine soziale Praxis, die im faschistischen Staat ihre reinste Verkörperung findet, aber auch unterhalb der staatlichen Ebene stattfindet.

Globalität und Aktualität

Aus einer solchen Perspektive ist Faschismus kein abgeschlossenes Phänomen. Europa erlebt zwar in den dreißiger und vierziger Jahren eine Hochkonjunktur faschistischer Systeme. Aber es gibt auch den »langen Faschismus«, der in Spanien bis 1975 und in Portugal bis 1974 dauert, und die Militärputsche in Griechenland 1967 und in der Türkei 1980 haben ebenfalls faschistische gesellschaftliche Verhältnisse etabliert (die in Griechenland bis 1973 anhielten und in der Türkei nach wie vor nicht beendet sind).

Faschismus ist keinesfalls ein europäisches Phänomen. Der japanische Faschismus der Jahre von 1926 bis 1945 ist das Pendant der europäischen »Referenzfaschismen«, mit denen er verbündet war. Die sechziger und siebziger Jahre brachten eine Konjunktur des Faschismus in Lateinamerika, die mit der europäischen der dreißiger und vierziger Jahre vergleichbar ist (Brasilien 1964–1985, Argentinien 1976 bis 1983, Uruguay 1973–1984, Chile 1973–1990). Dem »weißen« Faschismus in Algerien (1947–1962) und Südafrika sind »schwarze« Faschismen gefolgt – am dramatischsten in Ruanda 1993/94, aber zuvor auch im Uganda Idi Amins (1971–1979) und im Zaire/Kongo Mobutus, in jüngerer Zeit in Nigeria (1993–1998). Die für die neunziger Jahre typische Form eines Faschismus in nationalistisch »befreiten« Teilstaaten, durch das serbische Bosnien demonstriert, findet sich ebenfalls in einer Reihe afrikanischer Länder. Im asiatischen Raum müssen der indonesische Faschismus unter Suharto und das zeitgenössische Afghanistan unter den Taliban als prominente Beispiele der Zeit nach 1945 gelten, aber auch ein Regime, das in der Effektivität der Menschenvernichtung nur vom deutschen Nationalsozialismus übertroffen wurde: Kambodscha unter Pol Pot und den Roten Khmer in den furchtbaren Jahren 1975 bis 1979.

Kambodscha ist zugleich ein Beispiel für die Existenz eines sozialistischen Faschismus. Die Roten Khmer waren nichts anderes als die Kommunistische Partei Kambodschas, an die Macht geholt von einer abgewirtschafteten nationalen Monarchie. Die Zahl ihrer Opfer liegt zwischen einer halben und einer Million, Ergebnis einer zielgerichteten, geplanten und angekündigten Vernichtung: politisch und ethnisch motivierte Exekutionen, Umsiedlungen und Zwangsarbeit. Es fehlt keines der faschistischen Kriterien und keines der aus anderen faschistischen Staaten bekannten Bilder. Zwischen der aus Phnom Penh vertriebenen Bevölkerung und den Dorfbewohnern ihrer Umsiedlungsorte herrschte Apartheid: Die ehemaligen Städter hatten minimale Rechte und minimale Lebensmittelrationen, sie wohnten von der bisherigen Landbevölkerung getrennt, Kontakte oder gar Heiraten waren streng untersagt. Die in Kambodscha lebenden Vietnamesen wurden als erste umgebracht, die Bewohner der Ostregionen als »Quasi-Vietnamesen« systematisch vernichtet, zum Teil nach Transporten durchs halbe Land, durch eine spezielle Kleidung als »Blaue« gekennzeichnet. Invalide, Behinderte und psychisch Kranke wurden ebenso selbstverständlich ermordet wie religiöse Minderheiten und zehntausende »Verräter« im Land und in der Partei. Die Mehrzahl der Exekutierten wurde erschlagen, um Munition zu sparen. Die Träger der sozialen Komplizenschaft waren vor allem die »Kollektive«, die auf dem Land praktisch die Macht über Leben und Tod hatten, und die soldatischen Garden, ein Großteil davon im Kindesalter.

Das Kambodscha der Roten Khmer ist nicht der einzige Fall eines sozialistischen Faschismus. Andere sind die Sowjetunion in den »stalinistischen« Jahren und China während der Kulturrevolution. Gleichwohl ist der Faschismus eine Ausnahmeerscheinung, im Kommunismus ebenso wie im Kapitalismus. Das gilt auch für andere Ordnungssysteme des Jahrhunderts: Es gibt einen faschistischen Islamismus, im Iran oder im Sudan etwa, aber das bedeutet nicht, daß Islamismus gleich Faschismus wäre. Umgekehrt gibt es, und dies ist die wesentliche Schlußfolgerung, kein Ordnungssystem, das eine Gesellschaft »faschismussicher« machen würde. Auf die institutionelle Struktur, auf die Loyalität der Eliten zur bisherigen Ordnung, auf die Verzichtbereitschaft derer, denen Machteinbußen abgerungen werden, ist kein Verlaß.

Faschistische Systeme enden auf unterschiedliche Weise: institutionelle Ablösung, erfolgreicher Aufstand, Befreiung von außen. Immer aber kommt es nach der Überwindung des Faschismus zu einer grundlegend neuen gesellschaftlichen Situation: dem postfaschistischen Konsens.

Der postfaschistische Konsens

Wenn in den meisten postfaschistischen Staaten der Faschismus nicht wiederkehrt, liegt das nicht etwa an institutionellen »Sicherungen« oder an einem »Optionswechsel« der Eliten. Grundlage dafür ist vielmehr eine mehrheitliche gesellschaftliche Übereinkunft, daß es »das« nie wieder geben darf.

Dieser postfaschistische Konsens stellt sich nicht automatisch mit dem Ende des Faschismus ein, sondern entwickelt und verfestigt sich erst wesentlich später. Bedingung dafür ist zum Beispiel das öffentliche und allgemeine Eingeständnis, daß es überhaupt Faschismus gegeben hat, und die Aufklärung darüber, was sich in dieser Zeit ereignet hat. Deshalb hat die Auseinandersetzung über die Wehrmachtsausstellung in den letzten Jahren solche Popularität erlangt: Sie war ein wichtiger Eckpunkt für die Festschreibung eines postfaschistischen Konsenses in Deutschland, der in den fünfziger und sechziger Jahren keineswegs existierte und auch nach '68 von den politischen Eliten nicht durchweg geteilt wurde. Deshalb ist es keine Bagatelle, wenn gerichtlich festgestellt wird, daß die schlichte Tatsache »Soldaten sind Mörder« endlich straffrei öffentlich ausgesprochen werden darf (auch wenn noch »Tucholsky« drunterstehen muß). Deshalb ist schließlich auch die Frage der juristischen Verantwortung und der rückhaltlosen Aufklärung faschistischer Verbrechen, über die jahrelang in Brasilien und Südafrika gestritten wurde, so wichtig.

Zum Eingeständnis und zur Aufklärung muß aber noch ein drittes Moment treten, und dies ist das kontroverseste. Der postfaschistische Konsens muß getragen sein von gesellschaftlichen Bewegungen, die den Faschismus unterhalb der staatlichen Ebene auflösen – den Faschismus in der Gesellschaft.

In praktisch jeder Gesellschaft im demokratischen Zeitalter sind soziale Strukturen, gesellschaftliche Mikroverhältnisse, persönliche Haltungen und institutionelle Machtverhältnisse vorhanden, die den Kriterien für den faschistischen Staat entsprechen. Relativ leicht greifbar sind dabei die direkten Kontinuitäten: personelle, institutionelle und ideologische Kontinuitäten. Hierzu gehört (abgesehen von faschistischen Funktionsträgern, die »weiterarbeiten«) etwa das deutsche Staatsbürgerrecht, das nach dem Bluts- und Abstammungsprinzip funktioniert. Erst in den letzten Jahren wurden faschistische Tendenzen im Ausländerrecht neu belebt, so die Regelung, daß Ausländer nur Arbeit annehmen dürfen, für die während mehrerer Wochen Karenzzeit kein Deutscher vermittelt werden kann. Faschismus in der Gesellschaft sind auch die direkten Versatzstücke: Elemente faschistischer Sozialordnung, die auch außerhalb faschistischer Staaten auftreten. Hierher gehören die Vorschläge zur »Arbeitspflicht«, Tendenzen zur Eugenik, Formen sozialer Apartheid et cetera.

Solche Versatzstücke finden sich keineswegs nur als Begleit- oder Folgeerscheinungen eines faschistischen Staates. In den USA etwa hat es nie einen Faschismus an der Macht gegeben (und dies ist eine eigenständige Leistung der amerikanischen Gesellschaft und ein Teil ihrer weltweiten politischen Autorität und Attraktivität im demokratischen Zeitalter, den man einfach anerkennen muß). Aber es hat sehr wohl faschistische Versatzstücke gegeben, wie die Apartheid zwischen Schwarzen und Weißen vor 1962, und Phasen, in denen sich faschistische Tendenzen bedrohlich verdichten konnten, wie die McCarthy-Ära. Israel war, entgegen einer fatalen Modebehauptung der deutschen Linken in den Siebzigern, nie ein faschistischer Staat. Dies bedeutet jedoch nicht, daß es in einem jüdischen Staat per se keinen Faschismus geben kann. Daß diese Potentiale, die sich etwa in der Palästinenser-Politik zeigten, nicht die Oberhand gewinnen konnten, ist ebenfalls eine eigenständige Leistung der israelischen Gesellschaft; auch dies gilt es anzuerkennen.

Kompliziert wird der Faschismus in der Gesellschaft, wenn wir auf Verhaltens- und Denkmuster treffen, die genau zum faschistischen Staat passen, aber sich nicht so schnell verraten. Wir alle kennen solche Situationen.

Die Dr.-Röppel-Experience

Nehmen wir Dr. Röppel. Dr. Röppel ist Lehrer an einem Schulzentrum; der Name ist geändert, den Dr. trägt er aber auch in der Realität wie einen Schutzschild vor sich her. Dr. Röppel mag es gern kameradschaftlich. Er legt großen Wert auf das soziale Verhalten, genaugenommen, auf das sozial richtige Verhalten. Das Wort »Klassengemeinschaft« verwendet er häufig; Dr. Röppel assoziiert damit nicht etwa »Volksgemeinschaft«, sondern Pädagogik. Er fühlt sich als moderner Pädagoge, und er war auch mal demonstrieren, damals in den Sechzigern. Er sieht sich nicht als Autoritätsperson, sonden spricht davon, daß sich in einer sozialen Gemeinschaft alle an bestimmte Regeln halten müssen.

Schwierig mit Dr. Röppel wird es, wenn sich eines der Zwangsmitglieder der »Klassengemeinschaft« – nennen wir es X, nicht an diese Regeln hält. Dr. Röppel bemüht sich dann, das abzustellen. Zunächst mobilisiert er die Klassengemeinschaft selbst und läßt sie auf demokratischen Klassenversammlungen darüber sprechen, daß sich alle an bestimmte Regeln halten müssen, insbesondere auch X. Dann spricht er mit den Eltern, damit die dafür sorgen, daß das Problem abgestellt wird. Mit X spricht er nicht. Er verhängt ein paar Strafarbeiten, die er zu diesem Zeitpunkt noch nicht Strafarbeiten nennt, sondern »Gelegenheiten, um nachzudenken«.

Wenn all das nichts hilft, beginnt Dr. Röppel über »Lösungen« nachzudenken. Ihm fallen ein: Versetzung aus der Klasse, schulpsychologischer Dienst, Therapie. X führt Gespräche mit dem Schulpsychologen, die in den Augen Dr. Röppels aber nichts bringen: X findet die Gespräche prima, verhält sich aber nach wie vor dysfunktional in der Gemeinschaft. Dr. Röppel will jetzt wirklich Lösungen, so oder so. Er kommt auf die Strafarbeiten zurück, die er jetzt auch so nennt, und dann auf Schulstrafen. Dr. Röppel hat von Anfang an unaufgefordert darauf hingewiesen, wie es weitergeht, wenn das Problem sich nicht von selber löst: Klassenkonferenz, Verweis, Direktoratsverweis, Verweisung von der Schule, Verweisung von sämtlichen Schulen des Landes. Mehr hat er leider zu diesem historischen Zeitpunkt nicht zur Verfügung. Da X immer noch nicht findet, daß er ein Problem ist, das gelöst werden muß, kann die Sache tatsächlich nur mit einem schleunigen Schulwechsel enden, der die Lage dann auch entspannt. An diesem Punkt stellt sich die Frage, ob Dr. Röppel eigentlich auch auf X schießen würde, wenn er ihn anders nicht davon abhalten könnte, sich ungemeinschaftlich zu verhalten. Dr. Röppel selbst weist eine solche unglaubliche Unterstellung entrüstet zurück. Er ist schließlich kein Faschist!

Doch hier täuscht sich Dr. Röppel. Wir können nicht sagen, was Dr. Röppel tun würde, wenn ihm der postfaschistische Staat, in dem wir hier und heute leben, nicht eine äußere Grenze ziehen würde. Es läßt sich aber sagen, daß Dr. Röppel Verhaltens- und Denkmuster repräsentiert, die den Elementen des faschistischen Staates beziehungsweise der in ihm ausgeübten sozialen Praxis entsprechen:

– ein Denken in Endlösungen, das sich um jeden Preis durchsetzen muß. Die endgültige Lösung wird unnachgiebig angestrebt, ohne Grenzen und Verhältnismäßigkeiten;

– ein Leugnen und Rationalisieren struktureller Gewalt. Der strukturell Mächtigere, der »Chef«, stellt sich vielmehr als Opfer dar, das sich zur Wehr setzen muß;

– eine fundamentale Konfliktunfähigkeit, die Widerspruch nicht ertragen kann. Konflikte werden nicht als Widerstreit von Interessen erlebt, sondern als Verteidigung eines Allgemeinwohls, von dem der einzelne sich nicht distanzieren darf;

– ein Autoritäts- und Ordnungsdenken, dem die Vorstellung, daß Regeln sich ändern und sogar übertreten werden können, wie Majestätsbeleidigung oder Terrorismus erscheint;

– eine verstaatlichte Identität, die unfähig ist zur Empathie gegenüber anderen. Das Individuum erfährt seinen Wert ausschließlich aus seiner Teilhabe an der gesellschaftlichen Maschine; es kann sich weder gedanklich noch emotional von ihr trennen, auch nicht für die Sekundenbruchteile, die zur Einfühlung in andere Menschen nötig sind.

Wo immer der Faschismus in der Gesellschaft am Werk ist, offenbart sich diese Haltung – ob es um Asyl- oder um Strafrecht geht, um die Rettung der Familie oder die Verderbtheit der Jugend, um die Zustimmung zu staatlichen Gewaltakten oder um die Ablehnung des Aufbegehrens dagegen. Diese Denk- und Verhaltensmuster sind Ausdruck der Kontinuität zwischen dem faschistischen Staat und seinen Nachfolgern, sie halten den Faschismus in der Gesellschaft am Leben. Deshalb schwächt sich die Frage nach Schuld und Verstrickung nicht automatisch mit der Zeit ab, auch nicht durch bloßes Mahnen und Gedenken. Aufgebrochen werden kann diese Kontinuität nur durch die Radikalisierung des postfaschistischen Konsenses.

Mit der simplen Übereinkunft, daß die Rückkehr des faschistischen Staates und die Übernahme seiner gröbsten Versatzstücke inakzeptabel ist, kommt man nämlich nicht weit. Der postfaschistische Konsens muß offensiver sein, er muß sich gegen den Faschismus in der Gesellschaft und in ihren Institutionen wenden. Doch gerade an dieser Zielsetzung scheiden sich in allen Staaten die Geister.

Postfaschismus und Alienismus

Die Auseinandersetzung um Faschismus und Postfaschismus, um Aufarbeitung und Faschismus in der Gesellschaft ist heute ein globales Phänomen. Sie hat die Auseinandersetzung um die »Systemalternative« verdrängt, und darin schlägt sich ein verändertes politisches Bewußtsein nieder, zu dem auch eine kritische Bewertung des demokratischen Zeitalters gehört. In der Faschismus-Debatte – und zwar da, wo sie populär und nicht akademisch ist – wird auch eine Auseinandersetzung um den Alienismus geführt. Die alienistische »Aufarbeitung« des Faschismus bestand und besteht darin, einige wenige Elemente faschistischer Staaten herauszupräparieren und in Abgrenzung dazu zeitgenössische Systeme zu legitimieren. Demgegenüber wird heute deutlich, daß Faschismus in unterschiedlichen »Systemen« praktiziert werden kann, so wie der Alienismus auch. Im Prinzip sind sogar zukünftige Faschismen im Rahmen einer Demokratie denkbar – wo organisierte Vernichtung die Form von »Flüchtlingspolitik« annimmt, das Herrenmenschentum in Konzepten von »Zivilisation« und »freier Welt« konstruiert wird und der Totalitarismus nicht in autoritären Institutionen organisiert ist, sondern in Form von Sach- und Anpassungszwängen.

Was die Frage nach Herrschaft und Emanzipation angeht, kann die Lösung also nicht mehr in der Vision eines perfekten »Systems« liegen (das dann faschismussicher und auch gleich noch herrschaftssicher ist), sondern nur in einer gesellschaftlichen Praxis, die von alternativen Kriterien geleitet ist und verschiedene Ebenen umfaßt: eine Politik der Abwicklung von Herrschaft und ihren Instrumenten; eine alternative Praxis gesellschaftlicher Beziehungen; eine »demokratische« Politik, die das demokratische Zeitalter fortführt, aber auf einer kritischen Auseinandersetzung mit ihm beruht; und eine Entfaltung sozialer Fähigkeiten, die eine Alternative zur faschistischen wie zur alienistischen »Person« aufzeigen.

Die Frage nach Herrschaft und Emanzipation kann auch nicht mehr durch die bloße Rivalität verschiedener »Unterdrückungsgeschichten« bearbeitet werden. Der Faschismus ist patriarchal, er ist rassistisch, er vernichtet die Organisationen der Arbeiterschaft, er zerstört gesellschaftliche Liberalität und wütet gegen die Bevölkerungen der Peripherie; darin ist er ganz Konterrevolution gegen das demokratische Zeitalter. Gleichzeitig spaltet er die Bevölkerung aber quer zu diesen Unterdrückungslinien, und darin ist er ganz Ausdruck des demokratischen Zeitalters: er integriert teilweise die städtischen ArbeiterInnen und die Frauen, er schafft auch an der Peripherie Raum für Kollaboration, er akzeptiert Intellektuelle und »Kulturschaffende«, wenn sie bereit sind, sich richtig zu verorten. Der Faschismus hat nicht nur Gefängnisse, Lager und Schlachtfelder; er hat auch seine Casinos und Volksfeste. Er ist ein Bündnis innerhalb des demokratischen Zeitalters – ein Bündnis, das nicht nur aufoktroyiert, sondern auch von unten gewählt ist; ein Bündnis derer, die sich zusammen »die Gesellschaft« nennen und sich hemmungslos gegen jene wenden, die sie zur Rest- und Nicht-Gesellschaft machen. Der Faschismus demonstriert, daß im demokratischen Zeitalter die Gesellschaft selbst zur Waffe wird. Darin bietet er auch einen Schlüssel zum Verständnis der alienistischen Herrschaft; und er stellt eine Markierung auf, von der eine Politik der Befreiung sich fernhalten muß.

3. Tote Kühe

Eines muß man den Aliens lassen: Sie haben Sinn für Humor. Vor fünf Jahren erläuterte Paul Krugmann vom berühmten Massachusetts Institute of Technology, einem Eldorado für Aliens, das merkwürdige Problem, daß nach den offiziellen Handelsbilanzen aller Staaten weltweit für 100 Milliarden Dollar mehr Waren ein- als ausgeführt werden. Seine Erklärung für das rätselhafte Phänomen lautete: »Das bedeutet, wir haben ein riesiges globales Defizit in unserem interplanetarischen Handel. Das saugende Geräusch kommt aus dem Weltraum. Aliens vernichten amerikanische Jobs.«

Ähnlich witzig ist die Idee, daß die Aliens für teures Geld Raumschiffe ins All schießen lassen, denen sie Botschaften für außerirdische Intelligenzen beilegen, während diese außerirdischen Intelligenzen in Wirklichkeit lässig neben einem stehen. An Bord der Voyager-Sonde befindet sich zum Beispiel eine extra von der NASA gebrannte CD – Haltbarkeit: eine Milliarde Jahre –, auf der Vogelzwitschern, Beethoven und Politikerreden zu hören sind. Man muß sich das Gelächter vorstellen, wenn die Kollegen von Alpha Centauri die CD einlegen und sich die weihevollen Botschaften der Alien-Betriebsgruppe Erde anhören.

Den Zeitpunkt, zu dem die Aliens die Erde übernahmen, können wir heute ziemlich genau angeben; er liegt zwischen 1945 und 1955. Der Faschismus hatte als Herrschaftsmodell in den strategischen Hauptländern der Nordhalbkugel, den heutigen G8-Ländern, ausgedient – unfähig zur internationalen Zusammenarbeit und zum Aufbau einer langfristig stabilen Ordnung; unvorstellbar als Option in den Ländern der Alliierten, die gegen ihn gekämpft hatten; schließlich von innen überwunden in der Sowjetunion. Das System persönlicher Herrschaft war damit endgültig zum Abschuß freigegeben. Die menschlichen Eliten waren am Ende. Es war der ideale Zeitpunkt für eine neue Kraft, die Herrschaft zu übernehmen. Diese neue Kraft waren die Aliens.

Die Aliens räumten mit dem Unsinn der persönlichen Herrschaft auf und verliehen dem Projekt Herrschaft dadurch neuen Glanz und eine spektakuläre Dynamik. Sie betrieben einen umfassenden Politikwechsel, der endgültig Schluß machte mit den Halsstarrigkeiten und Sentimentalitäten alter Herrschaftseliten. Sie reformierten, entkolonisierten, effektivierten und ließen partizipieren. Denn Aliens sind zielstrebig in der Sache, aber undogmatisch in der Form. Die Welt will kontrolliert sein und ihre Schätze gehoben, aber dafür gibt es viele Möglichkeiten.

Auf den Punkt brachte es Helmut Schmidt, damals Bundeskanzler, bei einer Unterredung, die er 1977 mit Walter Mondale, damals US-Vizepräsident, über die Zukunft Südafrikas führte. Es war das Jahr des Soweto-Aufstands, und die Weltöffentlichkeit reagierte nervös auf die häßlichen Berichte über den Apartheid-Staat. »Die Apartheid muß endlich abgeschafft werden«, ereiferte sich Mondale. Schmidt saugte sehr nachdenklich an seiner Pfeife, sah ihn an und sagte: »Und wodurch ersetzen wir sie?«

Eine Klasse neuen Typs

Die Aliens beherrschen den Planeten. Dazu sind sie hier. Um den besonderen Charakter der alienistischen Herrschaft richtig verstehen zu können, müssen wir ein paar Worte über Herrschaft im allgemeinen verlieren. Herrschaft ist nicht nur Ausbeutung, sie ist Ausbeutung plus Dominanz; oder besser umgekehrt: Dominanz plus Ausbeutung. Es gehört zum Wesen von Herrschaft, daß sie innerhalb einer sozialen Kooperation stattfindet. Von einer außerirdischen Spezies, die unseren Planeten kurzerhand mit einer Superwaffe in Schutt und Asche legt, würden wir nicht sagen, daß sie uns *be-*

herrscht. Herrschaft ist eine einseitig verzerrte Form sozialer Kooperation – einseitig erzwungene Aneignung fremder Arbeit und Natur; einseitige Bestimmung über den anderen; einseitige Kontrolle gesellschaftlicher Verhältnisse. Herrschaft besteht darin, daß ich gegenüber anderen meine Ziele durchsetzen kann, auch wenn die anderen das nicht wollen; daß ich das nicht nur einmal, sondern immer wieder kann; und daß ich dafür sorge, daß diese einseitige Kontrolle auch in Zukunft funktioniert, weil ich ihre Grundlage wiederherstellen, aufrechterhalten, vielleicht sogar ausbauen kann.

Dadurch unterscheidet sich Herrschaft von Macht. In jeder sozialen Kooperation kann ich bis zu einem bestimmten Grad Arbeit und Eigentum anderer für meine Ziele benutzen und werde dadurch mächtiger, als wenn ich alleine wäre; umgekehrt können das andere auch. Erst wo mein Zugriff auf die gesellschaftlichen Ressourcen prinzipiell immer möglich ist, der Zugriff anderer jedoch unterbunden (oder jedenfalls beschränkt) ist, beginnt Herrschaft. Sie etabliert sich nur, wenn ich meine Macht als Waffe einsetze, um den einseitigen Zugriff und die einseitige Entscheidungsgewalt zu erreichen und zu behaupten, indem ich dafür Grundlagen schaffe oder verewige. Eine gelungene soziale Kooperation kann die Macht aller Beteiligten steigern, ihre Umwelt zu gestalten und Dinge zu erreichen, die ihnen alleine unmöglich wären. Herrschaft hingegen ist ein Nullsummenspiel: das einseitige Mehr an prinzipieller Verfügung über die Kooperation und ihre Resultate beinhaltet unweigerlich ein Weniger bei anderen. In einer nach außen geschlossenen Gruppe können nicht alle herrschen. Herrschaft ist nichts anderes als ein Begriff dafür, daß die Verfügung auf Dauer einseitig verteilt ist und daß nicht alle Beteiligten die gleiche Möglichkeit haben, diesen Zustand zu ändern.

Herrschaft hat dabei immer einen Doppelcharakter. Zum einen verleiht sie Macht, Ziele zu erreichen und Entscheidungen zu treffen. Zum anderen kann sie diese Macht nicht völlig frei verwenden, sondern muß sie zu einem erheblichen

Maß benutzen für die Aufrechterhaltung der Herrschaft. Der Bundeskanzler kann sich vielleicht öfter ein Eis kaufen als sein Automechaniker oder seine Putzfrau; aber er kann nicht *nur* Eis essen, sonst bleibt er nicht Bundeskanzler oder jedenfalls keine Person, die sich öfter Eis kaufen kann als andere. Wer herrscht, hat die Macht, sich manches zu gönnen. Aber er muß sich gleichzeitig so verhalten, daß er die Grundlagen seiner Herrschaft mehrt.

Die Aliens bilden da keine Ausnahme. Im Gegenteil, ihre Stärke ist, daß sie sich *nur* um die Erhaltung ihrer Herrschaft kümmern. Sie verwenden die Verfügungsgewalt, die ihnen als herrschender Gruppe zufällt, nicht, um sich selbst etwas Gutes zu tun, sondern nahezu hundertprozentig für die Reproduktion ihrer Herrschaft. Sie bauen keine Pyramiden fürs Seelenheil, sondern höchstens, weil sie sich einen ökonomischen Nutzeffekt davon versprechen. Sie errichten, wenn sie an fremder Küste landen, als erstes keinen Tempel, sondern eine Wasserversorgung. Sie lassen keine Kanonenboote sinnlos in der Gegend herumfahren, nur weil sie sich persönlich von den französischen Kollegen übergangen fühlen, wie seinerzeit Wilhelm II. mit seinem »Panthersprung« nach Agadir. Sie nehmen nicht verlustreich einen Stützpunkt mitten im Feindgebiet ein, nur weil man da gut surfen kann, wie Lieutenant Colonel Kilgore in Coppolas »Apocalyse Now«. Sie tun das und genau das, was notwendig ist – für ihre Herrschaft.

Dieser Umstand zieht ihrer Macht eine innere Grenze. Die Aliens erscheinen gar nicht so mächtig, denn sie können so gut wie nichts von dem gesellschaftlichen Potential, das sie in Händen halten, für Ziele einsetzen, die ihnen persönlich in den Sinn kommen. Aber Aliens kommt ja auch gar nichts persönlich in den Sinn. Gerade darum sind sie die perfekte herrschende Klasse. Viele gerade der kleineren Aliens wirken so, als ob sie ganz arme Würstchen wären. Sie machen kaum etwas aus sich als Person – aber sie würden dich auf dem Rost braten, wenn es der Alien-Herrschaft ein halbes Prozent mehr Stabilität brächte. Um dieses Fehlen an persönlicher Macht zu kompensieren, brauchen sie Statussymbole, aber nichts Unvernünftiges, Überdrehtes natürlich, nur die Standards. Sie verschwenden nichts für die Originalität persönlicher Lebensführung und Ausstattung. In vergangenen Zeiten bauten sich die Herrscher gewagte Schlösser und lebten in verwegenem Luxus; Bill Gates baut sich ein Haus, dessen höchste Raffinesse ein Kühlschrank ist, der automatisch Dosenbier nachbestellt. Was anderes fällt ihm nicht ein. Die früheren SED-»Villen« im Grünen zeugen genauso von dieser zwanghaften Bescheidenheit wie des Alt-Bundeskanzlers Vorliebe für Saumagen und Ferien am Wolfgangsee. Die ganze Kraft der Aliens geht eben in die Stärkung des Alien-Systems und ihrer eigenen Position darin.

In einer Schlüsselszene von Oliver Stones Film »Nixon« diskutiert eine Gruppe aufgebrachter StudentInnen mit dem Präsidenten und bestürmt ihn, den Vietnamkrieg zu beenden. Plötzlich, im Gespräch, stutzt eine Studentin und sagt zu Nixon: »Sie *können* ihn gar nicht beenden, stimmt's? Sie haben nicht die Macht dazu.« Die ganz großen Aliens wissen das, und es verleiht ihnen fast einen Hauch von Tragik. Sie können nicht gegen die alienistische Logik handeln. Täten sie das, hätten sie für einen Augenblick Macht, aber sie würden augenblicklich vom Alien-System ausgeschieden, wie ein Fremdkörper.

Trotz dieses stillen Makels, dieses Fehlens persönlicher Gestaltungsspielräume, sind einige der großen Aliens wirklich cool. Sie sind die Mackie Messers unserer Zeit. Uns fasziniert die Amoralität ihrer Ungebundenheit, die zielstrebige Lässigkeit, mit der sie ihre Sache verfolgen, ihre Freiheit von »personellen« Verunreinigungen, ihre perfekte Flexibilität. Sie reden nicht mehr von Ehre und all diesem Unsinn; sie versuchen auch gar nicht mehr, sich als die moralisch bessere Klasse darzustellen. »We are no gentlemen. We have no honour«, sagt Rhett Butler in »Vom Winde verweht«, immerhin schon 1938. (Wir erinnern uns: 1911, zum Beginn des demokratischen Zeitalters, gründeten die Aliens erst mal Hollywood.) Wo die Aliens zuschlagen, wird nicht mit den Säbeln gerasselt, sondern es fährt ein Lautsprecherwagen vor den Gewehren her: »Lauft nicht weg. Wir sind Freunde«, wie in Tim Burtons »Mars Attacks«. Während man im Alienismus die StudentInnen bei jeder Diplomarbeit mit Fragen quält, zu welcher wissenschaftlichen Methode sie sich denn bekennen würden? auf welchen Autoritäten sie aufbauen würden? sie könnten doch nicht einfach so drauflosdenken!, schreiben die alienistischen Vordenker ganz lässig: »Man beginnt, indem man eine Unterscheidung setzt. Dafür gibt es keine außerhalb der Theorie liegenden Begründungen. Aber irgendwo muß man schließlich anfangen.« Das hat, man muß es zugeben, Stil.

Die Aliens sind eine Klasse neuen Typs. Sie sind eine internationale Klasse, die ein gemeinsames Herrschaftsprojekt betreibt, das in der fortschreitenden Überantwortung von Natur und Arbeit an zentrale Verfügungsgewalt und in der Einebnung aller Widerstände dagegen besteht. Diese Überantwortung kann jedoch in den verschiedensten Formen geschehen – als Privateigentum genauso wie als verstaatlichtes Eigentum, als Besitz genauso wie als managementförmige Kontrolle, mit Markt oder Vernunft, Gewalt oder Liebe. Gemeinsam ist den Aliens nicht, daß sie sich alle in derselben ökonomischen Lage befinden, sondern daß sie alle von diesem Projekt profitieren und daran teilnehmen. Sie knüpfen an alles an, was die von ihnen übernommene Gesellschaft an überkommenen Unterdrückungsverhältnissen hergibt, und transfomieren es: Der Alienismus ist ein von der Eigentumsform emanzipierter Kapitalismus, ein geschlechtsloses Patriarchat, eine entethnisierte weiße Herrschaft, eine geographisch entgrenzte Herrschaft des Nordens über den Süden. Zustimmung und Anpassung werden im Alienismus in einer Form organisiert, die direkte Gewalt in die hintere Reihe verweist, aber rigide in der physischen und psychischen Entwaffnung ihrer Objekte und ihrer potentiellen GegnerInnen ist. Der Alienismus verwendet »Demokratie« als geschmeidigen Transmissionsriemen der ungleich verteilten Verfügung. Er stellt sich als vernünftige, paternalistische und agitatorische »Ordnung« dar und sucht vor allem die Idee der Befreiung zu liquidieren.

Den Aliens ist nichts heilig. Sie erscheinen im Smoking zum Fototermin und gehen in Shorts zur Würstchenbude. Wenn eine Form der Herrschaftsausübung obsolet wird, wechseln sie auf eine andere. Sie verfahren wie die Katze auf dem heißen Blechdach: draufbleiben, einfach draufbleiben. Sie setzen sich nicht einmal Denkmäler. Es würde ihrem zentralen Dogma widersprechen – dem einzigen vielleicht, das sie haben und das sie unablässig wiederholen, übers Land senden, den Menschen einbleuen: daß es in Wirklichkeit gar keine Aliens gibt. Irgendwo draußen vielleicht, in den Weiten des Alls. Aber doch nicht hier!

»Unternehmt nichts vor dem demokratischen Zeitalter!«

Wie Isaac Asimov in seinem Standardwerk »Außerirdische Zivilisationen« darlegt, gibt es allein in unserer Galaxis vermutlich eine ganze Menge Planeten, auf denen intelligente Wesen leben; selbst bei konservativer Schätzung könnten es leicht ein paar hunderttausend solcher Zivilisationen sein. Daß trotzdem so relativ selten interstellarer Besuch zum Tee kommt, hat mit den extremen Entfernungen zu tun. Schon Gäste von einem Planeten um Alpha Centauri, dem von uns aus nächsten Stern, würden mit einem Fahrzeug, das zehn Prozent der Lichtgeschwindigkeit schafft, 44 Jahre bis zu uns brauchen, die Zeit fürs Bremsen nicht eingerechnet. Von Rigel, der auch noch quasi um die Ecke liegt, sind es selbst bei Lichtgeschwindigkeit tausend Jahre. Mit Warpantrieb ließe sich das Tempo steigern, jedoch auch nicht beliebig (in »Star Trek« ist bei Warp 10 Schluß). Alle Ideen, man könne eben kurz unter dem Ereignishorizont eines schwarzen Loches hindurchfliegen und über eine Einstein-Rosen-Brücke unversehrt irgendwo anders im Universum auftauchen, haben sich bislang physikalisch als Quatsch erwiesen. Als mögliche Lösung bleiben daher nur künstlich erzeugte Wurmlöcher mit Hilfe exotischer Materie, wie sie die Astrophysiker Morris, Thorne und Visser skizziert haben. So etwas baut man aber nicht aufs Geratewohl. Die Übernahme eines fremden Planeten steht immer vor dem Problem, daß die Erschließung und Kolonisierung bereits gesichert sein muß, damit sich der Aufwand lohnt, eine stabile Hyperraumverbindung zu errichten. Man baut ja auch keine Autobahn nach Sansibar oder Hawaii, bevor man es erobert hat, ja bevor man überhaupt dort war.

Die einfachste und wahrscheinlichste Lösung dieses Problems ist die genetische Kolonisation. Sie ist die billigste, effektivste und unauffälligste Methode. Der Gedanke findet sich in Don Siegels Science-Fiction-Klassiker »Die Dämonischen« (gedreht 1959) ebenso wie in »Fight the Future«. Bei Siegel landen außerirdische Sporen auf der Erde; jede Spore reift zur äußerlichen Kopie eines Erdbewohners in ihrer Nähe; schließlich wird das Original beseitigt, und der Erdling ist durch ein Alien von identischem Aussehen ersetzt. In »Fight the Future« gibt es ein Transportmedium, in dem genetische Information über Jahrmillionen hinweg reglos verharrt: das Schwarze Öl; beim Kontakt mit Lebewesen dringt das Schwarze Öl in sie ein und beginnt sie zu transformieren. Der Ansatz der genetischen Kolonisation erklärt auf elegante Weise, daß, obwohl das interstellare Reisen so schwierig ist, eine außerirdische Zivilisation bereits unter uns lebt und sich unerkannt entfaltet. Genetische Kolonisation löst zugleich das Anthropomorphie-Problem: Eine außerirdische Lebensform, die ganz anders ist als wir, könnte vermutlich weder mit uns kommunizieren noch uns sinnvoll beherrschen. So jedoch wird die einheimische Lerbensform übernommen und nur mit dem Alien-Programm geimpft.

Die Sache läuft also folgendermaßen ab: Der Heimatplanet der Aliens, sagen wir mal ein Trabant in einem Sternsystem des Großen Bären, streut genetisches Material durch die Galaxis. Wo es auf eine bewohnte Welt, zum Beispiel unsere Erde, stößt, krallt es sich in die DNA der dominanten Spezies und erzeugt irgendwann heimlich eine kleine, dieser Spezies aufs Haar gleichende Alien-Population, die erst mal abwartet. Fernab vom Heimatplaneten sind die Aliens ganz auf sich gestellt. Ihre oberste Direktive, die Prime Directive der Kolonisation, lautet: »Verhaltet euch unauffällig!«; die Second Directive lautet: »Unternehmt nichts vor dem demokratischen Zeitalter!« Erst wenn das Zeitalter der persönlichen Herrschaft zu Ende geht, schlägt die Stunde der Aliens. Denn Herrschaft, die man auf den ersten Blick nicht sieht, ausgeübt von Wesen, die vordergründig aussehen wie du und ich, ist jetzt das überlegene Modell.

Sobald die demokratische Zeit reif ist, übernehmen die Aliens die wichtigsten Kommandohöhen – in Politik, Wirtschaft und Kultur; im Kapitalismus und im Sozialismus; in den Regierungen und in den demokratischen Bewegungen selbst. Hierfür bieten sich mehrere Möglichkeiten an: Aliens können sich selbst an die Spitze der verschiedenen Hierarchien spielen, oder sie können günstig postierte Menschen durch Aliens austauschen. Menschen können sich aber auch in Aliens verwandeln. Es muß nur die alienistische DNA aktiviert werden, die ja inzwischen weit verbreitet worden ist, zum Beispiel durch ein gutes Gehalt und die Zuteilung von Untergebenen; es gibt aber auch spontane Übergänge vom Menschen zum Alien, Selbstzündungen sozusagen. Diese treten häufig dort auf, wo bisherige Machtpositionen durch den Verfall der persönlichen Herrschaft weich geworden sind – in Institutionen, Familien, Organisationen. Auch der gelenkte Übergang funktioniert nicht ganz automatisch: es muß eine aktive Entscheidung aus den Tiefen des Genoms hinzukommen, die nicht vollständig planbar ist. Man wird also weder als Alien geboren noch einseitig zum Alien gemacht; zum Alien *wird* man.

Aufgrund der genetischen Kolonisation gibt es nur selten reine Aliens und so gut wie nie reine Menschen. Die Gruppe der Aliens hat keine scharfen Ränder, sondern eher eine »Glockenverteilung« nach Prozentsätzen – ein harter Kern von nahezu hundertprozentigen Aliens ist von fünfzigprozentigen Aliens umgeben, von fünfundzwanzigprozentigen, von zehnprozentigen. Es gibt eine alienistische Zivilisation, die wesentlich breiter ist als die eigentliche alienistische Klasse. Die meisten von uns haben ihre alienistischen Anteile. Dennoch besteht ein entscheidender Unterschied darin, ob unser Verhalten insgesamt der alienistischen Zivilisation zuarbeitet oder ihr tendenziell entgegenwirkt. Davon hängt ab, ob wir zur alienistischen Klasse gehören.

Die Aliens sind keine geschlossene Verschwörerbande. Das geht schon wegen der spontanen Übergänge nicht; es entstehen ja ständig neue Aliens, die gar nicht geplant waren. Eher sind die Aliens ein intuitiver Geheimbund. Aliens, die sich treffen – wie unterschiedlich ihre Herkunft, ihre gesellschaftliche Funktion und ihre Lebensumstände auch sein mögen –, erkennen einander aus der Tiefe des Genoms heraus und beginnen zusammenzuarbeiten. (Hier liegt das Geheimnis der sogenannten Tarifautonomie, oder wie man heute sagt, der Bündnisse für Arbeit.) Aliens, die einem unterschiedlichen Zweig entstammen, brauchen manchmal eine Weile, um sich gegenseitig zu erkennen, aber dann läuft es sehr gut. Es muß also nicht alles verschworen werden; außer den groben Richtlinien entsteht das meiste im lebendigen Zusammenwirken, wo immer sich Aliens begegnen.

Grundlage des intuitiven Geheimbundes, der große und kleine, »geplante« und »spontane« Aliens verbindet, ist das alienistische Programm. Der Alienismus ist kein festgelegtes gesellschaftliches System, es ist ein Plan. Dieser Plan wird auch gar nicht geheimgehalten, sondern offen gehandelt: Er besteht darin, aus dem Planeten und seinen Bewohnern herauszuholen, was geht; es unter zentrale Verfügung zu stellen; und die Widerstände gegen dieses Extraktionsprogramm möglichst gering zu halten.

Die Aliens sind, wie gesagt, unauffällig. Aliens können überall sitzen. Sie können jedes Aussehen annehmen und jeden Sprachstil kopieren. Der Mitstreiter von gestern kann heute schon ein Alien sein.

Erkennungshilfen sind also mit Vorsicht zu behandeln; aber es gibt schon ein paar Anhaltspunkte. Eines der sichersten Kennzeichen ist, daß Aliens zwar behaupten, unablässig zu arbeiten, im Grunde aber nichts Vernünftiges zu tun haben. Bei einem Nachbarn, den ich seit längerem als Alien in Verdacht hatte, wurde mir das schlagartig klar, als ich ihn eines Sonntags beim Autowaschen antraf. Wir sagten Hallo zueinander, ich meinte »Na, Autowaschen?« und er entgegnete: »Na ja, man hat ja sonst nichts zu tun.« Man muß sich das Bemerkenswerte dieses Satzes klarmachen: Der Mann hat zwei kleine Kinder, mit denen er in den Zoo, ins Kino oder sonstwohin hätte gehen können; nachdem er die Woche hauptsächlich im Büro verbracht hatte, hätte er mit seiner Frau vielleicht mal ein paar Worte wechseln können; ein Buch zu lesen hätte ihm sicher auch nicht geschadet; ja, selbst auf dem Sofa liegen und faulenzen wäre in Betracht gekommen. Aber er stand gelangweilt vor der Türe und wusch ein Auto, das auch vorher schon so sauber war, daß ich ohne Zögern davon gegessen hätte. Denn all die anderen erwähnten Tätigkeiten kommen für ein Alien nicht in Betracht. Im Grunde litt er darunter, daß er ein zu kleines Alien war, als daß er sich hätte Arbeit mit nach Hause nehmen dürfen übers Wochenende.

Aufgrund einer tiefsitzenden Angst vor irdischen Mikroben haben Aliens einen Horror davor, sich allzusehr die Hände schmutzig zu machen. Viele nehmen heimlich ein Fläschchen Sagrotan mit ins Büro. Die meisten haben eine Putzfrau. Manche pflügen ihr Vorgärtchen jedes Frühjahr um und säen erst im Spätsommer wieder Rasen, um bis dahin jeden feindlichen grünen Keim, der sich sonst darunter verstecken könnte, zuverlässig herauszureißen. Die meisten Aliens schlafen nur wenig, wenn überhaupt – jedenfalls gibt es nur ganz selten Aliens, die täglich neun oder zehn Stunden im Bett verbringen. Dafür essen sie schlecht. Die unförmigen Plastikberge, die sich Aliens mit Vorliebe spätnachts ins Büro bringen lassen, in Pappschachteln mit der Aufschrift »Pizza«, kommen offenbar den Nahrungsmitteln ihres Heimatplaneten am nächsten.

Die ersten Alien-Generationen waren noch recht schematisch designt, die einzelnen Exemplare unterschieden sich oft kaum voneinander. Zwischen 1945 und 1970 wurde weltweit ein genetisches Modell »Funktionsträger« bevorzugt, das direkt mit Schlips und dunklem Anzug verwachsen war. Dieses robuste Exemplar hielt jahrzehntelang – was Ernest Mandel darüber rätseln ließ, wieso die beiden politischen Gremien mit dem höchsten Altersdurchschnitt auf der Erde das sowjetische Politbüro und die Kurie im Vatikan waren. Adenauer kam auch aus dieser Serie. Nach den weltweiten anti-alienistischen Aufständen der sechziger Jahre wurde dieser verräterische Déjà-vu-Effekt jedoch abgeschwächt, und das genetische Design wurde vielfältiger. Funktionsträger-Aliens wurden jetzt in allen gewünschten Farben und Geschlechtern erzeugt; sie tragen das Hemd auch mal offen und können auf Stehempfängen Witze erzählen. Das Bemühen, regierende Aliens mit möglichst »menschlichen« Sonderausstattungen zu versehen, treibt gerade bei den amerikanischen Präsidenten-Aliens mitunter absurde Blüten.

Aliens brauchen an sich keinen Sex, sie tun es nur der Tarnung wegen. Hauptsache, man sieht sie oder liest darüber oder läßt sich montags in der Kantine alles detailliert erzählen. Tarntätigkeiten, die sie menschlicher erscheinen lassen sollen, sind bei Aliens häufig anzutreffen. Sie sammeln Bierdeckel, spenden für notleidende Zirkustiere und präsentieren einzelne Emotionen, die sie stundenlang vor dem Spiegel einstudiert haben. Trotzdem merkt man, daß sie bei all dem nicht in ihrem Element sind. Aus ihren Stoßseufzern macht man heute schon Werbekampagnen: »Ich freu mich aufs Büro« (Rank-Xerox), »Endlich wieder Montag« (Microsoft).

Verdächtig ist auch der Besitz eines Mikrowellenherds. Aliens lieben Mikrowellenherde. Mikrowellen sind die einzig praktikable Form interstellarer Kommunikation, da Strahlung in diesem Spektrum die Erdatmosphäre praktisch ungehindert durchdringen kann. Der amerikanische Ingenieur Karl Guthe Jansky entdeckte 1931 erstmals, daß wir auf diesem Kanal »Störgeräusche« aus der ganzen Galaxis empfangen. Die Aliens versteckten ihre Empfangsgeräte zunächst in anderen elektrischen Haushaltsgeräten, aber heute hat fast jede Alien-Küche eines dieser interstellaren Radios, von denen die Aliens sagen, es seien Öfen, obwohl man damit gar nicht kochen kann. In Wahrheit sitzen sie nachts vor der Mikrowelle und hören sich die Game-Shows aus dem Andromeda-Nebel an. Man hat ja sonst nichts zu tun.

Die Übernahme läuft

Die plötzliche massenhafte Verbreitung von elektrischen Haushaltsgeräten, in denen sich unauffällig Mikrowellensender unterbringen lassen, ist einer der Belege für den Zeitpunkt der Übernahme durch die Aliens. Vor 1950 bilden elektrische Haushaltsgeräte vereinzelte Ausnahmen; nach 1950 steigen die Produktions- und Verkaufszahlen ruckartig an. Ein anderer Hinweis ist der sprunghafte Anstieg des Rohstoff- und Energieverbrauchs, ebenfalls etwa ab 1950. Trotz Industrialisierung, Imperialismus und Krieg war er in den Jahrzehnten zuvor viel geringer ausgefallen. Heute liegt der Verbrauch an Energie und Rohstoffen etwa zehnmal so hoch wie 1950. Da sich aber wohl kaum sagen läßt, es ginge der Erdbevölkerung heute zehnmal so gut wie damals, können wir hier wieder ganz deutlich das saugende Geräusch aus dem Weltall hören. Steil nach oben zeigt seit 1950 auch die

Emissionskurve für Stickoxide und Kohlendioxid; FCKWs wurden vor 1950 überhaupt nicht produziert – es sind Gase, die für Menschen nicht recht verträglich sind, den Aliens aber offenbar prima bekommen.

Die Tatsache, daß die Erde von Aliens übernommen wird, blieb natürlich nicht völlig unbemerkt. 1947 häufen sich erstmals Berichte über UFOs und Entführungen durch Außerirdische, sogenannte Abduktionen. Hier handelt es sich freilich um einen weitverbreiteten Irrtum. Für interstellare Reisen sind die gesichteten Objekte viel zu winzig. In Wahrheit handelt es sich um Alien-Taxis, mit denen die Aliens blitzschnell zu ihren weltweiten diplomatischen Verpflichtungen düsen. Wie sonst sollten sie es schaffen, in einer Woche fünfzehn Termine rund um den Globus zu bewältigen, wo unsereiner bereits mit einer Fahrt zu Ikea für den Rest des Tages bedient ist? Weil alles so schnell gehen muß, werden hin und wieder versehentlich menschliche Fahrgäste mit an Bord teleportiert. Mit Entführungen hat das nichts zu tun; und die Berichte von schrecklichen Experimenten, die dort stattfinden, beruhen nur darauf, daß die meisten Leute mit der Geschwindigkeit und dem Inhalt der bordeigenen Mini-Bar nicht klarkommen. Auch ein anderes paranormales Phänomen findet hier eine einfache Erklärung, die berüchtigten verstümmelten Kühle und enthäuteten Pferde: Dies sind die bedauernswerten Opfer von Alien-Taxis, die beim Tiefflug nicht richtig aufgepaßt haben. Die Aliens finden es praktisch, daß all diese Vorfälle »Besuchern von fremden Sternen« zugeschrieben werden, und lassen sie als »unerklärliche Phänomene« vom FBI »untersuchen«. Wer mag Bauer Burl Lewis schon sagen, daß sein Lieblingspferd Snippy, 1967 mysteriös verstümmelt aufgefunden, ganz profan von einem regierungseigenen Hyper-Taxi umrasiert wurde? Wo die Wahrheit ans Licht zu kommen droht, verstehen die Aliens allerdings keinen Spaß. So erinnerte sich eine siebenunddreißigjährige Frau aus Boston unter Hypnose daran, während der Kuba-Krise in ein Alien-Taxi teleportiert worden zu sein, in dem John F. Kennedy und Nikita Chruschtschow darüber plauderten, wie vorteilhaft dieser Konflikt für die nationale Mobilisierung sei. Nachdem die Frau öffentlich von diesem Erlebnis berichtet hatte, wurde sie sofort gezwungen, sich als Reporterin auszugeben, die die betreffende Geschichte nur erfunden habe, um die Leichtgläubigkeit der Ufologen zu testen. Sie hatte gegen die beiden Grundsätze der öffentlich erlaubten Alien-Berichterstattung verstoßen: Aliens, wenn es sie denn gibt, kommen immer von ganz weit draußen; und sie sehen auf keinen Fall so aus wie Edgar Hoover oder JFK.

Bleibt noch die Frage nach den Wesen an Bord dieser Untertassen, die laut Augenzeugen eben nicht wie Menschen aussehen, was Aliens sonst ja tun. Auch diese Wesen sind aber, wie einhellig berichtet wird, auffallend menschenähnlich – von außerirdischen Besuchern wäre das kaum zu erwarten. Die Lösung ist simpel: es sind die Taxifahrer. Aliens, deren individueller Genmix nicht dafür ausreicht, sie hinreichend menschlich erscheinen zu lassen, werden Taxifahrer. Viele Aliens sehen ja ein bißchen komisch aus; auf Fotos kommen uns die Mitgliedern der herrschenden politischen oder wirtschaftlichen Eliten häufig nicht ganz menschlich vor – irgendwie comichaft überzeichnet, alienhaft eben. Aber daran sind wir gewöhnt. Wenn diese Physiognomie jedoch zu deutlich wird, kann ein Alien nicht mehr unauffällig auf der Erde eingesetzt werden. Und so ist es wie überall: Wer ein Leistungsprofil hat, das seine ursprünglich geplante Karriere verhindert, fährt Taxi. Das ist die ganze Erklärung für die Begegnung mit den *little green men*.

Ein größeres Problem als UFO-Sichtungen, Abduktionsberichte und unappetitlich herumliegende Kühe stellen die Leute dar, die die Absichten der Aliens erkennen und versuchen davor zu warnen. Seit 1945 sind immer wieder solche Analysen vorgelegt worden. Viele erscheinen in der Form des Zukunftsromans, weil dies dem Autor einen gewissen Schutz bietet; aber nicht alle. George Orwell zum Beispiel schilderte 1945 in »Farm der Tiere« detailliert die alienistische Verwandlung des Sozialismus – ein Buch, das in England größte Schwierigkeiten hatte, einen Verleger zu finden, angeblich weil man noch mit der Sowjetunion verbündet war. Zwei Jahre später komplettierte Orwell mit »1984« das Bild. Dort wird eine alienistische Welt vorgestellt, in der drei verschiedene Gesellschaftssysteme (in Anspielung auf den westlichen Kapitalismus, den bolschewistischen Kommunismus und den chinesischen Maoismus) mit unterschiedlichen Worten das gleiche alienistische Programm verfolgen. Das war eine sehr klare Analyse. O'Brien, von dem Winston Smith, die Hauptfigur von »1984«, verraten wird, erklärt ihm später: »Wenn Sie ein Mensch sind, Winston, dann sind Sie der letzte Mensch. Ihre Gattung ist ausgestorben; wir sind die Erben.«

Siegels »Die Dämonischen« fügt sich in eine ganze Reihe von Filmen ein, in denen die Aliens so geschildert werden, wie sie wirklich sind: schwer erkennbar; keine phantastischen Wesen von Outer Space, sondern eine unheimliche Bedrohung der Gesellschaft von innen. Ein anderer bedeutender Alien-Detective war Philip K. Dick, der 1950 die Science-Fiction-Szene betrat und dessen Schilderungen alienistischer Welten von Roman zu Roman so beängstigend real wurden, daß die amerikanische Sektion des alienistischen Geheimdienstes seine Wohnung durchsuchte, um Manuskripte zu vernichten. Dick erzählt, die neue Logik der alienistischen Herrschaftsform hätte ihn »geradezu fasziniert: Sie kümmerten sich nicht um Recht oder Unrecht, sondern taten einfach das, was ihnen Vorteile brachte. Wie in einer SF-Welt, auf dem sechsten Planeten von Alpha Centauri: Man tut nur das, was profitabel ist. Man hat keine Ideale mehr. Geradezu ein Wunder, daß die Nixon-Regierung nicht die Opposition in die Luft gejagt hat ... Das haben sie nur deswegen nicht getan, weil sie Angst hatten, ihre Machenschaften könnten aufgedeckt und sie dafür bestraft werden. Nicht jedoch, weil man moralische Bedenken hatte.«

Andere sprachen direkt von der »neuen Klasse«, wie Milovan Djilas, jugoslawischer Partisanenführer und dann kommunistischer Parteifunktionär, in seinem gleichnamigen Werk, das 1957 erschien. Zu diesem Zeitpunkt saß er bereits als Häftling Nr. 6880 im Gefängnis. Er erfaßte sehr genau den ausbeuterischen Charakter des »kollektiven Eigentums«, aber vor allem beschrieb er exakt den flexiblen, undogmatischen Charakter der alienistischen Herrschaft, die den stalinistischen Faschismus ablöste. »Die neue Klasse braucht die Revolutionäre und Dogmatiker, die früher nötig waren, nicht mehr; sie ist zufrieden mit einfachen Persönlichkeiten wie Chruschtschow, Malenkow, Bulganin und Schepilow, die sich mit jedem Wort als Durchschnittsmenschen zu erkennen geben. Die neue Klasse hat schon genug von ideologischen Schulungen und dogmatischen Säuberungen. Sie will in Ruhe leben … Sie ist auf der Höhe ihrer Macht und ihres Reichtums, aber sie hat keine neuen Ideen … Das einzige, was ihr zu tun bleibt, ist, sich selbst zu rechtfertigen.« Im westlichen Alienismus analysierten Horkheimer und Adorno in der »Dialektik der Aufklärung«, bereits 1944 erschienen, die Übernahme der menschlichen Gesellschaft durch eine antihumane, alienistische Logik, die in der Lage war, alle bisherigen Programme und Strukturen zu infiltrieren.

Genau wie Orwell es beschreibt, retteten sich die Aliens in dieser für ihre Herrschaft sehr sensiblen Phase durch das, was sie »Kalten Krieg« nannten. Es war ein wunderbares Instrument, das alle anti-alienistischen Analysen bis weit in die sechziger Jahre hinein lähmte. Da die Übernahme der Erde durch eine neue Klasse auf Widerstände zu stoßen schien, wenn sie »am Stück« erfolgte, teilten die Aliens die Erde in verschiedene Sektionen auf und taten so, als würden sie sich gegenseitig als das Reich des Bösen bekämpfen. Das machte die Sache sehr viel einfacher. Draußen gab es Feinde, gegen die man Zusammenhalt fordern konnte – kritische Stimmen galten dann als Saboteure. Es war nahezu unmöglich, durch Kritik am »eigenen« Alienismus nicht zum Fürsprecher oder

Verteidiger des »anderen« Alienismus zu werden. Je radikaler die Kritik war, desto stärker schien sie der jeweils anderen Spielart des Alienismus das Wort zu reden – da konnte man in seine Nachworte und Ausblicke schreiben, was man wollte. Eine vergleichende Alienismus-Forschung tat sich schwer, überhaupt Begriffe zu finden, und kam nur zögernd voran – mit wenigen Glanzlichtern wie Marcuses 1964 veröffentlichter Studie »Der eindimensionale Mensch«.

Die Spur der Aliens

Daß die Aliens dem Faschismus historisch nachfolgen, heißt nicht, daß sie wahre Menschenfreunde wären. Sie haben nur nicht diese kranken Emotionen. Sie haben gar keine. Auch die Aliens hinterlassen auf der Oberfläche des Planeten und im Innern der Menschen eine breite Spur der Zerstörung und Erniedrigung. Aber sie haben nichts gegen Menschen, auch nicht gegen bestimmte. Eigentlich bringen sie die Menschen nicht absichtlich um. Es passiert ihnen einfach. Oops, sagen sie dann.

Die Spur der Aliens ist begleitet von schrecklichen Bildern, die sich tief ins Gedächtnis des Jahrhunderts eingeschrieben haben. Und doch sind sie anders als das Grauen, mit dem der Faschismus sich umgibt. Der Faschismus reiht Bilder extremer, aggressiver Grausamkeit aneinander. Auf der Spur der Aliens liegen stillere Bilder, Bilder von äußerster Tristesse; von Menschen, die meist gar nicht gemeint sind, sondern als bedauerlicher Begleitumstand sterben.

Menschen, von denen nichts übrigbleibt als ein Schatten auf einem Granitblock; Leute, die eben noch ein Leben vor sich hatten und jetzt in einem Spital aufs Sterben warten, weil man das, was ihnen gerade zugestoßen ist, nicht heilen kann; Mütter, die versuchen, ihren Kindern eine verbrannte Brust zu geben: Bilder nach dem Paukenschlag, mit dem die Aliens beginnen, Hiroshima im August 1945. Etwa 200 000

Tote bis zum Ende des Jahres – nein, nicht weil jemand die Japaner für Untermenschen hielt, die von der Erde getilgt werden müßten, sondern weil die Aliens fanden, daß man unbedingt diese neue Waffe ausprobieren mußte, vor den Augen der Welt, unter realistischen Umständen. Die Menschen starben sozusagen als Komparsen.

Stiller noch sind die Bilder vom Hunger. Gut 100 000 Menschen sterben unter dem alienistischen Regime jeden Tag an Hunger und Unterernährung, vierzig Millionen in jedem Jahr; etwa fünfzehn Millionen davon sind Kinder unter fünf Jahren. An den Zahlen hat sich seit Jahrzehnten wenig geändert. Wie alles andere auch wurde der Hunger in den kommunistisch orientierten Ländern in Form von Kampagnen durchgeführt, die in zeitlich begrenzten Phasen außerordentlich hohe Opferzahlen erreichten, während der Hunger in den Ländern, die sich der freien Welt zurechnen, in freier Selbstorganisation vonstatten geht, so daß die Opferzahlen eine kontinuierliche und dadurch unauffälligere Verteilung annehmen; das ist der ganze Unterschied. Während des »Großen Sprungs« in China zwischen 1958 und 1961 verhungerten etwa zwanzig Millionen Menschen, vielleicht dreißig Millionen, weil Arbeit und Ertrag in die Städte und zu den Infrastrukturprojekten umverteilt wurden; China exportierte zu dieser Zeit sogar noch Getreide, um Cash zu machen. In Indien, der stabilsten Demokratie der Dritten Welt, gibt es nach 1945 keine großen Hungerepidemien mehr. Dafür sterben ganz regelmäßig drei bis vier Millionen Menschen pro Jahr an Hunger und Unterernährung. Während die Faschisten aller Couleur den Hunger als Waffe einsetzen, um Personen und Völker gezielt umzubringen, handelt es sich bei den typischen Hungertoten des Alienismus um Menschen, gegen die niemand etwas hat. Es reicht nur nicht für sie. Nicht, weil nicht genug für alle da wäre; sondern weil nicht mehr genug für alle da ist, nachdem die alienistischen Primärziele erfüllt sind: Steigerung der hochentwickelten Produktion, technologische Großprojekte, Alimentierung der expandierenden Metropolen, Bau mächtiger Träger-schiffe für interstellare Grußbotschaften.

Es ist typisch für die alienistische Haltung, daß zum Bei-spiel die USA seit 1941 keinem Land mehr den Krieg erklärt haben. Die USA haben eigentlich keinen Feind, den sie ver-nichten wollen. Sie werden immer irgendwie hineingezogen in den Krieg. Sie verstehen das als Hilfe für die angegriffenen Länder, genauso wie die Sowjetunion ihren Einmarsch in Af-ghanistan. Im Unterschied zu den Faschisten tut es den Ali-ens hinterher ehrlich leid, zwanzig bis dreißig Jahre später. Sie hatten eigentlich nichts gegen die Vietnamesen oder die Afghanen; sie fanden Salvador Allende oder Alexander Dubček im Grunde ganz sympathisch. Das alienistische Sy-stem ist nur so empfindlich und verträgt Störungen ganz schlecht. Der Ölpreis, die Investoren, die stabile Ordnung der geopolitischen Aufteilung, die eigenen innenpolitischen Schwierigkeiten: jeder weiß, was das für den Alienismus be-deutet. Deshalb ist das Bedauern hinterher immer zuallererst von einem tiefen Verständnis für sich selber und die dama-lige Zwangslage begleitet. Oops, sorry.

Viele andere Opfer erkennt man schlecht. Das geht mit den Mangelkranken los und endet bei der Spur psychischer und emotionaler Verwüstung, die der Alienismus durch die Gesellschaft zieht. Viele werden nicht getötet, sondern zie-hen sich selbst aus dem Verkehr. Das Muster ist immer das gleiche. Nach Erfüllung der alienistischen Primärziele ist auch hier immer zuwenig übrig für ein richtiges Leben. Sie stoßen uns nicht direkt von der Klippe, sie weiden uns nur ein wenig zu nah am Abgrund. Nachts kommt der Wind und nimmt einige mit.

Was im Großen gilt, gilt im Kleinen. Aliens quälen ihre Frauen und Kinder nicht, oder ihre sonstigen Beziehungs-partner. Sie zeigen sich nur völlig gleichgültig gegenüber de-ren Problemen. Sie bedauern ihre ungleichen Chancen und ihre niedere Arbeit; aber das alienistische Programm geht vor.

Die großen Aliens sind keine Faschisten, arbeiten aber selbstverständlich mit faschistischen Staaten und deren Handlangern zusammen, wenn es nützlich ist. Sie bilden sie sogar aus, geben ihnen Tips und Wirtschaftshilfe, solange sie ihre Sache gut machen, sprich: solange sie liefern können. Wenn die Betreffenden sich nicht mehr halten lassen, weil der Widerstand von innen zu stark und die Unpopularität in der internationalen Öffentlichkeit zu groß geworden sind, können die Aliens aber auch gut mit einem postfaschistischen Regime leben. Es kommt ihnen im Grunde sogar entgegen. Sie würden nur von sich aus nichts dafür tun. Genauso arbeiten die kleinen Aliens mit dem Faschismus in der Gesellschaft, mit den vielen Dr. Röppels, klaglos zusammen. Sie schicken ihre Lieben in deren Fänge, bis sie umfallen – »ich weiß gar nicht, was du hast.«

Das alienistische Programm ist »selbstähnlich«, es entfaltet sich auf jeder Ebene in ähnlicher Weise. Deshalb sind auch die Entschuldigungen die gleichen. Die Außenministerin der Supermacht, die in einem Land ihres Einflußbereichs die Regierung stürzt und ein faschistisches Regime an die Macht bringt, sagt fünfundzwanzig Jahre später: »Es tut uns leid. Aber die Rendite war so gut.« Die Männer, die ihr Leben auf den zerstörten Träumen ihrer Liebsten aufbauen, sagen dreißig Jahre später: »Tut mir leid. Aber ich hatte so eine gute Karriere.« Die Firmenchefs klopfen den Ausgelaugten und Abgehalfterten nach fünfunddreißig Jahren auf die Schulter: »Schade, daß Sie sich so krummgearbeitet und von Ihrem Leben so wenig mitbekommen haben. Aber wir haben so gut an Ihnen verdient.«

Fortschritt und Entwicklung

Nachdem die Aliens die Macht übernommen hatten, gingen sie erst einmal shoppen. Rund um den Planeten kauften sie zusammen, was sich brauchen läßt. Das nannten sie »Entwicklung«, wahlweise auch »Fortschritt«. Offiziell ausgerufen wurde der Fortschritt am 20. Januar 1949. Für die Aliens gab US-Präsident Truman zum Beginn seiner zweiten Amtszeit eine programmatische Erklärung ab: »Wir müssen ein neues, kühnes Programm aufstellen, um die Segnungen unserer Wissenschaft und Technik für die Erschließung der unterentwickelten Weltgegenden zu verwenden.« Dieses Programm namens Entwicklung bestand darin, den weltweiten Abfluß von Waren, Rohstoffen und Arbeit zu den Aliens zu erleichtern und den Menschen zu sagen, eines nahen Tages werde alles gut sein, man sehe es nur noch nicht richtig.

Die Propaganda-Abteilung muß lange gegrübelt haben, ehe sie auf den Begriff der Entwicklung verfiel. Aus den bisherigen Kolonien wurden über Nacht »unterentwickelte Länder«, die nach »kühner Erschließung« dürsteten. Die Rede von Entwicklung und Unterentwicklung machte aus den bisherigen Opfern persönlicher Herrschaft, die sich gerade emanzipierten, eine Spezies von Unfertigen, die »noch nicht soweit waren«. Es war ein eleganter Kunstgriff, um Gleichberechtigung zu verkünden und doch zu gewährleisten, daß einige Tiere gleicher waren als andere. Die ehemaligen Kolonien wurden zu Nationen, die noch nicht so waren wie die weißen. Die Frauen, denen viele Staaten formal gleiche Rechte garantierten, wurden zu Wesen, die noch nicht so waren wie die Männer. Die Millionen von Billigarbeitern in aller Welt wurden zu Leuten, die noch nicht so waren wie der gutbezahlte *white collar worker* in New York, Oslo oder Moskau. Alles eine Sache der Entwicklung. Entwicklung war ein klassisches Beispiel dafür, wie man Diskriminierung alten Typs in die neue, abstrakte Diskriminierung transformiert. Man verkündete Gleichberechtigung, aber behielt sich vor, die Norm zu setzen.

Die Aliens schlagen keine Schlachten, die mit Sicherheit verlorengehen; sie fragen: »Wie können wir trotzdem gewinnen?« Während das faschistische Portugal lange, blutig und sinnlos um den Erhalt seiner Kolonien kämpfte, wickelte das alienistische England sein Kolonialsystem schnell und zügig ab. Für die Kolonisierten war die Unabhängigkeit ein unabweisbares Gebot von Befreiung aus persönlicher Herrschaft; für die Aliens war sie eine praktische Möglichkeit, weiterhin alles Brauchbare aus diesen Ländern herauszuholen, ohne für das Schicksal ihrer Bevölkerung zuständig zu sein. Sie lernten die Dekolonisierung als einen frühen Akt von Deregulierung schätzen.

Wo es um die Beendigung persönlicher Herrschaft ging, ließen die Aliens sich nicht lumpen. Das kam in der Menschenrechtscharta der Vereinten Nationen 1950 ebenso zum Ausdruck wie in den Verfassungsänderungen, die Frauen und Schwarzen formale Gleichberechtigung zusprachen. Aber das waren Dinge, die die Aliens eher nebenbei taten. Was sie wirklich interessierte, war der Ausbau ihres Erschließungssystems. Sie belasteten sich nicht mit Menschen und ganzen Ländern, sondern kauften nur das, was sie wirklich brauchten: Rohstoffe, Arbeit, Ruhe. Alles, was sie daran hindern konnte, beseitigten sie gezielt. Ihre ganze Aufmerksamkeit galt dem Aufbau von internationalen Institutionen wie der Weltbank oder dem Internationalen Währungsfonds, die dafür sorgten, daß die Handelsströme auch dann nicht versiegten, wenn ein beteiligtes Land völlig pleite war. Statt überallhin koloniale Besatzungstruppen zu schicken, schickten die Aliens Geld und Weizen als »Hilfeleistungen«. Damit erreichten sie viel effizienter, daß die bisherigen Versorgungsstrukturen aufgebrochen, die einheimische Produktion zerstört und die betreffenden Länder auf ewig von Importen abhängig wurden. Truppen schicken die Aliens erst, wenn das nicht klappt.

Die Idee der Entwicklung oder des Fortschritts hat zwei große Vorteile. Erstens muß man die Menschen nicht erst fragen, wo es hingehen soll, denn das steht bereits fest. Es geht einfach weiter, in die Richtung, wo der Fortschritt ist. Persönliche Herrscher machen sich unbeliebt, indem sie zu den Beherrschten sagen: Das bekommt ihr nicht. Das dürft ihr nicht. Das ist nichts für euch. Die Aliens (jedenfalls die traditionellen Aliens in der Ära der Entwicklung) sagen: Ja, das werdet ihr alles bekommen; aber gebt uns erst einmal alles, was ihr habt, dann sehen wir weiter. Zweitens verwandelt die Idee der Entwicklung alle menschlichen Kosten in bloße Unfälle. Tatsächlich sterben die meisten Menschen im zwanzigsten Jahrhundert nicht an Faschismus und Völkermord, sondern an Entwicklung; es fällt nur nicht so auf. Die Entwurzelten und Verarmten der Dritten Welt, die Verkümmerten und Schikanierten sämtlicher Emerald Bars, sie erscheinen nicht mehr als Opfer des Herrschaftssystems, sondern von Unfällen entlang des geschichtlichen Weges. Sie sind wie die toten Kühe, die am Weg der Alien-Taxis liegen.

To Boldly Go

Die Aliens versuchten, diese Entwicklung als ein großes Abenteuer darzustellen. Während immer mehr Menschen für das weltweite Extraktionsprogramm der Aliens arbeiteten und immer mehr von ihrer Zeit, ihrer Natur, ihrem Eigentum an dieses Programm verloren, sprachen die Aliens von den großen Zielen, zu denen man unterwegs sei. Sie stellten die Erde als ein Raumschiff dar, das zu großartigen neuen Welten aufgebrochen war, die nur im Moment noch hinter den Spiralnebeln der Gegenwart verborgen lagen.

Deshalb sagten sie auch sofort zu, als ein junger Drehbuchautor ihnen sein Skript zur Produktion anbot. Der junge Autor hieß Gene Roddenberry und war zu diesem Zeitpunkt arbeitslos – nichts macht einen Menschen kreativer und empfänglicher dafür, was die Aliens brauchen könnten, als ein gewisser ökonomischer Druck. Es sollte eine Fernsehserie über ein Raumschiff werden, das die ganze Zeit nur zu neuen, fremden Welten unterwegs war. Roddenberry nannte sie »Star Trek«. Als die Aliens bei NBC das Konzept lasen, hatten sie das Gefühl, daß hier endlich jemand begriffen hatte, was sie den Menschen die ganze Zeit sagen wollten.

Damit das auch jeder verstand, wurde die Botschaft gleich im Vorspann verlesen. Die U.S.S. Enterprise flog nicht bloß herum, sie hatte einen Auftrag: »To explore strange new worlds; to seek out new life and new civilizations; to boldly go where no man has gone before.« Dafür liebten die Aliens Gene Roddenberry. Es drückte aus, was sie taten. Sie gingen weiter, als die Herrscher der Vergangenheit, als die Menschen überhaupt je gegangen waren. Überallhin drangen sie vor: auf die Tiefe des Meeresbodens, ein Stück in den Weltraum, in unerschlossene Wirtschaftsräume, zu nicht hinreichend genutzten Menschen weltweit, in die Geheimnisse der menschlichen Psyche, in jede unerforschte Region. Sie schossen nicht gleich alles kaputt, was sich regte (im ersten »Star Trek«-Pilotfilm entläßt der Captain gleich zu Anfang seinen Steuermann, weil er genau das getan hat – »you fired on friendly aliens«). Sie interessierten sich dafür; für jede neue Welt, für jede Lebensform, jede Zivilisation, für alles, was ihnen nützlich sein konnte. »To boldly go«: besser hätten sie es selber nicht sagen können.

Die Bedrohungen in »Star Trek« kamen von draußen, aus den Weiten des Weltraums, nicht von zu Hause. Rationale Konfliktlösung war der Weg zur Erschließung des Universums. Das Leben an Bord war eine Apotheose alienistischen Lebensstils. Nie sah man jemanden putzen oder den Abwasch machen. Die Besatzung mußte anscheinend weder essen noch austreten, so wie man die Enterprise nie tanken sah. An Bord gab es weder Kinder noch Familie; keine sozialen Verpflichtungen, keine lästigen Beziehungskisten, keine Steuererklärungen. Warpkernbrüche und Quantenphänomene, that's it. Das war die Zukunft.·

Die Menschen wiederum liebten »Star Trek« für seine postfaschistische Botschaft. Star Trek war inter-rassisch und anti-autoritär. Es führte eine Zukunft vor, wo man nicht an der Gesellschaft leiden mußte, wo Arbeit und Krieg keine positiven Werte mehr waren, sondern weitgehend abge-schafft. »Star Trek« zeigte den ersten Fernsehkuß zwischen einer Schwarzen und einem Weißen. Die Mannschaft war multinational – der Russe Chekov kam übrigens erst in der zweiten Staffel an Bord, nachdem die Prawda sich beschwert hatte, daß kein russisches Besatzungsmitglied vorkam. Der Captain war im Zweifelsfall zum Ungehorsam bereit, und die Uniformen hätte man auch in die Disco anziehen kön-nen. Während der ersten Folgen trugen die Frauen konse-quent Hosen.

Vor allem aber war die Serie witzig, womit die Aliens jetzt gar nicht so viel anfangen konnten. Wie sie mißtrauisch zur Kenntnis nehmen mußten, spielte sich unter ihren Augen noch etwas ganz anderes ab: die beteiligten Drehbuchschrei-ber nutzten das Medium »Star Trek« auch zur Darstellung der Probleme, Ängste und Hoffnungen, die Menschen in alienistischer Zeit haben. Man machte sich lustig über das Unverständnis, das der rationalistische Vulkanier Spock menschlichen Emotionen entgegenbrachte. Einige Folgen waren geradezu entlarvend genaue Schilderungen alienisti-scher Vorgehensweise. In »The Devil in the Dark« bekriegen sich Bergleute auf Janus IV mit einer fremden Lebensform. Wie Spock durch den »mind-melt«, eine Gedankenver-schmelzung mit dem Wesen, herausfindet, bezeichnet sich das Wesen als »Horta« und ist ein Weibchen, dessen Silikon-Eier von den Bergleuten zerstört werden. Daraufhin führt man eine »Einigung« herbei: Dafür, daß die Bergleute die Nachkommen der Horta nicht umbringen, bauen die Kleinen das Erz ab, während die Bergleute die Beine hochlegen. Das ist nachkoloniale Entwicklung. »Star Trek« lieferte Bilder für die Phänomene, die man im Alienismus erlebte – bis hin zum Captain, der in der letzten Folge der Originalserie geistig aus-getauscht wird, und bis zu Spock, dem in »Spock's Brain« das Gehirn gestohlen wird.

Der wirkliche Erfolg kam aber erst nach der Absetzung der Serie (auch die Einschaltquoten gehören zu den inneren

Grenzen alienistischer Macht). »Star Trek« wurde von allen möglichen Regionalsendern als Billig-Trash wiederholt (in Deutschland im Kinderprogramm) und bekam einen völlig neuen Effekt, den der Entwicklungs-Ironie. Man amüsierte sich über die Darstellung einer technologisch-rationalistischen Zukunft, von der man inzwischen wußte, daß es sie so nie geben würde. Diese Serie war die Karikatur einer Vergangenheit, in der man geglaubt hatte, eines Tages werde es für jedes Problem ein Gerät geben. Aber man schätzte immer noch die Hoffnung auf eine postfaschistische Zukunft, und man fand immer noch schlagend komische Bilder für den Alltag im Entwicklungszeitalter. »Star Trek« erhielt (und behielt bis heute) den Zeichencharakter, den im ehemaligen Osten eine Levi's-Jeans hatte: Man drückte damit aus, daß es irgendwo noch ein anderes Leben geben mußte als den Stumpfsinn, den man vorgesetzt bekam. »If you find this world bad, you should see some of the others«, hatte Philip K. Dick diesen Effekt genannt.

Die Caretaker

Wie sich herausstellte, war mit »Star Trek« nicht nur eine Serie, sondern ein Medium geschaffen worden. Als Serie konnte man es nicht fortsetzen – sowohl das Personal als auch die zugrundeliegenden Ideen waren zu alt geworden. Aber man konnte neue Serien schaffen, die zeitlich später im gleichen Universum spielten. Es ist ein Medium, das von Paramount regiert, aber von vielen AutorInnen, Regisseuren und DesignerInnen gestaltet und von den Fans kritisch begleitet wird. Das Medium »Star Trek« wird immer noch vom Dreieck aus Postfaschismus, Alienismus und Entwicklung zusammengehalten – nur daß die Entwicklung in Verruf gekommen ist und der traditionelle Alienismus aus der Mode.

Das Ende der Entwicklung hat seit dem Neubeginn 1987 in vielen »Star Trek«-Episoden seinen Niederschlag gefunden; aber den programmatischen Ausdruck bekam es 1995 im Pilotfilm der vierten Serie (»Star Trek – Voyager«). Die Folge hieß »The Caretaker«. Die »Voyager« wird darin durch ein Wurmloch in einen entfernten Teil der Galaxis, den Delta-Quadranten, geschleudert. Dort trifft sie auf eine merkwürdige Station, die »Phalanx«, die von einem einzelnen außerirdischen Wesen bewohnt ist, das sich »Caretaker« nennt. Der Fürsorger beliefert den Planeten der Ocampa mit Energie und beschützt sie vor den räuberischen, ihnen technisch überlegenen Kazon. Die Ocampa leben im Inneren des Planeten, der keine Atmosphäre und daher eine lebensfeindliche Oberfläche hat; sie verehren den Fürsorger seit Generationen als göttliches Wesen. Was sie nicht wissen, der Fürsorger selbst hat ihre Atmosphäre durch ein fehlgeschlagenes »Experiment« zerstört und fühlt sich seitdem zuständig, sie durch seine Lieferungen am Leben zu erhalten. Allerdings versiegt der versorgende Energiestrahl, als der Fürsorger stirbt. Ihm bleibt nur noch, die Phalanx zu zerstören, damit sie nicht den Feinden in die Hände fällt. Was aus den Ocampa wird, ist zweifelhaft.

Der »Caretaker« thematisiert die Ängste, die aus dem Ende des Entwicklungszeitalters erwachsen: die Angst, daß die Lieferungen ausbleiben, die Versorgung abbricht; die Angst, daß der Schutz durch eine übermächtige Vormacht endet. Genau das haben viele Länder mit dem Ende des Kalten Kriegs erlebt. Genau das erlebt aber auch der freigesetzte Lohnarbeiter, der einen sicheren Job im formellen Sektor zu haben schien. Die Lieferungen enden, aber der Weg zurück in die Selbstversorgung ist verbaut durch den Zustand, den der Fürsorger herbeigeführt hat – durch einen »Unfall«, wie er es nennt. In Wirklichkeit besteht Entwicklung darin, Abhängigkeit zu schaffen, und die Ressourcen, aus denen der Fürsorger großzügig seine Fürsorge bestreitet, stammen aus genau dem Transformationsprozeß, der die Ocampa in die totale Abhängigkeit führt.

In der Realität stirbt der Fürsorger auch nicht, sondern erfreut sich bester Gesundheit. Er macht weiter, obwohl seine Leistungen immer unzureichender werden. Die Praxis des Fürsorgers bleibt, auch wenn »Entwicklung« ab Mitte der siebziger Jahre aus den programmatischen Erklärungen der UNO und der Supermächte verschwindet. Die neuen Paradigmen, von der Neuen Weltordnung bis zur Nachhaltigen Entwicklung, sind sich darin einig, daß die überlegenen Fähigkeiten der Fürsorger nie so wertvoll waren wie heute, um die Katastrophen im Griff zu behalten, die sie selbst angerichtet haben. Nachdem die traditionellen Aliens reihenweise Kühe überfahren haben (»Oh, da war eine Kuh – na ja«), fangen die progressiven Aliens an, sich um die Kühe zu kümmern. Sie fahren den Weg zurück und sagen: »Oh, so viele tote Kühe! Wie gut, daß wir hier vorbeikommen, um mit unserer überlegenen Technik den Wiederaufbau zu leiten!« Alle progressiven Aliens sagen das. Die ökologisch aufgeklärten Konzerne; die verantwortungsbewußten Militärmächte; die Sozialpolitiker und Regulierer, die den neoliberalen Kahlschlag beerben. Auch der ominöse Neue Mann neigt dazu, Frauen als vom Patriarchat alten Schlags überfahrene Kühe zu behandeln, die auf seine verständnisvollen Fähigkeiten gewartet haben.

Der Ruin der Entwicklung, der ungleiche Ausgang dieses Zeitalters, ist die Basis für die Vormachtstellung der Fürsorger in der Zeit danach. Die Zerstörung ist so tiefgreifend, die ungleiche Spaltung so erfolgreich, daß die Ocampa auf den Fürsorger nicht rundheraus verzichten können, obwohl er an allem schuld ist. Die Ressourcen, die er angehäuft hat, lassen sich nicht einfach aus der Phalanx wieder wegtragen wie Beutegut; sie sind zu einem System verschmolzen und dieses wiederum mit seiner Person. Deshalb kann man nicht einfach das Geld aus der Ersten Welt wegtragen, oder die Technik, oder das Know-how. Deswegen führen Lottogewinne nicht zur Umverteilung.

Auf die Idee, den Ocampa die Phalanx zu übergeben, kommt der Fürsorger daher gar nicht erst – sie können seiner

Meinung nach nicht damit umgehen, das könnte nur jemand, der ihm gleicht. Das Sprengen der Phalanx, mit dem die »Voyager«-Folge endet, wird die Probleme der Ocampa jedoch nicht lösen. Der Fürsorger hat so gründliche Arbeit geleistet, daß sein Tod möglicherweise mehr tote Kühe kosten würde als seine Weiterexistenz. Das Sprengen der Phalanx dürfte die Ocampa in eine mittelfristige Katastrophe und langfristig in die Abhängigkeit von einem neuen Fürsorger führen. So bleibt die Frage: Wie können die Ocampa die Phalanx in die Hände bekommen und auf eine Weise zerstören, die ihnen Zeit verschafft; auf eine Weise, die die auf der Phalanx versammelten Ressourcen in brauchbarer Form zu ihnen zurückleitet; auf eine Weise, in der die Spaltung in eigene Ohnmacht und fremde Fürsorge wieder aufgehoben wird. Diese Art, die Phalanx zu zerstören, heißt Abwicklung.

4. Einssein mit den Borg

Sternzeit 42761 Komma 9. Die Enterprise trifft das erste Mal auf einen neuen, mächtigen Feind: die Borg. Die Borg sind eine halbandroide Spezies, sie sind menschenähnlich, implantieren sich aber kybernetische Geräte, um sich zu »verbessern«. Die Borg existieren als Kollektiv: Individualität ist ihnen unbekannt, sie funktionieren wie Zellen eines Gesamtorganismus. Über Subraumkanäle verbunden, hat jeder Borg Zugang zum Wissen des gesamten Kollektivs, das ihm wiederum seine Aufträge zuweist. Die Borg sind hierarchisch organisiert und für ihre jeweiligen Aufgaben spezialisiert, das Kollektiv verfügt jedoch über eine dezentrale, in hohem Maße selbstorganisierende Struktur. Die riesigen, kubischen Schiffe der Borg haben keine Kommandozentrale, beim Ausfall von Teilen übernehmen andere Teile deren Funktion, so wie andere Borg die Aufgaben von Kollektivmitgliedern übernehmen, die ausfallen. Die Borg sind eine extrem expansive Zivilisation. Sie assimilieren andere Spezies, das heißt sie gliedern sie gewaltsam ihrem Kollektiv ein. Ihre legendäre Mitteilung beim Kontakt lautet: »Widerstand ist zwecklos. Sie werden assimiliert.« Die Borg verstehen auch gar nicht, wieso manche Spezies überhaupt Widerstand leisten. Sie finden, das sei das Beste, was einer anderen Spezies passieren könne: Einssein mit den Borg.

Das Studium der Borg vermittelt wesentliche Einsichten über den Alienismus, insbesondere in seiner heutigen, progressiven Phase. »Widerstand ist zwecklos – Sie werden assimiliert« könnte heute im Büro jeder Nichtregierungsorganisation hängen, die sich um Geld aus staatlichen Förderprogrammen bemüht. (Solche Plakate kann man wirklich kaufen – nur als Anregung.) Der progressive Alienismus schaltet seine Gegner nicht aus, er assimiliert sie. Er nennt dies Partizipation, Demokratisierung, Weiterentwicklung. Natürlich hat der Alienismus von Anfang an Gesellschaften »angepaßt«, sich einverleibt, neue Aliens und Halbaliens geschaffen. Im Entwicklungzeitalter hatte dies jedoch den Charakter einer Anpassung an eine vorgegebene alienistische Identität. Man mußte »so sein wie«, wenn man mitmachen wollte. Die progressiven Aliens geben diese Festschreibung auf. Ihre Identität verändert sich mit jeder Gruppe, die hinzugefügt wird. Alles ist möglich. Die Borg sind eine Spezies und sind es doch nicht. Einzige Bedingung der Assimiliation ist, daß man das gesamte bisherige Borg-Kollektiv mit übernimmt. Man kann es sich nicht aussuchen. Man kann den Kapitalismus den eigenen kulturellen Gegebenheiten anpassen, man darf einen afrikanischen Sozialismus erfinden, man kann das Patriarchat »feminisieren« und das internationale Institutionensystem von seiner einseitigen »Whiteness« dekonstruieren. Man darf es nur nicht abschaffen. Die assimilierte Spezies ist eine, die dazukommt, und sie hat sich entsprechend zu verhalten. Komm rein, aber mach nichts kaputt.

Der progressive Alienismus ist polyzentrisch und undogmatisch. Er ist höchst widerstandsfähig und kaum empfindlich zu treffen, denn man findet nicht die eine Kommandobrücke, die für das Ganze zuständig wäre. Er ist postmodern: Die Höherentwicklung folgt keinem festgesetzten Ziel oder Bild mehr, sie liegt nur noch in der Integration selbst. Er hat keine feststehenden Eigenschaften, außer der, alle seinem Kollektiv einzuverleiben und alles der Gesamtverfügung dieses Kollektivs zu unterstellen. Das Interesse der Borg richtet sich weniger auf Individuen, obwohl auch solche einverleibt werden, als auf ganze Gruppen. Nur das ist strategisch von Bedeutung. Individuen können sich auf Borg-Schiffe beamen und unbehelligt herumlaufen, wenn sie dort nichts anstellen: Solange sie einen nicht als Bedrohung ansehen, nehmen die Borg einen gar nicht wahr. Die Assimilation von Gruppen hingegen bringt dem Borg-Kollektiv neue Fähigkeiten und Eigenschaften, die nützlich sein können. Das ist gemeint, wenn die Aliens plötzlich den Wert »weiblicher Eigenschaften« entdecken oder die hohe Kreativität des informellen Sektors, wenn sie davon sprechen, es sei eine Schande, wie viele junge Menschen sich angesichts der Wirtschaftslage nicht in die Gesellschaft »einbringen« könnten oder wenn sie andere »Randgruppen« entdecken, auf deren Leistung und Fähigkeiten sie »nicht verzichten können«. Dem entspricht das bemerkenswerte Wissenschaftskonzept der Borg: »Wir assimilieren Spezies. Dann wissen wir alles, was es gibt über sie.« (Next Generation, »I Borg«)

Das Leben im Borg-Kollektiv zeichnet sich aus durch Kälte, aber nicht durch Einsamkeit. Die Borg sind daran gewöhnt, ständig die Stimmen der anderen im eigenen Kopf zu hören; sie werden nervös, wenn sie von der Kommunikation mit dem Kollektiv abgeschnitten werden. Das ist das Problem vieler Aliens im Urlaub und hat zur Erfindung des Handys geführt. Die Borg sind nicht direkt glücklich, aber so etwas ähnliches. Was ihre Bindung ausmacht, ist die Vertrautheit und die überlegene Stärke des Kollektivs. Alles andere ist, ein Lieblingswort der Borg, »irrelevant«.

Es sieht auf den ersten Blick so aus, als ob zwischen der Haltung des »Caretakers« und dem Borgismus, zwischen autoritärer Fürsorge und Integration ins Kollektiv, ein Widerspruch bestünde. Aber dies ist nicht der Fall. Auch autoritäre Fürsorge ist eine Form der Anpassung, der Assimilation, und der Borgismus ist nur eine besonders radikale Form von Fürsorge. Es sind zwei Haltungen des progressiven Alienismus, die zusammengehören wie Gas und Bremse. Je weniger der Caretaker greift, desto stärker wird der Borgismus aktiviert: Kommt und laßt uns die Probleme zusammen lösen! Wenn das nicht funktioniert, greift man wieder auf die autoritäre Fürsorge zurück: Runde Tische für die Ökologie, Bomben auf Saddam. Dennoch ist der Borgismus sicherlich die radikalere Erscheinungsform. Auch im Kollektiv sind die einzelnen Borg nicht gleich; nur stellt sich für einen Borg diese Frage gar nicht mehr. Gleichheit, Verfügung, Entscheidungsmacht, alle diese Fragen sind aus der Perspektive der Borg »irrelevant«. Es geht um »Optimierung«.

Je höher die kybernetische Vernetzung eines Borg, desto größer seine Kompetenz; aber das läßt sich aus Borg-Sicht nicht sagen, denn der einzelne Borg ist ja kein Individuum, sondern nur die »Funktion einer Matrix«. Er behält zwar seinen physischen Körper, im Prinzip auch seine Erinnerungen und seine Vorgeschichte, und er steht an einem spezifischen Platz. Aber all diese Aspekte sind unterdrückt, ins Irrelevante verschoben. Daher die Klaglosigkeit, mit der ein Borg wahrnimmt, daß seine Position ihm körperliche und mentale Funktionsdefizite einhandelt: ein Borg bleibt an seinem Platz, bis er umfällt.

Man sollte meinen, wenn die Borg eine herrschende Klasse sind, dann könnten unmöglich alle in ihr Kollektiv integriert werden. Aber die Borg insgesamt sind eben nicht die alienistische Klasse, sondern die alienistische Zivilisation. Ihre Mitglieder sind in unterschiedlichem Ausmaß humanoid, auch wenn keines von »kybernetischen Verbesserungen« ausgenommen bleibt. Die meisten Borg sind weder von schwerer Arbeit befreit, noch haben sie die Macht, Entscheidungen zu treffen und Ziele zu bestimmen. Das Borg-Kollektiv ist ein großes, vielschichtiges, ineinander verwobenes System von Emerald Bars, der Hyperraum hinter den einzelnen Bars. Die herrschende Klasse befindet sich dort, wo sich die hierarchischen Funktionen verdichten, und sie hat fließende Ränder. Jeder Borg kann ausgetauscht und degradiert werden; diese Gefahr ist der Preis, den eine Elite fürs Einswerden mit den Borg zahlt. Im Grunde bleibt ein Borg auch nur für eine begrenzte Phase seines Lebens Teil der herrschenden Klasse, ja sogar nur für einen Teil des Tages, und viele Borg versuchen verzweifelt, diesen Teil auszudehnen, indem sie ihre Matratze mit ins Büro nehmen – soweit sie überhaupt schlafen. Am Ende stirbt jeder allein und ohnmächtig. Aber die Borg sind so stark. So faszinierend. Sie haben auf alles eine Antwort (außer auf das, was »irrelevant«

ist). Und am attraktivsten für die Barbesitzer, die ihre kleine Zivilisation ins große Borg-Kollektiv einspeisen, ist die Antwort der Borg auf die Frage nach Herrschaft und Emanzipation: »Herrschaft ist irrelevant. Emanzipation ist irrelevant.«

Die Waffen der Aliens

Aus der Borg-Logik heraus ist diese Position nicht zu widerlegen. Aber aus einer anderen Perspektive ist sie eine große Lüge. Das Einssein mit den Borg ist gleichzeitig real und eine große Lüge, so wie die Fürsorge des Fürsorgers gleichzeitig real und eine große Lüge ist. Aber wie funktioniert es? Wie funktioniert die Herrschaft der Aliens?

Um zu verstehen und zu erkennen, wie fortschrittlich das alienistische Herrschaftsmodell ist, müssen wir nochmal zum Faschismus zurück. Die fünf Elemente, die das Herrschaftsmodell des Faschismus definieren – Terror; Apartheid; Herrenmenschentum; totalitäre Öffentlichkeit; geplante Vernichtung – sind eine spezifische Ausprägung der Instrumente, mit denen jede Form von Herrschaft arbeitet. Die Waffen, mit denen Herrschaft ausgeübt wird, liegen auf fünf verschiedenen Ebenen: direkte Gewalt; strukturelle Gewalt; Diskriminierung; Kontrolle der Öffentlichkeit; existentielle Abhängigkeit. Herrschaft sagt zu keinem Instrument vorschnell nein, sortiert sie aber nach Wirksamkeit und Risiko, nach Akzeptanz. Herrschaftsmodelle unterscheiden sich in der Wahl der Waffen; aber keines von ihnen ist auch nur halbwegs stabil, wenn es nicht Waffen auf *allen* Ebenen besitzt. Die Aliens haben sehr gute Waffen. Und sie setzen sie Tag für Tag ein.

Die erste Ebene ist die des physischen Zwangs, die »militäri-sche« Ebene. Die Herrschenden selbst bezeichnen das als die Herstellung und Aufrechterhaltung von Ordnung.

Physische Zwangsmittel assoziieren wir am ehesten mit »Waffen«, sie verletzen oder vernichten unmittelbar, durch gezielten Angriff; sie fügen Schmerzen oder Wunden zu. Man kann damit drohen, aber man muß auch zeigen, daß man bereit ist, sie einzusetzen. Die Wahl der Waffen auf die-ser Ebene ist nicht auf die Entscheidung zwischen Faustkeil und Beretta beschränkt. Menschen wie Aliens sind sehr er-findungsreich in der Entdeckung direkter Gewaltmittel. Di-rekte Gewalt ist immer die letzte Instanz. Wenn Zwang zum Beispiel durch den Entzug von Ressourcen ausgeübt wird, muß es natürlich auch Waffen geben, mit denen der Zugang zu diesen Ressourcen verwehrt wird. Auf lange Sicht sind physische Machtmittel daher für alle Herrschaftssysteme un-verzichtbar, alle nehmen, was sie an Geräten direkter Gewalt nur kriegen können. Was sie auf dieser Ebene unterscheidet, ist eher der Umgang damit.

Persönliche Herrscher demonstrieren ihre Fähigkeit, phy-sische Gewalt auszuüben, ganz offen als Beweis ihrer Über-legenheit und Legitimation ihrer Herrschaft. Die Gewalt-ausübung muß nicht einmal als gerecht empfunden werden. Im demokratischen Zeitalter ist die Gewalt, mit der ein Star-ker einen Schwächeren verprügelt, dagegen nicht mehr so gut angesehen. Der Faschismus neigt zwar zu exzessiver An-wendung physischer Gewalt, inszeniert sie jedoch als Not-wehr, als totale Verteidigung gegen einen totalen Angriff. Deshalb folgt der Einsatz direkter Gewalt im Faschismus im-mer der Philosophie des totalen Krieges.

Im Alienismus akzeptieren die Menschen das nicht, und den Aliens tut es auch leid um das viele Menschenmaterial, das vernichtet wird, obwohl es vielleicht noch zu gebrauchen wäre. Die Menschen im demokratischen Zeitalter lehnen direkte Gewalt nicht ab, aber sie sind ihr gegenüber recht kritisch. Das männliche, soldatische Faustrecht ist im Postfaschismus einigermaßen diskreditiert. Der Alienismus macht sich das zunutze, indem er seine Gewaltoperationen als Gewaltverhinderungsoperationen inszeniert, besser noch als vorbeugende Gewaltverhinderungsoperationen.

Der Alienismus ersetzt daher den liquidierenden Terror durch die polizeiliche, korrigierende Gewalt, den totalen Krieg durch die begrenzte Kommandoaktion, die »chirurgische Operation«, die »saubere« Intervention. Die Maxime lautet: Nur soviel direkte Gewalt einsetzen, wie notwendig ist, um die Spielregeln aufrechtzuerhalten. Die Grenzen zwischen Krieg und Frieden verschwimmen, es geht um den optimal dosierten Einsatz von direkter Gewalt. Die Aliens erklären keine Kriege mehr, und am liebsten wollen sie dabei nicht gesehen werden; gleichzeitig wird der Krieg jedoch permanent, weil sie jederzeit nach möglichen Widerstandszentren fahnden und sie ausschalten. Im Verlaufe der alienistischen Entwicklung tritt dieser Aspekt immer klarer hervor. Die USA führten in Vietnam und die Sowjetunion in Afghanistan Interventionen durch, die die alienistische Einsatzphilosophie direkter Gewalt weit überstrapazierten und daher auch mißlangen. Im Golfkrieg 1991 funktionierte es schon viel besser, was von den alienistischen Vordenkern auch entsprechend honoriert wurde. »Dieser Krieg ist unter moralischen und rechtlichen Gesichtspunkten nur als eine Aktion zu rechtfertigen, die mit polizeilichen, das heißt mit begrenzten und zielgenauen Mitteln einer Resolution der Völkergemeinschaft Nachdruck verschafft«, äußerte etwa Habermas in der ZEIT und brachte die Maximen alienistischer Gewaltausübung genau auf den Punkt.

Begrenzt, zielgenau und effektiv soll es sein. Die alienistische Intervention hat einen hohen Bedarf an wissenschaftlicher Reflexion und an möglichst feinen Instrumenten. Ihr Ziel ist nicht Auslöschung, sondern Korrektur, und im Idealfall soll sie von den Betroffenen nachträglich begrüßt werden. Am Ende soll man den Worten des großen Vorsitzenden aus innerstem Herzen zustimmen. Im Alienismus verliert die direkte Gewalt auch in den alltäglichen sozialen Beziehungen ihre Akzeptanz und verlagert sich in Instanzen, die für den Notfall bereitstehen: Gefängnisse, Heime, Psychiatrie.

Waffe zwei: Strukturelle Gewalt

Strukturelle Gewalt zielt nicht auf direkte Überwältigung, sondern auf langfristige Unterordnung. Die Herrschenden bezeichnen diese Funktion als »Produktivität«.

Direkte Gewalt reicht nicht aus, um die Gesamtheit der sozialen Beziehungen zu kontrollieren. Trotz aller Verfeinerung im Alienismus ist sie ein zu grobschlächtiges Instrument, das jedesmal bewußt angeworfen werden muß. Strukturelle Gewalt funktioniert flächendeckend und automatisch. Sie besteht darin, die gemeinsame Produktion und Reproduktion so zu organisieren, daß einem daraus eine höhere Bestimmungsgewalt (und ein höherer Profit) zufällt.

Die klassische Form von struktureller Unterordnung ist die einfache Ungleichheit: das Gefälle zwischen Reich und Arm, Haben und nicht Nichthaben, das als Instrument dient, um Dominanz und Ausbeutung durchzusetzen. Ungleichheit kann uns vertraut oder sogar »natürlich« erscheinen, weil Menschen einander ja auch nicht gleich sind. Das sind jedoch zwei völlig verschiedene Dinge. Reichtum und Armut fallen nicht vom Himmel, sie werden gemacht. Sie entstehen dadurch, daß die Struktur der Arbeit und die Struktur der Verfügung gezielt voneinander getrennt werden und daß historisch übernommene oder geschaffene Reichtümer unter einseitige Verfügung gestellt werden.

Menschen existieren gesellschaftlich. Sie kooperieren miteinander, sie arbeiten und leben gemeinsam. Selbst wenn wir uns allein auf eine einsame Insel zurückziehen, nur selbstgefertigtes Werkzeug benutzen und ausschließlich von unserer

Hände Arbeit leben, entgehen wir nicht der Tatsache, daß wir geboren und aufgezogen werden. Wir entstehen in einer Kooperation aus eigener und fremder Arbeit. Dasselbe gilt für die Errungenschaften, die wir bereits vorfinden, egal ob es sich um geschaffene Dinge, gestaltete Natur oder soziales und technisches Wissen handelt – über das wir nicht verfügen könnten, wenn es uns nicht jemand zugänglich gemacht hätte. Es sind historisch erworbene Besitzstände, deren Erbe wir gemeinsam antreten. Deshalb gibt es keinen Grund, warum dieses Erbe ungleich verteilt werden sollte. Und deshalb gibt es auch keinen Grund, warum die Insel, auf die wir uns zurückziehen, ausgerechnet uns zur Verfügung stehen sollte und nicht jemand anderem.

Viele Herrschaftssysteme versuchen genau das zu leugnen, und zwar in den Ursprungsmythen, die sie erfinden. Das römische Imperium führte sich auf die königlichen Zwillinge Romulus und Remus zurück, die von einer Wölfin aufgezogen sein sollten. Das kapitalistische Imperium pflegt den Mythos vom Selfmademan, dem Aufsteiger aus eigener Kraft. In Wahrheit würden wir ohne andere nicht einmal den ersten Tag überleben, und ohne die Gesellschaftlichkeit und Historizität von Arbeit könnten wir nicht mal Feuer machen. Nur wenn wir diese fundamentalen Tatsachen vergessen, erscheinen uns Regeln der Verfügung als »natürlich«. Es kommt uns dann »natürlich« vor, daß, wer doppelt so lange arbeitet, oder doppelt so viel dabei produziert, auch doppelt so viel essen und ein doppelt so großes Haus bewohnen soll. In Wirklichkeit nehmen sich solche Unterschiede angesichts der überwältigenden Menge fremder Arbeit und historischer Besitzstände, die in jeden Arbeitsprozeß einfließen, verschwindend gering aus. Natürlich kann die Gesellschaft die soziale Wirklichkeit nicht ohne die Individuen produzieren, aber die Individuen produzieren ebenfalls nichts ohne die Gesellschaft und ihre Geschichte. Alle Regeln der Verteilung und Verfügung sind daher willkürlich – »natürliche« Regeln gibt es auch gar nicht. Daß mir gehören soll, was ich produziere, oder was meine direkten Verwandten produziert haben, mag aus Motivationsgründen sinnvoll sein, aber es ist nicht mehr als eine praktische Übereinkunft. Losen hätte dieselbe Berechtigung.

Der klassische Herrschaftstraum ist: Alle Arbeit für dich, alle Verfügung für mich. Ein derartiges Konzept erfreut sich naturgemäß nicht bei allen Beteiligten der gleichen Beliebtheit, und so einfach funktioniert es deshalb nicht. Irgend etwas müssen auch die Herrschenden leisten, und sei es nur die militärische Kontrolle der Beherrschten. Allerdings kann die Verteilung der Arbeit nie wirklich gleich sein, weil wir nicht alle dasselbe arbeiten, und auch die Verteilung der Verfügung kann deshalb nie exakt gleich sein. Das Entscheidende ist, ob einem der Beteiligten aus der Ungleichheit die Macht erwächst, seine Bestimmungsgewalt auszubauen und eine Rückverteilung zu verhindern. Eine Arbeitsteilung zwischen Kriegern und Bauern muß zu Anfang nicht heißen, daß beide ungleich viel arbeiten und verfügen; sie wird sich aber sehr schnell dahin entwickeln. Mit der Arbeitsteilung zwischen Soldaten und Generälen sieht es ähnlich aus, obwohl letztere die physischen Machtmittel nicht mal anfassen.

In der guten alten Zeit wird zwischen Reichtum und struktureller Gewalt nicht so genau unterschieden. Persönliche Herrscher sichern sich großzügig Verfügung über den kollektiven Reichtum und gehen davon aus, daß sich schon genügend darunter befinden wird, was strukturelle Gewalt abwirft. Dem mittelalterlichen König gehört das ganze Land, er »verleiht« es auf Zeit an seine Adeligen; darauf beruht seine strukturelle Macht. Dem männlichen Familienvorstand gehört der ganze Familienbesitz und der weitere Zugewinn; er ist es, der davon »Haushaltsgeld« austeilt. Dem Kapitalisten des neunzehnten Jahrhunderts gehört das ganze Produkt der industriellen Arbeit; davon »bezahlt« er die Löhne und steckt den Mehrwert ein, gerne auch mehr als den Mehrwert. Dem kolonialen Mutterland gehört die Kolonie – im Extremfall gehört sie einer einzelnen Person. In der patriarchalen Dorfgemeinde oder Familiensippe gehört alles, was da ist, den Alten, denen die schon da sind. Sie entscheiden, wer von den Nachkommenden etwas davon bekommt und wer in ihre Stellung nachrückt; darauf beruht ihre strukturelle Macht.

Mit dem Fall der persönlichen Herrschaft werden die Dinge komplizierter. Exzessiver Reichtum an Verfügung wird nicht mehr so leicht überlassen und anerkannt. Die Erkenntnis, daß Arbeit gesellschaftlich ist und Verfügungsregeln willkürlich sind, zählt zu den wesentlichen Errungenschaften des demokratischen Zeitalters; und die Unterdrückten schicken sich an, die Organisation dieser Arbeit genausogut auszuüben wie die bisherigen Herrscher. Der Sozialismus hat die Verfügungsregeln auf kollektiver Ebene in Frage gestellt, der amerikanische »pursuit of happiness«, wonach niemand gehindert werden darf, reich zu werden, erlaubt den Ausbruch auf individueller Ebene. Reichtum wird in verschiedene Funktionen zerlegt, die Souveränität über das Eigentum ist nur noch teilweise gegeben. Reichtum kann schnell enteignet oder verloren werden. Desto wesentlicher ist es, sich diejenigen Verfügungsrechte (und den Teil gesellschaftlicher Arbeit) zu sichern, die strukturelle Gewalt ermöglichen. Die Jagd ist eröffnet.

So exzessiv der Faschismus in seiner Anwendung direkter Gewalt ist, so aufgeklärt ist er in seinem Umgang mit struktureller Gewalt. Er bricht die überkommenen Regeln der Verfügung und stellt sie neu zusammen. Die Leitidee hierfür ist das Konzept der Apartheid; ein Konzept, das sich konsequent auf die Etablierung struktureller Gewalt richtet. Die Apartheid konstruiert zwei Paralleluniversen. Die »natürliche« strukturelle Gewalt, die im Zeitalter persönlicher Herrschaft zwischen Gruppen herrscht, wird auf das Verhältnis zwischen Gesellschaften übertragen. Die eine Gesellschaft besteht aus den »Volksgenossen«, »Vollbürgern« oder was immer; die andere Gesellschaft besteht aus denen, die von ihnen beherrscht werden. Die Zuordnung zu einer der beiden

Welten ist unentrinnbar. Die strukturelle Gewalt beruht auf der unterschiedlichen Ausstattung der beiden Welten. Das Land, die Technologie, die Art der Produktion, die Ausbildung, alles wird zwischen den beiden Gesellschaften aufgeteilt; ungleich versteht sich. Im deutschen Faschismus waren die zwei Paralleluniversen das der deutschen Volksgemeinschaft und das der unterworfenen europäischen Nationen, insbesondere im Osten; im südafrikanischen Faschismus waren die beiden Universen das der Weißen und das der Schwarzen. Die Oberwelt kann sich unmöglich um alle Details der Unterwelt kümmern oder sie total kontrollieren. Sie muß das auch nicht, denn die Unterwelt ist unvollständig geschnitten und zur Kooperation gezwungen. Im Prinzip hat sie von allem zuwenig zum Leben, außer an Arbeitskraft. So konzentriert sich die Oberwelt darauf, die Trennung aufrechtzuerhalten und Widerstandszentren auszuschalten, den Rest erledigt die strukturelle Gewalt des Zuschnitts. Krasse Ungleichheit in *einer* Welt zu präsentieren wie die persönlichen Herrscher, ist im demokratischen Zeitalter schwierig geworden. Der Faschismus konstruiert statt dessen zwei Welten, in denen es jeweils mehr Gleichheit gibt, zwischen denen aber ein massives strukturelles Gewaltverhältnis herrscht. (»Gleich, aber getrennt«, war die Formel des südafrikanischen Faschismus; »lebensgerecht gestufte Einordnung der völkischen Lebensräume« hieß es im deutschen Faschismus.) Die heutige Migrationspolitik der reichen Nationen, die darauf zielt, eine Unterwelt von »Illegalen« zu schaffen, von Unsichtbaren, von Leuten, die eigentlich gar nicht da sein dürften«, wirkt ähnlich – ein typisches Element von Faschismus in der Gesellschaft. Das Grundprinzip struktureller Gewalt im Alienismus ist jedoch ein anderes.

Strukturelle Gewalt im Alienismus:
Kontrolle des extern orientierten Sektors

Der Alienismus geht das Ganze gelassen an. Er sagt erst mal danke zum Faschismus und zum Werk sämtlicher persönlicher Herrscher und behält, was diese geraubt haben: »Once you have their money, you never give it back«, wie die Ferengi-Erwerbsregel Nr.1 besagt (»Star Trek – Deep Space Nine«). Dann wendet er sich dem Problem zu, wie die strukturelle Gewalt, die aus diesem Vorsprung erwächst, künftig verteidigt werden soll. Eine strikte Trennung in Ober- und Unterwelten läßt sich im demokratischen Zeitalter schlecht verkaufen. Der strukturelle Vorsprung ist der Begehrlichkeit der Unterweltler ausgesetzt, und es gibt in jedem alienistischen System Möglichkeiten, Anspruch darauf zu erheben: im kapitalistischen Westen über die staatlich vorgenommene Umverteilung oder gesellschaftlich durchgesetzte Gruppenverträge (von Tarifverträgen bis zum Ehe- und Scheidungsrecht), im sozialistischen Osten über die Umverteilung zum Konsumgütersektor oder die Einforderung der staatlichen Existenz- und Gleichheitsgarantien.

Wie kann der Alienismus unter diesen Umständen die strukturelle Gewalt aufrechterhalten? Indem er sie freigibt. Er löst sie nicht auf, aber er erlaubt geregelte Seitenwechsel. Zunächst läßt der Alienismus, wie die Borg, jeden auf seinem Schiff herumlaufen, der dort nichts anstellt: Was keine Bedrohung darstellt, darum muß man sich gar nicht kümmern. Der Alienismus hat sozusagen jeden Tag Tag der offenen Tür. Dann wirft er sich emphatisch in die Brust, der Vorkämpfer einer Öffnung der Unterwelten zu sein. Er erklärt, niemand solle mehr in einer Unterwelt leben müssen, nur weil er oder sie da geboren sei, das falsche Geschlecht oder eine bestimmte Hautfarbe habe. Der Zugang zum strukturell überlegenen Potential der Oberwelt stehe künftig allen offen. Sehr kleingedruckt steht darunter: »Soweit es sich um Aliens handelt.«

Der traditionelle Alienismus behauptet also, die Oberwelt brauche nicht aufgelöst zu werden, denn er werde alle Unterwelten zu Oberwelten »entwickeln«; und der progressive Alienismus erklärt treuherzig, er müsse die Oberwelt behalten, um mit ihrem Potential die gewaltigen Probleme zu lösen – soweit die ideologische Seite. In der Realität entsteht ein System multipler Ober- und Unterwelten, deren Besetzung sich ständig ändert und deren Grenzen fließend sind, ohne daß sich aber die Struktur selbst auflösen würde. Die Veränderung der eigenen Position ist nämlich daran gebunden, daß man sich im alienistischen Extraktionsprogramm bewährt und fleißig mithilft, Ressourcen verfügbar zu machen und ins Alien-System einzuspeisen. Das ist die Gleichheit, die der Alienismus erlaubt: Zugang durch Mutation, Einssein mit den Borg. Die Ungleichheit zwischen Aliens und Nicht-Aliens nimmt dabei nicht ab, sondern zu.

Da die Unterwelten nicht aufgehoben, aber durchlässig gemacht werden, kommt es zu einem weltweiten Wettlauf um strukturelle Macht. Auch die Oberwelten werden durchlässiger, es kommt immer häufiger zu Degradierungen und Ausstoßungsprozessen. Die Oberwelt ist nicht mehr identisch mit einem bestimmten Land oder mit einer bestimmten Gruppe. Wie die Borg interessieren sich die Aliens bei der Assoziierung weniger für isolierte Individuen als für Zivilisationen und Kollektive. Wer seine Leute gut im Griff und auf Extraktionskurs hat, wird an höherer Stelle in die Borg integriert. Jeden Tag mutieren Menschen zu Aliens und versuchen, durch Alienisierung ihres Kollektivs den Sprung zu schaffen.

Wie machen die Aliens das? Sie pokern um die strukturelle Macht in ihrem Kollektiv. Alle Aliens, wo sie auch entstehen und wohin sie auch gestellt werden, spulen ein Programm ab, das strukturelle Gewalt über fünf Stufen etabliert: Befreiung von der alltäglichen, wiederkehrenden praktischen Arbeit; Kontrolle der Arbeitsorganisation; Aufbau von Außenkontakten; Warenform der Arbeit; Überführung in Eigentum. Über diese fünf Punkte wird im Alienismus strukturelle Gewalt produziert, als ob es die organischste Sache der Welt sei.

Das klingt abstrakt, aber im Prinzip ist das jedem bekannt. Stellen wir uns eine kleine Gruppe vor, die gemeinsam ein Projekt betreibt, etwa eine Krabbelgruppe. Wie wird ein solches Projekt alienisiert? Wie werden Sie, als Teil der Gruppe, zum Alien? Zunächst halten Sie sich von den sogenannten einfachen Tätigkeiten fern, die mit dem unmittelbar Lebensnotwendigen zu tun haben: Kochen, Saubermachen, Kinderbetreuen, also alles, worum es in einer Krabbelgruppe eigentlich geht. Das gibt Ihnen Zeit, sich auf andere Dinge zu konzentrieren. Zum Beispiel erstellen Sie die Zeitpläne für alle. Sie machen die Einkaufslisten (nicht den Einkauf!). Weil Sie so einen guten Überblick haben und auch nicht so matt und erschöpft aussehen wie die anderen, ist es nur natürlich, daß Sie die Außenkontakte übernehmen. Sie verhandeln mit der Stadt über die Zuschüsse, mit dem Finanzamt über die Gemeinnützigkeit, mit dem Arbeitsamt über Förderungen, mit dem örtlichen Politbüro über bessere Räume. Genaugenommen übernehmen Sie nicht einfach die Außenkontakte; Sie erfinden sie. Ein Weihnachtsbasar im Rathaus muß her, Pressearbeit tut not. Während die anderen basteln für den Basar, organisieren Sie den Stand. Dieser extern orientierte Sektor schafft Kapital – Spenden, Beziehungen oder Rührung, jede Form von extern erworbenem Kapital kann dafür eingesetzt werden, in neue Räume umzuziehen. Am besten bestimmen Sie gleich zwei Chefbastler, die nur noch basteln; die Kinder kriegen das nicht richtig auf die Reihe. Während all der Zeit machen Sie konsequent nur die Arbeit, die möglichst viel fremde Arbeit nutzt und die im Kern in Organisation und Koordination besteht. Das erfordert am Anfang eine gewisse innere Stärke, wenn die Kinder mit Platzwunden und die Kollegin mit Liebeskummer kommt und Sie sich federnden Schrittes in das kleine Büro begeben, das inzwischen notwendig geworden ist, um die offenen Fragen der Jahresplanung zu lösen. Aber mit der Zeit geht das ganz leicht, Ihre Arbeit ist ja wichtig.

Wenn Sie soweit gekommen sind, folgt der entscheidende Schritt. Sie setzen bei den anderen durch, daß fremde Arbeit aufgenommen werden muß. Ein Teil der ursprünglichen Mitglieder ist erschöpft und entnervt, den Chefbastlern gehen die Ideen aus, also müssen zusätzliche MitarbeiterInnen eingestellt oder assoziiert werden. Die neuen Pferde sind nicht nur frisch, sondern haben auch keine Ahnung von der Geschichte des Kollektivs, und Sie sind ihnen in keiner Weise sozial verpflichtet. Von da an ist es nur noch eine Frage der Zeit, daß Sie Ihr Werk mit der Überführung des ganzen Ladens in Ihre alleinige Verfügung krönen – wahlweise durch eine privatisierende Umwandlung der Trägerstruktur oder indem Sie sich zum Geschäftsführer wählen lassen, oder durch die Nominierung für das neugeschaffene Amt des Sonderkommissars für die Hebung des Bastelwesens.

Das hört sich nach einer netten Geschichte an; aber genauso funktioniert es. So werden aus postkolonialen Dritte-Welt-Ländern »Schwellenländer«. So werden aus Unternehmen transnationale Konzerne. So verlaufen männliche (und daran angelehnt auch manchmal weibliche) Erfolgsbiographien. So macht es Bill Gates, so machen es die Chefvolkswirte der Banken, so machen es die russischen Funktionäre, vor wie nach der Wende; so machen es die brasilianischen Milliardäre und die arabischen Scheichs. So werden aus Selbstversorgungsgemeinschaften Exportwirtschaften und aus alternativen Projekten kleine Ausbeuterfirmen. Jedes Alien hat immer die fünf Schritte im Kopf. Aliens lassen sich nicht von kurzfristigen Profit- oder Nützlichkeitserwartungen leiten; sie arbeiten daran, eine Struktur zu etablieren, in der ihnen strukturelle Gewalt zufällt. Der entscheidende Punkt, der qualitative Sprung, liegt in der Etablierung eines extern orientierten Sektors, der aus der Gesamtheit der Beziehungen herausgelöst wird. Hier wird die kollektive Arbeit in Einheiten zerlegt, mit denen man Handel treiben kann.

Aber das muß speziell organisiert werden: Es braucht ein Alien dafür. In den externen Sektor fällt die gesamte Arbeit des Kollektivs hinein, aber sie kommt nur zugeteilt wieder zurück. Es ist eine kleine, feine Apartheid, die nicht groß auffällt: Die Struktur der Arbeit ist weiter kollektiv, aber die Struktur der Verfügung teilt sich. Das Wunderbare an diesem Sektor ist, daß er sich nicht rechnen muß. Er wird immer durch die Arbeit des Kollektivs subventioniert, aber über den Rückfluß seiner Einnahmen entscheidet er selbst, beziehungsweise derjenige, der ihn kontrolliert. Wer den externen Sektor kontrolliert und durchgesetzt hat, daß dafür auch Arbeit außerhalb des Kollektivs eingekauft werden kann, kann sich notfalls mit diesem Sektor aus dem Staub machen. Jedenfalls ist er immun gegen etwaige Systemveränderungen oder Infragestellungen der Verfügungsstruktur. Man kann den Betrieb verstaatlichen oder wieder privatisieren, Eheverträge oder Zugewinngemeinschaften schließen, sich genossenschaftlich oder als AG organisieren: der Vorsprung, der aus der Kontrolle des externen Sektors abfällt, ist nie wieder rückholbar; und sein weiteres Anwachsen läßt sich nur um den Preis der Zerstörung des externen Sektors stoppen.

Dieser »global« ausgerichtete Sektor ist das Schott zum Borg-Schiff. Über ihn tritt die Macht der Assimilierung in die Welt des Kollektivs; und über ihn erreichen neue Aliens das Ziel ihrer Wünsche: Teilhaben an der strukturellen Macht der Gesamtstruktur. Aufsteigen. Einssein mit den Borg. Die Voraussetzung für diesen Mechanismus ist nicht nur die Skrupellosigkeit der Aliens, die ihr Kollektiv alienisieren, sondern auch die strukturelle Gewalt der alienistischen Gesellschaft im Großen wie im Kleinen: Umverteilung und Zugang zu den historisch aufgehäuften Reichtümern und Vorsprüngen ist nicht prinzipiell ausgeschlossen, aber kann nur auf dem Weg der Alienisierung erreicht werden, nach den Regeln der Aliens. Die Zuteilung erfolgt nicht auf Lebenszeit, sondern unter beständiger Kontrolle der alienistischen

Leistung, darum geht es. Deshalb bekämpft der Alienismus die Korruption, deshalb wird eines Tages doch noch das Berufsbeamtentum abgeschafft, und deshalb wird das Leben immer stressiger. Der progressive Alienismus diskutiert mittlerweile darüber, Menschen und Gruppen bei Mißerfolg nicht so *tief* fallen zu lassen, daß sie gar nicht mehr verwendet werden können; sie sollen's ruhig noch ein zweites oder drittes Mal probieren können. Nur *daß* gefallen wird, wenn die alienistische Leistung nicht stimmt, ist unverzichtbar.

Waffe drei:
Diskriminierung, Privilegierung der formalen Arbeit

Die Herrschenden sprechen nicht von Diskriminierung, sondern von den »Rollen«, die verschiedene Menschen und Gruppen hätten. Dabei arbeiten sie wiederum ebenfalls mit dem Anschein der Natürlichkeit. Menschen sind nicht gleich im Sinne von identisch. Sie haben verschiedene Eigenschaften und Fähigkeiten, sie sind durch verschiedene Gruppengeschichten ebenso geprägt wie durch ihre Position in der gesellschaftlichen Verteilung von Arbeit und Verfügung. Diskriminierung besteht darin, die vorhandenen Unterschiede zu verabsolutieren, zu verewigen und ein »Vollkonzept« daraus zu machen: Aus bestimmten Unterschieden in dieser oder jener Hinsicht, diesem oder jenem Lebensbereich sollen komplette »Rollen« erwachsen, die unentrinnbar festlegen, was die einen dürfen und die anderen nicht, wie die einen sind und die anderen nicht. Wenn direkte und strukturelle Gewalt eine Frage von Können und Nichtkönnen, von Haben und Nichthaben ist, dann ist Diskriminierung eine Frage von Dürfen und Nichtdürfen, von Sein und Nichtsein.

Auch hier geht die persönliche Herrschaft recht platt und das demokratische Zeitalter recht sensibel vor. Persönliche Herrschaft ist von einer regelrechten Phantasterei an Unterschieden durchzogen. Das demokratische Zeitalter macht sich deshalb nicht primär am Wahlrecht fest, sondern mindestens ebenso stark daran, daß man in seiner Arbeitshose ins Theater gehen kann und daß man im Restaurant einen Wickelraum findet. Der Faschismus homogenisiert auch hier innerhalb der In-Group und trennt desto schärfer gegenüber der Out-Group; und auch hier ist das faschistische Konzept eines von begrenzter Haltbarkeit aufgrund der Heftigkeit und der Geschlossenheit des Widerstands, den es sich damit einhandelt. Es ist das Konzept des Herrenmenschentums. Jeder der Herrenmenschen kann für sich ein gewisses Maß an Nicht-Diskriminierung einklagen, weshalb es im Faschismus durchaus Gleichberechtigungsprozesse nach Geschlecht und Klasse gibt. Gegenüber den anderen ist die Diskriminierung dagegen total, sie werden in einen Bereich zwischen Mensch und Tier hinabgedrückt.

Der Alienismus setzt an die Stelle des Herrenmenschentums die Privilegierung der formalen Arbeit. Das Maß der Dinge ist im Alienismus jenes Wesen, das qualifizierte Vollzeit-Lohnarbeit zu guten Bedingungen leistet. Dieses Wesen nennt einen rechtlich geregelten Arbeitsplatz mit ordentlicher Bezahlung und längerfristiger Absicherung sein eigen, und zwar von der Ausbildung bis zur Rente. Seine Arbeit erfolgt nicht unter unzureichender Entlohnung, ohne Vertrag, womöglich »illegal«; sie ist Hauptinhalt seines Lebens. Natürlich ist dieses Wesen nur ausnahmsweise und für kurze Zeit arbeitslos. Kurzum: es handelt sich um eine soziologische Minderheit, die von der Arbeit der anderen schmarotzt, die nämlich für Kinder und Essen sorgen, billige Zulieferarbeit und kostenlose Beziehungsarbeit leisten und umfassend die Voraussetzungen schaffen, ohne die Formalarbeiter weder leben noch arbeiten, geschweige denn »qualifiziert arbeiten« könnten. Diese Minderheit besteht, wen wundert es, zum erheblichen Teil aus Aliens.

Im totalen Widerspruch zu den Fakten dünken sich die Formalarbeiter als Quelle allen Reichtums, allen Lebens und aller Gesellschaftlichkeit. Und der Alienismus verschafft ihnen üppige Privilegien. Sie genießen Absicherung im Alter, können ihre Restaurantrechnung von der Steuer absetzen, bekommen die Bibliothekskarte höchster Priorität und jederzeit Kredit. Wer dagegen »von Leistungen des Staates lebt«, dessen Freizügigkeit und Intimsphäre ist ständig bedroht, ihm werden ständig Schuldgefühle eingeredet. Obwohl Nicht-Formalarbeiter mindestens genauso Leben, Gesellschaftlichkeit und kollektive Arbeit mitproduzieren, werden sie als Versorgungsfälle ettikettiert.

Die Waffe der direkten Gewalt ist das tötende oder verletzende Gerät, die Waffe der strukturellen Gewalt ist das Eigentum oder die Funktion, die Überlegenheit verleiht. Die Waffe der Diskriminierung ist die Geschlossenheit derer, die »dazugehören«. Sie handeln gemeinsam, ungeachtet eines eventuellen kleinen Nachteils durch die diskriminierende Solidarität. Sie halten die Lücken dicht, durch die die anderen sich Zutritt verschaffen könnten. Sie machen sich selbst zur Norm und ihre »Kultur« zum Maßstab – in der Arbeit, in der Familie, in der Gesellschaft, national wie global. Darüber, daß sie die Norm sind, verhandeln sie nicht; sie versprechen sich gegenseitig, daß sie darüber an keinem Ort und in keinem Einzelverhältnis verhandeln, wie eine große Tarifgemeinschaft. Sie garantieren sich, jedes Gespräch und jede Kontaktaufnahme mit der eisigen Formel zu beginnen, die Sylvia Plath in »The Applicant« benennt: »First, are you our sort of a person?«

Diskriminierung ist kein Kavaliersdelikt und kein Herrschaftsinstrument minderer Gewalt. Ihre Waffe ist kalt, schneidend und mitunter tödlich. Es gibt keine Identität, in die man sich retten könnte, und sei es eine unterlegene oder »andere«. Diskriminierung unterscheidet nicht die einen und die anderen; sie sieht nur die einen, alles andere ist so gut wie nicht existent, eine Fehlform, eine krankhafte Abweichung. Im Alienismus verschwindet die Diskriminierung nach Geschlecht, Hautfarbe oder Klasse nicht wirklich, aber sie kann immer schlechter aus eigener Kraft existieren. Sie wird nach und nach durch die Privilegierung der formalen Arbeit ersetzt und von ihr gestützt; es erfolgt sozusagen eine Übersetzung der alten Diskriminierung in die Sprache und das Regelwerk der neuen. Das beinhaltet Durchlässigkeit und Verwischung, was viele der nach altem Recht Privilegierten verwirrt. Aber das macht nichts. Die neue Diskriminierung ist wirksamer, zeitgemäßer, globaler, und sie verwirklicht die alten Diskriminierungen zwar nicht trennscharf und total, aber recht effektiv dem Sinn nach. Die abstrakte Diskriminierung im Alienismus ist das, wonach eingestellt und geprüft, bewertet und verworfen wird. Denken Sie auch wie wir? Haben Sie auch das Richtige gelesen? Leben Sie auch wie wir? Kurzum: »First, are you an alien?«

Waffe vier:
Kontrolle der Öffentlichkeit, repressive Toleranz

Öffentlichkeit bedeutet, etwas so sagen zu können, daß die anderen es hören. Wie jeder weiß, ist dies selbst in einer überschaubaren Gruppe, wo Gehörtwerden auf keinerlei physische Schwierigkeiten stößt, nicht selbstverständlich; nicht jeder und jede hat das Wort oder darf es führen. Öffentlichkeit kann informell und dezentral sein, sozusagen von Mund zu Mund, oder formell und zentralisiert, beispielsweise über organisierte Treffen und Versammlungen. Jedes Herrschaftsverhältnis hat seine spezifische Konzeption, Öffentlichkeit zu strukturieren und zu kontrollieren – das Patriarchat etwa über die Trennung von »Privatem« und »Politischem«; das Kapital darüber, daß es ökonomische Entscheidungen von der Öffentlichkeit fernhält.

In Zeiten persönlicher Herrschaft geschieht die Kontrolle der Öffentlichkeit überwiegend defensiv: Kritik an der herrschenden Gruppe wird verfolgt. Dies ist eine Form vorbeugender Aufstandsbekämpfung, die sich vorwiegend um die zentralen, übergreifenden Öffentlichkeiten kümmert. In weiten Teilen der Gesellschaft gilt: Der Himmel ist hoch, und der Zar ist weit. Im demokratischen Zeitalter gewinnt die Kontrolle der Öffentlichkeit eine weit größere, aktivere Bedeutung. Da Entscheidungen nunmehr demokratisch gefällt werden, also unter Beteiligung der bisher Ausgeschlossenen, hängt alles davon ab, wer den demokratischen Prozeß gestalten, »informieren«, manipulieren kann. Je größer der gesellschaftliche Rahmen ist und je wichtiger Medien für das Erreichen von Öffentlichkeit sind, desto stärker fallen Geld und Macht ins Gewicht. Die Macht regiert zu einem guten Teil durch sich selbst: einfach dadurch, daß sie sich Öffentlichkeit kauft, daß sie die finanziellen, technischen und organisatorischen Mittel zu ihrer Beeinflussung ihr eigen nennt. Die Räume und Zusammenhänge, die Öffentlichkeit schaffen, werden gezielt besetzt. Im demokratischen Zeitalter richtet sich die Kontrolle nicht mehr nur auf die herausgehobenen, zentralen Plätze von Öffentlichkeit, sondern auf ihre Gesamtheit, auf jede ihrer Untergliederungen. Der Himmel wird niedriger, und der Zar ist allgegenwärtig.

Der Faschismus betreibt dies mit einer Politik der totalen Kontrolle, der umfassenden Verfolgung und der radikalen Intoleranz. Was in der Öffentlichkeit geschieht, wird konkret vorgegeben. Dieses aufwendige und zum Widerspruch provozierende Verfahren macht im Alienismus subtileren Mechanismen Platz: der repressiven Toleranz und der diskursiven Formierung.

Repressive Toleranz bedeutet, daß der Alienismus auf die Fähigkeit der Macht vertraut, durch sich selbst zu regieren. Die Teilnahme an der Öffentlichkeit ist allen erlaubt, und die Inhalte sind nicht vorgeschrieben. Abweichungen und Kritik sind zulässig, ja gelten als Ausweis demokratischer Zustände. Nur ist die Wirkung begrenzt, denn es ist eben jeder Gruppe erlaubt, mit den ihr zur Verfügung stehenden Mitteln Öffentlichkeit zu betreiben, und die Mittel der herrschenden Gruppe sind einfach besser. Sie betreibt die Öffentlichkeit im Stil der Werbung. Die Manipulation besteht jedoch nicht nur in der Fähigkeit der Mächtigen zur Reklame für Entscheidungen und Darstellungsweisen, die ihren eigenen Interessen entgegenkommen; obwohl auch dies nicht geringzuschätzen ist. Die Verfügung über Ressourcen setzt die alienistische Klasse zugleich instand, höhere Lösungskompetenz zu erreichen: ihre Entscheidungsvorgaben beruhen auf mehr Wissen, auf differenzierterer Folgenabschätzung und nicht zuletzt auf der Fähigkeit, sich durch wissenschaftliche Untersuchung des demokratischen Terrains (Meinungsbilder, Interessenlagen et cetera) Mehrheiten zusammenzubuchstabieren. Das Machtgefälle bestätigt sich so immer wieder selbst, weil Macht in gewissem Sinne auch schlau macht.

Wenn auf diese Weise die laufenden Entscheidungen gewonnen werden können, gilt es gleichzeitig Sorge zu tragen, daß sich keine grundsätzlich abweichenden Meinungen langfristig aufbauen können. Dies geschieht über die diskursive Formierung, die auch das Bindeglied zwischen den verschiedenen Teilbereichen von Öffentlichkeit bildet. Welche Lösungen sich für ein Problem durchsetzen, hängt wesentlich davon ab, was überhaupt als Problem gesehen und wie es interpretiert wird; genau das macht einen Diskurs aus. »Entwicklung« ist zum Beispiel ein Diskurs, der auf den Sachverhalt ungleicher Lebenschancen in der Welt antwortet und das Problem in einer bestimmten Weise definiert, nämlich als ungenügende Entwicklung. Erfolgreiche Diskurse kann man nicht rein repressiv durchsetzen, sie müssen auch Anknüpfungspunkte für die Erfahrungen und Interessen der Beherrschten und der KritikerInnen bieten. Dafür bietet die repressive Toleranz ideale Voraussetzungen. Öffentliche Kritik ist zulässig und ermöglicht es, potentielle Rohrkrepierer schnell vom Markt zu nehmen; die ungleiche Verteilung der Ressourcen garantiert wiederum, daß die Ausgestaltung des Diskurses in eine Richtung geht, die den herrschenden Interessen entgegenkommt.

Dieser Effekt wird im progressiven Alienismus noch pointierter. Hier wird die Öffentlichkeit weniger kontrolliert als organisiert. Progressive Aliens lassen Kritik nicht nur zu, sie schreiben sie gleich selber. Konzerne laden Umweltverbände von vorneherein zu Gesprächsrunden ein nach dem Motto: lieber jetzt als später; solche Verfahren, die gewissermaßen eine TÜV-Prüfung für neue Diskurse und Vorstöße darstellen, läßt man sich einiges kosten. »Buying in« heißt der Fachausdruck für den Prozeß, in dem der Konzern seine KritikerInnen finanziell unterstützt. Es entspricht nicht den Tatsachen, daß die Kritik dabei nichts erreichen könnte; sie kann nur nichts Wesentliches erreichen, und sie wird Teil einer Maschinerie, mit der die Gesamtheit von Öffentlichkeit wirksam von oben infiltriert werden kann. Dabei bleibt die Toleranz nach wie vor repressiv: Räume und Zusammenhänge werden konsequent nach Maßgabe ihrer Leistungsfähigkeit für den herrschenden Diskurs vergeben. Auf diesem Wege spielt Demokratisierung der alienistischen Kontrolle jeder Öffentlichkeit in die Hände. Die Herrschenden nennen das übrigens »demokratische Kultur« oder »demokratische Zivilisation«.

Waffe fünf:
Existentielle Abhängigkeit, verumständlichte Reproduktion

Alles, was gut ist, macht abhängig: Beziehungen, Zigaretten, Schokolade; sogar eine gute Theorie. Arbeitsteilung erzeugt Abhängigkeiten; und wir sind auch abhängig davon, daß wir in irgendeiner sozialen Kooperation leben. Dennoch bleibt uns eine Wahl; wir sind frei und in der Lage, konkrete Verhältnisse zu verlassen und unser Leben anders zu organisieren. Diese Freiheit wird allerdings unterbunden, wenn wir uns aus einem Herrschaftsverhältnis nicht lösen können, ohne unsere Existenz aufs Spiel zu setzen, unser blankes Überleben. Solche existentielle Abhängigkeit entsteht, im Gegensatz zur »normalen«, relativen Abhängigkeit, nicht automatisch. Sie wird gemacht. Sie ist das Ergebnis einer Politik der verbrannten Erde um das Herrschaftsverhältnis herum: Alle anderen Möglichkeiten werden vernichtet. Das Erzeugen existentieller Abhängigkeit ist ein unauffälliges Herrschaftsinstrument. Anders als bei direkter Gewalt wird uns nicht unmittelbar Böses zugefügt; oft sieht es sogar so aus, als ob uns etwas Gutes getan würde. Aber im Rücken des Guten geschieht etwas, das uns zuverlässig unterwirft: die Vernichtung dessen, was vielleicht auch ganz gut wäre und was wir wählen könnten, wenn es in der Kooperation nicht klappt.

In der herrschenden Geschichtsschreibung und kulturellen Darstellung wird dieses Instrument konsequent verschleiert. Dort wimmelt es von Kämpfen und Siegen; von der Vertreibung von Tyrannen, vom Sturm auf die Bastille. Aus den meisten konkreten Herrschaftsverhältnissen befreien wir uns jedoch nicht, indem wir sie verändern, sondern indem wir sie verlassen. Meist siegen wir nicht, sondern setzen uns ab. Wir verlassen unbefriedigende Beziehungen, wir ziehen zu Hause aus, wir kündigen einen schlechten Job. Der erste und naheliegendste Widerstand gegen die Sklaverei war immer die Flucht – in Jamaica und Brasilien in die Gesellschaften der Maroons, der Entlaufenen; in Afrika einfach in eine andere Gegend. Desertieren (oder Verweigern) ist bis heute die wesentliche Form des Widerstands gegen das Militär.

In all diesen Fällen kommen wir an einen Punkt, an dem wir aufhören, eine Kooperation zu reformieren, oder erkennen, daß wir keine Chance dazu haben, und gehen. Es ist der Punkt, an dem, wie es Klaus von Dohnanyi (natürlich voller Sorge) einmal nannte, »die Leute« sich nicht mehr ins System einmischen, sondern »sich ein anderes System suchen«. Gerade diese Möglichkeit ist aber eine Bedingung der Freiheit *in* der Kooperation. Um auf eine soziale Kooperation wirksam Einfluß zu nehmen, müssen wir sie auch aufgeben können.

Alle Fluchtwege zu verstellen, und zwar wirksamer als

durch direkte »Einsperrgewalt«, ist deshalb stetes Ziel von Herrschaft. Es ist kein Zufall, daß Zwangsarbeit durch Kriegsgefangene und die Arbeit verschleppter Sklaven historisch eine so wichtige Rolle spielt: die Entfernung von der Heimat erschwert die Flucht, schafft existentielle Abhängigkeit, erleichtert extreme Ausbeutung. In agrarisch geprägten Gesellschaften ist es nämlich schwierig, existentielle Abhängigkeit im Klassenverhältnis zu erzeugen: Dem Bauern fehlt nichts, wenn der Fürst nicht kommt, um den Zehnten abzuholen. Erst der vorindustrielle Pauperismus, die Massenverelendung durch Privatisierung von Land, schafft die Voraussetzung für den Aufbau des Fabriksystems. Die Möglichkeit zur Selbstversorgung wurde zerstört, und so entstand die existentielle Abhängigkeit von Lohnarbeit. Diese Geschichte wiederholt sich in vielen »Agrarrevolutionen« des zwanzigsten Jahrhunderts: Eine gute Bodenreform verteilt das Land; eine schlechte legt es zu »produktiven Einheiten« zusammen, hinter denen es keine Existenzalternative mehr gibt. Seit jeher wird existentielle Abhängigkeit im Zusammenhang mit Sexismus und Rassismus erzeugt. Beispielsweise spielt die Verschleppung der Frau aus ihrer Familie und ihren sozialen Zusammenhängen in die des Mannes für das Patriarchat eine große Rolle.

Für existentielle Abhängigkeit gibt es keine Notwendigkeit. Sie liegt, anders als die »normale« Abhängigkeit vom gewohnten Guten, nicht in der Natur der Sache. Gesellschaften können industrielle Produktionsformen entwickeln, ohne die Fähigkeit zur kollektiven Selbstversorgung in kleineren Einheiten aufzugeben. Es ist nicht notwendig, daß wir in einer Beziehung unsere Fähigkeiten verrotten lassen, ein eigenes Leben zu führen. Und selbst wenn wir hier Fehler machen und in sanfter Schusseligkeit die Dinge schleifen lassen, können wir in einem mehr oder weniger schmerzhaften Prozeß wieder zum früheren Zustand zurückkehren. Existentielle Abhängigkeit hingegen sorgt dafür, daß es nichts gibt, wohin wir zurückkehren könnten, jedenfalls nicht für uns. Das Patriarchat kommt mit der Gewalt in der Familie nicht aus; es braucht ein gesellschaftliches Umfeld, in der die entlaufene Frau keine befriedigenden Überlebensmöglichkeiten hat. Die Entwicklungsdiktatur ruiniert das Land für seine bisherigen Verwendungszwecke: eine Region, die komplett zur Bananenplantage geworden ist, kann sich aus schlechten Austauschverhältnissen nicht lösen. Auch das Unsichtbarmachen der früheren, eigenen, alternativen Geschichte der Unterdrückten, das für Sexismus und Rassismus eine so große Rolle spielt, gehört hierher. Denn die zerstörte Fähigkeit zur Selbstinterpretation kann ebenso existentielle Abhängigkeit erzeugen wie die fehlende Möglichkeit der Selbstversorgung.

Existentielle Abhängigkeit erzeugt Angst. Die Angst, wenn auch oft verdrängt, wird im Alienismus zu einem allgegenwärtigen Zustand. Sie wirft ihren Schatten über die Kindheit, höhlt die Zeit der Jugend aus und begleitet uns beständig als Erwachsene. Der Alienismus spürt systematisch alle Freiräume auf und vernichtet sie: materielle, soziale, spirituelle oder emotionale. Er spannt die Menschen in so feste Abhängigkeitsverhältnisse, daß man ohne sie buchstäblich seine Existenz verliert. Der zeitgemäße Horrorfilm handelt bildhaft davon, daß man sämtliche Chipkarten verliert und sämtliche Codenummern vergißt. Die eigentliche Angst ist natürlich, daß man die Karten und Nummern gar nicht erhält oder daß sie einem entzogen werden – weil man nicht genug leistet für das alienistische System. Es gibt nicht mehr viel, was dann noch funktioniert für einen. In den reichen Staaten reicht es fürs Überleben, für ein qualitativ befriedigendes Leben reicht es nicht – ob als niedrig qualifizierter Arbeitsloser im kapitalistischen Westen, als niedrig qualifizierter Arbeiter im ehemaligen sozialistischen Osten oder als informeller Billigarbeiter in einem Schwellenland.

Der Alienismus arbeitet daran, die existentielle Abhängigkeit in die Struktur der Biologie einzuschreiben: durch die Umstellung der Nahrungsmittelerzeugung auf genmanipulierte Saaten und teilsterile Böden, so daß die Rückkehr der bäuerlichen Wirtschaft zur klassische Selbstversorgung noch entschiedener abgeschnitten wird; durch die Segnungen der Gentherapie, die uns gegen Umweltbedingungen immunisieren soll, unter denen wir ohne fortgesetzte Selbstmanipulation zügig zugrunde gehen würden. Dennoch liegt das Schwergewicht nicht auf der Biologie, sondern auf der Ökonomie und auf der sozialen Zurichtung. Der Alienismus hat die Verumständlichung von Reproduktion zum allgemeinen Ideal erhoben. Daß die Bestandteile unseres Mittagessens eine mehrtägige Reise um den Globus hinter sich haben, ist angeblich nicht nur sparsam, sondern auch chic. Auf ungenügende Möglichkeiten zur Gestaltung der eigenen Lebensbedingungen antwortet der Alienismus mit der Perspektive, durch extreme Selbstzurichtung und etwa fünfzehn Jahre sozialen Aufstieg eine Position zu erreichen, die mehr Gestaltung erlaubt. Umweltverschmutzung soll nicht etwa durch die Abwicklung schmutziger Industrien und die Reduzierung überflüssiger Produktion verringert werden, sondern durch ganz neue wissenschaftliche Verfahren, umfassende Berechnungen, integrierte Steuerung und so weiter. Der Weg zur Befriedigung von Bedürfnissen und zur Lösung von Problemen soll möglichst umständlich sein. Daß wir auf den Mond fliegen können, aber nicht in der Lage sind, Menschen auf der Erde vorm Verhungern zu retten, ist Ausdruck dieser Logik; vielleicht müssen wir erst noch auf dem Mars herumlaufen, damit dem Obdachlosen, der im Winter keine Unterkunft findet, geholfen werden kann.

Je umständlicher die Bedürfnisbefriedigung, desto schwieriger der Ausstieg und der Weg zu gesellschaftlichen Alternativen. Je komplizierter und verflochtener das Überleben gesichert wird, desto stärker prallen alle Veränderungsversuche auf die Mauer der existentiellen Abhängigkeit. Der Alienismus geht dabei in mehreren Wellen vor. In der ersten Welle, im traditionellen Alienismus, werden Selbstversorgungswirtschaften überall zerstört, die Welt wird in einen

»produktiven Sektor« (den der umständlichen Bedürfnisbefriedigung) und in einen »informellen Sektor« (den der direkten Bedürfnisbefriedigung) gespalten. In einer zweiten
Welle, im produktiven Alienismus, wird auch der informelle
Sektor diszipliniert und organisiert. Eine Fülle von Projekten, die den »Informellen« mehr protestantische Arbeitsethik
und »langfristige«, verumständlichte Strategien der Bedürfnisbefriedigung beibringen sollen, dient diesem Zweck.
Zwar steht der informelle Sektor im Alienismus bereits in
existentieller Abhängigkeit vom produktiven Sektor, aber er
ist noch immer eine Brutstätte sozialer Fähigkeiten, die auch
unabhängig vom alienistischen System funktionieren und
flexibel eingesetzt werden könnten. Der Taschendieb aus den
Favelas steht natürlich in einem Abhängigkeitsverhältnis
zum reichen Touristen und Formalarbeiter, den er beraubt,
aber die sozialen Fähigkeiten, die er zum Einsatz bringt –
Selbstorganisation, Initiative, Kooperation et cetera – sind
nicht vom Alienismus diszipliniert und funktionieren auch
außerhalb des Alienismus. Daß Frauen in klassischen Arbeitsteilungen Trennungen zwar als tiefe Krisen durchleben,
aber letztlich leichter ein eigenständiges Leben beginnen als
ihre Männer, beruht auf dem gleichen Effekt. Erst die Zerstörung sozialer Fähigkeiten, die auch außerhalb der alienistischen Herrschaft angewandt werden können, führt daher
die existentielle Abhängigkeit zur Vollendung. Das Lob auf
den informellen Sektor und seine »Potentiale«, das der progressive Alienismus öfters anstimmt, ist nichts anderes als
ein Lied auf der Jagd.

Superpredators

Keine der fünf Ebenen, auf denen sich Herrschaft ihre Instrumente verschafft, ist verzichtbar, auch wenn unterschiedliche Herrschaftsverhältnisse unterschiedliche Schwer-
punkte setzen. Herrschaft, die ausschließlich auf direkter

160

Gewalt beruht, ist ebensowenig möglich wie Herrschaft, die sich nur auf Kontrolle der Öffentlichkeit stützt. Die Wahl der Waffen ist auch nichts Statisches, sondern wird immer wieder den jeweiligen Erfordernissen angepaßt. Ein Imperium, das nicht mehr in der Lage ist, die verschiedenen Ebenen von Herrschaftsinstrumenten wechselseitig ineinander umzumünzen, befindet sich auf dem absteigenden Ast, denn es wird verwundbar.

Es gibt viele Theorien, die Herrschaftsverhältnisse nur benennen, aber eigentlich nicht erklären. Sie sagen, was passiert, aber nicht, *wie* es passiert. Kapitalismus, Patriarchat, weiße Suprematie, bürgerliche Herrschaft ist ja nichts, was man einfach *machen* kann. Es sind komplexe Regelwerke, die nicht nur errichtet, sondern auch immer wieder neu durchgesetzt und verteidigt werden müssen. Entweder man blendet diese Frage aus, weil man an eine historische Teleologie glaubt, wonach sich zum Beispiel der Kapitalismus wegen seiner höheren Produktivität durchsetzt – was heute nicht mehr glaubhaft ist; oder man beantwortet die Frage kategorisch, indem man wie verschiedene Theorien des Patriarchats oder des Rassismus dazu neigt, die Rolle der direkten Gewalt zu überschätzen. Die Liste der Instrumente, die auf den verschiedenen Ebenen angewandt und kombiniert werden, beschreibt dagegen ganz konkret, wie man es macht. Es ist die Gebrauchsanweisung für Herrschaft. Sie funktioniert auf jeder Stufe von sozialer Kooperation, von der Familie über die gesellschaftlichen Institutionen bis hin zur staatlichen und suprastaatlichen Ebene. Diese verschiedenen Kooperationsformen sind in ihren Herrschaftsmechanismen und Instrumenten miteinander verbunden. Sie funktionieren, wie Claudia von Werlhof sagt, wie die russischen Puppen in der Puppe. Die Herrschenden der verschiedenen Kooperationsstufen sind einander nicht gleich, aber innerhalb des jeweiligen Herrschaftssystems ähnlich. Auch wenn sie durchaus einander zusetzen, profitieren sie voneinander.

Die Aliens treten das Erbe aller bisherigen Herrschaftssysteme an. Es sind *superpredators*: Raubtiere höherer Größenordnung, deren Intelligenz, Kalorienverbrauch und Bewaffnung auch »konventionelle« Raubtiere das Fürchten lehrt. Sie beseitigen die angegriffenen Formen persönlicher Herrschaft und nehmen ihre Leistungen in sich auf. Alle Aliens tun das; die kleinen sind nicht besser als die großen. Sie betrachten die ganze Welt als ein einziges Revier. Auch wenn sie sich um diesen oder jenen Knochen streiten, sind sie zur Kooperation untereinander gezwungen. Und sie sehen genauso aus wie ihre Beute. Sie sehen mit uns gemeinsam aus dem Fenster und sagen: Ist es nicht schön, daß diese alten Raubtiere da draußen verschwunden sind? Ist es jetzt nicht viel *sicherer*?

Wir können nicht ausschließen, daß jenseits der Aliens noch weitere Klassen von *superpredators* möglich sind, die sie vertreiben und ihre Beute übernehmen werden – weil sie noch stärkere, effektivere Waffen besitzen, oder solche, die besonders an die bisherige Geschichte von Widerstand und Emanzipation angepaßt sind. Niemand weiß, was nach den Borg kommt. Die Geschichte hat jedenfalls gezeigt, daß es immer jemanden gibt, der die Vertreibung einer herrschenden Klasse als eine Art Stellenausschreibung begreift. Deshalb sind Befreiungsversuche gefährlich, die sich nur um diese Vertreibung kümmern, womöglich noch dadurch, daß stärkere Waffen angeschafft werden. Emanzipation zielt nicht nur auf Vertreibung und Auflösung der herrschenden Klasse, sondern auf Formen sozialer Kooperation, in denen Herrschaft auch in Zukunft immer wieder benannt und bekämpft werden kann. Beides läßt sich nicht einfach abstrakt ableiten und ist nicht nur durch Herrschaftsanalyse zu ermitteln. Sehen wir uns darum an, welche Erfahrungen man dort gemacht hat, wo Befreiung vom Alienismus versucht und betrieben wird.

Der Maquis

She said you can love me for my anger
just for my passion.

Kip Hanrahan, »Road Song«

Wir sind keine Zivilisten.
Ich weiß, daß ihr die Welt versteht.
Das Leben kann nicht perfekt sein, glaubt mir.

Ice-T als Moon in »Mean Guns«

1. Gespenster

Man trifft noch Männer, die keine Feministin kennen. Männer, die ihr Wissen über Feministinnen ausschließlich aus der Zeitung beziehen, nicht aus ihrem Leben, die weder mit einer zusammenleben noch zusammen arbeiten noch befreundet sind oder sonstwie in persönlichem Kontakt stehen. Solchen Leuten kann man kaum begreiflich machen, was es heißt, mit einer Feministin zu leben. Sie denken an das, was im SPIEGEL steht: Krach um den Abwasch, Rivalität um den Beruf, endlose Diskussionen im Bett. Oder sie denken, es müsse wahnsinnig chic sein; bloß nicht für sie selbst. Jedenfalls haben sie keine Ahnung.

Der Unterschied zum Kontakt mit einer Normalfrau liegt auf einer anderen Ebene. Auseinandersetzungen um Arbeitsteilungen und Chauvinismen, um Arbeitsbegriffe und Denkweisen, um Ansichten und Infragestellungen führen auch Frauen, die sich nie als Feministin begreifen oder mit anderen Frauen aktiv werden würden. Und es gibt heutzutage kaum noch Männer, die sich dem ganz entziehen könnten. Was man Männern, die keine enge persönliche Beziehung mit einer Feministin kennen, nicht recht erklären kann, ist etwas anderes: daß diese Frauen keine Zivilistinnen sind.

Zivilistinnen fragen; sie dagegen haben Fakten gesetzt. Sie haben sich engagiert und Risiken auf sich genommen, um ihr Leben und die Welt zu ändern. Sie haben nicht nur Forderungen angemeldet, sondern für ihre Sache gekämpft und persönlich wie politisch Brücken hinter sich abgebrochen; sie haben den Geschlechterkrieg nicht benutzt, sondern geführt. Das unterscheidet sie. Sie sind extrem wachsam. Sie verfügen über trainierte Reflexe. Sie taxieren Menschen und Situationen atemberaubend schnell, sie denken ständig darüber nach, wo die Ausgänge sind und auf wen sie zählen können. Sie wissen, daß man manchmal erst schießen und dann fragen muß. Sie lassen nicht locker, wenn sie ein Ziel erfaßt haben. Von der Verhältnismäßigkeit der Mittel halten sie nicht allzuviel; sie denken in kritischen Situationen auch nicht an eigene Verluste. Sie kommen von weit her. Sie träumen stark und fühlen sich schnell eingeengt. Sie schätzen Loyalität über alles und achten starke Feinde höher als lasche Freunde. Hin und wieder sehnen sie sich danach, nicht kämpfen zu müssen; aber so stark ist dieses Gefühl nun auch wieder nicht, und es kostet sie große Mühe, nicht allzu abschätzig auf die Zivilistinnen herabzusehen. Sie können nicht begreifen, wie manche Menschen es ertragen, nicht respektiert zu werden. Sie sind nicht diplomatisch. Sie hassen Leute, die nur nett sind. Sie waren draußen im Feld. Sie haben die Zusammenhänge gesehen, die andere nicht kennen. Sie wissen, was gespielt wird.

Ihre männlichen oder weiblichen BeziehungspartnerInnen warten manchmal jahrelang darauf, daß diese Prägungen sich legen möchten und die betreffenden Frauen zu richtigen Zivilistinnen würden. Das ist sinnlos. Sie sind wie die ehemalige Geheimagentin Charly in »Tödliche Weihnachten«, die inzwischen eine bürgerliche amerikanische Kleinfamilienexistenz führt: Die alten Fähigkeiten dringen immer wieder unaufhaltsam durch die Oberfläche des Alltags, etwa wenn sie beim Karottenschneiden die Fliege an der Küchenwand mit einem gezielten Messerwurf erlegt. (»Köche können sowas.«) Also stellt man sich besser drauf ein. Sie lassen sich schon ein auf die Kompromisse des Lebens; aber man sollte nicht darauf bauen, daß sie sie nicht jederzeit wieder kippen können.

Der Begriff des »Zivilisten« hat in der Populärkultur der letzten Jahre eine interessante Karriere gemacht. Es geht dabei nicht um Militarismus. Die klassische Verwendung ist die in »Hackers«: »Hast du nicht gesagt, dieses Wurmprogramm könnte von niemandem entdeckt werden?« – »Von Zivilisten nicht. Aber das sind Hacker.« In genau dieser Weise können bestimmte neue, raffinierte Formen des Patriarchats von Zivilistinnen nicht entdeckt werden. Von Feministinnen schon. Sie brauchen bloß, wie Sigourney Weaver als Lieutenant Ripley in »Alien 4«, dran zu riechen.

Der Gegensatz von Zivilisten und Nicht-Zivilisten findet sich in vielen Filmen und populären Epen. »Hackers« oder »Mean Guns« sind nur Beispiele, wo der Begriff explizit verwendet wird. Die ganze »Alien«-Saga lebt davon, daß die Aliens und der auftraggebende Konzern (»die Gesellschaft«) für die alienistische Logik stehen, während das gesamte technische (»Alien 1«), militärische (»Alien 2«) und wissenschaftliche (»Alien 4«) Personal sich als hoffnungslose Zivilisten herausstellt, die von der Situation total überfordert sind, weil sie zwar in Waffen und Geräten schier ersticken, aber nicht verstehen, was gespielt wird. Und dann gibt es noch Ripley, die weder Alien noch Zivilistin ist, die begreift, was vor sich geht, und deshalb handeln kann. Die Populärkultur hat eine Fülle von realistischen und phantastischen Bildern hervorgebracht, um den Gegensatz zwischen Zivilisten und Nicht-Zivilisten zu illustrieren. An die Stelle des alten Spießer-Krimis, wo der Kommissar als Super-Zivilist das Wohnzimmer der Zivilisten gegen das unbegriffene Böse »draußen« verteidigt, tritt der Gangsterfilm (post)moderner Machart, der den individuellen und kollektiven Zusammenbruch der Zivilisten-Welt inszeniert oder sich kaum noch für sie interessiert. Der zeitgenössische Horrorfilm macht mit Vorliebe und Genugtuung ahnungslose Teenager zu Opfern dessen, was jenseits ihrer kleinen Welt liegt – ein subversives Manöver, eine phantasierte Abrechnung mit den Zivilisten, von »Scream« bis zur Diskothekszene am Anfang von »Blade«.

Zivilisten fehlen bestimmte Erfahrungen, ein bestimmtes subversives Wissen, spezielle Fähigkeiten. Sie machen einfach so vor sich hin, ohne zu überblicken, was vor sich geht. Sie bewegen sich auf dem engen Areal, das ihnen die postfaschistische Gesellschaft zuweist. Daß sie sich für die Aufrechterhaltung dieser Gesellschaft besonders engagieren, erwartet niemand von ihnen – das erledigen Berufsarmeen oder Spezialeinheiten. Der Zivilist ist verwandt mit dem »Idiota« der griechischen Polis, dem »Privatmann«, aus dem sich dann auch der Begriff »Idiot« entwickelt hat: jemand, der keine Ahnung hat, der sich für die Zusammenhänge nicht interessiert, der kein Problem damit hat, daß die Entscheidungen von anderen getroffen werden, und der auch nicht die nötigen Fähigkeiten besitzt, um einzugreifen. Der ideale Angestellte für Emerald Bars jeder Art.

Eine merkwürdige, faszinierende Welt

Feministinnen sind eine der Spezies, die den Maquis bevölkern, jene Zone, die nicht von den Aliens beherrscht wird. Der Maquis hat viele Arten. Andere soziale, politische und kulturelle Kämpfe bringen andere Arten von MaquisianerInnen hervor, die einander durchaus nicht immer grün sind. Aber für alle gilt, daß sie keine Zivilisten sind. Sie folgen nicht dem Prinzip von Profit oder Bequemlichkeit. Es sind die Leute, die jede Revolution des zwanzigsten Jahrhunderts zu beseitigen versuchte, sobald sie die Macht erlangt hatte und die Aliens die Ärmel hochkrempelten; Leute, bei denen die politische Fahrstuhlmusik, die jeder Staat auf seine Art spielt, nicht wirkt.

In der französischen Résistance bezeichnete der Maquis (der »Busch«) jene Gegend, die nicht von den Nazis und ihren Kollaborateuren beherrscht wurde. Auch im vielversprechenden Pilotfilm zur dritten »Star Trek«-Serie »Voyager« (dem bereits erwähnten »The Caretaker«) gibt es einen Maquis. Hier ist es jene Zone im Grenzgebiet zwischen der Föderation und den Cardassianern, die sich weigert, die alienistische Verbrüderung der beiden Großreiche zu akzeptieren und sich unterzuordnen. Das Raumschiff des Maquis wird von einer renitenten Halbklingonin, einem »Native

American« und einem schwarzen Vulkanier navigiert. Dagegen treffen wir auf der Voyager, dem Raumschiff der Föderation, eine bis zur Schmerzgrenze heterosexistische weiße Quoten-Kapitänin, die sich um ihren zu Hause gebliebenen Hund sorgt; einen freundlichen, aber hemmungslos naiven japanischen Fähnrich; und einen maquisianischen Überläufer als Piloten.

Leider erfahren wir in »Voyager« nichts weiter über den Maquis und seine BewohnerInnen. Ihr Raumschiff wird im Verlauf der Handlung zerstört, die Besatzungen werden an Bord der Voyager unter dem Kommando der Föderations-Kapitänin zwangsvereinigt, und als B'Elanna, die Halbklingonin irgendwann noch einmal, mit der Frage aufbraust: »Warum kann sie diese lebenswichtige Entscheidung für uns alle treffen?« entgegnet ihr bisheriger maquisianischer Mitstreiter Chakotay lapidar: »Weil sie der Captain ist.« Mit dieser typischen, traumatischen Erfahrung endet die Geschichte des Maquis in der Serie. Von diesem Schlag hat sich »Voyager« nie wieder richtig erholt; da helfen auch keine chic uniformierten Borg-Frauen.

Obwohl solche deprimierenden Erlebnisse auch in der Realität vorkommen, ist es den Aliens bisher nicht gelungen, den Maquis zu zerstören. Entsprechende Siegesmeldungen, zuletzt unter Fukuyamas Slogan vom »Ende der Geschichte«, haben sich nie bewahrheitet. Das liegt an der Struktur des Maquis. Er ist, wie der Alienismus, eine Zivilisation. Eine Zivilisation ist kein Territorium, auch wenn sie sehr wohl räumliche Ausdehnung annehmen kann, sie ist kein Staat und keine gesellschaftliche Ordnung, auch wenn sie sehr wohl Staaten bilden und sich in gesellschaftlichen Ordnungen ausdrücken kann. Eine Zivilisation ist mehr: ein lebendiges Gefüge von Ansichten und Praktiken, die in all ihrer Vielfalt und Widersprüchlichkeit um ein unsichtbares Zentrum kreisen. Dieses Zentrum besteht in einer grundsätzlichen Auffassung vom Wesen und den Regeln sozialer Kooperation. Die soziale Kooperation im Alienismus folgt der

Logik des Zugriffs und der Auslieferung: ständig optimierter Zugriff auf Natur und Arbeit nach unten, störungsfreie Auslieferung von Natur und Arbeit nach oben. Die soziale Kooperation im Maquis gründet sich dagegen auf Emanzipation und freier Kooperation: immer weitergehende Befreiung von Herrschaft und Fremdbestimmung; Etablierung von Kooperationsformen, die für alle Beteiligten auf freier Wahl beruhen und eine Form von Selbstbestimmung sind.

Eine Zivilisation kann nicht in der gleichen Weise besiegt werden wie ein Imperium. Das gilt für den Alienismus wie für den Maquis. Ein Reich zu erobern ist eine Sache; eine Zivilisation niederringen, austrocknen, aufreiben und durch eine andere ersetzen ist ungleich komplizierter. Sie ist kein starres hierarchisches Gebilde, sondern erfaßt verschiedenste Bereiche, Gruppen und Kooperationsformen nach dem Prinzip der Selbstähnlichkeit; sie kann sich ausdehnen oder zusammenziehen, aufsplittern oder neu verbinden. Eine Zivilisation benötigt materielle Praktiken und reale Kooperationsformen, aber diese können auf jeder sozialen Ebene entstehen und überdauern, auch unter den Bedingungen der Zerstreuung, der Zurückdrängung, des Untergrunds oder der Nischenbildung. Sie kann eine Zeitlang sogar virtuell existieren, aber nicht beliebig lange, wenn sie nur noch in der Vorstellung oder Erinnerung existiert. Der Maquis hat, wie der Alienismus, kein Zentrum und keine Kommandobrücke. Und wie beim Alienismus hängt seine Stärke davon ab, wie viele Menschen, Orte, Gruppen, Gebiete und Arten zum Geltungsbereich seiner Zivilisation gehören.

Unter den heutigen Bedingungen ist der Maquis eine Diaspora, eine Zivilisation, die über die ganze Welt zerstreut ist, ohne größere feststehende, geschlossene Gebiete zu erfassen. Der Maquis durchsprenkelt das Reich der Aliens. Seine Grenzen sind fließend; manches, was am Tag von Aliens beherrscht wird, gehört nachts dem Maquis; die Zahl der Doppelagenten ist erheblich. Im Maquis sind Menschen miteinander verbunden, die zum Teil weit auseinander leben; aber er beruht gleichzeitig in hohem Maße auf direktem Kontakt und praktischer, gelebter Kooperation.

Der Maquis ist eine merkwürdige, faszinierende Welt. Vieles an ihm ist unübersichtlich und chaotisch, voller Überraschungen. Manches wirkt auf den ersten Blick roh und unbehauen; gleichzeitig ist er jedoch durchzogen von subtilen Einsichten und sehr komplexen sozialen Praktiken und Fähigkeiten. Jede maquisianische Spezies hat ihre Macken. Ihre VertreterInnen haben bestimmte herausragende Fähigkeiten und bestimmte Eigenheiten, an die man sich gewöhnen muß. Daß die meisten MaquisianerInnen verschiedenen Spezies gleichzeitig angehören, macht die Sache nicht einfacher – sie werden dadurch nicht unbedingt ausgeglichener, sondern können ebenso zwischen den verschiedenen typischen Macken hin- und herspringen.

Der Maquis vermittelt selten den Eindruck, eine schlagkräftige Truppe zu sein – was gelegentlich den berüchtigten Maquis-Koller hervorruft (»Ich will hier raus. Ich halte das nicht mehr aus. Ich geh zu den Aliens. Jawohl!«). Manche gehen auch; viele aber bleiben. Denn trotz allem ist der Maquis die Zukunft. Er ist die einzige Zivilisation, die mit den Aliens um den Planeten konkurrieren kann; niemand anders wird aus den Tiefen des Raums kommen. Die Bedrohungen, mit denen sich der Alienismus konfrontiert sieht, gehen von hier aus, vom Maquis. In ihm findet sich ein, wer den Kampf gegen die Aliens aufnehmen will; wer seine bisherige alienistische Identität loswerden will; oder wer den Stumpfsinn der Zivilisten nicht mehr erträgt.

Die Zivilisten

Wer sind eigentlich die Zivilisten? Es ist vielleicht die Gruppe im Alienismus, die einem am meisten das Leben sauer macht. Sie tun einem gar nicht so viel; sie lassen einen nur an der Welt und ihrer Zukunft zweifeln. Sie sind das, was Don Siegel, der Regisseur der »Dämonischen«, die »Pods« nennt, die »Hüllen«: »Viele meiner Freunde und Mitmenschen sind Pods. Sie haben keine Gefühle. Sie existieren, atmen, schlafen. Ein Pod zu sein bedeutet, ohne Leidenschaft, ohne Zorn, ohne Lebensfunke sein Dasein zu fristen. Das ist die Welt, in der die meisten von uns leben.« Als Kevin Bacon in »She's having a baby« die Panik überfällt, was aus seinem Leben wohl werden soll, mäht der Nachbar vor seinem Fenster den Rasen; und Kevin Bacon sieht vor seinem geistigen Auge Dutzende, Hunderte von Nachbarn mit Bäuchen und roten Mützen, die sich zu einem großen Rasenmäherballett vereinigen. So leben Zivilisten.

Zivilisten haben sich nie für irgend etwas wirklich engagiert. Sie laufen nur den Weg weiter, auf den man sie geschickt hat. Sie sind wie diese Schildkröten, die man einmal am Tag in den Garten setzt, damit sie Bewegung kriegen. Nach einer halben Stunde haben sie den Zaun erreicht, und man liest sie auf und setzt sie nochmal vorne hin, und sie laufen wieder bis zum Zaun, in exakt dreißig Minuten. Dann kommen sie wieder ins Terrarium, und am nächsten Tag macht man dasselbe, und sie wuseln wieder los. Man kann sie hinsetzen, wo man will, sie laufen einfach schnurstracks geradeaus. Sie weichen nicht ab. Sie denken nicht darüber nach, welches merkwürdige Alien sie hochnimmt und woanders hinsetzt; und wenn sie abends ein Salatblatt kriegen, denken sie: Na ja, vielleicht kommt's vom Laufen!

Zivilisten verstehen nichts. Alles muß man ihnen erklären: wieso Institutionen Menschen korrumpieren; wieso es kein Zufall ist, daß kritische Leute selten Jobs bekommen; daß man Rechnungen nicht zahlen muß, bevor die zweite Mahnung kommt; daß Männer sich für die Arbeit ihrer Frauen interessieren sollten, Frauen aber nicht für die Arbeit ihrer Männer; daß man besitzschwächeren Freunden Geld leiht, aber nur, wenn man's nicht unbedingt zurückbraucht; wieso man sich nicht einfach für zwei Jahre nach New York oder Karatschi versetzen lassen will, wo das doch so ein attraktives und karrierförderndes Angebot ist; daß das Leben Spaß machen kann, obwohl wir Postmoderne haben und das zwanzigste Jahrhundert schon eine schwierige Angelegenheit ist. Dann sehen Sie einen zweifelnd an und sagen: »Ach. Das meinen Sie?« Zivilisten sind diejenigen, die ernsthaft und treuherzig die Frage stellen, ob es überhaupt sinnvoll sei, von Herrschaft und Befreiung zu reden; irgendwie sei das doch methodisch fragwürdig heutzutage. So fragen nur Zivilisten. Aliens wissen ganz gut, was gemeint ist. Aliens sagen: »Oh, das ist *wirklich* interessant. Aber wußten Sie schon, daß Ihre Abteilung gerade personell verkleinert wird?« Aliens merzen Ideen aus, wenn sie gefährlich sind. Zivilisten wissen nicht, was eine Idee ist.

Wenn die Aliens sie fördern und ihnen ein kleines, stabiles Lehen geben, dürfen Zivilisten irgendwann selber ein bißchen Alien spielen. Sie geben aber verhältnismäßig schlechte, schwerfällige, unflexible Alien-Imitationen ab, ohne rechten Biß; ganz anders als die ÜberläuferInnen, die sich früher ernsthaft mit Befreiung beschäftigt haben und dann die Seite wechseln. Wenn die Aliens sie nicht fördern, werden aus Zivilisten mit der Zeit verbitterte Frustbeutel, die trotzdem nichts gelernt haben. So oder so, sie sind traurig dran.

Die vier Zivilisationen

Auch die Zivilisten folgen einer Logik, der Logik der Bequemlichkeit und der Angst. Natürlich können auch MaquisianerInnen Angst haben und mitunter ganz schön faul sein. Aber es ist nicht das zentrale Motiv ihres Lebens und Handelns. Ebenso können Zivilisten Profite machen und ganz selbstverständlich auf fremde Arbeit und Natur zugreifen; aber sie würden nicht allzuviel dafür tun. Aliens nehmen alles mögliche auf sich, um andere auszubeuten. Zivilisten begnügen sich mit dem, was abfällt. Sie gehen den Weg des geringsten Widerstands. Deshalb ist die Frage sinnlos, ob oder warum sie damit gegen ihre eigenen Interessen handeln. Ihr Interesse ist die Bequemlichkeit und das Vermeiden von Auseinandersetzungen. Das ist ihre Logik, und der folgen sie konsequent. Sie bleiben stehen bei Rot und gehen bei Grün, auch wenn es halb drei Uhr nachts und die Straße menschenleer ist: Das kostet ein bißchen Zeit, aber man eckt nicht an, und so oft sind Zivilisten um halb drei nicht unterwegs. Sie achten sorgsam darauf, nichts zu lernen, was ihre Bequemlichkeit gefährden könnte. Ihre Ansichten wechseln sie mit der Mehrheit und der Mode. Für die Zivilisten geht das auf.

Auch die Zivilisten bilden eine Zivilisation, denn sie folgen einer eigenen Logik. Auch sie sind ein Produkt des demokratischen Zeitalters. Außer den Aliens, dem Maquis und den Zivilisten gibt es noch den Faschismus, der, wie Klaus Theweleit dargelegt hat, nicht nur ein Herrschaftssystem ist, sondern ebenfalls eine Zivilisation. Das bedeutet, daß sie mit der Herrschaft faschistischer Parteien nicht erledigt ist und daß sie nicht nur dort auftauchen kann, wo Menschen sich als Faschisten bezeichnen, sondern daß ihre Verbreitung, zumindest in Elementen und Versatzstücken, erheblich weiter ist. Teileelemente dieser Zivilisation treten in der Populärkultur ebenso auf wie bei Menschen, die sich selbst für links halten würden. Die Logik dieser Zivilisation ist mit dem beschrieben, was als Faschismus in der Gesellschaft dargestellt wurde; zusammengefaßt ist es eine Logik des Elitären und der agressiven Abwehr. Es ist die Haltung des »Wir zuerst« und die Praxis der präventiven Grausamkeit gegen alles Fremde, Beunruhigende, Auflösende, Lebendige, was als »Überflutung«, »Krankheit« und »Zerfall« wahrgenommen wird. (Zivilisten sind da stabiler.) Deshalb greifen auch hier die Fragen, inwieweit sich Faschisten gegen ihre »objektiven Interessen« verhalten, ins Leere; sie verhalten sich gemäß der Logik ihrer Zivilisation.

Weil die Logik der Zivilisationen unterschiedlich ist, gibt

es keinen geraden Weg, der aus der einen in die andere führt. Keine äußere Notwendigkeit kann den Zivilisten oder die Zivilistin in den Maquis bringen oder zu einem Alien machen; es sei denn, sie entscheiden sich dafür, ihre Logik zu ändern. Was dazu führt, weiß man nicht. Aliens und Maquis würden viel darum geben, wenn es eine eindeutige Antwort auf diese Frage gäbe, aber es gibt keine. Das Gefühl zunehmender gesellschaftlicher Unbequemlichkeit kann Zivilisten dazu bringen, eine andere Partei zu wählen oder, wenn es ganz hart kommt, einen Lebensmittelladen zu plündern; aber das heißt nicht, daß sie ihre Logik ändern würden und plötzlich Emanzipation gut fänden. Auch Erziehung löst das Problem nicht, weil man zur Logik einer Zivilisation nicht erziehen kann. Man kann sie nur vorführen, zur Ansicht ausbreiten, vielleicht nahelegen; aber welcher Logik man folgt, bleibt eine Sache freier Wahl. Man kann Inhalte eintrichtern und Verhaltensweisen antrainieren, aber das ist so, als wollte man einem Hund beibringen, mit der Pfote das Wort »Freiheit« in den Sand zu kratzen: Es hat keine Bedeutung.

Welchen Weg man einschlägt, den der Aliens, den der Zivilisten, den der Faschisten oder den der Maquis, ist nicht durch äußere Umstände festgelegt. Es ist eine Entscheidung. Ob Reichtum oder Armut, Ruhe oder Gefahr, Ausgrenzung oder Privilegien: Es gibt immer die vier Möglichkeiten, darauf zu reagieren.

Das Verhältnis der Zivilisationen untereinander ist ambivalent. Der Faschismus als Herrschaftssystem hat (durch die Auflösung sozialer Milieus, die Zerstörung bürgerlicher wie proletarischer Kultur, die staatliche Organisierung des Lebens) viel dazu getan, die Zivilisation der Zivilisten aufzubauen, die er im Grunde verachtet. Die Faschisten sind jedoch überall daran gescheitert, die Zivilisten abzuschaffen und ganz für sich zu gewinnen. Nicht, daß die Zivilisten etwas gegen den Faschismus gehabt hätten; manche finden immer noch, daß es so bequem wie damals nie wieder geworden ist. Aber sie machen eben nur solange mit, wie es für sie bequem ist; sonst sehen sie sich nach anderen Optionen um und wechseln, ohne mit der Wimper zu zucken und auch nur einen Finger für die alte Ordnung krumm zu machen, die Fahne im Fenster, wenn eine andere Kraft gesiegt hat, für die sie auch keinen Finger krumm gemacht haben. Das ist ein Kernelement der Zivilisation der Zivilisten: Irgendwann sagen sie: »Es reicht«. Man kann es sich mit den Zivilisten übel verscherzen, wenn man sie unter Druck setzt – sie gehen mit jedem, der weniger Druck macht.

Die Aliens machen diesen Fehler nicht. Sie respektieren die Zivilisten als Zivilisation. Sie lassen sie in Ruhe. Sie versuchen auch nicht, Aliens zu erziehen oder zu »machen«. Sie beschränken sich darauf, diejenigen abzuschöpfen, die entsprechende Anlagen zeigen. Das ist das Entscheidende: Raum zu haben, um die eigene Zivilisation auszubreiten, sie vorzuführen; attraktive Angebote für diejenigen bieten zu können, die eine entsprechende Wahl ernsthaft in Erwägung ziehen; und den rivalisierenden Zivilisationen das Wasser abgraben. Die Aliens rivalisieren dabei nur mit dem Maquis, nicht mit den Zivilisten. Sie haben erkannt, daß die Förderung der Zivilisten der Schlüssel zur Herrschaft im demokratischen Zeitalter ist. Da die Zivilisten weder fähig noch interessiert sind, ernsthaft in Entscheidungen einzugreifen, kann man sie ruhig abstimmen lassen. Demokratische Wahlen haben, wenn der überwiegende Teil der Abstimmenden Zivilisten sind, den Charakter eines Plebiszits über die Geschäftsführung. Sie werden nicht von Inhalten bestimmt, sondern nur von der Frage, welche Kraft den Zivilisten am glaubhaftesten die Erhalt ihrer Bequemlichkeit verspricht. Ob in der politischen Demokratie das Volk regiert, ist deshalb sowohl mit Ja als auch mit Nein zu beantworten. Einerseits regiert es natürlich nicht, weil es gar keine Möglichkeit hat, die konkreten Entscheidungen zu fällen, sondern nur ab und an ein Meinungsbild abgibt. Innerhalb ihrer Logik sind die Zivilisten überdies leicht zu berechnen und zu beeinflussen und stellen daher für die Aliens, die sich mit modernsten

Mitteln des Politmarketing und der Meinungsforschung bewaffnen, keinerlei Herausforderung dar. Andererseits regieren die Zivilisten in gewissem Sinne durchaus mit, weil ihr Grundanliegen der Bequemlichkeit berücksichtigt wird. Darüber kann sich im demokratischen Zeitalter auf Dauer niemand hinwegsetzen. Dieser Doppelcharakter der politischen Demokratie gilt unabhängig vom jeweiligen System – er trifft im kapitalistischen Alienismus ebenso zu wie im ehemaligen sozialistischen Alienismus, er gilt für repräsentative Demokratien und für Einparteienstaaten. Halbwegs unbehinderte Wahlen stellen langfristig gesehen einen Schutz der Mehrheit (und nur der Mehrheit) vor Verelendung und Willkür dar – nicht mehr, nicht weniger.

In der Phase der Herrschaft der Aliens finden wir also folgende Struktur vor: Eine herrschende alienistische Klasse, die von einer alienistischen Zivilisation gestützt wird. Sie koexistiert mit der Zivilisation der Zivilisten, die nicht entscheidungsführend ist, aber von den Aliens respektiert (wenn auch nicht gerade geachtet) wird. Die Zivilisation der Faschisten wird nach dem Übergang zur alienistischen Herrschaft zunehmend marginalisiert, ohne allerdings ganz zu verschwinden. Daran hätten die Aliens auch kein Interesse, da sich faschistische Staaten, Gruppen und Tendenzen gut für bestimmte Dreckarbeit einsetzen lassen und außerdem die Brutalität noch existierender Faschismen zur Legitimation des alienistischen Gewalt- und Befriedungspotentials dient.

Und schließlich gibt es den Maquis. In dieser geordneten Welt unter alienistischer Herrschaft ist der Maquis ein Gespenst: etwas, das es nach der Logik der Aliens wie auch der Zivilisten gar nicht geben dürfte. Für die Zivilisten ist unvorstellbar, wieso Menschen sich für etwas so Windiges wie Emanzipation krumm machen können, etwas, das definitiv unbequem und verunsichernd ist. Und für die Aliens ist das alienistische System per definitionem die beste aller möglichen Welten. Aber das beeindruckt den Maquis nicht. Kein

Gespenst läßt sich davon beeindrucken, daß es angeblich keine Gespenster gibt.

Die erste anti-alienistische Revolution

Das Gespenst, das im Alienismus umgeht, ist nicht mehr der Sozialismus. Mit der Machtübernahme durch die Aliens hat er als Gespenst ausgedient, ebenso wie im Postfaschismus die Idee der Demokratisierung nichts Bedrohliches mehr hat. Der Maquis vereint ein Bündel anderer, neuerer Gespenster, die nach 1945 umgehen: der radikale Feminismus; die schwarze Emanzipationsbewegung; die trikontinentale Emanzipation; die antiautoritäre Revolte; die schwule und lesbische Emanzipation. Dies sind bis heute die fünf Hauptsektionen des Maquis. Sie entwickelten sich sehr rasch während der sechziger Jahre. Ihr Zusammenwirken brachte den Alienismus nach den ersten zwanzig Jahren seines Bestehens an den Rand einer Revolution; einer Revolution, die sich mit der Jahreszahl 68 verbindet.

Das radikalfeministische Aufbegehren hatte sein Zentrum in den Metropolen von Nordamerika und Westeuropa. Von da aus erreichte es fast alle großen Städte dieser beiden Kontinente, aber es durchzog ebenso die »Provinz« und entstand, wenn auch weniger sichtbar, gleichzeitig an vielen Orten des Ostens und der Dritten Welt. Den ersten programmatischen Schriften, wie Simone de Beauvoirs »Das andere Geschlecht« und Betty Friedans »Der Weiblichkeitswahn«, folgte die Gründung eigener Organisationen und eine Vielzahl von Aktionsformen. Der radikale Feminismus beschränkte sich nicht auf »klassische« Politik, sondern schlug überall zu – in Beziehungen, in (gemischten) Organisationen, in Institionen, wo auch immer eine Frau des Maquis sich aufhielt. Die schwarze Emanzipationsbewegung gruppierte sich um den »Black Atlantic«, wie Paul Gilroy das Netzwerk politischer und kultureller Verbundenheit nennt, das sich zwischen Afrika und der afrikanischen Diaspora in den USA, Großbritannien und der Karibik erstreckt. Zu ihr gehörten so unterschiedliche Bewegungen wie die Black Panthers in den USA; die jungen schwarzen Nationalstaaten in Afrika mit ihren oft panafrikanisch gesinnten Sprechern; die schwarzen Widerstandsbewegungen in Südafrika und Rhodesien oder die Rastas in Jamaika. Die trikontinentale Emanzipationsbewegung proklamierte die Einheit der »drei Kontinente« Afrika, Lateinamerika und Asien im Befreiungskampf gegen Kolonialismus, weißen Rassismus und Neokolonialismus. Die internationalistische Zusammenarbeit von nationalen Befreiungsbewegungen, jungen »revolutionären« Nationalstaaten und Solidaritätsbewegungen in der »Ersten« Welt hatte ihre Vorgeschichte in der Konferenz von Bandung 1955 und erreichte ihren programmatischen Höhepunkt mit der Trikontinentalen Konferenz 1966 in Havanna, auf der Bewegungen und Regierungen aus 82 Staaten den bewaffneten Befreiungskampf als Standardweg der Emanzipation verkündeten. Die Geographie dieser Sektion des Maquis war donutartig: Im Norden der drei Kontinente lagen die Wortführer Kuba, Algerien, Ägypten und Indien; an der jeweiligen kontinentalen Südspitze befanden sich die »kämpfenden« Staaten und Bewegungen: Angola und Mozambique, Chile und Uruguay, vor allem Vietnam. Im Inneren des Donuts war die trikontinentale Bewegung schwächer; die Brückenschläge Che Guevaras scheiterten sowohl im Inneren Afrikas als auch in Südamerika. Die schwul-lesbische Emanzipation hatte ihr Fanal in den Krawallen vor dem »Stonewall Inn«, einer Schwulenkneipe in der New Yorker Christopher Street, wo in der Nacht vom 27. zum 28. Juni 1969 eine Polizeirazzia in eine Straßenschlacht mündete. Die Solidarisierung gegen staatliche Repression bildete den Auftakt zu regelmäßigen Demos und Versammlungen, die in aller Welt Widerhall fanden und den Anstoß zur öffentlichen Organisierung von Schwulen und Lesben gaben.

Die fünfte Sektion des Maquis schließlich, die der antiautoritären Emanzipation, war im wesentlichen eine Revolte von Jugendlichen oder, etwas weiter gefaßt, einer Generation, die bereits im Alienismus aufgewachsen war und ihn nicht mehr als die beste aller möglichen Welten anzunehmen bereit war. Das Rückgrat dieser Sektion waren die Universitäten – von New York bis Berlin, von Paris bis Prag, von Mexico City bis Belgrad, von Brasilien bis Italien. Neben den Studierenden gehörten im Westen Teile der proletarischen Jugend dazu, im Osten Teile der wissenschaftlich und kulturell Beschäftigten.

Die Aufteilung in fünf Sektionen mag künstlich und ausgrenzend erscheinen, aber so künstlich war man damals, und auch so ausgrenzend. Was später besonders produktiv und richtungsweisend wurde, die Überschneidungen, die Mehrfachmitgliedschaften, die Grenzbereiche, die Abweichung vom angeblich Typischen, blendete man aus. Der Radikalfeminismus *war* weiß, die schwarze Emanzipation *war* patriarchal (und schwulenfeindlich), die antiautoritäre Bewegung *war* beidem gegenüber ignorant. Diejenigen, die den »Hauptwiderspruch« in ihrer Sektion am reinsten verkörperten (meistens, weil sie bezüglich der anderen Widersprüche auf der dominanten Seite standen), gaben den Ton an. Dem Versuch, die Sektionen selbst miteinander zu vereinigen, haftete nicht selten der Ruch einer feindlichen Übernahme (oder freiwilligen Selbstaufgabe) an. »Es dauerte eine Weile, bis uns klar wurde, daß unser Ort das Haus des Andersseins selbst war und nicht die Sicherheit eines einzelnen Unterschieds«, schrieb Audre Lorde später, die als schwarze lesbische Frau und politische Künstlerin wußte, wovon sie sprach. Damals war die »Sicherheit des einzelnen Unterschieds« unverzichtbar, um aus dem Schatten der alienistischen Entfremdung heraustreten zu können, auch wenn es eine künstliche Sicherheit war. Frantz Fanon schrieb mit »Black Skin, White Masks« und »Die Verdammten dieser Erde« je einen Klassiker der schwarzen und der trikontinen-

180

talen Emanzipation; beide Bücher lesen sich so, als ob es die jeweils andere Sektion gar nicht gäbe.

Der Bruch mit der alienistischen Reform

Was den Maquis verband, war der Bruch mit der alienistischen Reform. Alle Sektionen waren geprägt durch die Erfahrung, daß die Gesellschaft wie zu Zeiten persönlicher Herrschaft funktionierte, obwohl diese formal abgeschafft war. Der Revolte ging in vielen Fällen die Reform voraus: Eine Reihe »nachträglicher« rechtlicher Gleichstellungen fand bereits Ende der fünfziger bis Mitte der sechziger Jahre statt. Die meisten Dritte-Welt-Länder hatten ihre formale Unabhängigkeit bereits erreicht, die Mehrzahl davon auch ohne bewaffneten Kampf. Die wirtschaftliche Alleinverfügung des Mannes in der Ehe endete in Deutschland 1958, viele andere Länder beseitigten allzu offensichtliche Diskriminierungen. Homosexualität wurde, wenn auch unter vielen Einschränkungen, entkriminalisiert. Unter dem Eindruck der schwarzen Bürgerrechtsbewegung war in den USA bis 1964 die »Segregation«, die Apartheid im öffentlichen Raum, beendet. Die Rechte von Jugendlichen waren in den meisten Staaten des Nordens eher vergrößert als beschnitten worden, kritische Stimmen in Wissenschaft und Kultur hatten von postfaschistischer Liberalisierung und »Tauwetter« profitiert, in West wie Ost wies die Verteilung des gesellschaftlichen »Mehrprodukts« stärker als vorher in Richtung des Massenkonsums. Den angehenden MaquisianerInnen wurde jedoch klar, daß mit all diesen Verschiebungen noch vergleichsweise wenig gewonnen war. Es waren alienistische Reformen, die keineswegs Emanzipation verbürgten.

Die alienistische Reform besteht in der erfolgreichen Assimilation ins Borg-Kollektiv. Sie stärkt das, was ist, ergänzt es, verbessert es. Der Maßstab ist nicht die Subjektivität derer, die Emanzipation begehren; der Maßstab ist die Verfeinerung, Komplettierung, Perfektionierung der Gesellschaft, des alienistischen Kollektivs. Der Rest ist Hysterie. Der Alienismus akzeptiert Veränderungen – keineswegs bereitwillig, aber eventuell –, solange sie sich an die fünf Regeln der alienistischen Reform halten: Gewaltfreiheit, Effektivität, Leistung, Integration, Gemeinwohl.

Gewaltfreiheit bedeutet nicht nur Verzicht auf physische Gewalt. Sie ist umfassend gemeint: Diejenigen, die sich »benachteiligt« fühlen und Veränderung fordern, dürfen das herrschende Kollektiv nicht unter Druck setzen. Ihre Waffe soll ausschließlich das Argument, die Erklärung sein; die Reform kommt zustande, wenn das herrschende Kollektiv sich überzeugt sieht. Frauen sollen Männern zum Beispiel nicht mit Protest oder Verweigerung in den Rücken fallen, sondern müßten sich bemühen, ihnen ihre Forderungen immer wieder genauestens zu erklären und geduldig auf Einsicht zu warten. Effektivität heißt, daß die Reform das herrschende Kollektiv unterm Strich nichts kosten darf. Die Kritik muß sich auf »Verbesserung« richten, auf die Beseitigung von »Irrationalitäten«. Sie muß beweisen, daß sich die Veränderung auch für die Herrschenden »lohnen« würde. Studentische Aktionen etwa gelten solange als legitim, wie sie sich gegen überfüllte Vorlesungen richten oder bessere Bibliotheken fordern, weil man sonst ja nicht richtig lernen könnte. Ein Abbau der Machtstrukturen an den Hochschulen oder andere Studieninhalte stärken dagegen nicht die Effektivität der Institution und gelten daher nicht als »vernünftige« Forderungen. Wer Veränderung verlangt, soll auf die Leistung verweisen, die er bereitwillig in die Gemeinschaft einbringen könnte, wenn sie ihn nicht durch falsche Strukturen daran hindern würde. Das setzt voraus, daß er die Zielsetzung und die herrschende Definition von Leistung vorbehaltlos akzeptiert und sich bemüht, ihre Normen zu erfüllen, wenn nicht überzuerfüllen: Gebt uns eine Chance zu beweisen, daß Frauen genauso harte Manager sein können, daß Migranten genauso hart arbeiten, daß schwarze Polizisten genauso hart zuschlagen wie Weiße – wenn nicht sogar härter. Integration bedeutet, daß die Reform den Charakter der Addition hat, der nachträglich hinzugefügten Ausnahmeregelung, so wie die *amendments* der US-Verfassung. Die bisherigen Strukturen werden nicht verändert, es kommt zu keiner Neuverteilung der Ressourcen, keiner Umdeutung der Verfügungsmöglichkeiten; es gibt nur Ergänzungen für später Hinzugekommene. So werden die »Neuen« an die Effektivität und Macht des Gesamtkollektivs gebunden, denn sie würden als erste wieder herausfallen; als »Verspätete« und »Sonderfälle« wissen sie, daß ständig »die Fragezeichen über ihren Köpfen hängen«, wie Ruth Frankenberg es nennt: Wenn der Arbeitsmarkt so eng ist, müssen Frauen wirklich arbeiten? Müssen auch MigrantInnen Sozialleistungen bekommen? Das ist »Integrationspolitik«. Man schafft Sonderregelungen für »die Vielzahl der Lebensformen«, insbesondere wenn man schwule, lesbische oder nichteheliche Lebensgemeinschaften bei den Sozialleistungen zur Kasse bitten will, aber man streicht nicht den Begriff der Ehe als Norm. Schließlich fordert der Alienismus, daß die Reform dem Gemeinwohl zu dienen hat, nicht der eigenen Sache, nicht »selbstsüchtigen« Motiven. Unterdrückung mag bedauerlich sein, aber das allein ist kein Argument. Es muß schon um den Nutzen aller, die Hebung der allgemeinen Moral, die Vervollkommnung der Demokratie gehen. Aliens lassen nur Reformen zu nach dem Muster »Unsere Emerald Bar soll schöner werden«. Solidaritätspolitik zum Beispiel verfällt dem Diktat der alienistischen Reform, wenn sie sich auf die Menschen der Dritten Welt nicht mehr als Subjekte von Emanzipation bezieht, sondern als Schönheitsflecken in der Einen Welt. Das Elend muß weg wegen der Optik: »Danken Sie uns, daß wir Ihnen dieses Foto ersparen. Mit Geld«, heißt es auf einem Plakat von »terre des hommes«.

Wenn sie so daherkommt, mögen auch die Aliens Reform. Die fünf Diktate der alienistischen Reform entsprechen den fünf Waffen alienistischer Herrschaft, sie stehen dafür, daß man diese Waffen akzeptiert. Andere Formen von »Protest« gelten den Aliens als »verständlich«, aber »primitiv« und »schädlich«.

Auf die alienistische Reform läßt sich der Maquis nicht ein. Das heißt nicht, daß er nicht auch verhandelt und in Schritten und Etappen denken kann. Aber er beharrt auf der Legitimität jener Formen spontaner Selbstverteidigung und strategischer Orientierung, zu denen alle irgendwann greifen, die sich mit Unterdrückung konfrontiert sehen und Emanzipation suchen: Gegenmacht, Sabotage, Consciousness, Separatismus, Selbstorganisation.

Wenn eine Bewegung von Gegenmacht spricht, dann meint sie damit, daß Selbstverteidigung gegen die Waffen der Unterdrückung legitim ist und daß aktiver Widerstand nötig ist, nicht nur Überzeugungsarbeit, um Herrschaft zurückzudrängen und Veränderungen durchzusetzen. Wer nicht in der Lage ist, der anderen Seite weh zu tun, hat nichts Nennenswertes zu erwarten: dieser simplen Regel sind auf ihre Art alle Sektionen des Maquis gefolgt. Sie haben sich nicht ins Ghetto der »Gewaltlosigkeit« einsperren lassen und sich darum bemüht, Fakten zu schaffen. Gewalt kann vielerlei bedeuten, vom Befreiungskrieg bis zum Streik, vom verbalen Angriff bis zum Outing, von der Enteignung bis zur Verweigerung reproduktiver Leistungen. Die Aliens und die mit ihnen verbündeten Reste persönlicher Herrschaftscliquen beklagten zu Recht, daß »ihre« Frauen, »ihre« Neger, »ihre« Ex-Kolonien »Krieg« gegen sie führten. Fanon betont, daß die Gegenmacht über den Aspekt der Durchsetzung hinausgeht, daß die Anwendung von Gewalt (welcher Art auch immer) eine Form der Selbstheilung ist, ein Bruch mit der eigenen Opfer-Identität, ein notwendiger Schritt, der eigenen beschädigten Identität die Erfahrung, sich wehren und ausbrechen zu können, zurückzugeben.

Der Kriegsvorwurf der Aliens richtet sich auch gegen die Sabotage. Sie gehört zum spontanen Repertoire aller Unterdrückten, wie Sarah Hoagland schreibt, und beruht ebenfalls auf einer einfachen Regel: Die Schwächung dessen, was die Gegenseite stark macht, nützt der eigenen Sache. Man muß in der Lage sein, Erfolge zu verhindern – männliche Karriere-Erfolge, wirtschaftliche Erfolge des globalen Sektors, militärische Erfolge der »Ersten« Welt, Wahltriumphe »weißer« Parteien. Dies mag auch gegen eigene materielle Interessen verstoßen, aber wer das stärkt, worauf die Macht der Gegenseite beruht, kann keine Emanzipation erzwingen.

Alle Sektionen des Maquis haben Consciousness-Politik betrieben: Sie haben daran gearbeitet, das eigene Bewußtsein von Fremddefinition und alienistischen Interpretationen freizukämpfen und ein Gefühl des eigenen Werts zurückzugewinnen. Sie haben sich dazu aus den »gemischten« Organisationen und Zusammenhängen zurückgezogen, Separatismus betrieben. Und sie haben daran gearbeitet, die totale Verknüpfung mit der Welt der Unterdrücker zu lösen, einen größeren Teil der lebensnotwendigen Interaktionen und Kooperationen in die eigenen Reihen zurückzuverlagern und gemeinsam aus eigener Kraft zu leisten – nichts anderes bedeutet Selbstorganisation.

All dies macht den Unterschied zwischen dem Maquis und seinen Vorgängern aus – von den frühen radikalfeministischen Schriften zu Kate Millets »Sexus und Herrschaft«, von der schwarzen Bürgerrechtsbewegung zu den Panthers und zum südafrikanischen Black Consciousness Movement, von Bandung zum Internationalen Vietnam-Kongreß, von den Gleichstellungsbemühungen der fünfziger Jahre zu Jill Johnstons »Lesbian Nation« und Ti-Grace Atkinsons Formel »Feminismus ist die Theorie, Lesbianismus ist die Praxis«. Der Bruch mit der alienistischen Reform reicht jedoch nicht aus, um den Maquis zu definieren. Denn die Aliens selbst halten sich natürlich auch nicht an die Regeln der alienistischen Reform. Alle Aliens wissen ganz genau, daß Gewalt zählt und daß man den Gegner sabotieren muß, wie freundlich man dabei auch lächelt. Sie arbeiten mit großem Aufwand daran, die typische Sinnschwäche alienistischer Daseins durch eine Consciousness-Politik zu übertrumpfen, die das alienistische Leben seines ästhetischen, sozialen, moralischen Wertes versichert. Alle Aliens gehen ganz separatistisch ins Hinterzimmer, wenn es um wirkliche Entscheidungen geht, und ihre Handels- und Lebensbeziehungen unterhalten sie, ganz im Geiste der Selbstorganisation, im Zweifelsfall lieber mit anderen Aliens, auch wenn das unter Umständen eine Mark mehr kostet. (Alle Ideen, man könnte die Aliens gegeneinander ausspielen, scheitern ja daran, daß Aliens im Endeffekt eben doch nach einem klaren Klasseninstinkt handeln. Sie wissen, daß man nicht nach dem Schnäppchen für heute schielen darf, sondern die Macht für morgen im Blick behalten muß.) Auch die Faschisten halten sich nicht an die alienistische Reform. Nur die Zivilisten glauben daran.

Was den Maquis ausmacht und zusammenhält, ist noch etwas anderes: das Beharren auf Emanzipation, auf Befreiung. Ohne diesen Aspekt kann jede Sektion des Maquis ohne weiteres in eine Form des Alienismus umkippen (was auch immer wieder vorgekommen ist).

Das Beharren auf Emanzipation hat zwei Konsequenzen. Die eine ist, Befreiung als ein Prinzip anzuerkennen, als etwas, das auch andere für sich in Anspruch nehmen können. Natürlich behaupten auch Aliens, sich »emanzipieren« zu wollen und daß dies der Emanzipation aller diene. Aber sie akzeptieren nicht, daß andere ihre eigene Emanzipation betreiben. Sie verlangen, daß alle anderen ihr Anliegen in Form der alienistischen Reform verfolgen; sie selbst wollen darüber entscheiden, wann und in welcher Form hier Veränderungen akzeptabel sind und wann sie auf »später« verschoben werden. Im Maquis ist das jedoch unmöglich. Wer die Selbstbefreiung anderer disziplinieren will, so daß sie »jetzt gerade nicht verfolgt werden kann« oder zwar »eingebracht«, aber nicht gezielt durchgesetzt werden darf – wer das will, verläßt damit den Maquis.

Die andere Konsequenz ist, nach einer gesellschaftlichen

Utopie, einer Vorstellung von sozialer Kooperation zu suchen, die eben nicht auf der herrschaftsförmigen Verfügung der einen über die Arbeit und Natur der anderen beruht. Nur das unterscheidet den Maquis von dem Projekt, sich aus der eigenen Unterdrückung zu lösen, indem man selbst zum Alien wird. Der Maquis muß in der Lage sein zu klären, inwiefern er nicht nur »dasselbe für sich«, sondern wirklich etwas anderes will.

Die Konstituierung des Maquis als Diaspora

Zu dem Zeitpunkt, als der Maquis sich konstituierte und den Alienismus erstmals offen herausforderte, schien es unmöglich, als Maquisianer oder Maquisianerin nicht für den Sozialismus zu sein. Die Frage war nur, was es hieß, für den Sozialismus zu sein. Die scharfen Richtungskämpfe etwa zwischen den »Radikalfeministinnen« und den »sozialistischen Feministinnen« der ersten Stunde waren ja keine Auseinandersetzungen pro und contra Sozialismus. Gestritten wurde über die Organisationsfrage, die politische Strategie, die Prioritäten, die historische Rolle der sozialistischen Parteien, Organisationen und Staaten. Aber auch die meisten »Radikalfeministinnen« hätten, nach ihrer politischen Utopie befragt, sich zu einer irgendwie sozialistischen bekannt; wofür hätte man sonst sein sollen? Dasselbe galt für die anderen Sektionen des Maquis. Auch sie hatten entsprechende Richtungsstreitigkeiten, aber die Utopie fast aller war eine sozialistische.

Das Bekenntnis zum Sozialismus galt als Synonym für die anti-alienistische Revolte schlechthin. Es beinhaltete zum einen die Überzeugung, daß Verfügung geändert und Zugriff abgewehrt werden kann und daß formale politische Demokratie nichts nützt; zum anderen brachte es die Einsicht in die Einheit und Funktionsweise des Alienismus zum Ausdruck. Die alienistische Klasse hat kein primäres, unverbrüchliches Interesse an Rassismus, Patriarchat, Heterosexismus, weißer Suprematie oder Kolonialismus. Sie schätzt deren alienisierende Wirkung, aber sie klebt nicht an den Details. Als Formen persönlicher Herrschaft verabschiedet der Alienismus diese Unterdrückungsformen formal, doch aufgrund des konservativen, additiven Charakters der alienistischen Reform beseitigt er sie nicht wirklich. Aus dieser Einsicht speiste sich das Interesse an Sozialismus und Marxismus, das alle MaquisianerInnen damals teilten – auch die im sozialistischen Osten, etwa im Prager Frühling.

Der Weg des Maquis in den Postsozialismus verlief über mehrere Stufen. Die erste war die praktische Erfahrung der MaquisianerInnen, daß ihnen die klassischen sozialistischen Organisationen und Theorien nichts zu bieten hatten. Sie waren auf ihre Art genauso Verfechter der alienistischen Reform und lehnten Emanzipation ab. Das Ticket der Emanzipation war schon vergeben, und niemand anders bekam es mehr. Auch diejenigen MaquisianerInnen, die eine skeptische Position zur historischen Rolle und aktuellen Bündnisfähigkeit linker Organisationen vertraten, waren von der Kaltschnäuzigkeit und dem Desinteresse überrascht, mit dem der linke Mainstream ihren Interessen eine Abfuhr erteilte: Hier lebten und sprachen nur Aliens. Die Komplettverweigerung der traditionellen Linken gegenüber den spezifischen Interessen, ja der bloßen Präsenz der Maquis-VertreterInnen, ließ die anti-alienistische Revolution auflaufen. Man bezog Partei: gegen diese Revolution. Nur im Pariser Mai und im Prag nach der russischen Invasion hing eine andere Option kurzzeitig in der Luft; aber mehr auch nicht.

Der Maquis befand sich so in der Diaspora, bevor er sich richtig konstituiert hatte – in einem Zustand heimatloser Zerstreuung. Die meisten verließen die traditionellen Organisationen, andere blieben mit halbem Herzen, wieder andere behaupteten, sie auf einem langen, steinigen Weg umkrempeln zu können. Und alle dachten nach. Offenbar lag es doch nicht nur daran, daß der Sozialismus nirgends richtig und konsequent verwirklicht war. Er hatte weitaus gravierende Mängel.

Auf diese Weise gerieten die besonderen Fähigkeiten des klassischen Sozialismus in den Blick, Alienisierungen zu legitimieren und zu decken und dem Begehren nach Befreiung eine Abfuhr zu erteilen. Es ist bezeichnend, daß der orthodoxe Marxismus den Begriff »Herrschaft« praktisch gar nicht kennt. Auch der Begriff »Emanzipation« wird von ihm in der Regel als verwaschen-vorwissenschaftlich abgewertet. Im »Kritischen Wörterbuch des Marxismus« findet sich die schöne Formulierung: »Vor diesem beladenen Hintergrund zeichnet sich übrigens das Seltenerwerden des Ausdrucks [Emanzipation] ab, er erinnert im höchsten Grad an heroische Zeiten – sei es, weil man Emanzipation für humanistischen Schwulst hält, sei es, weil man ihm Revolution vorzieht, um damit besser deren politische Bedingungen in Erinnerung zu bringen.«

Sprecht nicht von Emanzipation, redet von Revolution! Mit dieser Wendung wird Aliens aller Art der Weg freigemacht und gute Fahrt gewünscht. Unterdrückungserfahrungen und Emanzipationsbewegungen, die nicht in dieses Schema passen, werden negiert. Genau das war die Erfahrung der Gespenster: Die klassischen Sozialisten verhielten sich ihnen gegenüber komplett alienistisch. Das Angebot, das sie ihnen machten, war das Angebot der alienistischen Reform; oft aber nicht einmal das.

Die Wunden dieser Zeit sind bis heute schlecht verheilt. Deshalb sind Ausführungen, wie sie in den letzten Jahren wieder Mode geworden sind: daß das Kommunistische Manifest eigentlich doch recht hatte und nur aktualisiert oder »richtig verstanden« werden müßte, nicht nur falsch, sondern skandalös. Sie sind ein Schlag ins Gesicht derer, die genau das dreißig Jahre vorher schon einmal zu hören bekamen. Wer so daherredet, beweist damit nicht nur, daß er (oder sie) nichts dazugelernt hat, sondern läßt einen entlarvenden Mangel an Takt erkennen, nämlich den Takt, Verletzungen der anderen überhaupt zur Kenntnis zu nehmen. Es ist tatsächlich nicht nur eine inhaltliche Frage: So kann man sich einfach nicht benehmen.

Fearful Symmetry

Sich für die eigene Erfahrung und emanzipative Praxis eine vorhandene Befreiungstheorie auszuborgen – so bequem war es also leider nicht. Alles mußte man selber machen. Damit gingen aber die Probleme erst richtig los.

Die bestehenden Herrschaftsanalysen, Befreiungsstrategien und emanzipativen Utopien waren offenbar unheilbar alienistisch verseucht. Der alte Sozialismus und die proletarische Revolution hatten mit dem herrschenden Patriarchat mehr gemein als mit dem radikalfeministischen Aufbegehren; das gleiche galt für die anderen Unterdrückungsformen. Man kehrte zurück zur Grundeinsicht, die den Anstoß zur eigenen Emanzipation gegeben hatte: Alle Männer sind allen Frauen gegenüber Aliens; so wie alle Weißen gegenüber allen Schwarzen; alle Menschen der Ersten Welt gegenüber denen in der Dritten Welt; alle Heterosexuellen gegenüber allen Homosexuellen; alle Etablierten gegenüber allen antiautoritären Jugendlichen. Im Alienismus gibt es dann allerdings auch Frauen, die allen Frauen gegenüber als Aliens auftreten, »männliche« soziale Formen benutzen und »männliche« Positionen einnehmen. Ebenso gibt es schwarze Aliens, die anderen Schwarzen gegenüber eine »weiße« Position einnehmen.

Die Herrschaft der Aliens hat zwar einen abstrakten Nenner, nämlich die Natur und Arbeit der Menschen weltweit widerstandslos verfügbar zu machen, aber diese Einsicht reicht zur konkreten Analyse der alienistischen Herrschaft und zum Entwurf einer emanzipativen Utopie eben nicht aus. Das hat mit dem Charakter der genetischen Kolonisation zu tun. Die Aliens treten den alten Formen persönlicher

Herrschaft ja nicht als völlig Fremde gegenüber, sondern als deren Überwindung und Abstraktion. Sie knüpfen an die überkommenen Formen der sozialen Welt an und öffnen sie für einige der bisher Ausgeschlossenen, um dem demokratischen Zeitalter Genüge zu tun; sie verbessern diese Formen so, daß sie dem Ziel der Verfügbarmachung und Unterwerfung effizienter dienen als bisher.

Das alienistische Genom arbeitet mit dem, was es vorfindet. Nehmen wir den Planeten Tripod, einen von der Erde bislang unentdeckten Planeten in der Großen Magellanschen Wolke. Auf Tripod herrscht eine Klasse von Dreifüßlern über eine Klasse von Fünffüßlern, jahrhundertelang. Eines Tages geht diese Form persönlicher Herrschaft zu Ende, sie stirbt in den Aufständen der Fünffüßler. Zu diesem Zeitpunkt wird das alienistische Genom aktiv, und die Aliens übernehmen die Macht auf Tripod. Sie schaffen die formalen Vorrechte der Dreifüßler ab; sie öffnen die Positionen des öffentlichen Lebens prinzipiell auch für Fünffüßler. Sie sorgen dafür, daß auch qualitativ hochwertige Schuhe künftig in Fünferpaaren angeboten werden. Offen diskriminierende Redewendungen, wie »Du kommst ja daher, als ob du fünf Füße hast«, werden verboten. Die Umbenennung des Planeten in »Multipod« scheitert, aber die alienistische Regierung gibt viel Geld aus für Plakatwände, Fernsehspots und Wettbewerbe mit Slogans wie »Hast du fünf, hast du drei, auf Tripod ist das einerlei.« Trotzdem bleibt Vielfüßigkeit etwas weniger Normales. An den Schulen lernt man weiter, in Dreierschritten zu denken. Es gibt eine Menge Unterschiede, die in keiner logischen Verbindung zur Frage der Füßigkeit stehen, sich aber historisch herausgebildet haben – eine Spezialisierung der Dreifüßler auf atmosphärische Arbeiten etwa. Die Aliens setzen sich dann, ob sie nun persönlich drei oder fünf Füße haben, selbstverständlich zuerst im Sektor der Atmosphären-Produktion fest; sie arbeiten die führende Bedeutung dieses Arbeitsbereichs heraus, benutzen seine Muster für die Illustration gesellschaftlicher Vorgänge und alienistischer Notwendigkeiten. Die Aliens sind dabei nicht dogmatisch, aber sie arbeiten mit dem, was sie vorfinden.

Eines Tages entsteht auf Tripod ein Maquis, denn irgendwann entsteht immer ein Maquis. Er stößt zunächst auf das Problem, daß sich die Welt der dreifüßig geprägten Ideologien und Praktiken für eine emanzipatorische Alternative nicht eignet. Die MaquisianerInnen von Tripod beginnen, tiefer zu graben, tiefer in der Geschichte und verdrängten Identität der Fünffüßler, um deren eigene Denk- und Handlungsformen freizulegen. Gleichstellung ist ab diesem Zeitpunkt out, man will nicht mehr »wie Dreifüßler werden«. Die Bewegung des Pentapodismus beginnt, die eigene Differenz positiv zu besetzen, die Werte umzuwerten. Es gibt Kampagnen wie »Have five, be proud«. All das geht eine Zeitlang gut. Doch dann empfinden diejenigen Fünffüßler, deren zusätzliches Fußpaar weniger markant ausgefallen ist, allmählich steigendes Unbehagen. Sie sehen sich aufs neue diskriminiert und sprechen vom Alienismus der neuen Fünffüßler-Aristokratie. Andere weisen darauf hin, daß sie sich mit der neuen Mode, durch besonders riesige Schuhe seine Fünffüßigkeit zu betonen, doch etwas plump fühlen. Und wieder andere geben zu bedenken, daß der neue Stolz auf das »Mehr an Bodenhaftung«, die Ablehnung des »Atmosphärischen«, möglicherweise genau das reproduziert, was die Dreifüßler den Fünffüßlern immer eingeredet haben: Fünffüßler seien eben bodenständiger, erdverhafteter, repräsentierten eher Kraft als Eleganz. Im Grunde sei man, argumentieren die »Grenzfälle«, gerade mit dem neuen Selbstbewußtsein und der positiven Differenz des Fünffüßigen nach wie vor ein Knecht der Dreifüßler – ihrer Zurichtung, ihrer Phantasien, ihrer Erfindung der Fünffüßler. Man ist immer noch nicht frei, sich zu entscheiden.

Genau das ist ein fundamentales Problem, auf das man auf jedem alienisierten Planeten und in jedem Maquis stößt: Das Problem der Fearful Symmetry. »Fearful Symmetry« heißt eine »Akte X«-Folge, die ein Gedicht von William Blake

192

zitiert, »The Tyger«. Die Streifen des Tigers, schwarz und weiß, sind ein Muster bedrohlicher, abgründiger Symmetrie. In dieser Weise ist die Welt der rassistischen Kolonisation, der patriarchalen Herrschaft oder der heterosexistischen Diskriminierung geordnet: binäre Codes, wo »weiß« (oder männlich oder hetero) gut und vollständig bedeutet und »schwarz« (oder weiblich oder homo) schlecht und defizitär. Dies legt den Unterdrückten zwei Wege nahe, die beide nicht funktionieren. Der eine ist, »gleich« zu werden. Es soll keine Rolle mehr spielen, »ob fünf, ob drei«; was in einer Welt, die ewige Zeiten von den anderen beherrscht und gestaltet worden ist, nur bedeuten kann, daß man »weißer«, »männlicher«, »heteromäßiger« wird. Diese Strategie funktioniert nicht richtig, weil man immer zu spät kommt, immer der schlechtere Dreifüßler ist. Sie ist auch mit einem unzumutbaren Maß an Selbstverleugnung und Selbsthaß verbunden. Auf jeden Fall wird man, obwohl man formale Gleichheit erlangt, so nicht frei. Der andere Weg ist, »bewußt schwarz«, »bewußt weiblich«, »bewußt homo« zu werden; positiv zu werten, was vorher abgewertet wurde; die Fähigkeiten und Eigenschaften weiterzuentwickeln, die einen unterscheiden. Ein Nachteil dieser Strategie ist, daß sie Hierarchien schafft (»ich bin schwärzer als du«). Vor allem aber schreibt sie unter umgekehrten Vorzeichen fest, was das alte Herrschaftssystem als »schwarz«, »weiblich« oder »homo« definiert hat. Die neue Welt, die man entdeckt, wenn man die eigene unterdrückte »Identität« erschließt, ist möglicherweise derselbe alte Hut, den der Kolonisator einem aufgedrückt hat. Man respektiert seine Verbote, seine Tabus. Man ist, trotz formaler Befreiung, nicht frei.

Man kann den binären Code nicht vergessen, nicht zu den Akten legen, nicht so tun als wäre nichts gewesen. Aber auch wenn man seine Wertungen umdreht, wird man von diesem binären Code diszipliniert. Es gibt wieder Dinge, die man darf und Dinge, die man nicht darf. Auf diese Weise wird das Verlangen nach Freiheit, nach Selbstdefinition, hinterrücks wieder durchkreuzt. Auf die Frage »What does a black man want?« ist, wie Fanon klarmacht, die Antwort »weiß werden« mit Sicherheit eine falsche Orientierung; die Antwort »schwarz werden« aber genauso. Am Anfang steht die Erfahrung, daß man den eigenen Wert und das Anderssein verteidigen muß gegen eine Übermacht feindlicher, ausschließender Werte, »a whiteness that blends« – gegen eine Welt, die so weiß ist, daß es schmerzt. Je mehr man jedoch eintaucht in das Labyrinth der schwarzen und weißen Streifen, desto undurchdringlicher wird es. Was ist das Gegenteil von weiß? Von männlich? Ist die lustvolle Überschreitung eine Falle oder die puristische Identität des »Andersseins«? Am Anfang von »Fearful Symmetry« gibt es eine Szene, in der ein unsichtbarer Elefant eine Straße voll parkender Autos verwüstet: So wütet die Vergangenheit im Leben der Befreiten.

Man ist sich im Maquis aufgrund schmerzlicher Erfahrungen einig, daß es hier keine glatte Lösung gibt. Alle MaquisianerInnen sind, so Fanon, »Bastarde«: gemischte Identitäten, selbsterfundene Zusammenstellungen, lebende Experimente. Es geht gar nicht anders. Sie haben sich Teile ihrer unterdrückten Identität erschlossen, ihre eigenen »anderen Werte«. Aber sie nehmen sich auch Teile jener Identität, die ihnen verwehrt wurde, weil sie die herrschende war. Sie wollen sich weder auf das eine noch auf das andere reduzieren lassen. In der Folge sind MaquisianerInnen sowohl »schwärzer« als auch »weißer« als die Zivilisten, sowohl »männlicher« als auch »weiblicher« – jeder einzelne von ihnen.

Heilsame Verunsicherungen gingen vor allem von den »Grenzfällen« und »GrenzgängerInnen« aus; jenen, die mehreren Maquissektionen angehören, oder die in ihrer Sektion als weniger typisch galten und sich weigerten, das als Makel zu empfinden. Sie haben dafür gesorgt, daß Benimmregeln und Kleiderordnungen im Maquis weitgehend verschwunden sind. Das ist mehr als nur Realismus, Unaufgeregtheit und Anti-Dogmatismus. Man ist nicht im liberalen Sinne to-

194

lerant im Maquis. Man arbeitet daran, Anerkennung füreinander zu empfinden – Anerkennung, die auf dem Wissen beruht, daß es keinen für alle verpflichtenden Ausweg aus dem Dschungel der Fearful Symmetry geben kann. Es ist der Respekt davor, daß jeder seinen Entwurf von sich machen muß, mit aller Verletzbarkeit und aller Entschiedenheit, und daß auch Entwürfe, die dem eigenen sehr gegensätzlich sind, eine persönliche und möglicherweise bereichernde Anwort auf ein gemeinsames Problem sind: »Every brother has a style, every sister is a star« (Primal Scream).

Die Theorie der Gespenster

Das Problem der Fearful Symmetry bleibt den MaquisianerInnen nicht nur persönlich erhalten, sondern verändert auch die Vorstellung, die man sich von Befreiung und von einer Theorie der Befreiung macht. Eine Befreiungstheorie, die von den konkreten Unterdrückungsverhältnissen völlig abstrahiert, eine allgemeine Formel »Was ist Alienismus und wie wird er erfolgreich bekämpft«, kann nicht funktionieren. Sie wäre selbst alienistisch; zumindest würde sie in die eine Falle der Fearful Symmetry gehen: daß es keine Rolle mehr spielen soll, wer oder was man ist. Eine Theorie der Befreiung, die keine Vergleiche zwischen den Sektionen und keine Verallgemeinerungen zuläßt, die nur für das »eigene« Unterdrückungsverhältnis einen Weg weisen will, landet dagegen in der anderen Falle der Fearful Symmetry: daß man Herrschaft und Befreiung aus der »Sicherheit« eines einzelnen binären Codes heraus erklären will.

Eine Theorie der Befreiung muß daher weniger Welterklärung sein als vielmehr etwas Kommunikatives, ein Modus der Kommunikation von Erfahrung. Die Gespenster, der Aufbruch konkreter Gruppen zur Emanzipation, dürfen aus der Theorie nicht verschwinden. Es sind die Gespenster, die alles erfinden: die Herrschaftsanalysen, die Wege der Emanzipation, die Regeln einer anderen Vergesellschaftung, auch die Irrtümer. Die Theorie, so hätte man im Marxismus gesagt, kann nichts anderes sein als das Nachzeichnen der konkreten historischen Bewegung. Damals kannte die Theorie allerdings auch nur ein Gespenst, nicht mehrere. Im Maquis gilt: Das Wesen einer Theorie der Befreiung ist es, ein Gespräch unter Gespenstern zu sein.

2. Baby-Blues

Kritik gibt es im Alienismus zum Schweinefüttern. Das meiste wird von Aliens selbst geschrieben, die darin ein blühendes Geschäft für sich entdeckt haben. Am Ende der Alienismus-Kritik, die Aliens für die Zivilisten schreiben, steht immer der überwältigende Eindruck, daß alles sehr schwierig, sehr kompliziert, unheimlich interdependent ist und daß man das mühselige Geschäft des Denkens lieber denen überläßt, die was davon verstehen. Aliens eben. Auf diese Weise verwaltet der Alienismus seine eigene Opposition.

Kritik an sich ist deshalb billig und reichlich zu haben. Jeder zweite regt sich an der Supermarkt-Kasse auf, daß die Schlangen zu lang sind, die Preise zu hoch sind und das Wetter zu schlecht ist; aber man zahlt trotzdem, und das war's. Aliens denken vielleicht noch darüber nach, ob sich mit kurzschlangigen oder kassenfreien Supermärkten mehr Geld machen ließe; Faschisten beschließen, daß wahrscheinlich wieder die schuld sind, die eh an allem schuld sind, und daß Schlangestehen primitiveren Rassen vorbehalten sein sollte; und Zivilisten kennen Kritik sowieso nur als eine Form von Hospitalismus: Man murrt und brummt sich in den Schlaf. Wenn man durch die Unis geht, kann man die verschiedenen Abteilungen nach ihren kritischen Geräuschen unterscheiden: hier das helle, schnelle Knistern alienistischer Verbesserungskritik, die irgendwie nach Geldscheinen klingt, dort das hohle Brummen des kritischen Hospitalismus, vorzugsweise in den Gesellschaftswissenschaften.

Im Maquis wird Kritik daran gemessen, was sie zu einer Theorie der Befreiung beiträgt. Im Mittelpunkt steht immer die Frage, wie man sich aus einem Raum voller Aliens den Weg nach draußen freikämpft. Nur daß dieses »draußen« nicht einfach draußen liegt, sondern gemacht werden muß und daß man es alleine nicht schafft, sondern nur im Zusammenhang mit der Emanzipation anderer. Aber bloßes Räsonnieren und Problematisieren ist für den Maquis ohne Wert. Eine Kritik, die sich nicht als Akt der Befreiung versteht, ändert die Welt nicht. Und man kommt nicht zur Tür, ohne gleichzeitig die Welt zu ändern.

Eine Theorie der Befreiung ist nichts Harmloses. Sie hat Konsequenzen. Sie kann dazu führen, daß man sich organisiert, um die Verhältnisse zu ändern. Sie kann bewirken, daß man sich scheiden läßt, Beziehungen aufgibt und beginnt, sein Leben neu aufzubauen. Sie kann Menschen dazu bringen, ihr bisheriges Leben beiseite zu schieben, weil sie erkannt haben, daß nicht sie verrückt, unrealistisch, ungerecht, maßlos oder unfähig sind, sondern die Verhältnisse. Daß es Gründe gibt für das, womit man nicht zurechtkommt. Möglichkeiten, es anders zu machen. Daß man dabei nicht allein ist.

Eine Theorie der Befreiung ist mehr als Detailkritik, mehr als bloße Unzufriedenheit, mehr als ein Ensemble von Verbesserungsvorschlägen. Sie ist auch mehr als bloße moralische Empörung oder die Suche nach persönlicher Gerechtigkeit und Unangreifbarkeit. Eine Theorie der Befreiung bedeutet, Ernst zu machen. Verstehen zu wollen, was das Wesen der Unterdrückung ist, weshalb sie funktioniert und wie man sie wirklich beenden kann. Sie ist eine aktive Theorie. Sie hat Absichten. Sie will sich nicht beschweren und beklagen, sondern herausfinden, wie es anders wird. Sehr oft beginnt das Bemühen um eine Theorie der Befreiung an dem Punkt, wo man feststellt, daß alle persönlichen Handlungsalternativen falsch sind. Daß die Widersprüche nicht aufhebbar sind. Sie beginnt mit der Erfahrung, daß man herausfällt, daß man sowohl im alienistischen System als auch in den alten Organisationen von Opposition immer nur eine subalterne Stellung einnehmen kann. Es sei denn, man mutiert.

Das Bedürfnis nach einer Theorie der Befreiung entsteht beim Übergang in den Maquis, wenn man anfängt, die richtigen Fragen zu stellen. Die richtige Frage ist eine sehr persönliche Sache. Helke Sander notierte in ihrem »Versuch, die richtigen Fragen zu finden«: »warum bin ich agressiv als mutter? warum bin ich unglücklich mit einem mann, den ich liebe? warum ist auch der mann unglücklich und warum erscheint mir sein unglück trotzdem erträglicher als meines?« Der Weg dieser Fragen führte geradewegs in den »Aktionsrat zur Befreiung der Frau«, für den Helke Sander 1968 die berühmte Rede auf der 23. Delegiertenkonferenz des SDS hielt, nach der drei Tomaten in die Gesichter der Genossen auf dem Podium geworfen wurden – weil diese für Anliegen wie Kinderbetreuung und »Politisierung des Privatlebens« nicht mehr als ein hämisches Grinsen übrig hatten. Die drei Tomaten (Sigrid Rüger warf sie) wurden zum symbolischen Auftakt der Neuen Frauenbewegung. Aber so etwas tun Tomaten nur, wenn sie mit dem Rückenwind der richtigen Fragen und mit der Flugrichtung einer Theorie der Befreiung fliegen. Steve Biko, schwarzer Student der medizinischen Fakultät für »Nicht-Europäer« an der Universität von Durban in Südafrika, dachte darüber nach, warum schwarze Jugendliche die verbalen Erniedrigungen, mit denen Weiße sie Tag für Tag bedachten, in vielen Fällen mit so augenscheinlicher Gelassenheit ertrugen. Seine Antwort war, daß das Leben in einer rassistischen Gesellschaft in den Unterdrückten ein Maß an Selbsthaß hervorruft, das jede Bereitschaft zur Änderung der Lage von vornherein blockiert, und daß die Bekämpfung dieses Selbsthasses der Dreh- und Angelpunkt jeder Veränderung war. Der Weg dieser Fragen führte zum Bruch mit dem nationalen studentischen Dachverband, zur Gründung von SASO, der ersten schwarzen StudentInnen-Vereinigung in Südafrika, und zum Black Consciousness Movement, das den Grundstein für die Aufstände der späten siebziger und achtziger Jahre gegen das Apartheid-Regime legte.

Andere stellten andere Fragen, mit denen sie entdeckten, daß die geordnete, selbstverständliche Welt des alienistischen Alltags von Herrschaft zusammengehalten wird. Fragen, mit denen die Notwendigkeit, sich zu emanzipieren, unabweisbar wird. Die Fragen sind einfach, aber sie sind schwierig zu stellen, weil sie alles umdeuten. Sie beinhalten die Erkenntnis, daß man selbst »nicht richtig«, unvollständig, nicht in Ordnung ist. Daß die bisherigen Strategien, sich »in Ordnung zu bringen«, nicht funktionieren. Daß es dort keine Hilfe gibt, wo man bisher am ehesten welche zu finden glaubte. Mit dieser Erkenntnis ist man in der Welt des Alienismus zum Gespenst geworden, zur nicht vorhergesehenen Größe. Und man fängt notgedrungen an, sich für das Gespräch der anderen Gespenster zu interessieren.

Was heißt »Theorie der Befreiung«?

Die Suche nach einer neuen Theorie der Befreiung hat den Maquis beschäftigt, seit ihm die Frustration über die Unbrauchbarkeit des alten Sozialismus und der klassischen Linken in die Diaspora verschlug. Es ist die Idee eines neuen Versprechens, das dem sozialistischen folgt und es ablöst. Das Vorbild jeder Theorie des Befreiung (und alle maquisianischen Gespenster knirschen mit den Zähnen, wenn sie das sagen) ist bis heute der Marxismus. Nur daß er nicht für sie gemacht war und deshalb für sie nicht brauchbar ist. Marx dachte bei Befreiung weder an seine Frau noch an sein Hausmädchen. Er dachte auch nicht darüber nach, wieso er mit den beiden zusammenlebte und nicht mit Engels. Die Mängelliste läßt sich fortsetzen.

Aber der Marxismus hatte alles, was eine Theorie der Befreiung haben muß und was sie von bloßer Kritik unterscheidet: Eine Analyse des Bestehenden, die nicht von Fehlern und Irrtümern spricht, sondern von Herrschaft. Eine Rekonstruktion dieses Herrschaftssystems, wonach die herrschende Klasse nicht einfach aus schlechten Menschen besteht (so daß man bessere bräuchte), sondern ihre Interessen verfolgt. Eine Antwort darauf, was geändert werden muß, um dieses Herrschaftssystem zu beenden. Und eine Strategie, wie man diese Änderungen erreicht. Dem Marxismus zufolge ist die Realität der Gesellschaft bestimmt von der Herrschaft des Kapitals; das Interesse der herrschenden Klasse ist die Maximierung des Profits; ihre Herrschaft wird beendet durch die Vergesellschaftung der Produktionsmittel; der Weg dahin ist die Organisierung und bewußte Aktion des Proletariats.

Die Sektionen des Maquis machten klar, daß das nicht ihre Antworten sind. Alle haben sich kritisch vom Marxismus abgesetzt. Sie haben ihn als falsch, unzureichend, patriarchal, weiß, eurozentrisch, autoritär, affirmativ und herrschaftsförmig kritisiert und nach einer neuen Theorie der Befreiung gesucht, die auf ihre Fragen paßte. Aber alle waren und sind fasziniert von der Methode des Marxismus, beeinflußt von dem methodischen Rahmen, den er für eine Theorie der Befreiung auslegte. Der Marxismus brachte wenig hervor, was direkt in eine radikalfeministische, schwarze, antiautoritäre oder schwule Theorie der Befreiung hätte eingehen können. Aber er hinterließ einen Fußabdruck, eine Form; eine Vorstellung davon, wie man geht.

Zu den Vorgaben, die der Marxismus für eine allgemeine Theorie der Befreiung lieferte, gehören außer den erwähnten vier notwendigen Bestandteilen einige inhaltlich-methodische Prinzipien, wie diese Bestandteile gefüllt werden sollen. Eine Theorie der Befreiung ist demnach analytisch. Sie führt den Skandal konkreter Mißstände auf eine allgemeine Ursache zurück, auf ein strukturierendes Prinzip, den zentralen »Trick« der Herrschenden gewissermaßen. (Im Marxismus die private Verfügung über die Produktionsmittel und die private Aneignung des Mehrwerts.) Eine Theorie der Befreiung ist materialistisch. Sie will nicht jeden Tag eine gute Tat tun, sondern die Grundlagen von Ausbeutung und Dominanz abschaffen. Diese Grundlagen sieht sie nicht in dem, was die Gesellschaft (und ihre Individuen) über sich denkt oder was sie von sich behauptet, sondern in der Art und Weise, wie sie ihre Produktion und Reproduktion organisiert. (Kapitalismus ist keine Denkweise, sondern ein soziales Verhältnis.) Eine Theorie der Befreiung ist parteilich. Sie will nicht allen helfen. Sie nimmt Partei in einem sozialen Antagonismus, wo die eine Seite gewinnt, was die andere verliert. Der Antagonismus ist in der bestehenden Ordnung unaufhebbar: nicht das Auswechseln von Personen, nicht der Wechsel von Programmen, weder Abstimmungen noch formale Geschäftsordnungen können daran etwas ändern. Die herrschenden Interessen sind die Interessen der Herrschenden; Befreiung erfordert, die Grundlagen der Herrschaft zu beseitigen. Und schließlich ist eine Theorie der Befreiung eine Philosophie der Praxis. Sie muß zeigen, daß Befreiung möglich ist. Sie geht davon aus, daß Herrschaft nicht total ist, so geschlossen sie auch erscheinen mag; sie beschreibt, daß und wie der einzelne mit ihr in Konflikt gerät. Sie ist keine Gesellschaftstheorie, sondern eine Theorie von der Emanzipation der Subjekte, die sie dazu aufruft, gezielt und bewußt die Spielregeln zu verletzen.

Die Entscheidung für den Maquis

Alle Sektionen des Maquis haben sich zunächst um eine Theorie bemüht, die wie der Marxismus funktioniert. Auch sie sprachen nicht von Exzessen, Übergriffen und Mißständen, sondern von Herrschaft und Interessen, womit sie die »liberalen« Theorien der alienistischen Reform hinter sich ließen. Der radikale Feminismus und die schwarze Emanzipation unterstrichen beide, daß Gewalt kein »Exzeß«, keine Ausnahme war, sondern die Normalität der Herrschaft. »Die Folter ist kein Unfall, kein Irrtum, kein Fehler«, schrieb Fanon. »Der Kolonialismus kann nicht verstanden werden ohne seine Fähigkeit, zu foltern, zu verletzen, abzuschlachten.« In gleicher Weise war sexuelle Gewalt für den radikalen

Feminismus keine »Entgleisung«, sondern das strukturierende Prinzip der patriarchalen Gesellschaft. Catherine MacKinnon wies darauf hin, daß sich Vergewaltigung und »normaler« Geschlechtsverkehr aus Sicht des Patriarchats nicht etwa durch fehlende Gegenseitigkeit voneinander unterschieden, sondern ausschließlich durch die fehlende »Einwilligung« – mit anderen Worten: der Vorgang an sich war derselbe. Die Abgrenzung ging immer nach zwei Seiten: zu den Liberalen, die »Auswüchse« bekämpfen und »gleichberechtigt einbinden« wollen; und zu den Marxisten, für die die spezifischen Unterdrückungserfahrungen, von denen im Maquis gesprochen wurde, bloß Folge, Ausdruck und Sonderfall waren.

Der Marxismus war nur einer von zahlreichen Einflüssen, die in die verschiedenen Sektionen des Maquis Eingang fanden. Für viele spielte die Psychoanalyse eine wichtige Rolle, für einige die Kritische Theorie, für alle ihre jeweiligen Vorläufer sowie spezifische Traditionslinien ihrer Sektion oder ihrer Region. Die besondere Bedeutung des Marxismus lag darin, daß er eine vollentwickelte Befreiungstheorie darstellte, im Unterschied zu den meisten anderen Einflüssen.

Alle Sektionen des Maquis entschieden sich letztlich dagegen, eine *isolierte* Theorie der Befreiung zu bilden, eine »Theorie fürs einzelne Gespenst«. Nicht, daß es keine Entwürfe gegeben hätte; aber sie waren nicht praktikabel. Das lag zum einen an internen Widerständen. Schwarze Feministinnen machten beispielsweise deutlich, daß sie eine Theorie, in der Geschlecht die »grundlegende« Kategorie war und den Vorrang vor Rasse und Klasse hatte, nicht akzeptieren konnten. Zum anderen zeigte die Erfahrung der ersten, gescheiterten anti-alienistischen Revolution, daß ein isoliertes Vorgehen keine Chance hatte; die Erfahrung dieses Aufstands ließ jedoch gleichzeitig die Umrisse des Maquis als möglicher Gegenzivilisation aufscheinen und seine potentielle Kraft ahnen. Drittens wurde deutlich, daß man mit dem Marxismus mehr teilte, als man gehofft hatte: nämlich eine

Menge Fixierungen, vom Fortschrittsglauben bis zur Neigung, Orthodoxien aufzubauen und interne Hierarchien zu legitimieren. Und viertens zeigte die Praxis, daß eine Theorie der Befreiung, die über die einzelne Sektion hinausgriff, das beste Mittel war, um in den eigenen Reihen die Spreu vom Weizen zu trennen – sprich, den Aliens entgegenzutreten, die sich bereits unter die einzelnen Bewegungen mischten.

Einige Teile des Maquis entschieden sich anders und hielten an einer Politik der Isolation und der »Erstrangigkeit« fest. Nicht alle, aber viele dieser Gruppen und Individuen drifteten über kurz oder lang davon und erfanden neue Arten von Alienismus – den Gleichberechtigungsfeminismus, die schwarze Authentizitätspolitik, die autoritäre Bekämpfung »westlicher Einflüsse«, die kapitalistische Karriere-Homosexualität, den antiautoritären Marsch durch die Institutionen, die Herrschaft im alternativen Projekt und viele andere mehr. Es gab auch Gruppen, die sich angesichts des gescheiterten ersten Anlaufs und angesichts der Aliens, die auch in den neuen Bewegungen hervortraten, wieder an den Marxismus klammerten und sich aufmachten, doch noch das wahre Proletariat zu finden – geschlechtslos, vaterlandslos, ohne Hautfarbe und sexuelle Präferenz. Man hörte aber nie davon, daß sie es gefunden hätten. Der Rest blieb.

Das Gespräch unter den Gespenstern bekam eine Zeitlang einen sehr scharfen Ton, sowohl zwischen wie in den verschiedenen Sektionen. Der Faden riß jedoch nie wirklich ab. Seit Mitte der siebziger Jahre trat die erste Generation neuer Befreiungstheorien auf den Plan: die Subsistenztheorie, die Regulationstheorie, die Triple Oppression, der sozialrevolutionäre Ansatz, die Soziale Ökologie. Es war die erste Kraftanstrengung, um die Gestalt des Maquis herauszuarbeiten und ihm eine Theorie der Befreiung zu geben – gegen die alienistische Reform, gegen die traditionellen Beschränkungen des Marxismus, gegen den Alienismus in den eigenen Reihen. Schnittpunkt dieser Strömungen waren die fünf großen Revisionen, mit denen sie die Theorie der Befreiung den Bedingungen des Alienismus anpaßten. Erst danach wurde die traditionelle Idee der Emanzipation selbst zum Gegenstand einer Revision, die wiederum den Weg freigab zur zweiten Generation neuerer Befreiungstheorien: Affidamento, Dekonstruktion, Postkolonialismus, Poplinke und Antinationalismus.

Coaching Amy Linden – part one

Einer meiner Lieblingstexte ist »Rockmom« von Amy Linden. Er ist eine jener kleinen, feinen Drogen, mit denen im Maquis gehandelt wird, weil sie das Leben erträglicher machen und das überwältigende Erschlagenwerden von der eigenen Situation durch eine ironisch-archetypische Distanz aufweichen. Sie teilen einem mit, daß man nicht verrückt, nicht isoliert, nicht ausgestoßen ist, sondern sich im ganz alltäglichen Wahnsinn befindet. Man kann sich in kritischen Situationen daran erinnern und Gelassenheit daraus schöpfen. MaquisianerInnen, die Kinder haben, denken beim übernächtigten morgendlichen Aufstehen gerne an Ripley in »Alien 2«, wie sie mit Leukoplast zwei Flammenwerfer zusammenbindet, weil das Balg kurz vor dem rettenden Abflug natürlich verschwunden ist und mal wieder vor irgendwelchen Monstern gerettet werden muß. Es ist absurd, es ist möglicherweise aussichtslos, aber in dieser Situation ist einfach keine Zeit für dumme Fragen und Sinndiskussionen; man konzentriert sich darauf, daß die richtigen Handgriffe sitzen und Schluß. Und so gibt es eine Reihe von Bildern, Szenen und Texten, von privater oder von allgemeinerer Bedeutung, die man im richtigen Moment einwerfen kann. Sie alle sind ein kostbares Geschenk des Maquis an seine BewohnerInnen. Einer von ihnen ist »Rockmom«.

Die Protagonistin von »Rockmom«, Amy Linden selbst, hängt praktisch während des gesamten Textes am Telefon. Sie ist Musikjournalistin, und ihre Arbeit besteht hauptsächlich im Telefonieren. Mit der anderen Hand beaufsichtigt sie Lucian, ihren dreijährigen Sohn, der sich immer im entscheidenden Moment von der Sesamstraße abwendet und entweder brüllt oder bröselt. Mit der dritten Hand kocht sie zwischendrin Essen oder räumt die Wohnung auf. Weil der Mensch im allgemeinen nur zwei Hände hat, ist das ein Problem; aber eine Alleinerziehende kann sich nicht auf die Biologie rausreden. Der Großteil von Amy Lindens Telefonaten besteht nicht in dem, was man als reale Tätigkeiten ihres Jobs erwarten würde – Interviews führen, Abgabetermine besprechen et cetera – sondern in *girls' talk* und *mom bonding*, sprich der Aufrechterhaltung ihrer weiblichen sozialen Netzwerke, die überhaupt dafür sorgen, daß sie Aufträge hat. Es sind Telefonate mit Frauen, die Kinder haben, und mit Frauen, die am Telefon erstaunt fragen: »Oh, ist das ein Baby im Hintergrund?« (»Nein, es ist nur eine Bandaufnahme von einem Baby. Zur Abschreckung von Männern, die einen zum Essen einladen möchten.«)

Amy Linden ist ziemlich genau die Zielgruppe, an die der Marxismus und die traditionellen linken Organisationen nicht dachten. Aber sie ist ein typisches Gespenst für die Zeit des Alienismus – falls sie einen Weg nach draußen sucht. Und die neueren Befreiungstheorien, die im Maquis entstanden, begannen sie für diesen Weg zu trainieren. In der ersten Generation waren diese Theorien Versuche der Systematisierung, die sich aus Gesprächen über verschiedene Maquissektionen hinweg ergaben. Die Subsistenztheorie entstand Mitte der siebziger Jahre hauptsächlich mit den Arbeiten indischer und deutscher Feministinnen, die sich vom Gleichstellungs- und Gleichberechtigungsfeminismus abwandten und von der radikalfeministischen sowie der trikontinentalen Sektion inspiriert wurden. Aus der Sicht der Subsistenztheorie ist Amy ein klares Beispiel dafür, daß das, was klassischerweise als »Arbeit« gilt und nach formalen Verträgen und geregelter Bezahlung in Fabriken und Büros stattfindet, bestenfalls die Fettaugen auf der riesigen Suppe der *eigentli-*

chen Arbeit darstellt. Diese eigentliche Arbeit wird nicht als solche angesehen, nicht geregelt und meist nicht bezahlt, weder im Kapitalismus noch im Sozialismus. Das ist Amys Problem und Amys Stärke. Es ist die Arbeit der unmittelbaren Reproduktion des Lebens und des Lebensnotwendigen: Kinder kriegen und aufziehen, Essen kochen und Haushalt machen, Beziehungsarbeit leisten und soziale Erfahrung weitergeben. All das ist das abgewertete Hinterland, die große Emerald Bar, in der sich die formale Arbeit als Boß aufspielt – obwohl ohne diese »andere« Arbeit, die Ausbeutung der Frauen, der Kolonien und der Natur, überhaupt nichts stattfinden würde. Die Aliens tun gern so, als ob Leute wie Amy Linden Kostgänger wären, die von ihnen durchgefüttert werden. Dieser Anschein entsteht jedoch nur dadurch, daß sie Amy für 99 Prozent ihrer Arbeit nicht bezahlen: Es ist »Gratisarbeit«, die sie erhalten, ohne sie in Form von Lohnarbeit zu Marktpreisen kaufen zu müssen.

Was der Marxismus und die traditionelle Linke den Amy Lindens von New York bis Bangladesch anzubieten hatte, bestand ausschließlich darin, Amy an die Verhältnisse anzupassen und nicht die Verhältnisse an Amy: Ganztagskindergärten, technische Ausbildung, formale Beförderungsregeln statt weibliche Netzwerke, alles damit sie endlich leben und arbeiten kann wie ein Mann. Aber erstens können nicht alle auf der Welt leben und arbeiten wie Männer, die Gesellschaft würde sonst zusammenbrechen, und diese »männliche« Emanzipation setzt voraus, daß andere statt Amy Linden für wenig oder gar kein Geld die »weibliche« Arbeit machen – wenn die Putzfrau und die Tagesmutter denselben Stundensatz bekommen wie Amy, lohnt es sich ja nicht mehr, daß Amy arbeiten geht. Und zweitens will Amy Linden gar nicht leben und arbeiten wie ein Mann, sie beharrt darauf, die Kontrolle über ihre Subsistenzarbeit zu behalten, denn nur das gibt dem Menschen Macht, Sicherheit und Würde. Sie kontrolliert sie jedoch nicht wirklich; ob sie nächste Woche noch was im Kühlschrank hat, ist in hohem Maße abhängig davon, ob irgendein Alien Pleite geht oder eine sozialstaatliche Streichorgie veranstaltet. Deshalb müssen Kapital und Patriarchat schon abgeschafft werden; aber nicht durch Verstaatlichung, sondern durch Wiederaneignung und Verteidigung von Subsistenz.

Die Regulationstheorie, die sich im gleichen Zeitraum vor allem aus französischen und US-amerikanischen Ansätzen entwickelte, kreiste letztlich immer um die Frage, warum Amy Linden ihre freien Abende und Sonntage nicht damit verbringt, sich in einer sozialistischen oder kommunistischen Organisation zu engagieren und auf Parteiversammlungen Brötchen zu schmieren, wo die Verhältnisse doch so objektiv nach Veränderung schreien. Die Antwort war, daß auch andere das Schreien der Verhältnisse hören, vor allem die Aliens, und die Veränderung in ihrem Sinne betreiben. Der Kapitalismus managt seine Widersprüche immer auch selbst, er ist ihnen nicht hilflos ausgeliefert, sondern findet ständige neue Varianten, sie auf Zeit zu lösen, zu »regulieren« – mal mit mehr Autonomie der Unternehmen, mal mit mehr Sozialstaat und Wirtschaftssteuerung, dann wieder mit mehr »Wettbewerb«, und so weiter. Die Frage, die Amy dabei interessiert, ist, ob durch die Veränderung emanzipativere, autonomere Verhältnisse entstehen oder autoritärere; welche Spielräume sie dabei hat und wie sie sie nutzen kann.

Mit dieser Frage ist sie bei allen klassischen linken Organisationen schlecht aufgehoben. Sie sind in ihrer Form und ihren Inhalten einer vergangenen Variante verhaftet, welche die Regulationstheorie »Fordismus« nennt. (Nicht bloß, weil Henry Ford für sein Modell T als erster auf Fließbänder gesetzt hat, sondern auch auf Massenproduktion, Konsumgüterproduktion und eine integrative Lohnpolitik.) In dieser Zeit wurden die Widersprüche in einer bestimmten Weise »reguliert«: durch nationale Exportwirtschaft auf der Basis großer, zentralisierter Produktion; durch einen Sozialstaat, der sich an der klassischen Kleinfamilie mit männlichem Haupternährer orientiert; durch staatliche Wirtschaftssteuerung und breite Streuung der Beute; durch einen institutionellen Klassenkompromiß vermittels Gewerkschaften und sozialdemokratischer Parteien; durch eine Ausbeutung des Südens als Billiglieferanten von Rohstoffen und Halbfertigprodukten, deren Verbesserung als »Entwicklung« verkauft wurde. Es war die Zeit des traditionellen Alienismus in Ost und West.

Diese Variante wurde aus vielen Gründen aufgegeben, von den Menschen und von den Aliens, und eigentlich sind die traditionellen linken Organisationen die einzigen, die ihr nachtrauern, weil sie daraus ihre relative Macht bezogen. Aus der Sicht der Regulationstheorie ist Amy Linden der Prototyp des »Postfordismus«: Die Arbeit findet nicht mehr in der großen, zentralisierten Fabrik statt, die Gesellschaft nicht mehr in den großen Organisationen. Im Postfordismus löst sich das Kapital ein Stück vom Nationalstaat, die Produktion wird flexibler, die Verhältnisse werden stärker individualisiert, unsicherer, offener, die ökologischen und sozialen Kosten des Fordismus und seiner Entwicklungspolitik werden sichtbar und als unbezahlbar erkannt. Das hat Vor- und Nachteile, je nach Perspektive. Die Dominanz der patriarchalen Kleinfamilie zum Beispiel hat keinen Bestand mehr; der Süden wird in Teilen aufgegeben, kann in Teilen aber auch konkurrenzfähig werden bis zur High-Tech-Produktion. Gewerkschaften und alte Sozialdemokratie verlieren, aber Brötchenschmieren auf Versammlungen hat Amy ohnehin noch nie Spaß gemacht, und für ihren Patchwork-Lebensstil ist sind deren Forderungen und Reformen keine große Hilfe.

Ein linkes Projekt kann, der Regulationstheorie zufolge, nicht mehr und nicht weniger anbieten als die progressivere Variante von Postfordismus. Es geht um radikale Reformen, die sich nicht um Kosten für die Aliens kümmern, aber die emanzipativen Potentiale nutzen und die Spielräume für Amy verbreitern.

Ein im wesentlichen südafrikanisch-holländisches Produkt, das weite Verbreitung gefunden hat, ist die Befreiungstheorie der Triple Oppression. Die Triple Oppression löste den Streit zwischen verschiedenen Sektionen, insbesondere der radikalfeministischen, der schwarzen und der trikontinentalen, auf salomonische Weise. Unterdrückung nach Rasse, nach Geschlecht und nach Klasse sind gleichberechtigte Unterdrückungsverhältnisse; sie sind nicht voneinander ableitbar, aufeinander reduzierbar; keine ist ursprünglicher oder fundamentaler als die andere. Man kann im einen Verhältnis der Fußbodenfeger sein und gleichzeitig im anderen das Alien. Deshalb läßt sich keines dieser Unterdrückungsverhältnisse auf später verschieben; deshalb führt aber auch kein Weg an den prekären Bündnissen zwischen den Sektionen vorbei. Wer sich zuviel auf die eigene Unterdrückung einbildet, mutiert zwangsläufig zum Alien gegenüber den anderen. Nichts anderes betet Amy sich vor, wenn sie ihre Künstlerpatriarchen aus dem Underground hätscheln muß, obwohl die meisten eine gehörige Portion Sexismus an den Tag legen.

Innerhalb des Maquis ist die Triple Oppression das wundersame Beispiel eines Karteileichenvereins. Alle sind irgendwie Mitglied, solange es nicht zuviel Beitrag kostet; aber deswegen beschäftigen sich noch lange nicht alle damit, wie die Verschränkung der Unterdrückungsverhältnisse genau funktioniert und was daraus folgt. Wo solche Untersuchungen unternommen wurden, führten sie unter dem Stichwort »Dominanzkultur« relativ nahe an einen allgemeinen Begriff des Alienismus. Aber der ist, wie wir wissen, auch problematisch, wenn er die konkrete Geschichte und die eigene Welt der Sektionen ins Abstrakte aufzulösen beginnt.

Der sozialrevolutionäre Ansatz fand seine erste Ausformulierung in Italien (»operaismo«) und ist stark der antiautoritären Sektion verpflichtet. Das Verhältnis dieser Sektion zur schieren Existenz von Frauen war traditionell recht gespannt. Aber von allen neueren Befreiungstheorien teilt der sozialrevolutionäre Ansatz vielleicht am schärfsten Amy Lindens Widerwillen gegen die ständigen Aufforderungen, sich konstruktiv und vernünftig bei der Gestaltung von Zukunftsfragen einzubringen. Seine Vorstellung vom Alienismus in Ost und West gruppiert sich um das Stichwort der Verwertung. Die alienistische Reform, ob technisch oder sozial, ob kapitalistisch oder realsozialistisch, ist immer ein Angriff auf Amy Lindens Arbeit und Natur. Dabei ist die ganze Gesellschaft, das ganze Leben das Kampffeld um Ausbeutung und Enteignung. Die Aliens wollen nicht unbedingt die formale Arbeit in der großen Fabrik – Amy liefert ihnen auch Kinder; sie organisiert die kulturelle Verwertung existentieller Erfahrung zu schnödem Mammon, von der die Musikindustrie lebt; und am liebsten wäre den Aliens, sie hätte auch gleich noch einen Lieferschein für ihre Organe in der Tasche. Die Technologie dient den Aliens zu nichts anderem, als den Widerstand der Menschen zu brechen und ihnen ihre Leistung abzuringen. Selbst die Therapiestunden, die Amy Linden möglicherweise ab und an nimmt, sind alienistische Sozialtechnologie, genau wie der alternative Kindergarten, in dem sie eines Tages Lucian abliefern wird: Am verschlingenden Charakter des Alienismus ändert sich dadurch gar nichts.

Der sozialrevolutionäre Ansatz hat deshalb ein großes Faible für die, die nicht mitmachen, die kaputtmachen, was sie kaputtmacht, oder die sich einfach nehmen, was die Aliens ihnen nicht geben wollen – die Blaumacher, die Nichtwähler, die Maschinenstürmer, die Landbesetzer, die Saboteure und Deserteure. Nicht leiden kann er die Politiker, die Akademiker, die Konstruktiven und Alternativen; und die superoffensichtlichen Aliens in Konzernen und Banken sowieso. Befreiung gibt es auch nicht in Raten. So etwas wie persönliche Integrität und Wert kann der Mensch nur in der Ablehnung des Verwertungssystems insgesamt finden und darin, sich für seine Abschaffung zu verbünden.

Verwertung hin oder her: Natürlich kocht Amy Linden für Lucian Bio-Gläschen, liest Bücher über kindliche Entwicklung und studiert die aktuelle Strahlenwerttabelle für öffentliche Spielplätze. Persönlich macht sie sich Sorgen um die Wirkung von UV-Strahlung auf die Hautalterung und hält auch nichts davon, im grobgewirkten, garantiert sexuell verwertungsfreien Outfit unter die Leute zu gehen. Damit steht sie mitten im Feld der sozialen Ökologie, einer Befreiungstheorie, die zuerst in den USA aus der antiautoritären, aber auch der radikalfeministischen Sektion geboren wurde. Herrschaft besteht nicht nur in der Ausbeutung von Arbeit, sondern auch von Natur. Die Gestaltung der äußeren und inneren Natur, also der Umwelt und des menschlichen Selbst in seiner körperlich-seelischen Gesamtheit, ist keine bloße Folge des alienistischen Herrschaftssystems, kein äußerlicher Begleitumstand. Die Beeinträchtigungen, Zerstörungen und Verformungen, die in diesen Bereichen auftreten, sind keine nachträglichen »Probleme«, die sich mit besserer Technik oder Wissenschaft lösen ließen. Herrschaft gestaltet das Verhältnis zwischen Gesellschaft und Natur, und der Alienismus gestaltet es so, daß er Natur so beweglich wie möglich macht, um sie überall flexibel für seine großen Projekte einzusetzen und dadurch sein Steuerungspotential auszubauen. Manche der Schäden, die das anrichtet, kann der Alienismus mit Hilfe dieses zentralen Steuerungspotentials kompensieren, aber für die meisten weist er einfach Amy Linden die ökologischen Reparaturarbeiten zu: Kauf hypoallergene Kindernahrung, lern biodynamisch kochen, vermittle mehr soziale Werte in der Erziehung, damit wir weiter die technologischen Großprojekte durchziehen können. Auf effizientere oder »saubere« Technologien zu setzen, ist angesichts dessen ungefähr so erfolgversprechend wie die Strategie, den Krieg durch die »cleveren« Bomben der Neuen Weltordnung »humaner« zu machen. Die soziale Ökologie beschäftigt sich daher mit der Einheit der alienistischen Zivilisation, die alle Ebenen durchzieht, die Tankerunglücke genauso wie die Beziehungskatastrophen, und damit, wie eine andere Zivilisation auf allen Ebenen greifen kann – nicht *nachdem* die Aliens gestürzt sind, sondern als primären Weg, ihnen das Wasser abzugraben.

Irgendwie ist Amy Linden von all dem ein bißchen. Insofern sie sich flexibel durchschlägt und sich von großen, schwerfälligen Organisationen ebenso fernhält wie von männlichen Ernährern, ist sie Regulationstheoretikerin. Insofern sie ihren unmittelbaren Lebensprozessen und ihren sozialen Beziehungen große Priorität einräumt, anstatt »erst mal Karriere zu machen«, ist sie auch Subsistenztheoretikerin. Ein bißchen Triple-Oppression-orientiert ist heute sowieso jede und jeder im Maquis, das gebietet schon die intersektionelle Verständigung. Um ein Stückchen soziale Ökologie kommt auch niemand herum; und Amy Linden hat auch ein durchaus sozialrevolutionäres Bewußtsein davon, daß hinter allem und jedem der nächste Verwertungsangriff lauern kann.

Trotzdem verhält sich Amy Linden diesen ideologischen Strömungen gegenüber etwas reserviert. Schließlich gibt es auch in traditionellen und subsistenzorientierten Zusammenhängen massenweise Aliens und Emerald Bars, worüber die Subsistenztheorie nichts sagt; außerdem möchte Amy die Handys und die Videorekorder nicht den Aliens überlassen und in eine Landkommune ziehen. Sie möchte auch nicht in die politischen Organisationen eintreten, die sich auf die Regulationstheorie oder den sozialrevolutionären Ansatz berufen, weil sie diese Organisationen immer noch patriarchal und marxistisch borniert findet; es ist zuwenig andere Zivilisation darin spürbar, und das scheint dort auch niemanden zu stören. Ganz allgemein kann man sagen: All diese Angebote scheinen Amy nicht umfassend alienkritisch, und sie sagen ihr zuwenig darüber, nach welchen anderen Regeln Leben und Beziehungen sich gestalten sollen. Bisweilen nimmt sie sich von allen Ansätzen, was sie gerade braucht. Nur *eine* ideologische Waffe ist zuwenig im progressiven Alienismus.

Das Verhältnis zwischen den neueren Befreiungstheorien muß man sich ungefähr wie das zwischen verschiedenen fernöstlichen Kampfsportarten vorstellen – schließlich handelt es sich um Wege, wie man in einer Welt voller Aliens die Tür erreicht. Sie gründen auf praktischer Unterweisung, aber auch auf einer bestimmten Philosophie. Man kann sie lehren, aber letzten Endes muß man sie sich kreativ aneignen. Man kann sie nicht beliebig miteinander kombinieren, weil sie einen inneren Zusammenhang haben und man die jeweilige Philosophie verfehlt, wenn man sich aus den verschiedenen Schulen nur einzelne Handgriffe zusammenklaubt; man sucht schon nach der, die zu einem paßt. Aber sie weisen doch eine klare Verwandtschaft auf. Die innere Verwandtschaft der neuen Befreiungstheorien liegt in den fünf großen Revisionen. Diese Revisionen betreffen das Verhältnis zu Macht und Staat; zu Fortschritt und Entwicklung; die Abkehr von Objektivität und Gleichheit; die Kritik der Demokratie; und die veränderte Perspektive auf Vergesellschaftung und gesellschaftliche Rationalität. Sie entwerfen die Topographie eines neuen Terrains, bereiten das Feld für eine postsozialistische Theorie der Befreiung.

Die neuen Theorien haben sich erarbeitet, daß der Alienismus viele Waffen besitzt und daß er nicht einfach eine herrschende Clique, sondern eine Zivilisation ist. Deshalb kann es keinen anti-alienistischen Coup geben – es funktioniert nicht, die zentrale Staatsmacht zu erobern und die Verhältnisse von oben neu zu ordnen. Die Macht hat viele Zentren und viele Gesichter; und im großen und ganzen müssen die versammelten Waffen des Alienismus zurückgedrängt, abgebaut, *abgewickelt* werden. Man kann sie nicht umstandslos für etwas Gutes einsetzen, ohne einen neuen Alienismus zu schaffen. Man muß die Macht, die Kompetenzen, die Entscheidungsfreiheit an die Menschen zurückgeben.

Alle neuen Theorien verwarfen die Idee von Fortschritt

und Entwicklung, die der traditionelle Alienismus gepredigt, und an die der traditionelle Sozialismus geglaubt hatte. Es gibt keinen linearen Fortschritt der Produktivkräfte, keine der Geschichte innewohnende Richtung auf eine festgelegte Zukunft, keinen objektiven Motor, der diese Geschichte voranbringt. Es gibt auch kein Modell, dem die »weniger Entwickelten« nachzueifern hätten; an der alienistischen Zivilisation lassen sich Herrschaft und Fortschritt, Gewalt und Naturbeherrschung nicht auseinanderdividieren. Natürlich ist es nicht so, daß es gar keine Entwicklung, gar keinen Fortschritt gäbe. Menschen lernen, sie vermehren ihre Fähigkeiten, Kenntnisse und den gesellschaftlichen Reichtum über die Generationen hinweg. Selbst unter der Herrschaft der Aliens tun sie das. Aber die Richtung dieser Entwicklung ist nicht festgelegt. Der technologische Fortschritt, auf den sich die Aliens soviel einbilden, besteht zu einem erheblichen Teil aus den Verschiebungen, die sie durch die Flexibilisierung der Natur erreichen – manches davon ist brauchbar, aber der Großteil beruht nur darauf, mit technologischen Mitteln leise Raubzüge zu veranstalten und dann stolz auf die »Potentiale« hinzuweisen, die anderswo fehlen.

Fortschritt, der nicht auf diesem Trick basiert, ist wesentlich sozialer, nicht technischer Natur. Er besteht vor allem in der Fähigkeit der Menschen, komplexere, differenziertere Beziehungen miteinander einzugehen und auszuhalten. Er besteht in zunehmendem Wissen darum, wie man soziale Kooperation gestaltet, welche »Politik der Beziehungen«, wie es im italienischen Feminismus heißt, dafür nötig ist, daß Kooperation erfolgreich und trotzdem frei sein kann. Genau dieser Fortschritt wird von der alienistischen Entwicklung verhindert. Die Konzentration auf technische und wissenschaftliche Beherrschung der inneren wie äußeren Natur drängt die Politik der Beziehungen zurück, ersetzt sie durch die einfache Folgebeziehung: Verhaltet euch so, wie der technische Fortschritt es von euch verlangt. In allen anderen Fragen werden die Menschen »am Abgrund stehend allein gelassen«; und zwar nicht aus historischer Logik, sondern aus Herschaftsinteresse. Befreiung bedeutet deshalb wesentlich auch, eine Politik der Beziehungen zu entwickeln und zu betreiben, die Freiheit ermöglicht – und sie nicht auf den Tag X, bis zur Verwirklichung technischer Utopien vertagt.

Eine Revision mit weitreichenden Konsequenzen ist die Abkehr vom Glauben an Objektivität. Sie tritt in den neuen Befreiungstheorien zunächst als Erkenntniskritik auf: als Kritik an der patriarchalen Wissenschaft; an der zerstörerischen Vernunft der Verwertung; am marxistischen Geschichtsdeterminismus, seiner Werttheorie, seinem Essentialismus. Ebenso kritisiert sie jede Politik, die die Selbstinterpretation der Subjekte mißachtet und von oben erkennen und durchsetzen will, was für sie gut und richtig ist. Wenn es kein objektives Erkennen von außen gibt, wenn es nicht legitim ist, die Lage von Subjekten an deren Subjektivität vorbei »festzustellen«, dann bricht auch die traditionelle Vorstellung von Gleichheit und Gerechtigkeit zusammen. Die »gerechte Ordnung« ist immer autoritär und herrschaftsförmig, Gleichheit kann nicht nach objektiven Maßstäben hergestellt werden. Emanzipation kann weder objektiviert werden, noch findet sie ihre Zielsetzung in Gleichheit. Das postsozialistische Projekt von Befreiung bedarf daher einer Theorie der freien Kooperation, die an die Stelle von Objektivität und Gleichheit tritt.

Allen neueren Befreiungstheorien gemeinsam ist, daß Demokratie (und Demokratisierung) in ihnen keinen Wert mehr darstellt, der Emanzipation verbürgt. Die traditionelle linke Demokratiekritik erscheint heutzutage als hemmungslos naiv. Sie argumentiert mit der guten, idealen Demokratie gegen die schlechte, reale, unzureichende Demokratie. Demokratie wird kritisiert, weil sie noch gar keine richtige Demokratie ist. Ökonomische Machtkonzentration, die Beherrschung der Medien, Unaufgeklärtheit und Manipulation verhindern das, was als Ziel unumstritten ist: verbindliche Regelungen und Maßnahmen, die auf Mehrheitsentscheidungen beruhen und/oder die Interessen von Mehrheiten durchsetzen.

Die alienistische Demokratie wie auch ihre hilflose »demokratische« Kritik setzen damit bereits voraus, daß Eigentum, Verhalten, Beziehungen, ja selbst Seele und Körperlichkeit der Menschen einer zentralen Verwaltung unterstellt sind. Die Art, wie dann Entscheidungen getroffen werden, ist nicht belanglos, aber kann diesen ersten Akt nicht mehr rückgängig machen. Demokratisierungsprozesse sind im zwanzigsten Jahrhundert immer mit einer Erhöhung der Eingriffstiefe verbunden: Je demokratischer die Verfahren werden, desto totalitärer wird ihr Anspruch. Die Befreiungstheorien haben diesen Prozeß unter anderem als Vernichtung von Subsistenz, als effektivere Verwertung, als patriarchalkapitalistisches Naturverhältnis bilanziert. Die Sektionen des Maquis haben ihn als zweite Unterwerfung von Minderheiten erlebt, deren gleiche Rechte sie nicht davor schützen, von einer mehrheitsbestimmten Gesellschaft immer aufs neue ausgegrenzt, abgewertet, unterdrückt zu werden. Auch die Garantie von Minderheitenrechten ist ein zu schwaches Instrument gegen den Automatismus des demokratisch legitimierten Zugriffs.

Die Konsequenz aus dieser Revision ist paradox. Eine antidemokratische Politik kommt nicht in Betracht. Niemand will eine Rückkehr zu den Zuständen vor dem Alienismus. Die Schrecken des demokratischen Zeitalters sind die Konsequenz aus den Schrecken persönlicher Herrschaft und aus dem Versagen traditioneller Strukturen. Die Alternative kann also nur eine Politik sein, die sich als praktische Demokratiekritik oder als kritische Demokratiepolitik fassen läßt. Es ist eine Politik, die erweiterte Formen nutzt – Quoten, bevorzugte Einstellung und spezielle Förderung (*affirmative action*), Dezentralisierung, kollektive Rechte, kulturelle Dekonstruktion –, aber nicht, um die Demokratie zu »verwirklichen« und zu verbessern, sondern um die fatale Kraft der Demokratisierung zu schwächen und als Instrument des Alienismus zu entkräften. In gleicher Weise kann Identitätspolitik, der politische Zusammenschluß von Gruppen zum Zwecke der Selbstaufklärung, politischen Selbstverteidigung und Strategiebildung, nur als paradoxes Projekt gefaßt werden – sich in den politischen Prozeß des demokratischen Zeitalters einzubringen, um dessen Reichweite zu begrenzen. Sie steht überdies als Politik, die innere Unterschiede homogenisiert und innerhalb der eigenen Gruppe das Demokratieproblem reproduziert, immer – auch wenn sie notwendig ist und emanzipative Wirkungen haben kann – auch unter Alienismusverdacht.

Schließlich haben alle neueren Befreiungstheorien das traditionelle Ziel der Vergesellschaftung der Produktionsmittel und, in einem weiteren Sinne, einer rationalen gesellschaftlichen Planung, Steuerung und Verteilung einer Revision unterzogen. Daß Verstaatlichung allein gegen Alienismus nicht hilft, haben nicht nur die realsozialistischen Staaten demonstriert. Auch im kapitalistischen Alienismus gibt es eine Fülle von Staatsbetrieben oder von Konzernen, die ohne enge Verflechtung mit staatlichen Institutionen, Abnahmegarantien, gemeinsame Forschung und Planung gar nicht existieren könnten, etwa in der Energiewirtschaft, der Rüstungsindustrie, der Telekommunikation. Der springende Punkt ist aber, ob man überhaupt an eine geplante Bedürfnisbefriedigung durch rationale Steuerung und Planung glaubt, eine Materialisierung gesellschaftlicher Vernunft in Institutionen. Die neueren Befreiungstheorien tun das nicht. Sie lehnen das autoritäre, ja totalitäre Element ab, das mit einer solchen Politik einhergeht – nicht nur im Staat, sondern auch in der Firma, in der Familie, in Organisationen und Gruppen. Sie opponieren gegen das Prinzip des progressiven Alienismus, durch Effizienzsteigerung und Wertewandel die Menschen an die großen Ziele und wissenschaftlichen Planwerte anzupassen und nicht umgekehrt. Eine vollständige Vergesellschaftung der Reproduktion halten sie weder für möglich noch für wünschenswert. Sie sind nicht generell gegen Institutionen und gesellschaftlich organisierte Unterstützung, aber gegen eine Vernunft, die Menschen als Störfälle betrachten, die von den rationalen Institutionen verwaltet werden müssen, und menschlichen Eigensinn und Spontaneität als eine Krankheit, die geheilt werden muß.

Wenn die objektiv vernünftige Gesellschaft, die rationale Struktur der Bedürfnisbefriedigung, als Zielvorstellung wegfällt, dann können die Menschen ihre Probleme allerdings auch nicht mehr an sie delegieren, sondern müssen sich selber mit ihnen auseinandersetzen. Dann gibt es keine Leitplanken eines utopischen Gesellschaftsbildes, in der die »neuen Menschen« das Rationale und Gute bloß noch ausführen müssen. Statt dessen bleibt der Konflikt und die Frage, wie man ihn regelt. Wie kommen Menschen miteinander aus, mit der Vielzahl ihrer Ziele? Wie werden sie unabhängig von den Gesetzen und der Kontrolle des Alienismus und bleiben dennoch in der Lage, miteinander zu kooperieren? Die Perspektive verschiebt sich so zu einer individuellen und gesellschaftlichen Entfaltung sozialer Fähigkeiten, die einer nicht-alienistischen Logik folgen, und zwar in der Gegenwart genauso wie in einer alienfreien Zukunft.

Mit Laclau in der Matrix

Gestützt auf die fünf großen Revisionen, verfügte der Maquis über Instrumente, sowohl den westlich-kapitalistischen, als auch den realsozialistischen Alienismus kritisch zu analysieren. Die Theorien der ersten Generation waren jedoch – und das ist der Grund, warum Amy Linden eine gewisse Distanz zu ihnen hält – nicht sehr binnenkritisch. Zusammenhänge, die sich selbst auf diese Theorien beriefen, konnte man damit kaum hinterfragen und verändern. Das lag an ihrem Begriff von Emanzipation, der in mancher Hinsicht noch sehr klassisch war, unberührt von der postmodernen Infragestellung.

Ernesto Laclau hat in »Beyond Emancipation« diese postmoderne Kritik des klassischen Emanzipationsbegriffs schlüssig abgehandelt. Da »Beyond Emancipation« aber nicht so geschrieben ist, daß man diesen Aufsatz noch nach Feierabend im Bett lesen könnte, gehen wir lieber mit Laclau ins Kino und lassen uns seine Überlegungen anhand von »Matrix« erklären, dem großen Science-Fiction-Knaller der Wachowski Brothers. In »Matrix« wird Keanu Reeves alias Neo eines Tages mitgeteilt, daß er in einer Scheinwelt lebt. Alle Menschen leben in einer Scheinwelt. Was sie für ihren Alltag halten, ist nur eine Computersimulation. In Wahrheit werden die Menschen von den Maschinen beherrscht, von Künstlichen Intelligenzen, die sie als Batterien verwenden. Die Menschen werden auf riesigen Feldern »angebaut« und schwimmen jeweils in einer Kapsel mit Nährlösung, zu dem einzigen Zweck, den Maschinen die nötige Bioelektrizität zu liefern. Da sie sich mit dieser Tatsache schlecht arrangieren würden, gaukeln ihnen die Maschinen eine künstliche Welt vor, die Matrix: ein gigantisches Computerprogramm, das der Welt des späten zwanzigsten Jahrhunderts nachempfunden ist. So sind die Menschen »in die Sklaverei geboren, eingesperrt in einem Gefängnis, daß sie weder fühlen noch riechen können«. Nur wenige Menschen leben außerhalb der von den Maschinen kontrollierten Kapseln, als Desperados, die sich mit U-Boot-ähnlichen Schiffen in den alten Abwasserkanälen der untergegangenen Städte verstecken. Sie können sich in die Matrix einhacken und dadurch einzelne Menschen befreien: Sie stören ihre Lebensfunktionen, lassen sie von den Maschinen als defekt aussondern und sammeln sie dann auf. Man hofft darauf, daß es eines Tages gelingen wird, die Matrix zu zerstören und dadurch die Herrschaft der Maschinen zu beenden.

»Matrix« zeigt die klassische Vorstellung von Emanzipation, wie soziale Bewegungen und revolutionäre Theorien sie sich machten. Nach Laclau beruht dieser Begriff von Emanzipation auf einer Reihe von unausgesprochenen Voraussetzungen, die in der Postmoderne als fragwürdig erkannt werden. Die erste ist die Idee der »Dichotomie«: Zwischen den herrschenden Verhältnissen und dem utopischen Zustand der Befreiung gibt es einen absoluten Bruch. Man lebt entweder drinnen oder draußen, in der Nährkapsel der Maschinen oder im U-Boot mit den Widerständlern, dazwischen gibt es nichts. Die zweite Grundannahme ist die der »Totalität«. Emanzipation berührt und verändert demnach sämtliche Lebensbereiche und alle gesellschaftlichen Aspekte, keiner davon besitzt eine wirkliche Eigenständigkeit. Auch die Frage, wie man ein Klo repariert, einen Dienstplan aufstellt oder mit dem Gefühl der Eifersucht umgeht, wird sich nach der Befreiung völlig neu stellen. Schließlich war alles Matrix.

Die dritte Annahme ist, so erläutert uns Laclau weiter, die der Unmittelbarkeit: In einer befreiten Gesellschaft haben die Probleme von Repräsentation und Macht, die Frage nach dem richtigen politischen System, aufgehört zu existieren. Wenn es keine Interessengegensätze mehr gibt, gibt es auch keine Notwendigkeit mehr, sich über Wahlverfahren den Kopf zu zerbrechen. Der Spuk der politischen und bürokratischen Maschinerie verschwindet. Es gibt keine Parteien an Bord der Nebukadnezar, dem Rebellenschiff, das Neo aufnimmt. Die vierte Annahme ist die »Prä-Existenz« dessen, was befreit wird. Emanzipation bezieht sich auf etwas, das sich unter den Bedingungen der Herrschaft schon entwickelt hat. Sie ist das Öffnen eines Käfigs, der Durchbruch einer bereits existierenden Bewegung. In Gestalt der Rebellen ist die befreite Zukunft schon Gegenwart. Sie bedarf nur eines Aktes der Negation, um Wirklichkeit zu werden: der Zerstörung der Matrix.

Die fünfte Annahme ist die der Radikalität: Emanzipation muß an die Wurzel des Übels gehen, sie muß die zentrale Grundlage von Herrschaft beseitigen. Alles andere wäre bloß reformistisch und hätte mit Emanzipation nichts zu tun. »Matrix« bringt diesen Gedanken mit der schönen Geschichte zum Ausdruck, daß die Maschinen den Menschen ursprünglich eine bessere, eine perfekte Welt vorgaukelten (was völlig danebenging, weil die Menschen eine Welt ohne Gewalt und Unterdrückung nicht richtig ernstnehmen). Eine bessere, schönere Matrix ist nichts wert, an der völligen Unterdrückung und Ausbeutung der Menschen ändert sich dadurch nichts. Nur die Zerstörung der Matrix ist Befreiung. Die sechste Annahme schließlich ist die der Rationalität. In der befreiten Gesellschaft regiert einfach die Vernunft, weil alle Nebel von Ideologie und Interessen wegfallen. Wenn die Matrix zerstört ist, sehen die Menschen die Welt so, wie sie ist. Sie »benutzen endlich ihre Augen«, es gibt keine Illusion mehr. Die Rationalität nimmt bei den weltlichen Emanzipationsbewegungen den Platz ein, den die Erlösung bei den religiös inspirierten innehat: Wir sehen die Wirklichkeit von Angesicht zu Angesicht.

Während Laclau mit seinem Popcorneimer raschelt, weil er den Film schon ein dutzendmal gesehen hat, erklärt er uns, daß alle diese Annahmen nicht ganz falsch, aber auch nicht ganz richtig sind. Schon allein deshalb, weil sie einander widersprechen. Zum Beispiel widerspricht die Idee, daß Emanzipation etwas freisetzt, was sich schon entwickelt hat, mindestens zwei anderen Vorannahmen: daß es keinen Bereich gibt, der durch die Befreiung nicht verändert würde und daß es keine Zwischenschritte gibt, kein »mehr oder weniger befreit«. Oder umgekehrt: Wenn man sich nicht innerhalb der Matrix befreien kann, wo kommen dann die Rebellen her, die schon da sind? Ein Sachverhalt, den auch die Wachowski Brothers ein bißchen künstlich erklären müssen!

Das Tolle an »Matrix« ist, doziert Laclau popcornkauend, daß er die Wucht der klassischen Emanzipationsvorstellung in bildgewaltigen Symbolen auf die Leinwand bringt, drastisch und kompromißlos, aber auch den Widersprüchen und der postmodernen Kritik dieser Emanzipationsidee Raum widmet. Neos Befreiung beginnt bereits, bevor ihn die Rebellen aus seiner Nährkapsel herausholen: damit, daß er über die richtige Frage nachdenkt (»Was ist die Matrix?«).

Trotz der radikalen Trennung beider Welten finden die entscheidenden Kämpfe *in* der Matrix statt. Die Rebellen scheitern fast daran, daß ihre Lebensform eben doch nicht von allen Befreiten als eine positive Alternative begrüßt wird und daß man sie nicht auf eine geregelte Weise wieder verlassen kann – Cypher will lieber zurück, selbst wenn er dafür die Gruppe ausliefern muß. Als Neo die Rebellen in der Matrix kennenlernt und Switch ihm erklärt, es gebe »nur eine Regel: entweder du steigst ein, oder du steigst aus«, entscheidet Neo sich fürs Aussteigen und kann nur von Trinity zurückgehalten werden. Der bloße Gegensatz zur Welt der Herrschaft reicht nicht aus, um Neo zum Seitenwechsel zu überzeugen. Es sind so »unklassische«, im traditionellen Emanzipationskonzept »nicht vorgesehene« Momente wie Anerkennung, Begehren und Vertrauen, die das Trio Morpheus – Trinity – Neo schließlich zum Erfolg führen. Und »das Orakel«, eine freundliche schwarze Lady, ersetzt auf höchst postmoderne Weise die Idee der rationalen Erkennbarkeit durch ein Verwirrspiel mit dem subjektiven Faktor. Die eindringlichste Präsentation von Freiheit, Unabhängigkeit und Selbstbestimmung schließlich liefern nicht die Hongkong-inspirierten Kampfszenen, trotz ihres ästhetischen Stylings, sondern Neos Partnerin Trinity, als sie ihm an entscheidender Stelle erklärt, daß sie jetzt mit ihm in die Matrix zurückgeht, egal was er davon hält. Sie wird tun, was er nicht will, und er kann nichts dagegen machen, er kann es höchstens anerkennen. In solchen Szenen bezieht die Idee der Emanzipation ihre Substanz nicht aus der abstrakten Perspektive, die Maschinenherrschaft abzuschaffen, sondern aus der Demonstration von Autonomie und freier Kooperation.

Als wir uns unter den vorwurfsvollen Blicken der Umsitzenden einen Weg nach draußen gebahnt haben und uns schwören, daß wir nie wieder mit einem Professor aus Essex ins Kino gehen, treffen wir in der Lounge ein paar Gespenster, die noch einen Drink zusammen nehmen. Sie versichern uns, daß das mit Laclaus Ausführungen schon seine Richtigkeit habe. Die klassischen Ideen von der Dichotomie, der Totalität, der Unmittelbarkeit, der Prä-Existenz, der Radikalität und Rationalität würden dem Projekt der Emanzipation zwar seine ursprüngliche Wucht geben, hätten aber in allen Sektionen des Maquis (genauso wie vorher im Marxismus) zu Hierarchien und Alienisierungen geführt. Sie seien etwas, was Amy Linden sich gern im Kino ansieht, aber in keinem emanzipativen Kollektiv mehr akzeptieren würde. Schließlich hätten wir Postmoderne.

Coaching Amy Linden – part two

Die neueren Befreiungstheorien der zweiten Generation haben sich alle intensiv mit dieser postmodernen Kritik an der klassischen Emanzipationsvorstellung auseinandergesetzt. Sie legen noch stärkeres Gewicht darauf, daß es keine Objektivität gibt; daß Befreiung kein Punkt ist, sondern ein Prozeß; daß dieser Prozeß ein kreativer Akt ist, nicht bloß ein Abschütteln; daß es keinen Ort und keinen Menschen gibt, der nicht von der Herrschaft der Aliens und ihren Strukturen durchdrungen wäre; daß das Alien immer und überall ist, auch in den eigenen Reihen; daß im Prozeß der Befreiung die verwickelten Erfahrungen sämtlicher Maquis-Sektionen ihre Bedeutung haben; daß das klassische Projekt der Emanzipation nicht ganz richtig, aber auch nicht ganz falsch war. Es sind diese Qualitäten, für die heute der Begriff der Tiefe, der »depth«, wieder in Mode gekommen ist. Daß etwas »deep shit« ist, hat sich zuerst in der Musikszene als Lob eingebürgert. Heute steht es auch als Anforderung an Theorie. Schon die neuen Befreiungstheorien der ersten Generation haben sehr wohl einiges an »deep shit« produziert. Das Interesse der zweiten Generation hat sich jedoch noch weiter von der Analyse der Herrschaft zur Frage nach einer anderen, befreiten Intersubjektivität verschoben. Diese Theorien sind besessen von der Idee der Grenzüberschreitung. Wo die erste Generation um eine klare Neuvermessung der Grenze zwischen Aliens und Befreiung stritt, fischen sie mit Leidenschaft im Trüben. Die Einstufung als »zweite Generation« bezieht sich weniger auf ihre Entstehungszeit, als auf den Zeitpunkt, da sie Aktualität gewannen, da sie von den Amy Lindens dieser Welt rezipiert wurden.

Die Theorie des Affidamento, eine italienische Produktion, ist in den achtziger Jahren populär geworden. Nach 1968 bemühten sich italienische Feministinnen, frustriert vom Objektivismus und Ökonomismus ihrer vormaligen männlichen Mitstreiter, um eine »Politik der Subjektivität. Die klassische Anekdote dazu erzählt Janice Raymond. Drei Frauen sitzen in einer Bar am Tisch, ein Mann kommt dazu und sagt: »Na, was macht ihr drei denn hier ganz allein?« Im Patriarchat ist der Mann nie allein, er hat immer einen Platz. Die Beziehungen zwischen Frauen dagegen gelten nichts. Wert bekommt die Frau nur durch die Beziehung zum Mann und zur männlichen Welt: durch das Abendessen mit dem Chef oder dadurch, daß sie Karl Marx gelesen hat. Die symbolische Ordnung der patriarchalen Gesellschaft, ihre Geschichten, Mythen, Theorien, Filme und Talkshows reflektieren ständig die Konflikte und die Unterschiedlichkeit von Männern. Sie schaffen Angebote zur Identifikation und zeigen stellvertretend, wie Männer über die Grenzen von Alter, Klasse, Nation hinweg ihre Intersubjektivität entwickeln.

Für Frauen gibt es keine solchen Angebote. Frauen kommen vor, aber in Rollen, die ihren Wert nur durch die Ausrichtung auf den Mann erhalten. Ob Mutter oder Geliebte, Mitstreiterin oder Opfer, Schwester oder Muse, sie sind immer Bond-Girls: Sie können nicht für sich alleine stehen und werden gegeneinander ausgespielt. Das Ticket zum Eintritt in alle Räume der Gesellschaft ist die Beziehung zum Mann. Freiheit, Macht und Autorität gewinnen Frauen dagegen nur, wenn sie sich auf andere Frauen beziehen und wenn sie dabei lernen, Unterschiede zwischen Frauen zu akzeptieren. Die Politik der Beziehungen, die das Affidamento einfordert, ist eine Politik der Ungleichheit und der Anerkennung. *Affidarsi* heißt »sich vertraut machen«: zum Beispiel zwischen »sozial älteren« und »sozial jüngeren« Frauen in Projekten, von denen die ersteren zwar mehr Wissen und Erfahrung haben, die zweiteren jedoch über intakte Ansprüche und unverbogene Hoffnungen verfügen. Erst die Anerkennung dieser Widersprüche ermöglicht Lösungen und verschafft beiden Seiten Autorität und Wert.

Vergleichbare Theorien sind auch aus anderen Maquis-Sektionen heraus artikuliert worden. Sie sind Erbe und Kritik von Consciousness-Politik, ein Schritt über sie hinaus. Eine Theorie der Anerkennung ist zum Beispiel von Audrey Lorde, aus den Erfahrungen sowohl der lesbischen als auch der schwarzen Emanzipation heraus, formuliert worden. Auch Amy Linden betreibt *female bonding*, aber was diese weiblichen Netzwerke zu Amys Emanzipation beitragen, hängt davon ab, inwieweit sie die Kriterien des Affidamento erfüllen: primäre Solidarität mit der anderen Frau und nicht mit der Männerwelt; reales Interesse füreinander und Anerkennung der Unterschiede, auch wenn dies Verunsicherungen und Konflikte beinhaltet.

Die Vorgeschichte der Poplinken geht bis in die fünfziger Jahre zurück, aber erst dreißig Jahre später etablierte sie sich als eigenständige Befreiungstheorie, die ihre Impulse vor allem aus der schwarzen und feministischen Sektion in Großbritannien und den USA erhielt. Nach diesem Ansatz ist populäre Kultur ein Medium von Befreiung, vielleicht sogar das zentrale. Auch wenn sie immer vom Alienismus manipuliert, eingehegt und natürlich ausgebeutet wird, bietet sie eine Möglichkeit, Erfahrungen mit Herrschaft und Visionen von Befreiung auszutauschen, und zwar tendenziell weltweit. Um das zu erkennen, muß man sich von der Vorstellung freimachen, zwischen Darstellung und Realität gebe es eine einseitig abbildende, logisch rekonstruierbare Beziehung. Nicht nur die marxistische, auch die feministische und schwarze Kulturkritik erging sich hier gern in funktionalistischen

Pseudo-Analysen, wonach die Latzhose die Identifikation mit dem Proletariat zeigt, die Befreiung der Frau mit flachen Schuhen anfängt (weil man damit schnell weglaufen kann) und Michael Jackson deshalb reaktionär ist, weil er so weiß aussieht. In Wahrheit beruht popkulturelle Darstellung darauf, daß Repräsentation keinen Regeln folgt. Wofür etwas steht, was es bedeutet, ändert sich ständig und beruht nicht auf einer feststehenden Logik, sondern auf aktueller subkultureller Übereinkunft. Der Kontext entscheidet über die Bedeutung. Popkultur ist kein dozierendes Medium, sondern eine Welt der Anspielungen. Das macht sie zu einer zentralen Waffe gegen die Vereinnahmungen des Alienismus. Sie ist schwer zu fassen und dabei unheimlich direkt in ihrer Wirkung.

Der Poplinken geht es also nicht darum, politische Inhalte zu illustrieren. Popkultur führt Möglichkeiten vor, wie man die Welt sehen kann, wie man sich bewegen, reden, sich geben kann. Sie entwirft Zivilisationen – attraktive oder demaskierende. Der popkulturelle Ansatz hofft darauf, daß die Aliens zwar zensieren können, aber keine wirklich alienistische Popkultur schaffen, weil sie die Erfahrungen und die sozialen Bezüge der Unterdrückten nicht teilen.

Zu Zeiten des progressiven Alienismus ist das ein bißchen fragwürdiger geworden. Die progressiven Aliens halten die Popkultur nicht mehr grundsätzlich für Teufelswerk, sondern wildern in ihrem Revier und fördern dort die Haltungen, die ihnen in den Kram passen: Hab Spaß, sei individualistisch, kümmer dich nicht um die Gesellschaft! Aber ein Pakt mit dem Teufel bleibt das Bündnis mit der Popkultur trotzdem für den Alienismus. Es sind Versatzstücke des Maquis, mit denen der Alienismus sich ausstaffiert, und es funktioniert nur, wenn die Versatzstücke noch leben. Auch deshalb arbeitet Amy Linden zehnmal lieber in diesem Bereich als in jedem anderen.

Die Dekonstruktion ist die etablierteste und verschwommenste Befreiungstheorie der zweiten Generation. Sie geht auf französische Ursprünge und männliche Theoretiker wie Foucault und Lacan zurück, aber zu einer Befreiungstheorie wurde sie erst durch die Rezeption im Maquis – vor allem in seiner feministischen, trikontinentalen und lesbisch-schwulen Sektion, zum Beispiel als »cultural politics« oder »queer theory«.

Laut Dekonstruktion sind alle Strukturen, die wir in der Gesellschaft und in der Geschichte zu erkennen glauben, immer Strukturen, die wir in sie hineinlesen (deshalb nannte man die Dekonstruktion anfangs auch Poststrukturalismus). Jede Theorie ist eine Geschichte, eine Art, die Wirklichkeit zu erzählen, und Wirklichkeit wird immer erzählt. »Alles ist Text«: Es gibt keinen Ort außerhalb der sozialen Konstruktion der Wirklichkeit. Welche Geschichte erzählt wird, hat mit Macht zu tun. Die Macht legt fest, was wahr ist. Sie bestimmt nicht nur die Lösungen, sie formuliert auch die Fragen und definiert die Probleme.

Deshalb besagt die Abwesenheit sichtbarer Gewalt nicht, daß die Zustände herrschaftsfrei wären. Jene furchtbaren Familien, in denen die Kinder der Autorität der Eltern folgen, »ohne daß man sie je hätte zwingen müssen«, sind typische Beispiele. Auch mit unserer Kritik und unserem Widerstand bewegen wir uns an den Fäden der Macht, solange wir in wesentlichen Punkten deren Geschichte teilen. Es gibt jedoch immer mehrere Geschichten. Herrschaft kann alternative Geschichten aus der Öffentlichkeit wegbeißen, aber sie kann das Weiterleben oder das Entstehen neuer Geschichten nicht zuverlässig verhindern. Diese Geschichten sind deshalb nicht notwendig »die guten«. Aber daß es eine Vielzahl von Geschichten gibt, versetzt uns in die Lage, eine Geschichte als solche zu erkennen. Wir können sagen: Das ist nicht Realität, sondern eine Geschichte, sie funktioniert so und so. Das sind ihre Leistungen, das sind ihre Kosten, diese anderen Geschichten werden von ihr unterdrückt, diese gesellschaftlichen Interessen sind damit verbunden. Nichts anderes heißt eine Geschichte »dekonstruieren«: sie als Konstrukt sichtbar zu machen.

Aus der Sicht des traditionellen Alienismus fehlt Amy Linden ein sicherer, geregelter, gutbezahlter Arbeitsplatz; und bei aller Opposition erzählt zum Beispiel der traditionelle Marxismus diesen Teil der Geschichte genau wie die Aliens. Die Lösungen differieren, aber sie differieren nicht so sehr – man ist sich einig, daß Arbeit den Menschen macht, Arbeit das ist, was nördliche männliche Formalarbeiter machen, daß Amy Linden Arbeit »fehlt«. Man kann jedoch auch eine andere Geschichte erzählen, die von der Kollektivität und Historizität der Arbeit, und aus einer solchen Perspektive heraus fehlt Amy Linden zwar Geld, Anerkennung, gesellschaftliche Unterstützung für ihre Lebensweise, aber ihr fehlt kein »richtiger« Arbeitsplatz.

Dekonstruieren heißt nicht, daß man am Ende die befreite, unverstellte Realität findet. Menschen sind keine Schiefertafeln, von denen man ihre persönliche und kollektive Geschichte abwischt, um zum Allgemeinmenschlichen zu gelangen. Ihre gesellschaftlichen Rollen sind keine Masken, die man abnehmen kann; es gibt keine Grenze, wo die Maske endet und das Gesicht anfängt. Daß Geschlechtlichkeit ein soziales Konstrukt ist, eine Geschichte, heißt nicht, daß man Männer und Frauen auf ein asexuelles Grundwesen herunterstrippen kann, und das wäre dann die Realität, und womöglich noch die Freiheit. Es geht nicht um Gehirnwäsche. Es geht darum, erkennbar zu machen, wo weiße, männliche, nördliche, heterosexuelle Geschichten andere Geschichten aus dem Feld drücken. Dadurch wird die Macht der herrschenden Geschichten untergraben, und die Unterdrückten können die Plätze, die ihnen diese Geschichten zuweisen, überschreiten, neu ausprobieren. Aber auch emanzipative Bewegungen können sich durch die Dekonstruktion der Begrenztheit ihrer Geschichten bewußt werden – eine Bedingung auch für das Gespräch zwischen den Gespenstern.

Der Postkolonialismus entstand vor allem aus der trikontinentalen Sektion, er ist eine indisch-arabische Produktion, die sich auch in den MigrantInnenzirkeln von Metropolen wie London und in der schwarzen Sektion großer Beliebtheit erfreut. Die zentrale Entdeckung der postkolonialen Kritik war, in wie hohem Maße der Kolonialismus die von ihm unterworfenen Gesellschaften und Traditionen nicht einfach unterdrückt, sondern erfindet. Der »Orient« oder das »Afrikanische« sind wesentlich Produkte kolonialer Phantasie, der Ängste und Obsessionen des Kolonialismus, eine Mischung aus Projektionen und realer Zurichtung. Deshalb gibt es für die ehemals Kolonisierten keinen Weg zurück zu einer »authentischen« Kultur. Ähnlich wie in der Dekonstruktion kann eine befreite Identität nur in der Mischung der widersprüchlichen Zuschreibungen und Geschichten erreicht werden.

Kulturen sind immer hybrid, sie sind in sich widersprüchlich, sind ständig in Bewegung, und die Produktion des Neuen findet immer in den Randzonen statt, in der Vermischung und Überlagerung. Da jede Kultur aus alienistischem und nicht-alienistischem Material gemischt ist, liegt der Weg zu weniger alienistischen Denk- und Gesellschaftsformen nicht in einer »Reinheitskontrolle«, die das koloniale Material wieder »entfernt«, sondern im Weitermischen mit den verschiedenen »Hybridkulturen«. Der Kult der Authentizität ist daher immer reaktionär. Als Mobutu sich in den siebziger Jahren eine Leopardenfellmütze aufsetzte, den Kongo wieder in Zaire umbenannte, den Frauen verbot, Hosen zu tragen und generell »afrikanische Kleidung« vorschrieb, verordnete er damit auch »afrikanische Werte« – so daß es sehr bald »unafrikanisch« war, etwas gegen Mobutu zu haben.

Die Idee, der Kampf gegen »westliche Werte« und für eine »authentische Kultur« könne etwas zur Emanzipation beitragen, speist sich aus der irrigen Auffassung, es gebe eine fertige, nicht-hybride westliche Kultur, die dem Rest der Welt einseitig aufgedrückt wird, und dagegen leiste »Authentizität« Widerstand. Aber erstens will der Imperialismus hauptsächlich Kontrolle, egal wie, und zweitens sind die kulturellen und gesellschaftlichen Formen des Westens genauso vom Kontakt mit nichtwestlichen Gesellschaften geprägt. Auch der Westen ist Ergebnis von Einflüssen, Phantasien und Obsessionen der »anderen« – man denke nur an den amerikanischen Mythos vom Einwanderungsland, vom Schmelztiegel, vom Land der unbegrenzten Möglichkeiten; oder an die afroamerikanische Kultur, ein absolut hybrides Produkt. Deshalb bedeutet »Authentizität« auch, sich von dem abzuschneiden, was aus der eigenen Kultur in die Welt ging, und sich auf das zu beschränken, was zu Hause sitzenblieb; sie ist eine Borniertheit gegenüber den komplexen Potentialen der eigenen Kultur. Die Grenzüberschreitung, die der Postkolonialismus fordert und praktiziert, ist deshalb sowohl ein Erschließen neuer Möglichkeiten als auch eine Wiederaneignung.

Wie das Affidamento geradezu brutal sein kann in seiner Kritik an den Frauen selbst (»die patriarchale Gesellschaft toleriert ohne weiteres die Mittelmäßigkeit der weiblichen Leistung« und kann daher auch ganz bequem sein), so ist der Postkolonialismus mitunter schonungslos offen in der Analyse der Kolonisierten. Gayatri Spivak rechnet mit der Idee ab, die postkoloniale Kritik müsse das Verdrängte und Verschwiegene zum Sprechen bringen, »die Stimme der Subalternen« hörbar machen: »The subaltern cannot speak!« Die angeblichen »Kulturen des Widerstands« und die »Stimmen der Unterdrückten« sind eine romantische Idee. Wo verschiedene Unterdrückungsstrukturen sich überlagern – koloniale, patriarchale, klassenmäßige – besteht die Unterdrückung gerade darin, daß die Unterworfenen überhaupt nicht mehr sprechen können. Sie haben keine andere Wahl, als damit anzufangen, egal, welcher Versatzstücke sie sich dafür bedienen. Deshalb sucht auch Amy Linden ihr emanzipatives Heil nicht in der Innenschau und Analyse, sondern im Mix. Deshalb liebt sie, bei allem Streß, das Fragmentarische, Widersprüchliche und Zusammengeworfene ihres Lebensstils. Auch Amy Lindens Leben ist nicht Ausdruck einer

Idee, Befreiung einer unterdrückten und verdrängten Identität. Es ist ein Labor, und das ist gut so.

Als letzte der Befreiungstheorien der zweiten Generation ist der Antinationalismus zu nennen. Er ist vor allem eine Schöpfung der antiautoritären Sektion. In Deutschland hat der Ansatz nach der nationalen Wiedervereinigung und der folgenden Welle rassistischer Gewalt Verbreitung gefunden, anderswo aus der Kritik nationaler Befreiungsbewegungen heraus – im Grunde überall dort, wo Nationalismus in den achtziger und neunziger Jahren als aggressives ideologisches Instrument neu aufgelegt worden ist. Der Antinationalismus reagiert auf die Fähigkeit des progressiven Alienismus, soziale Bewegungen zu integrieren und die Bevölkerung quer zu den alten Unterdrückungslinien zu spalten. Nach seiner Analyse hat die »Politik in der ersten Person«, die Politik der »Betroffenheit«, von der viele Initiativen und Bewegungen in den siebziger Jahren überzeugt waren, als Beitrag zur Emanzipation ausgedient. Die wohlmeinende Idee vieler »neuer sozialer Bewegungen«, nicht mehr Politik für andere und im Namen von anderen zu machen, sondern nur für sich selber zu sprechen und zu handeln, ist zu einem Wettlauf um die besten Plätze im nationalen Boot geworden, der sich nicht um diejenigen kümmert, die im Wasser treiben. Verteidigung des sozialen Wohlfahrtsstaats und Fremdenfeindlichkeit, Beschäftigungspolitik und »Ausländer raus«, Multikultur und Abschiebung, deutsche Frauenförderung und bosnische Putzfrauen gehen nahtlos zusammen. Sowohl die Identitätspolitik von Minderheiten als auch die traditionelle gewerkschaftliche Politik der »sozialen Frage« sind gescheitert, weil sie Erfolg hatten: Der neue Graben verläuft zwischen denen, die sich in der »Bürgergesellschaft« artikulieren können, und denen, die von ihr ausgegrenzt werden – sozial Marginalisierte, BilligarbeiterInnen im Ausland und im eigenen Land, »illegale« Flüchtlinge und Einwanderer »auf Bewährung«. Es sind nicht mehr rassistische Theorien, sondern die sozialen Errungenschaften, mit denen heute nationalistische Privilegien verteidigt oder beansprucht werden.

Das Projekt Befreiung kann sich demzufolge nicht an der eigenen »Betroffenheit« messen, am »befreiten Gefühl«, sondern nur am realen Abbau der Herrschaftsinstrumente, an der Lage der am stärksten Ausgegrenzten und letztlich nur international. Alle Versuche, eine schöne neue Welt zu schaffen und sie mit Stacheldraht nach außen zu schützen, sind kollektiver Alienismus – ob in Deutschland, in Jugoslawien oder im neuen Südafrika. Alle Versuche, sich innerhalb einer solchen Festung zu »entziehen« oder zu »verweigern«, sind unzureichend – qua sozialer Integration wird man auf der Lohnliste des Systems geführt und profitiert von seiner kollektiven Beute. Deshalb ruft der Antinationalismus dazu auf, die Nation zu zerstören: neue Bündnisse mit den »Draußengebliebenen« einzugehen; sich nicht mehr auf Debatten einzulassen, was »dieser Staat braucht«; sich nicht mehr der Nation verpflichtet zu fühlen, sondern den anderen; eine kulturelle Avantgarde zu schaffen, die mit den nationalen Identitäten und Mythen Schlitten fährt. Soweit damit auch der Abschied vom selbstherrlichen Machismo eines weißen, männlichen »Radikalismus« gemeint ist, der als sozialer Kämpfer stellvertretend für alle die Welt retten will, kann sich auch Amy Linden dafür erwärmen, ihren Lebensstil als praktische Zersetzungsarbeit zu interpretieren.

Abwicklung der Herrschaftsinstrumente, Politik der Beziehungen, praktische Demokratiekritik und Entfaltung sozialer Fähigkeiten sind so bei aller Unterschiedlichkeit auch die verbindenden Elemente der zweiten Generation. Das innere Zentrum, das am meisten »deepe« Element der neueren Befreiungstheorien ist jedoch die Idee der freien Kooperation.

Theorie der freien Kooperation

Das Herzstück für ein postsozialistisches Projekt der Befreiung ist die Frage: Wie kann die Utopie einer freien Kooperation aussehen, nachdem die klassischen Befreiungserzählungen mit ihrem Glauben an Objektivität und Gleichheit zusammengebrochen sind? Für die neuen Befreiungstheorien der ersten Generation lag der Schwerpunkt noch klar auf den äußeren Voraussetzungen, die eine freie Kooperation ermöglichen; nur ging es dabei nicht mehr um die Vergesellschaftung der Produktionsmittel, sondern um Subsistenzorientierung, individuelle Aneignung oder ein anderes gesellschaftliches Naturverhältnis. Die zweite Generation hat dagegen festgestellt, daß äußere Voraussetzungen allein das Problem der freien Kooperation nicht lösen. Welchen Regeln soll eine zukünftige freie Gesellschaft folgen? Kein noch so revolutionärer Einschnitt führt dazu, daß man danach die Dinge einfach laufen lassen könnte; kein noch so wohlüberlegtes Kriterium vermeidet, daß die Durchsetzung dieses Kriteriums eine Form von Herrschaft sein kann.

Die alte Geschichte von Freiheit, Gleichheit, Brüderlichkeit kommt hier zu einem wohlverdienten Ende. Alle Versuche der Definition schlagen fehl und werden zu alienistischen Instrumenten der Intervention. Ob eine Kooperation frei, gleich, gerecht ist, das ist immer eine Sache von Bewertungen, und diese Bewertungen können wir nicht objektivieren. Die Idee einer totalen Gleichheit hilft ebensowenig weiter. Wir können schließlich nicht zu jedem Zeitpunkt alle dasselbe tun, und das würde auch kaum unserem Ideal von sozialer Kooperation entsprechen. Von Claudia Gehrke, der Herausgeberin des *Konkursbuch*, stammt die hübsche Bemerkung vom Sex-Sozialismus: Die Entsprechung des traditionellen Sozialismus auf dem Feld der Sexualität sei die Idee, jeder habe sich zu jedem Zeitpunkt in gleichem Maß um die Befriedigung des anderen zu kümmern, so daß alle »einseitigen« Formen ausscheiden. »Ich tu dir jetzt was Gutes, und du tust mir gefälligst auch was Gutes.« Die lesbisch-schwule Sektion des Maquis hat Pioniertaten dabei geleistet, diese Vorstellung vom gleichen, natürlichen, politisch korrekten Sex zu dekonstruieren. So haben wir nicht Sex, und so wollen wir auch nicht leben. Jedenfalls ist es sinnlos, daß wir immer und in jedem Fall uns gegenseitig die Blumen gießen, zum gleichen Zeitpunkt das Klo putzen und gemeinsam den Hund baden. Wir wollen auch in der Gesellschaft niemanden, der über unsere Leistungen Buch führt und uns mit Trompetenstoß zum gemeinsamen Arbeitseinsatz ruft. Zu einem bestimmten Zeitpunkt gilt immer: »One man struggles, while another relaxes«, wie es bei Massive Attack heißt. Ob wir eine Kooperation als erstrebenswert und befriedigend empfinden, ergibt sich erst in der Gesamtheit der Handlungen, im Laufe der Zeit, und wenn wir nicht zufrieden sind, lassen wir uns nicht damit abspeisen, rechnerisch sei alles in Ordnung.

Wir können also keine inhaltlichen Kriterien für freie Kooperation angeben. Wenn Menschen Verhältnisse für sich wählen, die für uns nicht akzeptabel wären: mit welchem Recht wollten wir sie daran hindern? Ganz gleich, ob es um Lebensgemeinschaften geht, um die Landflucht in der Dritten Welt oder um den Fall der DDR – wenn Menschen Kooperationen ablehnen und aufgeben, die sie nicht als befriedigend empfinden: wer wollte sie zwingen dabeizubleiben? Weder das Eingehen noch das Ablehnen einer Kooperation kann objektiv begründet werden. Man setzt Fakten. Das reicht.

In dieser theoretischen Ratlosigkeit liegt aber gleichzeitig der Schlüssel zur Lösung. Es gibt sicherlich keine Möglichkeit, eine inhaltliche Analyse von außen heranzutragen, wann eine Kooperation gerecht oder richtig ist. Was wir dagegen wissen, ist, daß in einer freien Kooperation Gruppen wie Individuen die Kooperation aufgeben oder einschränken, wenn sie ihren Erwartungen nicht entspricht, und daß sie diese Möglichkeit einsetzen, um die Kooperation zu gestalten. Freiheit bedeutet nicht, ohne jede Beziehung zu leben; aber es bedeutet, gehen zu können oder seine Kooperationsleistung einschränken zu können, um auf die Regeln der Kooperation Einfluß zu nehmen.

Das einzige Kriterium von allgemeiner Geltung, das bleibt, ist also: Kann man die Kooperation verlassen, und zu welchem Preis? Können beide Seiten sie verlassen, zu einem vergleichbaren und vertretbaren Preis? Können alle ihre Mitglieder dadurch auf die Kooperation Einfluß nehmen, daß sie ihre Kooperationsleitung aufkündigen oder einschränken? Oder können sie das nicht? Ist es ihnen nicht erlaubt, ihre Kooperationsleistung einzuschränken? Gibt es eklatante Unterschiede im Preis, den sie für ein Scheitern der Kooperation bezahlen müßten? Dann ist die Kooperation nicht frei, dann ist sie erzwungen. Egal, wie komfortabel sie ist, nach welchen Regeln sie funktioniert, wie aufopfernd sich die Mächtigeren darin einsetzen und wie freundlich die Ohnmächtigen behandelt werden, wie äußerlich gleich und gerecht oder gar vernünftig sich die Kooperation ausnehmen mag. Nur das macht freie Kooperation aus: daß man sie aufkündigen oder einschränken kann, um Einfluß auf ihre Regeln zu nehmen; und zwar zu einem für beide Seiten beziehungsweise alle Mitglieder vergleichbaren und vertretbaren Preis.

Emanzipation bedeutet demnach nicht, ein inhaltlich bestimmtes Ideal von Kooperation durchzusetzen und für alle verpflichtend zu machen. Emanzipation bedeutet auch nicht, endlich so werden zu dürfen wie andere. Emanzipation bedeutet, sich nicht mit Beziehungen und Verhältnissen zufriedenzugeben, in denen die Kooperation erzwungen ist und nicht von beiden Seiten gestaltet werden kann. Emanzipation bedeutet, in allen Beziehungen und Zusammenhängen die Regeln der freien Kooperation durchzusetzen – das heißt, einerseits die Voraussetzungen dafür durchzusetzen, daß Gruppen und Individuen die Kooperation einschränken und aufgeben können, und andererseits dieses Prinzip wirklich in Anspruch zu nehmen, um auf die Art der Kooperation einzuwirken. Theoretisches Wissen um die Möglichkeit, zu gehen oder einzuschränken, genügt nicht. »Die Grenzen der Freiheit müssen praktisch getestet werden« (Paul Gilroy).

Für freie Kooperation gibt es also Voraussetzungen, die innerhalb wie außerhalb der Kooperation liegen, und diese sind Gegenstand einer postmodernen Politik der Befreiung. Sie ist eine Wissenschaft des Anti-Alienismus, die aus der Praxis gewonnen und in der Praxis angewandt werden muß. Sie kann keine Vorschriften dafür machen, wie Kooperationen auszusehen haben. Sie kann jedoch angeben, wie eine Abwicklung der Herrschaftsinstrumente und eine praktische Demokratiekritik auszusehen haben, um erzwungene Kooperation in freie Kooperation zu überführen. Sie kann Erfahrungen verarbeiten, was Elemente einer Politik der Beziehungen und der Entfaltung sozialer Fähigkeiten sind, die der Entstehung von Alienismus entgegenarbeitet. Sie kann und will konkrete Emanzipation nicht ersetzen. Eine postmoderne Politik der Befreiung ist ein Bündnis, gegründet auf ein postsozialistisches Versprechen: Emanzipation zu unterstützen, zu akzeptieren und möglich zu machen.

Jenseits der Hormone

Freie Kooperation hängt nicht davon ab, daß man viele Worte macht. Sie ist eine Praxis. Eine Theorie der Befreiung bietet viele gute Ratschläge; aber Emanzipation setzt nicht voraus, daß man eine bestimmte Theorie teilt. Ein solches Konzept wäre auch mit Sicherheit alienistisch: Freiheit für alle – die eine entsprechende Vorbildung absolviert haben. Erst einmal müßt ihr einen Führerschein in Emanzipation machen! Ganz im Gegenteil gründet unsere Erfahrung mit freier Kooperation auf Beispielen, von denen manche gar nichts mit Versprachlichung im konventionellen Sinne zu tun haben. Ein interessantes Beispiel ist jenes Phänomen, das in abendländischen Industriegesellschaften als »Baby-Blues« bekannt ist.

Der Baby-Blues ist ein sozialer Prozeß, der sich etwa am vierten Tag nach der Geburt zwischen Mutter und Kind abspielt und nach außen wie eine emotionale Funktionsstörung wirkt. Die Mutter fühlt sich todunglücklich, obwohl sie sich über das Neugeborene freut; sie ist niedergeschlagen, weint scheinbar unmotiviert oder macht sich schlimmste Sorgen, für die es keinerlei Anlaß zu geben scheint. Die patriarchale Schulmedizin sucht die Ursache da, wo sie sie immer sucht: in den Hormonen, und verschreibt Antidepressiva. Die neuere Kinderpsychiatrie, wie sie von Françoise Dalto begründet wurde, gibt uns eine sehr viel tiefergehende Interpretation. Daß der Baby-Blues nicht einfach eine Hormonschwankung sein kann, läßt sich aus vielen Indizien sehen. Zum Beispiel tritt er nicht bei Frauen auf, die ihr Kind in den ersten Tagen nicht bei sich haben können, weil es im Brutkasten liegt. Sie sind traurig und besorgt, aber den Baby-Blues bekommen sie erst dann, wenn sie ihr Kind wiedersehen. Erst dann stellt sich die typische Konstellation aus Freude und Unglück, Kontakt und Abwendung ein.

Die Wahrheit liegt, wie meistens, im Sozialen. Der Baby-Blues, so lehren es Psychoanalytikerinnen wie Dalto und Szejer, ist ein interaktives Phänomen. Er ist die erste Verhandlung zwischen Mutter und Kind. Deshalb kann nur die Anwesenheit des Kindes ihn auslösen. Um den vierten Tag, wo der Baby-Blues normalerweise auftritt, beginnt das Kind sein Verhalten zu ändern – es wird artikulierter, seine Stimme wird modulierter, es äußert seine Stimmung nicht mehr ziellos, sondern agiert, es verhält sich zu einem Gegenüber, es reagiert auf eine Person. Die Veränderung findet nicht vor dem Baby-Blues der Mutter statt, und dieser verschwindet, sobald sie eingetreten ist. Dasselbe gilt auch umgekehrt. Auch das Kind hat seinen Baby-Blues. Es ist nicht krank, es hat kein äußerlich erkennbares Problem, aber es funktioniert nicht richtig: Es trinkt nicht richtig, schläft schlecht (oder übermäßig), schreit mehr (oder gar nicht), hat unter Umständen Verdauungsprobleme – alles Symptome, die anderen vielleicht gar nicht auffallen, aber für die Mutter fühlbar machen, daß das Kind »schlecht drauf« ist. Auch das Verhalten der Mutter verändert sich. Sie geht vom Schock und der Sorge, daß irgend etwas »schiefgeht«, dazu über, das Kind als eigenständige Person zu interpretieren und nach seinen Motiven zu fragen: Paßt ihm was nicht? Ist das, was mir wie der zügellose Mißbrauch als Milchmaschine vorkommt, vielleicht eine Suche nach Zuwendung, ein Akt der Selbstvergewisserung? Was schlägt ihm so auf die Seele, daß es nicht scheißen kann? Sie gewinnt auch die Sicherheit, ihrem eigenen Urteil und ihrer persönlichen Beziehung zum Kind die entscheidende Autorität vor allen Büchern und Ratschlägen zu geben. Auch diese Veränderung findet nicht vor dem Baby-Blues des Babys statt, und jener klingt ab, sobald die Veränderung eingetreten ist.

Der Baby-Blues ist mithin eine Aktion der Mutter, um von ihrem Kind eine menschliche Reaktion zu provozieren – was auch immer sie dafür gelten läßt, aber eben mehr als das bisherige »Teil von ihr sein«. Und er ist eine Aktion des Kindes, um von der Mutter eine personale Reaktion zu provozieren: Sie soll ihr Verhalten ihm gegenüber ändern, seinen größeren Grad an Autonomie, seine eigenständige Personalität akzeptieren. Im Baby-Blues drosseln Mutter und Kind ihre Kooperation, um sie auf eine neue Stufe zu stellen. Sie beenden die symbiotische Zeit und zwingen einander zu einer Beziehung, in der sie sich als Personen gegenüberstehen. Sie handeln das aus miteinander. Sie tun das ohne theoretisches Konzept, und sie verhandeln in der Sprache, die ihnen miteinander zur Verfügung steht; die anderen bekommen diese Verhandlung gar nicht mit. Beide setzen Fakten. Sie machen klar, daß sie, wenn es hart auf hart kommt, auch auf Distanz gehen können. Und das kommt vor. Wenn die Verhandlung nicht klappt, wenn ihr Ausgang nicht für beide Seiten erstrebenswert und befriedigend ist, werden die emotionalen (und dann auch physischen) Funktionsstörungen härter. Der Baby-Blues ist ein frühes Beispiel, daß auch Auseinandersetzungen der Liebe mit erbittertem Ernst geführt werden und geführt werden müssen.

Meistens klappt es aber. Die Umgebung ist erleichtert, daß die Mutter nicht mehr so »neben der Schüssel« ist und das Kind wieder ausgeglichener, und die Ärzte setzen die Hormone ab. Aber in Wirklichkeit haben Mutter und Kind ihre erste Verhandlung erfolgreich abgeschlossen. Sie haben Einfluß auf die Regeln ihrer Kooperation genommen. Und das, obwohl beide denkbar unterschiedlich und in kaum einer Hinsicht »gleich« sind, obwohl sie keinen theoretischen Disput miteinander führen und keine Regeln vorgefunden haben, wie eine solche Verhandlung zu führen ist; eine Verhandlung, die sie nicht einmal erwartet hatten. Sie funktioniert, weil beide einen vergleichbaren, hohen Preis für ein Scheitern der Kooperation zahlen müßten; und weil beide bereit sind, ihn in die Waagschale zu werfen. Sie wird später nicht mehr funktionieren, weil die Gesellschaft, in der beide leben, die Regeln der freien Kooperation nicht anerkennt – die Gesellschaft persönlicher Herrschaft tat das nicht, und die alienistische Gesellschaft tut es genauso wenig. Die Gesellschaft (vertreten durch ganz konkrete Personen) wird beiden Beteiligten auszureden versuchen, daß sie mit offenem Ausgang frei miteinander verhandeln könnten. Sie wird der Mutter einreden, daß sie Stärke zeigen muß, daß man mit einem Kind nicht reden kann, das Kind nicht entscheiden kann, daß sie persönlich haftbar ist für später abprüfbare Erziehungsziele. Auch dem Kind werden falsche Thesen über das Soziale eingeredet, und man gewöhnt es an die Regeln erzwungener Kooperation. Aber es gelingt der alienistischen Gesellschaft, wie wir aus dem Beispiel von Frauen wie Amy Linden wissen, nicht vollständig, das Wissen um die freie Kooperation auszulöschen und ihre Praxis zu verhindern.

Der Baby-Blues als frühes Beispiel freier Kooperation lehrt uns, daß Emanzipation nicht davon abhängt, daß andere sie begreifen können, daß sie »objektiv vernünftig« ist oder daß die Beteiligten einander vollständig »gleich« sind. Freie Kooperation ist das Gegenteil der Emerald Bar. In der Emerald

Bar wird nicht verhandelt. Dort werden die Waffen der Herrschaft eingesetzt, um die Kooperation zu erzwingen und ihre Regeln einseitig festzusetzen. Weil Emanzipation in Emerald Bars stattfindet, erfordert sie, daß man einen höheren Preis riskiert und bezahlt als die Gegenseite, wenn man die Regeln überschreiten und verändern will. Man ist den Waffen der Gegenseite ausgesetzt. Emanzipation findet statt, wo Kooperation nicht frei ist, aber sie nimmt das Agieren in einer freien Kooperation vorweg. Deshalb macht Emanzipation süchtig. Sie vermittelt uns einen Eindruck davon, was alles möglich wäre. Sie vermittelt uns diesen Eindruck nicht nur über den Kopf, sondern auch über die Haltung, die wir dabei einnehmen; es ist eine schier körperliche Erfahrung. Wir brechen die Regel, und es geht. Wir können es tatsächlich tun. Wir können dadurch sogar Einfluß auf die Regel nehmen, sie verändern. Wir spüren die Macht und die Freiheit, die freie Kooperation uns geben kann.

Deshalb versucht der progressive Alienismus mit seinen polit-seismographischen Methoden manchmal, unumgängliche Reformen in den Emerald Bars durchzuführen, bevor sie eingefordert werden. Er gibt nie zu, in eine Veränderung der Regeln eingewilligt zu haben, weil Individuen oder Gruppen durch Einschränken ihrer Kooperationsleistung Druck erzeugt haben. Es war bloß vernünftig, überfällig, sowieso schon geplant. Sonst könnte man ja auf den Geschmack kommen und es wieder probieren.

Der Maquis ist die einzige Zivilisation, die den Baby-Blues, die Praxis der freien Kooperation, in ihren Reihen duldet und ihr den zentralen Platz für die Logik jeder sozialen Kooperation zuweist. Sie ist die Quintessenz seiner Vorstellung von Befreiung und seine Antwort auf die Paradoxe der postmodernen Kritik. Nur sie löst ein, worauf die postsozialistische Sehnsucht nach Befreiung zielt: »One rule: no rules« (Janet Jackson).

Im Erlenmeyerkolben

– No one has ever done anything like this.
– That's why it's gonna work.

Trinity und Neo in »Matrix«

Was wir hier brauchen, ist ein bißchen Optimismus.

Han Solo in
»Star Wars – Die Rückkehr der Jedi-Ritter«

1. Gift und Gegengift

Abends, wenn es leerer wird in den Emerald Bars, trifft man an den hinteren Tischen die Veteranen der sozialen Bewegung, die um diese Uhrzeit nur noch ein Thema kennen: daß alles schlechter geworden ist. Man sollte nicht den Fehler machen, sich dazuzusetzen. Es ist immer dieselbe runterziehende Geschichte, die da erzählt wird. Sie handelt von großartigen Schlachten, die leider verloren wurden; von Weggefährten, die die alten Ideale verraten haben; von Forderungen, die einem im Mund umgedreht wurden; von der Jugend von heute, die bequem und konsumistisch ist und sich für nichts mehr einsetzt. Kurzum: die soziale Bewegung ist gescheitert.

Jede Emerald Bar hat ihren Veteranen-Stammtisch, und alle Veteranen leiden gelegentlich an dem Zwang, diese Geschichte zu erzählen. Bei den meisten geht es vorbei, bei einigen ist es leider chronisch. Es ist eine Art Bewegungskater. Er stellt sich ein, wenn man ein bißchen zu tief in den Erlenmeyerkolben geschaut hat: jenen Strudel, wo menschliche und alienistische DNA durcheinanderschwimmt.

Ein Erlenmeyerkolben ist eigentlich nur ein konisches Reagenzglas, das einen schmalen Hals und einen flachen, breiten Boden hat, so daß man es gut zum Mischen herumschwenken kann; eine Erfindung des deutschen Chemikers Richard Erlenmeyer. Aber in der »Akte X«-Folge »The Erlenmeyer Flask« steckt natürlich mehr dahinter. Mulder und Scully entdecken ein solches Glas im Labor des unter mysteriösen Umständen umgekommenen Dr. Berube. Wie sich herausstellt, enthält die Flüssigkeit im Erlenmeyerkolben hybrides Genmaterial, das Anteile menschlicher und außerirdischer DNA besitzt. Genau so ist es mit sozialen Bewegungen. Es sind Erlenmeyerkolben, in denen emanzipative und alienistische Elemente wild durcheinandergehen. Deshalb erscheinen sie so widersprüchlich. Wer darauf nicht vorbereitet ist, dem kann nach ein paar Fläschchen Erlenmeyer ganz schön der Kopf brummen.

Daß soziale Bewegungen ausgedient hätten und mit dem »Ende der Geschichte« sang- und klanglos auf den Müllhaufen gewandert seien, ist ein Märchen. Wahrscheinlich hat es noch nie so viele soziale Bewegungen gegeben wie heute. Eine ganze Reihe von ihnen hat ihre proklamierten Ziele schlicht erreicht, wenn es auch lange gedauert hat: die Anti-Apartheid-Bewegung in Südafrika etwa oder die schwarze Bürgerrechtsbewegung in den USA; die demokratischen Bewegungen Osteuropas und der früheren Sowjetunion; die Lesben- und Schwulenbewegung in Nordamerika und Westeuropa. In den letzten zehn Jahren sind eine Vielzahl von Bewegungen und Initiativen neu entstanden, weltweit. Die Form der sozialen Bewegung ist heute geradezu als Normalfall politischer Aktivität anerkannt. Das Vertrauen, daß die Eliten in Staat und Wirtschaft schon alles richtig machen werden, ist heute mit Sicherheit viel geringer als vor dreißig Jahren.

Soziale Bewegungen ändern die Welt. Anders geht es nicht, schon gar nicht im demokratischen Zeitalter und unter den Bedingungen des Alienismus. Demokratien sind konservativ wie Märkte: Beide können aus sich selbst heraus nur vorhandene, hegemoniale Ideen und Bedürfnisse umsetzen. Sie schaffen nichts Neues. Soziale Bewegungen dagegen tun das. Sie streben etwas an, das nicht vorgesehen war. Sie sind visionär. Soziale Bewegungen sind auch die einzige Kraft, die unter den Bedingungen des demokratischen Zeitalters Wahlen gewinnen kann. Natürlich können auch Parteien ihre Programmatik und Politik so verändern, daß sie für andere Teile des politischen Spektrums wählbar werden und möglicherweise Mehrheiten erhalten, ja sogar die bisherige Regierung ablösen. Wahlen gewinnen kann man das aber nicht nennen; die politische Stimmung und die gesellschaftlichen

Mehrheiten haben sich ja nicht verändert, es wird sich nichts anderes durchsetzen lassen als bisher auch. Im Prinzip hat sich die bisherige Regierung nur umbenannt. Soziale Bewegungen dagegen können die Gesellschaft verändern. Sie können gesellschaftliche Mehrheiten für Ziele schaffen, die bei keiner Abstimmung vorher eine Chance gehabt hätten. Deshalb sind sie durch keine Demokratisierung zu ersetzen, durch keine Dezentralisierung, nicht einmal durch eine anti-alienistische Reform der Gesellschaft. In einer Szene in »Matrix« gibt Trinity zu bedenken: »Niemand hat etwas Derartiges bisher versucht«, und Neo antwortet ihr: »Genau deshalb wird es funktionieren.« Nach dem Motto handeln soziale Bewegungen.

Soziale Bewegungen sind allerdings nicht deckungsgleich mit dem Maquis. Dies wäre eine folgenschwere Verwechslung. Eine Friedensbewegung ist zunächst eine Bewegung für Frieden, nicht für Emanzipation. Auch die Anti-Apartheid-Bewegung war eine Bewegung für das Ende der Apartheid, nicht für schwarze Emanzipation. Die Frauenbewegung ist nicht identisch mit der feministischen Sektion des Maquis, und die Bewegung für homosexuelle Gleichstellung nicht identisch mit der lesbisch-schwulen Maquissektion. Zu einer bestimmten Zeit waren diese beiden sozialen Bewegungen stark von den entsprechenden Maquissektionen dominiert, aber das ist auch alles. Die Friedens- oder die Ökologiebewegung waren immer Bewegungen, in denen sich MaquisianerInnen, Zivilisten und Aliens zahlreich und mit ganz verschiedenen Absichten zusammenfanden. Und auch Faschisten sind in sozialen Bewegungen vertreten.

Soziale Bewegungen haben Anteil an allen vier Zivilisationen. Sie sind das eigentliche Feld, wo die Auseinandersetzung zwischen den Zivilisationen ausgetragen wird. Diese Auseinandersetzung hat einen Doppelcharakter. Weil soziale Bewegungen die Welt wirklich verändern, versuchen alle Zivilisationen Einfluß auf sie zu nehmen, darauf, was sie fordern, was sie diskutieren, wie weit sie gehen. Aber darüber hinaus bilden sich in den sozialen Bewegungen häufig Übergänge zwischen den Zivilisationen.

Hier sind die Grenzen zwischen den Zivilisationen in Bewegung. Hier werden Zivilisten zu MaquisianerInnen, hier werden aber auch MaquisianerInnen zu Aliens. Soziale Bewegungen sind der Ort, wo man, um es mit »Star Wars« zu sagen, die Macht spürt: Man erfährt, daß Veränderungen möglich sind; daß die Aliens nicht recht haben; daß man einige Gesetze brechen und Regeln überschreiten kann; daß man nicht allein ist dabei. Selbst wenn ihr Anliegen nicht besonders emanzipativ oder anti-alienistisch ist, kommt eine soziale Bewegung nicht umhin, sich mit der Struktur der Gesellschaft auseinanderzusetzen, die ihr partout nicht geben will, was sie haben möchte. Daraus gewinnt sie Einsichten in Wesen und Funktion des Alienismus. All das mögen Gründe sein, warum Übergänge zum Maquis hier häufig sind. Soziale Bewegungen sind aber auch der Ort, wo man von der dunklen Seite der Macht verführt wird. Viele, die in den Bewegungen aktiv waren, werden eingefangen vom Flüstern der Aliens: daß man seine Ziele doch viel besser erreichen könnte, wenn man auf die Seite des Establishments wechselt; daß alles viel leichter würde, wenn man auf den emanzipatorischen Schnickschnack drumherum verzichtet.

Soziale Bewegungen sind immer Erlenmeyerkolben. Das ist kein Grund zum Jammern, es ist eine Tatsache. Deshalb ist es auch keine besonders originelle Entdeckung, wenn jemand mit Feuereifer darlegt, diese oder jene Bewegung sei ja gar nicht umfassend emanzipativ. Natürlich nicht. Der Kampf gegen die Aliens sieht eben nicht so aus wie die Schlacht um Naboo in »Star Wars – Die dunkle Bedrohung«: 8000 imperiale Kampfdroiden auf der einen, die putzigen Gungans auf der anderen Seite, fein säuberlich getrennt auf einem grünen Rasen wie auf einem englischen Cricketfeld. Nein, es ist ein langatmiger, verwickelter Kampf, wo aus Siegern immer wieder Aliens schlüpfen können, und er besteht nicht nur im Kampf sozialer Bewegungen gegen das Establishment, sondern mindestens ebenso sehr im Kampf um die sozialen Bewegungen selbst. Die Aliens gehen an die gesellschaftlichen Auseinandersetzungen, die von sozialen Bewegungen vom Zaun gebrochen werden, oft eher nach der alten Mafia-Sportregel heran: »Uns ist egal, wer gewinnt. Wichtig ist nur, daß wir es vorher wissen.« Wenn sich die jungen Skywalkers den Schweiß von der Stirn wischen, erschöpft und glücklich, daß ihre Bewegung einen Erfolg errungen hat, haben die Aliens noch lange nicht aufgegeben, sie auf die dunkle Seite der Macht zu ziehen, und gratulieren mit den vielsagenden Worten: »And you, young Skywalker: We will watch your career with great interest!«

Die Anatomie sozialer Bewegungen

Was soziale Bewegungen im Kampf zwischen den Zivilisationen so wichtig macht, ist die bemerkenswerte Tatsache, daß sie in einem bestimmten Sinne unbesiegbar sind. Wenn sie nicht vorher schlappmachen, werden sie eines Tages ihr Ziel erreichen. Wieviel damit gewonnen ist, ist eine andere Frage. Aber unter den Bedingungen des demokratischen Zeitalters ist es so gut wie unmöglich, sie vollständig abzuschmettern. Das ist auch eine Lehre, die die Aliens aus dem Niedergang persönlicher Herrschaft gezogen haben.

Soziale Bewegungen sind Bündnisse für eine gesellschaftliche Veränderung, von der man annimmt, daß sie über offizielle Institutionen und politische Verfahren bewirkt werden kann, jedenfalls nicht allein und nicht hauptsächlich auf diesem Weg. So unterschiedlich soziale Bewegungen sind, drei Elemente müssen sie immer aufweisen: Forderung, Organisation, emanzipative Einflüsse. Ohne diese drei Elemente sind sie nicht stabil und nicht wirksam. Soziale Bewegungen haben ein zentrales Anliegen, das im Widerspruch zu den herrschenden Verhältnissen steht, dem aber zugleich eine gewisse Unabweisbarkeit anhaftet. Diese Forderung muß konkret sein und sich in einer einfachen Formel ausdrücken lassen. »One man, one vote«, die Forderung der Anti-Apartheid-Bewegung, ist ein klassisches Beispiel. Eine soziale Bewegung kann nicht »Frieden« oder »Ökologie« fordern; sie tritt für Abrüstung ein, für den Ausstieg aus der Kernenergie, vielleicht für den Bruch mit dem Primat der Ökonomie über die Natur. Es müssen Formeln sein, die auch Zivilisten verstehen und für vernünftig halten können.

Eine soziale Bewegung braucht ferner Formen der Organisation. Sie müssen nicht starr, einheitlich und formalisiert sein. Aber ohne längerfristige, verstetigte Zusammenarbeit können Erfahrungen nicht weitergegeben und Inhalte nicht transportiert werden. Und schließlich muß eine soziale Bewegung von emanzipativen Idealen inspiriert sein. Man kann es auch so sagen: Es muß genug MaquisianerInnen darin geben. Die soziale Bewegung kann nicht »vereinheitlicht« werden auf eine bestimmte Theorie oder Weltsicht, sie kann nicht gezwungen werden, sich vollständig auf die Logik des Maquis festzulegen. Aber sie muß mit einer Haltung einhergehen, die Aspekte des Maquis aufnimmt; ihre Ziele und ihre Praxis müssen mit emanzipativen Vorstellungen zumindest assoziiert sein. Sie funktioniert sonst einfach nicht. Sie wird innerlich entleert, sie setzt nichts mehr durch oder löst sich nach ein paar Pyrrhus-Siegen auf. Den langen Atem, den sie braucht, und die Ausstrahlungskraft, ohne die sie nicht gewinnen kann, erhält sie nur durch die partielle Überschneidung mit dem Maquis.

Soziale Bewegungen scheitern in der Regel nicht daran, daß sie zerstört werden. Im demokratischen Zeitalter ist das fast unmöglich. Sie scheitern daran, daß sie eines oder mehrere dieser Elemente verlieren. Sie geben ihre Forderung auf oder werden sich darin unsicher. Sie schaffen es nicht, eine organisatorische Kontinuität zu erlangen, in der ihre Erfahrungen ausgetauscht und aufgehoben werden können. Oder sie verlieren den Kontakt mit dem Maquis, vertreiben die MaquisianerInnen aus ihren Reihen. Nur solange alle drei

Elemente gegeben sind, gewinnt eine soziale Bewegung ihre langfristige Unaufhaltsamkeit.

Soziale Bewegungen müssen nicht so aussehen, daß man sich mit großen Transparenten auf der Straße versammelt, sich an Schienen festkettet oder mit Eiern wirft, obwohl das immer noch probate Methoden sind. Unter dem Einfluß der neueren Befreiungstheorien hat sich die Vorstellung davon, was eine soziale Bewegung ist, stark erweitert. Zunächst gehören dazu auch kulturelle Bewegungen: Der Free Jazz der Sechziger, Pop Art, Rock und Punk, die Rave- und Club-Kultur der Achtziger waren nicht einfach »künstlerische« Moden, sie illustrieren nicht Forderungen der klassischen sozialen Bewegungen, sondern haben ihre eigenen Vorstellungen, was gesellschaftlich anders werden soll. Logischerweise können diese Forderungen nicht so explizit verbalisiert werden, aber sie sind genauso verständlich und stellen einfache Formeln für recht komplexe Anliegen dar: die Abschaffung der weißen kulturellen Alleinvertretung; die Liquidierung der »Hochkultur«; den Bruch mit dem kulturellen Establishment; die Befreiung von der abendländisch-restriktiven Form von Körperlichkeit. Auch kulturelle Bewegungen brauchen Organisation und Formen von materiell vermittelter Kontinuität – man denke an die Bedeutung der Musikervereinigung AACM für den Free Jazz, der »Factory« für die Pop Art oder ganz allgemein an die wichtige Rolle von Festivals, Plattenlabels und Zeitschriften. Wenn diese Voraussetzungen vorliegen und sie als drittes von emanzipativen Ideen des Maquis inspiriert sind, gilt auch für die kulturellen Bewegungen, daß sie auf ihrem Weg kaum aufzuhalten sind.

Weiterhin müssen »individualisierte soziale Bewegungen« dazugerechnet werden. In ihnen versuchen Menschen sich durch persönliche Aktionen bisherigen Beschränkungen zu entziehen und dadurch eine gesellschaftliche Veränderung zu erreichen. Sie sind gewissermaßen erst aus dem Luftbild als kollektive Bewegungen erkennbar: die Migrationsbewegung aus der Dritten in die Erste Welt etwa oder der Auszug aus der patriarchalen Kleinfamilie und die mit ihm verbundene weltweite »Scheidungsbewegung« gehören hierher. Was die individualisierten sozialen Bewegungen von bloßen »Trends« unterscheidet, sind wiederum die drei konstituierenden Elemente. Sie vertreten durch ihr Handeln eine Forderung, die nach offenen Grenzen oder nach freier Wahl der Lebensform. Sie hängen mit Formen der Organisation zusammen, durch die Erfahrungen ausgetauscht und Unterstützung geleistet wird. Und sie stehen in Kontakt mit dem Maquis – sie sind verbunden mit bestimmten Idealen und Haltungen von Emanzipation.

Soziale Bewegungen und Post-Entwicklungs-Diskurse

Der Übergang vom traditionellen zum progressiven Alienismus geht stark auf das Wirken der sozialen Bewegungen zurück. Der progressive Alienismus erkennt sehr viel genauer als der traditionelle, daß man soziale Bewegungen nicht wirklich aufhalten kann, daß das aber auch gar nicht notwendig ist. Sein Ziel ist nicht nur, sie unschädlich zu machen, sondern auch, sie für den Ausbau und die Erweiterung von Herrschaft nutzbar zu machen. Er greift die klassischen sozialen ebenso wie die kulturellen und individualisierten Bewegungen auf und schneidet seine Diskurse so zu, daß sie für diese Bewegungen anschlußfähig sind.

In der Nachfolge des Entwicklungsdiskurses hat der progressive Alienismus ein ganzes Bündel von neuen Diskursen aufgelegt, die sich grob an die fünf Ebenen von Herrschaftsinstrumenten anlehnen – jeder Diskurs soll eine dieser Waffen schärfer schleifen. Die Grundlagen dafür entstanden bereits im Niedergang der Entwicklungsära. Aber erst in den späten Achtzigern sind die neuen Diskurse so mächtig geworden, daß sie die Szene beherrschen.

Das Ende der Blockkonfrontation brachte den Durchbruch für die Debatte um die »Neue Weltordnung«. Aus alienistischer Sicht dient sie dazu, im internationalen Rahmen die Anwendung von militärischer Gewalt zu legitimieren. Paradoxerweise schließt er gerade an die Sehnsucht sozialer Bewegungen nach friedlicher Konfliktlösung und an ihren Widerwillen gegen diktatorische Regime an. Der Diskurs um die Neue Weltordnung spitzt jedes Problem, jeden Mißstand auf der Welt auf die Frage zu: Wer darf wann Gewalt anwenden, um das zu verhindern? Er bricht mit der Idee des Völkerrechts, der nationalen Souveränität, der Unverletzlichkeit der Grenzen, dem Prinzip der Nichteinmischung in die inneren Angelegenheiten anderer Gesellschaften. Die ganze Welt wird zum Operationsfeld alienistischer Befriedung und Bestrafung. Krieg wird wieder normal; nur werden die Flugzeugträger und Bomberstaffeln jetzt auf Namen wie »Frieden«, »Ökologie« und »Menschenrechte« getauft.

Strukturelle Gewaltanwendung wird unter dem Begriff »Globalisierung« wieder hoffähig gemacht. Die obligatorische Problemstellung lautet dabei: Welche ökonomischen Opfer müssen welchen Personenkreisen und nationalen Gesellschaften zugemutet werden, um die globale Produktivität wirkungsvoll zu steigern? Die globale Produktivität, das wird vorausgesetzt, bedarf des umfassenden Wettbewerbs und der komplett internationalisierten Arbeitsteilung. Man kann darüber verhandeln, ob die Opfer gemildert, zeitlich gestreckt, rechtzeitig angekündigt oder partiell kompensiert werden können. Daß Opfer gebracht werden müssen, ist innerhalb des Diskurses jedoch ausgemacht, ob man nun die Position der radikalen Deregulierung einnimmt oder die der sozial abgefederten Globalisierung. Der Diskurs knüpft daran an, daß der Nationalstaat sich bei den meisten sozialen Bewegungen unmöglich gemacht hat und daß insbesondere die kulturellen und individualisierten Bewegungen zunehmend global ausgerichtet sind und sich nicht von nationalen Herrschaftsinstanzen vorschreiben lassen wollen, wie sie leben, was sie hören, mit wem sie reden und was sie kaufen.

Der Diskriminierung wieder zu ihrem Recht zu verhelfen

ist Sache des dritten großen Diskurses, der sich um das Miteinander der »Kulturen« dreht. Er beutet in perfider Weise die Tatsache aus, daß soziale Bewegungen sich mehr und mehr sowohl von Entwicklung als auch vom Ziel der Gleichheit distanziert haben. Anstatt die kulturelle Hegemonie der herrschenden Gruppe zu kritisieren, spricht der Diskurs jedoch vom Nebeneinander verschiedener »Kulturen«. Menschen, so behauptet er, lassen sich unterschiedlichen »Kulturen« zuordnen, mithin unterschiedlichen Wertesystemen und überkommenen Lebensweisen, so daß dann auch nicht notwendig für alle Menschen die gleichen Rechte gelten müßten und nicht alle Menschen gleichen Anteil am gesellschaftlichen Reichtum und seinen Möglichkeiten beanspruchen könnten. Die Fragestellung ist: Was wollen, brauchen, dürfen die Kulturen? – und eben nicht die Menschen. Die »Kulturen« dieses Diskurses sind keineswegs hybrid oder veränderlich, sondern starre Schubladen, in die man einsortiert wird und denen man sich keinesfalls entziehen kann. Die Gewinner dieses Diskurses sind diejenigen, die sich zu »Verwaltern« der Kulturen machen, Ausbrüche und Grenzüberschreitungen verhindern.

Samuel Huntington entwirft auf der Grundlage des »Kulturen«-Diskurses eine Weltordnung aus neun »Zivilisationen«, die er farbig auf einer Weltkarte eingetragen hat. Die Idee ist in etwa die: Der Westen ist nicht mehr stark und nicht mehr anerkannt genug, um der Wächter für die ganze Welt zu sein; deshalb soll er die Existenz anderer großer Regionalwächter anerkennen und dafür sorgen, daß er der größte unter ihnen bleibt. Er soll der Aufrechterhaltung seiner technologischen und militärischen Überlegenheit größtes Gewicht beimessen, sich weniger um die Menschenrechte in China kümmern, das militärische Potential nichtwestlicher Zivilisationen verringern, wo es geht, und seine eigenen Zivilisationskrankheiten offensiv bekämpfen, nach dem Motto: weniger Kriminalität, mehr traditionelle Familie, mehr freiwillige Arbeit für die Gemeinschaft, höhere Arbeitsmoral und weniger Hedonismus. Dabei täuscht der Eindruck, Huntington würde zum Beispiel China diskriminieren. Faktisch diskriminiert er diejenigen, die in China diskriminiert werden, denn das sei eben »sinische Kultur«. Die Politik des »Multikulturalismus« kommt freundlicher daher, funktioniert aber genauso: Jedem sein Restaurant und seinen Religionsunterricht, aber die »gastgebende Kultur« behält selbstverständlich das Sagen. Obwohl er ihm zu widersprechen scheint, arbeit der »Kulturen«-Diskurs sehr gut mit dem »Weltordnungs«-Diskurs zusammen. Die Fragestellung heißt dann: Sehen wir das, was in Jugoslawien, Kurdistan, Tibet oder im Irak geschieht, als globalen Skandal an, den wir mit Gewalt beantworten, oder bloß als Ausdruck einer spezifischen Kultur?

Die Kontrolle der Öffentlichkeit zu verstärken und zu verfeinern, und zwar weltweit, ist das Anliegen, dem die Aliens den vierten Diskurs widmen. Er heißt meistens »Demokratisierung und Zivilgesellschaft«; in internen Papieren verwenden die Aliens auch den prägnanteren Begriff »governance« oder »Regierbarkeit«. Es genügt nicht mehr, mit Regierungen zu verhandeln oder staatliche Instanzen zu kontrollieren; der progressive Alienismus sucht nach Wegen, wie er die Welt auch an der sozialen Basis »regieren« kann. Weltweit sollen Formen demokratischer Partizipation gestärkt werden, vor allem der »intermediäre Bereich« zwischen Staat und Gesellschaft, der in nichtstaatlichen Organisationen besteht. Es ist Teil des Diskurses, daß diese Partizipation unbedingt den Regeln der alienistischen Reform zu folgen hat. Nur dann gilt sie als »Demokratisierung«. Auf diese Weise wird Partizipation zu einer alienistischen Strategie, bis in die entferntesten Winkel der Welt und der Gesellschaft zu kontrollieren, wie geredet, ja wie gedacht wird. Wer die falschen Fragen stellt, bekommt kein Geld mehr und keinen Platz mehr am Runden Tisch.

Am prominentesten ist seit der Umweltkonferenz in Rio 1992 der fünfte der neuen Diskurse, der um nachhaltige Entwicklung oder kurz »Nachhaltigkeit«. Sein Ziel ist, die Waffe der existentiellen Abhängigkeit zu stärken. Nachhaltigkeit greift viele Forderungen und Denkweisen der Ökologiebewegung, aber auch anderer sozialer Bewegungen auf und bringt sie in die diskursive Form: Wie können wir die Ressourcen des Planeten so verwalten und verwenden, daß sie nicht verschwendet, sondern möglichst effektiv genutzt werden und dadurch auch künftigen Generationen noch zur Verfügung stehen? Die Lösung, die der Diskurs vorwegnimmt, liegt in verbesserten Technologien, einem komplexen Ressourcenmanagement auf regionaler wie globaler Ebene und in der Zurückdrängung dessen, was als Verschwendung gilt: Konsumansprüche der Menschen. Die High-Tech-Philosophie, von der das offizielle Bemühen um Nachhaltigkeit getragen ist, macht den bloßen Erhalt des Planeten zu einem ungeheuer umständlichen, komplizierten Prozeß, in dem den alienistischen Denkfabriken und Konzernen die Schlüsselrolle zufällt.

Es gibt vereinzelte Widersprüche zwischen den neuen Diskursen, aber die Gemeinsamkeiten sind deutlich. Es gibt darin keine Möglichkeit, für einen Abbau des alienistischen Zugriffs auf Natur und Arbeit zu plädieren. Der technologische Zugriff auf Natur in der Nachhaltigkeit, der sprachregelnde Zugriff auf die gesellschaftliche »Basis« in der Zivilgesellschaft, der soziale Zugriff der Kulturverwalter auf diejenigen, die ihnen subsumiert werden, der marktförmige Zugriff der Globalisierung, der militärische Zugriff der Neuen Weltordnung: sie alle sollen verstärkt, nicht begrenzt werden. Die Rettung der Welt, das Lösen ihrer Probleme erfordert, wenn es nach diesen Diskursen geht, die Ausweitung des alienistischen Gewaltpotentials in allen seinen Formen. Sie konzipieren im Namen aller guten Absichten der sozialen Bewegungen eine Politik, in der Herrschaft nicht thematisiert, sondern implizit ausgebaut wird. Widerstand ist wieder einmal zwecklos. Alles muß unter zentrale Kontrolle gebracht, die Gesellschaften müssen entschlackt, gestrafft, fit gemacht werden für die Zukunft.

Wenn eine soziale Bewegung sich auf die neuen Diskurse einläßt, hat sie schon verloren. Sie kann vielleicht konkrete Details durchsetzen, wenn sie mit der alienistischen Macht zusammenarbeitet und die emanzipativen Impulse aus ihren Reihen verbannt. Aber insgesamt brennt sie aus und wird ihr zentrales Anliegen nicht mehr erreichen können.

Die Diskurse sind keine reine Theorie. Sie sind eine Praxis. Sie leiten heute das Handeln internationaler Institutionen und nationaler Regierungen. Eine Menge Geld fließt in entsprechende Programme der Umsetzung und der Öffentlichkeitsarbeit. Der intellektuelle Anspruch ist dabei bemerkenswert gering. Man strengt sich nicht besonders an, den neuen Diskursen mehr als Stammtischniveau zu verschaffen. Das ist auch nicht nötig. Die Post-Entwicklungs-Diskurse siegen durch Masse: durch die Anzahl ihrer Flugblätter und Publikationen; durch die Beharrlichkeit, mit der ihre Fragestellungen zur besten Sendezeit wiederholt werden; durch das Geld, mit dem sie sozialen Bewegungen das Angebot zum Mitmachen versüßen. Intellektuellen Aufwand lassen die Aliens an anderer Stelle treiben. Das kritische Feld alienistischer Theoriebildung liegt da, wo sie die Idee der freien Kooperation bekämpft.

Die Apologeten des Alienismus

Die alienistischen Vordenker erhalten im progressiven Alienismus einen neuen Auftrag. Sie müssen nicht mehr den Sozialismus widerlegen oder die großartigen Möglichkeiten der Entwicklung propagieren und aus der bisherigen Menschheitsgeschichte ableiten. Ihre Hauptaufgabe wird es, das sich vorsichtig abzeichnende neue Versprechen, die Idee von Emanzipation und freier Kooperation, theoretisch abzuwehren.

Die Gesellschaftstheorie des progressiven Alienismus läuft immer darauf hinaus, objektivierbare Kriterien für die »gerechte Gesellschaft« zu formulieren. Der Gedanke dabei ist: Hat man solche Kriterien als vermeintlich objektive etabliert, ist alles erlaubt – der Einsatz von Gewalt und Herrschaft zur Verteidigung der Regeln kann losgehen. Natürlich kann man solche Regeln heute nicht mehr platt aus einer fixen Vorstellung der strahlenden Zukunft herleiten, aus einem Zweck, der die Mittel heiligt, wie das die Leitidee der Entwicklung im traditionellen Alienismus ermöglichte. Die Legitimation der Regeln verlagert sich ins Prozeßhafte, in Regeln des diskursiven Verfahrens.

Es ist zum Beispiel kein Zufall, daß Jürgen Habermas jeden Kriegseinsatz der NATO mit philosophischen Erwägungen öffentlich gutheißt, den Golfkrieg genauso wie den Krieg gegen Jugoslawien. Es ist die logische Konsequenz aus der von ihm ausgearbeiteten alienistischen Theorie. Geltungsansprüche werden problematisiert, um dann durch eine neue theoretische Figur am Ende wiederaufgerichtet zu werden: Zwar kann keine Anschauung ihre eigene Richtigkeit beweisen; wird jedoch ein Diskurs im Rahmen einer »idealen Sprechsituation« geführt, in der die Teilnehmer »gleich« sind, dann kann das Ergebnis dieser vernünftigen Auseinandersetzung Geltung für alle beanspruchen. Die Übertragung ist klar: Wenn die diskursiven Verfahren zum Beispiel der UNO »ideal« genug sind, können ihre Mitglieder die Ergebnisse dieses vernünftigen Diskurses nicht mehr für sich ablehnen. Man kann nicht einfach nein sagen; und die Einschränkung oder Aufkündigung der Kooperation als Mittel, um Einfluß auf die Regeln zu nehmen, ist kein Vorgehen, das in der idealen Sprechsituation vorgesehen wäre.

Das gleiche Grundmuster findet sich auch bei einem anderen alienistischen Cheftheoretiker, John Rawls, und seiner Theorie der Gerechtigkeit. Auch Rawls erkennt zunächst an, daß Gesellschaftsverträge eine Fiktion sind, weil niemand sich frei auf die Regeln seiner Gesellschaft geeinigt hat – wir finden sie vor. Der Kunstgriff, mit dem Rawls objektiven Geltungsansprüchen wieder die Hintertür öffnet, ist der der fiktiven Verhandlung. Gerecht sind, seiner Theorie zufolge, gesellschaftliche Regeln, auf die sich Menschen in einer idealen Ausgangssituation geeinigt hätten, wenn sie gleich wären und nicht wüßten, welche Position sie in der zukünftigen Gesellschaft einnehmen werden. Trotz Postmoderne, trotz Kritik an Objektivität und Fremdinterpretation, kann man sich so wieder herausnehmen, objektiv über die Strukturen von Gesellschaft zu urteilen und für alle zu erkennen, was richtig und gerecht ist. Auf diese Weise läßt sich auch soziale Ungleichheit wieder rechtfertigen: »Es ist aber nichts Ungerechtes an den größeren Vorteilen weniger, falls es dadurch auch den nicht so Begünstigten besser geht.« Wer mißt? Wer urteilt? Auf jeden Fall sind Emanzipation und Herrschaft Aspekte, die in dieser Theorie keinen Platz haben, und wieder kann niemand einfach gehen oder nein sagen. Aber natürlich sind »soziale und wirtschaftliche Ungleichheiten so zu gestalten, daß ... sie mit Positionen und Ämtern verbunden sind, die jedem offen stehen«: Schließlich leben wir im Alienismus.

Habermas und Rawls sind die prominentesten Beispiele progressiver alienistischer Philosophie. Sie nehmen Ideen der sozialen Bewegungen und Kritik am traditionellen Alienismus in sich auf. Darum haben sie größere Beachtung gefunden als die »defensiven« Spielarten, die einfach nur erklärten, daß Emanzipation etwas sei, wovon man überhaupt nicht sinnvoll sprechen könne – Althussers reaktionäre Reinigung des Marxismus von der »Infektion« mit den Marxschen Frühschriften etwa, oder die »antihumanistische« Sozialphilosophie Niklas Luhmanns. Weder Althusser noch Luhmann können mit den neuen sozialen Bewegungen sonderlich viel anfangen. Habermas und Rawls spielen auf ihrer Klaviatur. Und auch hier gilt: Wer sich auf den Diskurs einläßt, stimmt auch seinen Ergebnissen zu. Man kann die großen alienistischen Theorien nicht »umdeuten«, so daß sie dem Maquis nützen könnten.

Die Philosophie, daß man sich der vernünftigen Ordnung

nicht entziehen kann, daß man nichts tun kann, ohne die objektivierende, prüfende und absegnende Maschine der alienistischen Diskursivität durchlaufen zu haben, ist heute gesellschaftliche Realität. Man verläßt eine Beziehung nicht mehr einfach; man durchläuft erst zwei bis drei Eheseminare, Konfliktberatungen und »Richtig Streiten«-Workshops. Es genügt nicht, daß es einem reicht. Man täuscht sich ja vielleicht. Vielleicht, ja wahrscheinlich liegt es daran, daß man nie richtig streiten gelernt hat. Der Glaube an die Heilungskraft diskursiver Verfahren auf der Basis vernünftelnder Regeln ist immens. Der nächste Schritt wird sein, Unterhaltsansprüche nur noch anzuerkennen, wenn vorher hinreichend Eheseminare und Krisenwochenenden absolviert wurden – eine Art Indikationsregelung für die Scheidung. Man kann ja auch seine Arbeit nicht einfach hinwerfen, ohne vom Arbeitsamt gesperrt zu werden; man kann nicht einfach wild streiken, ohne seine Gewerkschaft gefragt zu haben.

Das ist der Kern der Sache. Die weniger gut Gestellten können ihre »bereitwillige Mitarbeit« (Rawls) nicht zurückhalten, nicht kündigen, nicht unter Bedingungen stellen. Sie haben zu liefern. Dann kann man ja drüber reden. Hier schließt sich der Kreis zu den Post-Entwicklungs-Diskursen des progressiven Alienismus. Auch sie zielen darauf ab, daß jeder und jede unter allen Umständen zu liefern hat, daß alle kooperieren müssen, und daß sie zwei Dinge anerkennen müssen, die Regeln, auf die weise diskursive Verfahren erkannt haben, und die bestehende Struktur der Macht und des Eigentums.

Die Politik der Autonomie

Die neuen Diskurse sind Katalysatoren, welche die Aliens in den Erlenmeyerkolben schütten. Sie fördern die Anerkennung des Alienismus und hemmen das Wachstum des Maquis in den sozialen Bewegungen. Es sind Maquis-Gifte. Allerdings ist dem progressiven Alienismus sehr wohl klar, daß soziale Bewegungen ohne emanzipative Einflüsse bald abflauen und daß sich statt dessen womöglich andere gründen. Deshalb versuchen die Aliens, den neuen Diskursen ein bißchen Emanzipations-Optik zu verleihen. Es ist wie in den Bestellkatalogen, wenn es heißt »Rock mit Leder-Optik«: Sieht aus wie Leder, ist aber keins. Den Unterschied merkt man trotzdem.

Der Maquis kann die sozialen Bewegungen aber nicht aufgeben. Er hat keine Alternative. Er kann die Herrschaft der Aliens nicht durch einen Staatsstreich aus eigener Kraft beenden – weil seine Kräfte dafür nicht ausreichen, weil ein solches Manöver selbst alienistisch wäre und weil das nicht der Weg ist, wie man die Aliens bekämpft. Soziale Bewegungen müssen nicht zum Abbau des Alienismus führen, soviel ist klar; aber sie sind eines der besten Mittel dazu.

Das Gegengift, das der Maquis in den Erlenmeyerkolben schüttet, ist die Politik der Autonomie. Sie ist das vorläufige Substrat seiner Erfahrungen mit den Aliens; sie ist das, worin sich seine Befreiungstheorien im großen und ganzen einig sind. Diese Politik verfolgt ihre Ziele, ohne sich mit Haut und Haaren den Aliens zu verschreiben – deshalb Politik der Autonomie. Sie ist eine Handreichung, wie man in allen möglichen sozialen Verhältnissen den Alienismus zurückdrängt und das Entstehen neuer Alienismen verhindert. Sie liefert Kriterien, um das, was sich ändert, zu bewerten: Gehen konkrete Vorschläge und Veränderungen in Richtung freier Kooperation oder in Richtung Alienismus? Die Politik der Autonomie muß das leisten, was früher sozialistische Orientierung und Ideen in den sozialen Bewegungen geleistet haben. Sie hat vier Bestandteile, von denen zwei eher die Politik nach »außen«, die anderen beiden die Fragen der Selbstvergesellschaftung betreffen (siehe dazu das »Picknick auf Tatooine«).

Der erste Bestandteil der Politik der Autonomie ist die Abwicklung der Waffen, über die die Aliens verfügen. Soziale

Bewegungen sind in der Lage, diese Waffen zu schmälern, ihren Einsatz zu schwächen oder zu blockieren – vorausgesetzt, sie wollen das und gehen nicht den alienistischen Diskursen auf den Leim. Die Abwicklung zielt darauf, die »polizeiliche« Intervention der Aliens unter allen Umständen abzulehnen; die Dominanz des extern orientierten Sektors zu brechen; die Privilegien der formalen Arbeit abzuschaffen; die alienistische Kontrolle über die Öffentlichkeit, ihre Räume und Medien, zu durchkreuzen; durch Formen direkter Überlebenssicherung aus der existentiellen Abhängigkeit zu entkommen. Das ist ein abstraktes, radikales Programm; aber es kann für die einzelnen Bewegungen und gesellschaftlichen Auseinandersetzungen konkretisiert werden und läßt sich als Orientierungsrahmen für die Frage verwenden, was ein guter und was ein schlechter Kompromiß ist.

Der zweite Bestandteil ist die praktische Demokratiekritik. Soziale Bewegungen wissen eigentlich ganz gut, daß formale Demokratisierung kein Allheilmittel ist; sie vergessen es nur immer wieder. Auch hier sind die Kriterien wichtig. Die praktische Demokratiekritik des Maquis strebt nach einem egalitären Korporatismus, wo soziale Gruppen auch als Gruppen Einfluß nehmen und Vetorechte ausüben können; nach autonomer Dezentralisierung, wo Entscheidungsgewalt auf kleinere Einheiten übergeht, die ein hohes Maß an Selbständigkeit erhalten; nach spezifischer Bevorzugung derjenigen, die bisher weniger Einfluß hatten (*affirmative action*); nach der gleichberechtigten Berücksichtigung der Sichtweisen und »Geschichten« jener, die sich bisher kaum in die gesellschaftlichen Normen und Darstellungen einschreiben konnten (*political correctness*); und nach unabhängiger Existenzsicherung für alle ohne Vorbedingungen – nicht als Sozialpolitik, sondern als Grundbedingung für individuell freie Entscheidungen. Auch dieses Programm ist ziemlich weitgehend. Aber es ermöglicht, in den verschiedensten Bereichen alienistische und emanzipative Demokratisierung auseinanderzuklauben.

Spätestens an dieser Stelle kommt ein Stöhnen vom Stammtisch der Emerald Bar, dort wo die Veteranen sitzen: Wer soll denn das alles durchsetzen? Man brummelt diverse Floskeln in den Bart: Die Aliens hätten doch eh alles in der Hand; jede positive Veränderung, die man durchsetzt, würde bloß das System stärken; und überhaupt hätte man mit der Globalisierung die Mittel verloren, die Aliens wirkungsvoll unter Druck zu setzen.

Es sei den Veteranen gegönnt, gelegentlich ihren Frust zu äußern, aber der Sachverhalt liegt anders. Der wichtigste Mechanismus, mit dem die Aliens zu Kompromissen und Rückzügen gezwungen werden, ist nie der Entzug von Leistungen. Persönliche Herrschaft kann durch Streik und Gewalt niedergerungen werden, alienistische Herrschaft nicht. Die antiautoritäre Studentenbewegung etwa hatte nichts, womit sie dem Staat wirklich drohen konnte. Feministinnen können nicht gegen das Patriarchat streiken – die Idee, Aktionsformen der Arbeiterbewegung in Form des Gebärstreiks zu kopieren, wurde aus einleuchtenden Gründen nie weiterverfolgt. Dasselbe gilt für die anderen Sektionen des Maquis, für die neuen sozialen Bewegungen, und für kulturelle Bewegungen sowieso.

Aber das ist auch nicht die Form des Kampfes. Es ist ein Kampf zwischen Zivilisationen, und der Schlüssel sind die Zivilisten. Wenn es dem Maquis gelingt, in größerem Maßstab Zivilisten abzuwerben, dann setzt das die Aliens am meisten unter Druck. Sie können dem unmöglich tatenlos zusehen. Das hängt mit der Struktur des demokratischen Zeitalters zusammen. So stark die Waffen der Aliens auch sein mögen, sie basieren darauf, daß sie nicht gegen eine große Mehrheit entschlossener Gegner eingesetzt werden müssen. Man kann nicht gegen zwanzig Länder gleichzeitig »polizeilich intervenieren« – weniger aus militärischen Gründen, als weil es politisch nicht durchhaltbar ist. Für die anderen Waffen gilt Entsprechendes. Einer wirklich breiten und zielgerichteten Gegenbewegung, die großen Zulauf von bisherigen Zivilisten hat, hält im demokratischen Zeitalter keine Herrschaftsform auf Dauer stand. Wenn es soweit ist, ist es vorbei.

Das wissen die Aliens, und deshalb machen sie Zugeständnisse, wenn der Maquis in den sozialen Bewegungen stark wird. Der Einfluß des Maquis geht daraufhin wieder etwas zurück. Das ist ein normaler Vorgang, den man nicht beklagen muß – wenn Ziele erreicht werden, nimmt der Druck ab. Voraussetzung ist, daß die Aliens rechtzeitig Zugeständnisse machen, sonst wirkt es nicht mehr. Wer zu spät kommt, den bestraft das Leben. Aber wenn sie nicht zu lange zögern, dann schwächt der Teilerfolg der sozialen Bewegung die Stellung des Maquis wieder etwas ab, denn der Alienismus hat sich reformfähig gezeigt. Deshalb ist wichtig, *was* durchgesetzt wurde, ob etwas für die Politik der Autonomie erreicht wurde oder nur eine Verbesserung am alienistischen System. Ob in der Gesellschaft ein Stück Boden für die Logik des Maquis gewonnen werden konnte.

Nur auf diese Weise ist es überhaupt möglich, etwas durchzusetzen, was der Logik der Aliens widerspricht und ihrer Herrschaft entgegenwirkt. Die Kraft der sozialen Bewegungen beruht auf ihrem Doppelcharakter: sie erreichen materielle Veränderungen und bilden gleichzeitig das zentrale Feld für die Auseinandersetzung zwischen den Zivilisationen. Sie fliegen sozusagen mit Erlenmeyer-Antrieb.

Purity Control

Der Erlenmeyerkolben in »Akte X« ist Teil eines Experiments, das ironischerweise »Purity Control« heißt. An schlechten Tagen würden auch die MaquisianerInnen manchmal gern Reinheitskontrollen im Kolben durchführen, aber das wäre fatal. Gerade die Gemengelage macht die Wirksamkeit sozialer Bewegungen aus.

Es gehört zu den Grausamkeiten im Maquis, daß sein Fortschritt sich daran festmacht, ob er in der Lage ist, Zivilisten abzuwerben. Man kann die besten Theorien besitzen, man kann hundertmal recht haben: wenn es keinen Zivilisten hinterm Ofen hervorlockt, ist es nichts wert. Dann ist der Maquis noch nicht soweit.

Alle MaquisianerInnen verdrängen gern, welchen Preis es hat, den es hat, wenn man aus dem Lager der Zivilisten in den Maquis wechselt. Verletzlichkeit zum Beispiel. Aliens wie Zivilisten leben teilweise außerhalb ihrer selbst; sie distanzieren sich von sich selbst, sind nicht präsent, machen sich unempfindlich. Wenn man klopft, ist niemand zu Hause. Man kann ihnen in einem gewissen Sinn nicht wirklich weh tun. MaquisianerInnen schon. Das ist eine der Bedeutungen, die es hat, Ernst zu machen. Soziale Beziehungen sind nicht mehr so einfach, wenn man in den Maquis geht. Daß fast alle MaquisianerInnen an leichten bis mittelschweren »Verräter«-Psychosen leiden, ist ein leidiges Thema, das sich im Laufe der Zeit mildern läßt; aber so gemütlich wie unter Zivilisten oder bei Aliens nach Feierabend wird es im Maquis nie wieder. Als die Feministin Kate Millett sich für *Life* hatte fotografieren lassen, wie sie ihren Ehemann Fumio küßt, erhielt sie einen erzürnten Anruf von Ti-Grace Atkinson: »Dieses Foto macht aus dem Feminismus eine Farce. Seht alle her: Auch ich bin – trotz allem, was ich gesagt habe – ein *guter* Nigger.« So etwas sagen Zivilisten einander im allgemeinen nicht.

Im Maquis kann es ziemlich witzig sein, aber die Scherze behalten eine reale, versteckte Schärfe. Miles Davis erklärte den weißen Mitgliedern seiner jeweiligen Bands gelegentlich am Biertisch, sie hätten sich jetzt aus dem Gespräch rauszuhalten, es gehe grade um Rhythmus. Alle brauchten einen Moment, um festzustellen, daß es ein Witz war. Die Anekdote wird meist so interpretiert, daß Miles seine weißen Musiker hin und wieder auf den Arm nahm, um ihnen in einer überwiegend schwarzen Band mehr Lockerheit zu geben.

Aber der Scherz ist nicht hundertprozentig ein Scherz. Die Schrecksekunde, bevor die Spannung sich löst, enthält auch ein reales Moment der Disziplinierung. Eine Erinnerung. Feministinnen machen das mit Männern genauso.

Jedenfalls ist es zwar aufregend, aber bestimmt nicht bequem und mitunter schmerzlich und gefährlich, das sichere Lager der Zivilisten zu verlassen. Sich den Maquis auch nur versuchsweise anzusehen, ist ein Schritt, vor dem man Respekt haben muß.

Überläufer zu gewinnen ist das Wichtigste und das Schwerste. Es ist aber nicht nur aus strategischen Gründen wichtig. Man vergißt leicht, daß der Maquis das Lager der Emanzipation ist und daß Emanzipation da beginnt, wo man noch mit Haut und Haaren in den Verhältnissen steckt und sich nichts anderes vorstellen kann. Ob der Maquis Zivilisten gewinnen kann, ist daher nicht nur ein Beweis seiner Stärke, sondern auch seiner emanzipativen Qualität. Natürlich hat der Maquis seine Logik und seine Prinzipien, hauptsächlich das der freien Kooperation. Aber wenn sich gar niemand mehr dafür interessiert, dann ist etwas faul. Dann wird es Zeit, seine Theorien und Praktiken in Frage zu stellen und zu ändern. Wir definieren uns nicht über das, wofür wir uns selbstgerecht halten, sondern dadurch, was wir bei anderen bewirken. Deshalb ist jede Form von Purity Control immer reaktionär, ein Zeichen beginnender, wenn nicht schon fortgeschrittener Alienisierung.

Die Zugehörigkeit zum Maquis bemißt sich an der Praxis, nicht an der Ideologie. Alle sprachlichen Rituale – daß man die richtigen Begriffe verwenden müsse, daß man dieses und jenes nicht sagen dürfe – sind deshalb abergläubische Praktiken (Maivân Clech Lâm). Nur die Praxis, MaquisianerInnen zu halten und Zivilisten zu gewinnen, erneuert den Maquis immer wieder und bewahrt ihn vor alienistischen Erstarrungen. Das einzige, was nicht zur Disposition stehen kann, ist das Bekenntnis zur Emanzipation und zur freien Kooperation. Man kann, wie die Veteranen beweisen, einen lähmenden Bewegungskater davon bekommen, daß man zu tief in den Erlenmeyerkolben schaut. Aber mit dem richtigen Maß verleiht das regelmäßige Gläschen dem Maquis Lockerheit und langes Leben. Der Maquis ist nicht das ganz andere. Es reicht, daß seine Logik eine andere ist. Nicht mehr. Nicht weniger.

2. Picknick auf Tatooine

Was die MaquisianerInnen von ihren Vorgängern unterscheidet, ist das ziemlich mäßige Interesse, das sie für Ökonomie aufbringen. Beziehungsweise für das, was die herrschende, alienistische Sicht unter Ökonomie versteht. Der beispiellose Aufstieg der Ökonomie zur Leitwissenschaft, den wir im demokratischen Zeitalter beobachten können, geht einher mit der völligen Entleerung dieser Wissenschaft von allem, womit man etwas anfangen kann. Nicht wenige MaquisianerInnen halten deshalb die Beschäftigung mit Bruttosozialprodukten, Handelsbilanzen, Steuerpolitik und zyklischen Krisen für ungefähr so attraktiv wie eine Unterhaltung mit den Weltraumwürmern aus dem Asteroidengürtel um Hoth: Man bekommt einfach keine Antwort.

Umgekehrt gilt dasselbe. In einer nicht-alienistischen Sicht ist die Frage nach der Ökonomie die Frage danach, was mit uns geschieht – mit unserer Kraft, unserer Zeit, mit unserem Leben. Wo geht unser Einsatz hin? Was wird daraus? Welche Ökonomie geben wir unserem Leben, unserer Gesellschaft? Welche Gestalt? Wer bestimmt darüber? Für all diese Fragen interessiert sich die alienistische Ökonomie, als Wissenschaft vom optimierten Zugriff auf Natur und Arbeit, überhaupt nicht. Man wird sie in den alienistischen Lehrbüchern zur Ökonomie vergeblich suchen. Die Beschäftigung mit solchen Fragen steht für die Aliens auf einer Stufe mit einem Picknick auf Tatooine: nett, wenn man Zeit hat, aber im Prinzip sinnlos, weil dort nichts zu holen ist.

Dennoch sind beide Begriffe von Ökonomie nicht ganz unverbunden. Im Grunde handelt Ökonomie immer von der schlichten Tatsache, daß man nicht alles haben kann. Jedenfalls nicht alles gleichzeitig und zu hundert Prozent. Man muß Entscheidungen treffen. Die Ökonomie eines Bauwerks, eines Kunstwerks, einer Schachaufgabe ist immer eine Variation über das Thema, mit begrenzten Mitteln eine Gestalt hervorzubringen. Eine sinnvolle Verteilung der Kräfte, eine bestimmte Proportion der Ziele und der Mittel, das Erreichen erstaunlicher Ergebnisse trotz begrenzten Ausgangsmaterials. Ökonomie handelt von Grenzen in Zeit und Raum; von äußeren Grenzen und von der inneren Grenze, daß eine Gestalt nicht gleichzeitig auf beliebig viele Ziele hin optimiert sein kann. Selbst bei bestem Budget hat ein Film 120 Minuten, vielleicht 150. Das will wohlüberlegt sein.

Leben ist Ökonomie. Man kann nicht alles haben, nicht alles machen, jedenfalls nicht gleichzeitig und mit hundert Prozent: sich darum kümmern, daß die Kleine genügend Fruchtbrei ißt, die Abrechnungen fürs Büro machen, das nächste Kapitel schreiben, zu zweit ins Kino gehen, sich nach den Problemen seiner Freunde erkundigen und Ruhe und Ausgeglichenheit aus dem Alleinsein schöpfen. Man fällt Entscheidungen, versucht seine Kräfte sinnvoll einzusetzen, sucht nach einer bestimmten Verteilung; einer Proportion der Ziele und der Mittel, wie auch der Ziele untereinander. Man entscheidet auch über den Grad der Radikalität, mit dem man sich zwischen Zielen entscheidet; das Maß an Effektivität, mit dem man seine Zeit und Kraft auf diese Ziele trimmt; das Verhältnis zwischen diesem Bereich und jenem anderen, offeneren, ungenaueren Bereich, wo die Dinge im Fluß und nicht so klar auf Ziele hin ausdifferenziert sind und den wir manchmal als »Leben« bezeichnen, wie wenn das andere sich außerhalb unseres Lebens abspielen würde. Wir geben uns eine Gestalt.

In genau derselben Weise ist Gesellschaft Ökonomie. Jede Gesellschaft, jede soziale Kooperation, jede globale Gesellschaft entfaltet eine Struktur, die bestimmt, wo Zeit, Kraft, Arbeit und Ressourcen hingehen. Wofür sie eingesetzt werden, auf welche Ziele sie konzentriert werden und auch bis zu welchem Grad sie dem Diktat dieser Ziele unterworfen werden. Es geht um die Frage, welche Gestalt das Leben annimmt. Und wer das kontrolliert.

Zwischen Dewbacks und X-Wings

Tatooine, ein kleiner Planet am Rande jener Galaxis, deren Namen wir nicht kennen, ist der Ort, auf dem die Star Wars-Saga ihren Anfang nimmt. Als George Lucas 1977 »Star Wars«, den ersten Teil des mehrteiligen Epos, in die Kinos brachte, machte er Schluß mit der Idee, daß Science Fiction irgend etwas mit der Zukunft zu tun haben müßte. »Star Wars« spielt, gleich die erste Texteinblendung sagt es, »vor langer Zeit, in einer fernen Galaxie«, und das ist ernst gemeint. Spekulationen darüber, wie sich die Welt verändern wird und was das heißt, haben hier keinen Platz. »Star Wars« ist Gegenwart, intergalaktisch verfremdet. Soweit also eine gängige Antwort auf das typische künstlerische Problem, daß unser Alltag und unsere soziale Gegenwart uns zutiefst langweilt, wir uns aber für nichts anderes wirklich interessieren. (Dasselbe Problem trifft ja auch für Partygespräche zu.) In der Entwicklungsgeschichte des Science-Fiction-Films ist es jedoch bemerkenswert, daß ein Epos sich für die Zukunft überhaupt nicht mehr interessiert. In den späten Siebzigern, wo die Zukunft ruckartig außer Mode gekommen war und der traditionelle Alienismus mit seinen Entwicklungsversprechen gerade zu Grabe getragen wurde, lag George Lucas damit ganz vorn. »Star Wars« wischte die Idee, daß unser Leben sich durch die Technik und Entwicklung rasend verändern würde, weg wie eine Kreideschrift. Es ging um andere Dinge. Wenn überhaupt etwas, ist das Soziale das Wirkliche – nicht der Fortgang der Technik, nicht die Entwicklung der Produktivität im alienistischen Sinne. Diese Erkenntnis verbindet den Maquis, den progressiven Alienismus und »Star Wars«.

Das Phänomenale an »Star Wars« war, daß es so unheimlich real wirkt. Natürlich waren die Tricks spektakulär, aber Realismus kommt nicht allein aus der Tricktechnik, sondern aus der Abbildung zentraler Aspekte der zeitgenössischen Wirklichkeit. Lucas hat allen Fanatismus des Entwicklungsdenkens abgetan. Seine Welt ist von grandioser Statik. Außer dem für Science Fiction unvermeidlichen Hyperraumantrieb gibt es keine nennenswerten technologischen Visionen. In seiner Mischung aus Raumfahrt und tunesischen Wüstendörfern beschreibt er Welten, die wir kennen, so phantastisch sie auch sein mögen. Wir waren alle schon mal da. Dewbacks plus Tiefighter, urweltlich anmutende Lasttiere neben Raumkreuzern: genauso ist es. Mondfahrt plus Wasserbüffel. Irgendwo fließen Unsummen in den Bau strikt geheimer Waffensysteme, und auf Tatooine gibt es, außer in Mos Eisley, nicht einmal eine Kneipe. Das ganze kommt ohne den Pomp der negativen Utopie daher. »Star Trek« faszinierte durch die Schilderung einer Zukunft, die es wieder wert war, dort anzukommen. »Star Wars« überwältigt durch die Vorstellung einer Gegenwart, die großartig ist, wenn man sie nur richtig betrachtet: Nur die fehlende zweite Sonne unterscheidet uns vom Sonnenuntergang auf Tatooine.

Realismus ist nicht zu verwechseln mit einer kritischen Sicht auf die Verhältnisse. Solange die Abbildung keine Perspektive bietet, stellt sie die Verhältnisse dar, ohne ihnen weh zu tun. Auch »Star Wars« ist (sonst wäre es kein Kassenschlager) ein Film, den sich Menschen und Aliens mit gleicher Rührung ansehen können. Luke Skywalkers Leben auf Tatooine zum Beispiel ist eine typische Emerald Bar. Sein Job ist es, für den Onkel die Erntedroiden in Schuß zu halten; abends kleine Fluchten mit dem Flitzer vor der Tür oder Herumhängen mit Freunden; der Traum davon, eines Tages zu gehen, weit weg. Tatooine ist galaktische Provinz: »Wenn das Universum ein helles Zentrum hat, bist du hier am weitesten davon weg.« Aber das Weggehen vollzieht sich in »Star Wars« nicht über den notwendigen Konflikt mit den sozialen Bindungen. Es bedarf keiner Auseinandersetzung mit Abhängigkeit und freier Kooperation. Luke muß es nicht »tun«, da die imperialen Sturmtruppen glücklicherweise sowieso alles in Schutt und Asche legen, Onkel und Tante gleich mit. »Star Wars« weiß, daß Zivilisten sterben – die von Tatooine und die von Alderan, ein »friedliches Volk« – aber die Schlußfolgerung, die daraus gezogen wird, ist lediglich, daß Zivilisten bessere (und mächtigere) Partner brauchen. Die Macht und Vormacht der Partner steht nicht zur Disposition. »Star Wars« kennt die Sehnsucht nach dem Maquis. Aber das Epos weiß sie nicht anders zu füllen als mit einem Männerbund, der den Rittern von König Artus' Tafelrunde nachempfunden ist. Die Unterscheidung in Gut und Böse wird nie hinterfragt. Die Haltung des Rebellischen besitzt keinerlei Grundlegung in einer alternativen Vision, in einer anderen Art, die sozialen Beziehungen zu ordnen; sie läßt sich auf beliebige Projekte aufpflanzen. Die Gegner sind Faschisten, gegen die ja auch der progressive Alienismus Widerstand legitim findet. Und während die Übergänge zwischen Maquis und Aliens ausgiebig ausgelotet werden, zwischen der Macht und ihrer dunklen Seite, sind die Zivilisten niedliche Dummköpfe und bloßes Kanonenfutter. Der dynastische Familienkonflikt in der Familie Skywalker/Vader schleppt sich hochdramatisch von Episode zu Episode; ob ein paar hundert Ewoks mehr oder weniger draufgehen, ist dabei Nebensache.

Deshalb funktioniert »Star Wars« auch für progressive Aliens gut. Man kann »Star Wars« ansehen und danach Bomben auf den Irak fliegen. Das ist kein Problem, es geht ganz leicht. Man kann die Rebellen toll finden und gleichzeitig George Lucas' persönlicher Meinung zustimmen, die Menschen sollten am besten von einem gutmütigen Despoten regiert werden, weil sie selbst nicht dazu in der Lage sind. Sich den Aliens näher fühlen als den Zivilisten, gemeinsam auf die Zivilisten herabschauen oder mit den Aliens gemeinsame Sache machen gegen echte oder vermeintliche Faschisten: das ist, wie wir wissen, die gefährlichste Versuchung für den Maquis. Es ist der Weg auf die dunkle Seite der Macht. Aber das wird hier nicht gesagt, es wird nur leicht gestreift.

Wie bei jedem großen Filmepos, gibt es auch hier mehrere Botschaften. »Star Wars« wird gern als modernes Märchen gehandelt, aber das ist nicht alles. Bei allen überzeitlichen Elementen zeigt »Star Wars« eine Welt jenseits des Entwicklungszeitalters. Eine postmoderne Welt, mit postmodernen Motivationen und mit einer postmodernen Ökonomie. Das ist die Seite, mit der »Star Wars« an der Realität anliegt: Diese Welt ist kein Verfallsprodukt. Sie ist weder verzweifelt noch häßlich. Es ist unsere.

Jawas und Piloten

Das Ende des Entwicklungsdenkens hat die Sicht darauf freigemacht, daß Ökonomie immer auf einer Mischung von marktförmigen und nicht-marktförmigen Strukturen beruht und daß sie sich grundsätzlich nicht zwischen Individuen, sondern zwischen Kollektiven abspielt. Zu Entwicklungszeiten galt Ökonomie, trotz ihrer hohen Reputation, offiziell als Handlanger der technischen Entwicklung. Alle anderen Probleme des Lebens würden damit schon verschwinden; sie hatten keine Ökonomie. Diese extreme Verengung des Blickwinkels können sich heute nicht einmal Aliens mehr leisten.

Vereinfacht gesagt, gibt es zwei prinzipielle ökonomische Beziehungen – zwei Wege, wohlhabend und mächtig zu werden, wenn man so will. Wer in der Wüste von Tatooine abstürzt, kann mit Geld nicht besonders viel anfangen; selbst wenn er welches dabeihätte, würde es ihm höchstens abgenommen werden. Das, was wirklich zählt, ist der faktische Zugriff auf Ressourcen und die Leistungen anderer Menschen. »Reich ist, wer Menschen kennt und mobilisieren kann. Armut bedeutet, verletzbar zu sein«, sagt der senegalesische Armutsforscher Abdou Salam Fall, und dafür gibt es eben grundsätzlich zwei Wege und Modelle, auch wenn sie sich beständig mischen.

Der eine Weg ist die Kooperation in konkreten, aus Arbeit und Leben »gemischten« Zusammenhängen und Beziehungen, die durch reziproken Austausch zusammengehalten sind. Reziproker Austausch ist ein Austausch von Leistungen und Gütern, der nach sozialen Kriterien erfolgt – seine Regeln sind nicht unabhängig von den Personen, zwischen denen er stattfindet, und von der wechselnden Lage, in der sie sich befinden. Denken wir an die Jawas auf Tatooine: Wesen, die in Clans durch die Wüste ziehen und den Weltraumschrott aufsammeln, der vom Himmel fällt; sie reparieren ihn und verhökern dann Droiden an die Farmer. Jawa-Clans sind typische reziproke Kollektive, so wie Familien, regionale Subsistenzgemeinschaften, selbstorganisierte Projekte oder Bergbaudörfer in Namibia oder England, die vom Weltmarkt abgehängt werden und sich etwas anderes einfallen lassen müssen. In diesen Kollektiven werden selbstverständlich auch Leistungen ausgetauscht, aber die Regeln sind sehr differenziert und entsprechen nicht den Regeln des Marktes. Man gibt eine Leistung und erwartet eine Gegenleistung. Aber diese Gegenleistung erfolgt nicht sofort, ihre Art und Höhe ist nicht genau festgelegt, und sie hängt von den Möglichkeiten der Beteiligten ab. In Krisenzeiten müssen diejenigen, die etwas haben oder etwas Notwendiges leisten können, von ihrem Besitz abgeben oder ihre Fähigkeiten einsetzen, damit alle zusammen durchkommen können; in besseren Zeiten erhalten sie Leistungen zurück. Es gehört beileibe nicht jedem alles; aber die Struktur der ökonomischen Beziehungen ist sozial eingebettet. Man kann darüber argumentieren. Ihre Regeln sind spezifisch und ziemlich kompliziert, aber auch in stetiger Bewegung.

Nach außen hin unterhalten diese Kollektive gleichzeitig ökonomische Beziehungen, die einem anderen Modell folgen. Es ist das Modell des abstrakten Tausches. Die soziale Kooperation wird hier über Märkte vermittelt, und sie ist tendenziell unabhängig von den beteiligten Personen und ihrer Situation. Zwischen ihnen besteht kein Verhältnis außer der aktuellen Tauschbeziehung. Der Farmer, der den Droiden kauft, muß gleich zahlen; und er kauft bei einem anderen Jawa-Clan, wenn dessen Preis besser ist. Er kann auch die Jawa-Website studieren und per Internet bei einem Clan bestellen, den er nicht mal kennt, vorausgesetzt, seine Kreditkarte ist in Ordnung. Er ist den Jawas nicht verpflichtet, wenn sie pleite gehen, und umgekehrt.

Durch reziproken Austausch verbundene Kollektive sind zäh. Sie können Krisenzeiten durchstehen, weil sie redistributiv sind, durch Umverteilung Überleben sichern. Die ökonomischen Beziehungen zwischen ihren Mitgliedern sind weniger labil und brechen bei Zahlungsunfähigkeit nicht gleich zusammen. In aller Regel nutzen diese Kollektive sehr wohl Möglichkeiten des abstrakten Tauschs nach außen, um an andere Güter und Leistungen heranzukommen; sie sind nicht in vollem Umfang subsistent. Aber der Reichtum ihrer Mitglieder basiert darauf, daß sie die Leistungen, das Wissen, die Menschen ihres Kollektivs für sich mobilisieren können. Nicht umsonst. Nicht in beliebigem Ausmaß. Manchmal nur mit Engelszungen. Und auch nicht jeder in gleicher Weise. Aber sie können es. Das verleiht einem Jawa die Macht, dort zu leben, wo ein Pilot nicht leben kann.

Die Piloten, die in der Cantina von Mos Eisley sitzen und auf Kundschaft warten, stützen ihr Überleben vollständig auf den abstrakten Tausch. Hier geht nichts ohne Geld (und Han Solo hat meistens keins). Hier hilft man einander nicht aus oder stellt seine Fähigkeiten mit ungewisser Rückleistung zur Verfügung. Hier wird gehandelt, bezahlt, mit »etwas, das Wert hat«. Es kommt nicht auf die Zahlungsmittel an, auf standardisierte Währung. (Qui-Gon Jinns republikanische Kredite haben zum Beispiel keinen Wert beim Schrotthändler Watto auf Tatooine; er muß etwas finden, was Wert hat, sonst gibt es keinen Handel.) Entscheidend ist, daß die Piloten nach dem Modell des abstrakten Tauschs arbeiten. Bezahlt wird gleich; wer zahlt, ist egal; und am besten will man gar nichts weiter darüber wissen, was die Fracht ist.

Die Piloten kommen, im Unterschied zu den Jawas, weit herum. Der Vorteil des abstrakten Tauschs gegenüber dem reziproken Austausch ist, daß er ein viel leichteres, schnelleres, voraussetzungsloses Instrument ist, wenn es um große Gruppen von Menschen und weite Entfernungen geht. Im Prinzip kann es jeder mit jedem tun, überall. Durch abstrakten Tausch können Individuen und Gruppen schnell und über große Entfernungen in ökonomische Beziehungen treten. Reziproker Austausch ist für solche Zwecke recht schwerfällig. Er muß wachsen. Er braucht Zeit, und er funktioniert nicht in Gruppen, die zu groß werden. Systeme mit reziprokem Austausch können, wenn überhaupt, nur langsam expandieren, da diese Beziehungen sozial hergestellt und verstetigt werden müssen, und sie expandieren mit *abnehmender* Geschwindigkeit, weil die Anzahl der Binnenbeziehungen schneller wächst als die Anzahl der Mitglieder. Abstrakter Tausch dagegen expandiert rasch und fällt gegebenfalls rasch in sich zusammen.

Ökonomische Aktivitäten über abstrakten Tausch unterliegen nicht der gleichen sozialen Kontrolle wie bei reziproken Systemen. Der Tauschvorgang selbst ist frei von jeder Verbindung mit Normen, Traditionen und Erfahrungen; sie können nur von außen herangetragen werden, was niemals vollständig funktioniert. Das ist in vielerlei Hinsicht ein Nachteil – es kann bekanntlich dazu führen, daß der größte Unsinn produziert und dabei dümmster Schaden angerichtet wird. Es kann jedoch auch ein großer Vorteil sein. Beim abstrakten Tausch kann einem niemand dreinreden. Er ist innovationsfreundlich. Niemand muß überzeugt werden von einer neuen Möglichkeit, Güter und Leistungen zu einem Projekt zusammenzustellen; kein soziales Kollektiv muß im Konsens darüber befinden. Man muß nicht auf die gütige Entscheidung irgendeines Komitees, einer Ältestenversammlung oder eines Familienrats warten. Man kann es tun, wenn man es sich leisten kann.

Beide ökonomischen Formen haben völlig unterschiedliche Begriffe von »Krise«, »Erfolg«, »Motivation«. Für das abstrakte Tauschsystem bedeutet es eine Krise, wenn Güter oder Leistungen so reichlich vorhanden sind, daß sie niemand mehr kaufen will; für soziale Austauschbeziehungen ist das kein Problem. Der Erfolg wirtschaftlicher Subjekte auf dem Tauschmarkt bemißt sich an Wachstum und Ausdehnung; der Erfolg sozialer Kollektive, die durch Austauschbeziehungen verbunden sind, bemißt sich in der Regel an ihrer Kontinuität – daran, daß sie »immer noch da sind«. Wenn es den Individuen schlecht geht, belastet das die sozialen Austauschbeziehungen. Für die abstrakten Tauschsysteme ist es dagegen von Vorteil, weil die Menschen eher gezwungen sind, ihre Arbeit und ihre Güter zum Kauf anzubieten. Daß Güter und Leistungen beliebig verfügbar sind, daß sie unbegrenzt käuflich sind, ist von zentraler Bedeutung für den abstrakten Tausch und wird durch Wohlstand gefährdet. Die Menschen bieten sich und ihr Eigentum nicht mehr vorbehaltlos an, sondern können es sich auch anders überlegen. Der innovative Vorteil des abstrakten Tauschs, verschwindet – weil man die Leute für neue Projekte erst überzeugen oder sich Zustimmung einholen muß, anstatt sich Personal und Waren zu kaufen und loszulegen. Für das System reziproken Austauschs dagegen bedeutet Krise, daß die sozialen Beziehungen auseinanderfallen, die Kollektivität und die Orientierung aufeinander zerbricht. Nur das kann ein solches System zu Fall bringen.

Beide Modelle verhalten sich unterschiedlich gegenüber Situationen, in denen ökonomische Grenzen spürbar werden. Die Ausgangslage ist dieselbe: Die verfügbare Zeit, Arbeit, Rohstoffe reichen nicht mehr aus für alle bisherigen Ziele des Kollektivs. Da die Subjekte in der reziproken Austauschbeziehung eine gegenseitige Verantwortung tragen, werden hier zuerst die Grundbedürfnisse erfüllt. Die zentrale Investitions- und Innovationsquote verringert sich; es kommt zu einer nivellierenden Verteilungstendenz zwischen den Beteiligten, zumindest auf Zeit. Wirtschaftliche Subjekte auf dem abstrakten Tauschmarkt reagieren anders. Sie investieren in der Krise. Sie wissen, daß die Karten neu gemischt werden und sich gerade jetzt Verschiebungen zu ihren Gunsten erreichen lassen. Abstriche machen sie beim Ziel der Bedürfnisbefriedigung. Ihre Perspektive hängt nicht davon ab, ob die anderen auch durchkommen. Deshalb soll gespart werden, nur nicht bei ihnen selbst.

In aller Regel treten die beiden Formen immer gemischt auf, aber das Mischungsverhältnis differiert erheblich. Ohne Elemente abstrakten Tausches würden soziale Kooperationen zu unbeweglich und starr. Ohne Elemente reziproken Austauschs funktioniert aber gar nichts. Auch die Piloten kommen ohne Elemente reziproken Austauschs nicht aus. Sie brauchen Co-Piloten, zu denen sie nicht einfach ein abstraktes Tauschverhältnis haben. Auch ein weitgespannter Kreis von alten Freunden ist nicht schlecht. Es kann viel davon abhängen, ob jemand wie Lando Calrussian nach dem Modell einer altgewachsenen reziproken Beziehung handelt oder einen an Darth Vader verkauft, weil der mehr bietet.

Soziale Kooperation ist zuallererst konkret und kann durch abstrakten Tausch nicht ersetzt werden. Gesellschaftlichkeit, Entwicklung sozialer Fähigkeiten, Kreativität, die Integration der verschiedensten Erfahrungen in so etwas wie eine Persönlichkeit, die leben, lieben und arbeiten kann: all dies sind Prozesse, die auf kollektiver und historischer Arbeit beruhen und so komplex sind, daß sie über Formen des abstrakten Tausches nicht hinreichend zusammengestellt und praktiziert werden können. Menschen mobilisieren und nicht so leicht verletzbar sein, das ist mit beiden Modellen ökonomischer Beziehungen möglich; aber um wirklich das menschliche Potential mobilisieren zu können, reicht der abstrakte Tausch nicht aus. Deshalb ist es leichter, Maschinen zu bauen, die in Sekundenbruchteilen mathematische und physikalische Gleichungen berechnen, als einen Apparat, der einen Menschen wieder auf die Spur bringt, wenn er einen schlechten Tag gehabt hat. Oder eine Maschine, die zu einem hinreichend geistvollen, angenehmen und entspannenden Picknick auf Tatooine in der Lage wäre. Die Droiden können viel, aber ihre Rolle ist doch peripher. Und auch darin ist »Star Wars« realistischer als all die Filme, in denen Maschinen die Macht übernehmen und den Gang der Handlung bestimmen. Denn das tun sie in Wirklichkeit auch nicht. In der Ökonomie der Postmoderne schon gar nicht.

Das Imperium und die Rebellen

Ob man mit den Jawas oder lieber mit den Piloten in Mos Eisley leben möchte, ist keine leichte Entscheidung. Jawas sind technisch durchaus aufgeschlossen, können aber stockkonservativ sein, was die Strukturen ihrer Gemeinschaft anlangt. Jawas leben so, wie Jawas immer schon gelebt haben. Keine Experimente bitte. Das Leben unter den Piloten, auf der anderen Seite, bietet nicht nur keine Alterssicherung, sondern ist auch sonst nicht gerade durch ein erfülltes Sozialleben gekennzeichnet. »Ruppig« geht es zu. Jeder fliegt für sich allein; und die Verhältnisse untereinander sind mitunter ziemlich gewaltsam. Reziproke Kollektive sind keineswegs davor gefeit, Emerald Bars zu sein. Aber auch die Piloten sind keine emanzipative Gemeinschaft. Sie kommen zwar weg, können eingefahrene und drückende Beziehungen verlassen, aber sie finden auch keine anderen.

Jawas und Piloten hat es immer gegeben – gut, die Piloten haben vielleicht keine Raumkreuzer gefahren, sondern andere Vehikel, aber das ist auch alles. Im Entwicklungszeitalter, der Ära des traditionellen Alienismus, galt es als ausgemacht, daß der reziproke Austausch verschwinden würde und die Zukunft dem abstrakten Tausch gehört. Jawas waren out, Piloten in. Der reziproke Austausch wäre in der Zukunft höchstens noch das Sahnehäubchen auf dem Rücken des entwickelten abstrakten Tauschsystems, er hätte keine Bedeutung mehr als ökonomische Basis. Das galt als eine Vision von Freiheit und Wohlstand. Daß die sozialistischen Länder den abstrakten Tausch nicht in Form von Märkten organisierten, sondern in Form von Plänen, spielte dafür keine Rolle: Basisstrukturen nach dem Modell des reziproken Austauschs sollten keinen Platz haben. Jawas waren auch im Sozialismus out. Die Ökonomie sollte zwar in letzter Instanz dem Sozialen dienen (das sagten die kapitalistischen Aliens auch), aber in der Praxis wurde die Verbindung des Ökonomischen mit dem Sozialen zerschlagen, die Formen sozial vermittelter, nicht-abstrakter Kollektivität zurückgedrängt. Abschaffen konnte man sie nicht, aber man war bemüht, sie zu unterwerfen, zu kontrollieren und dem Ewiggestrigen zuzuschreiben.

In der Postmoderne, nach dem Ende des Entwicklungsdenkens, ist das anders. Die Gleichzeitigkeit dessen, was im Entwicklungszeitalter verschiedenen historischen Etappen zugeordnet wurde, ist selbstverständlich. Jawas gelten wieder als normal, als produktiv, als geschätzte Formen wirtschaftlicher Zähigkeit und sozialen Kitts. Man weiß, daß ein Planet, der nur aus Piloten besteht, nicht überleben kann.

Der Konflikt, den »Star Wars« schildert, ist jedoch keiner zwischen Jawas und Piloten – die beiden kommen sich wenig in die Quere und unternehmen nicht den Versuch, einander durch Aufhäufung von Machtmitteln gegenseitig zu beherrschen. Gegeneinander stehen hier die Rebellen und das Imperium – sie sind die beiden Akteure des postmodernen Umbruchs, der sich in der Auseinandersetzung zwischen ihnen vollzieht.

Die Rebellen sind nicht der Maquis (dessen schlapper Abglanz, wie erwähnt, eher die Jedi-Ritter sind). Es ist typisch für »Star Wars«, daß kein Mensch weiß, was die Rebellen eigentlich wollen. Die Hacker in »Hackers« haben ein Manifest; die Rebellen haben nicht mehr als eine Fanfare im Hintergrund. Man weiß nicht, wofür die Rebellen sind. Wollen sie das Imperium stürzen? Abschaffen? Oder nur einen guten König einsetzen und seltener niedergebrannt werden?

Das scheint keine große Rolle zu spielen. Die Rebellen machen sich keine Gedanken darum, wie das Imperium funktioniert, und sie suchen nicht nach einer alternativen Logik sozialer Beziehungen. Sie sind gegen das Imperium. Das reicht.

Obwohl sie keinerlei Programmatik haben, kann man die Rebellen und das Imperium unschwer auseinanderhalten, wenn man sie trifft. Die Schergen des Imperiums tragen Uniformen und dosenartige Kampfpanzer; die Rebellen mögen es locker. Die Rebellen haben die schlechteren Waffen, die spartanischeren Unterkünfte, die bessere Hintergrundmusik und die ausgefalleneren Ideen. Das Imperium denkt strategisch und kämpft um Kontrolle. Bei den Rebellen beschäftigen sich die Jungs damit, nicht so zu werden wie ihre Väter, während die Girls versuchen, trotz unmöglicher Frisuren einen toughen Eindruck zu machen.

Die Rebellen sind eben keine politische Gruppierung, sondern eine sozialökonomische Form. Sie sind das Symbol des postmodernen Kollektivs. PMKs leben in der postmodernen Welt überall da, wo das Imperium nicht richtig hinkommt. Wie die Jawas werden PMKs wesentlich über reziproken Austausch zusammengehalten. Im Unterschied zu jenen sind es allerdings keine selbstverständlichen, überkommenen Gruppen, sondern gewählte und gestaltete Kollektive. Sie sind bis zu einem gewissen Grad reflexiv, was ihre eigenen Strukturen anlangt – man hat so viele Formen gesehen in der postmodernen Galaxis, daß man die eigene nicht mehr für natürlich und selbstverständlich hält. Sie sind, sehr viel stärker als die Jawas, global (beziehungsweise galaktisch) orientiert und informiert. Sie sind nicht traditionell, aber auch nicht unbedingt emanzipativ – man muß sich nur die Geschlechterrollen ansehen.

Der Zerfall der Entwicklungsära, das Bröckeln des Imperiums, setzt eine Menge PMKs frei. Sie saugen versprengte Jawas ebenso auf wie umherschweifende Piloten. Auf der postmodernen Erde sind es zum Beispiel transnationale ethnische Communities; lokale Projekte, deren Blickfeld und Diskussionszusammenhang aber prinzipiell global ist; sozial-ökonomische Kollektive, die auf personellen Bindungen beruhen, aber gleichzeitig auf weitschweifigen, wechselnden Märkten operieren; Lebensgemeinschaften, die eine starke produktive Basis haben, die aber nicht traditionell vermittelt und deren Regeln nicht traditionell orientiert sind; Garagen-Bands und Garagen-Firmen, kulturelle Gruppen und »tribes« aller Art. Die Leute fallen aus den alten Strukturen heraus, weil das Imperium sie nicht mehr unterbringt in seinen Fabriken, seinen Seilschaften, seinen Projekten, seiner Sinnstiftung; oder weil sie die alten Jawa-Gemeinschaften nicht attraktiv genug finden. Dann sammeln sie sich in PMKs und versuchen sich durchzuschlagen. »May the force be with you!«

Das Imperium ist akkumulativ. Es ist in seiner Innovation und Investition durch keine soziale Bindung und keine traditionellen Normen gehemmt. Die Innovation ist jedoch nicht völlig frei oder spontan, sondern ein zentral gesteuerter Prozeß, der auf »sinnvolle« Investitionen zielt, auf quasi wissenschaftlich erkannte »nützliche« Zwecke (nützlich vor allem für die Fähigkeit des Imperiums, die Galaxis zu kontrollieren). Die Strukturen des Imperiums sind autoritär und hierarchisch, ihre loyale Aufrechterhaltung ist oberstes Gebot. Die Verantwortung des Imperiums gegenüber seinen Mitgliedern dagegen ist relativ. Es pflegt eine Haltung der paternalistischen Versorgung; aber wer Pech hat, kann auch ganz schnell rausfallen. Das System geht vor.

Das Imperium ist also das, was man an seinem Arbeitsplatz bei Microsoft, im Bundesumweltamt oder in einer Verbandszentrale erlebt. Die PMKs sind dagegen das, was man nach Feierabend sucht oder wohin man geht, wenn man dem Imperium den Rücken kehrt (sofern man das wagt). Postmoderne Kollektive sind erlebnisorientiert. Sie sind relativ innovativ, aber mit völlig unvorhersehbarem Nutzen. Ihre Mitglieder können sich aus schierer Begeisterung in etwas verbeißen, was anders nie zustande käme und im Imperium als verrückt gilt. Der Zusammenschluß ist freiwillig, und seine Haltbarkeit ist begrenzt. Auch die Loyalität gegenüber den eigenen Strukturen hat ihre Grenzen, hauptsächlich ist man disloyal dem Imperium gegenüber. Man weiß nie, ob Han Solo mitmacht, aber daß er das Imperium nicht leiden kann, führt ihn meistens wieder zurück. Die PMKs besetzen ökonomische Nischen. Sie eignen sich aus den Lagerhallen des Imperiums an, was sie kriegen können. Sie verfügen über viele technische Fertigkeiten, aber vor allem müssen sie ein erhebliches Maß an sozialen Fähigkeiten entwickeln, um nicht auseinanderzubrechen. Man trägt eine gewisse Verantwortung füreinander, die jedoch nicht so weit reicht wie bei den Jawas, weil der Zeithorizont kürzer und die Fluktuation höher ist und weil man mehr Alternativen hat. Und im Gegensatz zum Imperium läßt das PMK einen raus, wenn man will. Lebend.

Diese Eigenschaften verbinden PMKs weltweit – von der Taschendiebe-Gang bis zum Zeitungsprojekt, vom Kleinbetrieb in Selbstverwaltung bis zur WG, von der Projektgruppe auf der Jagd nach Staatsknete bis zur Marktfrauenvereinigung, von der Hardcore-Band bis zum »Star Trek«-Fanclub, vom Landkollektiv bis zum genossenschaftlichen CD-Laden. Im Unterschied zu den Jawas verfügen PMKs über ein Sammelsurium an unnützen Fähigkeiten und unnützem Wissen, was sie in die Lage versetzt, flexibel auf ein völlig anderes Aktionsgebiet auszuweichen. Die Mitglieder leben auch nicht so total und ausschließlich im PMK wie die Jawas in ihrer Gruppe, und sie haben alle große Rosinen im Kopf, was sie dem Imperium nicht alles entreißen möchten. Aber sie verlagern einen nennenswerten Teil ihres Lebens in die internen Beziehungen ihres PMK, und sie ziehen sich, wenn es eng wird, auf die reziproken Beziehungen untereinander zurück. Oft zerfallen sie eher dadurch, daß Geld da ist, als daß keins da ist. Viele ihrer Aktivitäten bewegen sich an der Grenze dessen, was im Imperium legal ist. Aber sie haben sich eigentlich nicht zusammengeschlossen, um das Imperium zu stürzen, sondern um nicht nach seinen Gesetzen und Regeln leben zu müssen.

Die Gesetze der Ökonomie

Um den Konflikt zwischen den Rebellen und dem Imperium verstehen zu können, muß man sich die reale Krise des alienistischen Imperiums ansehen; und um diese zu verstehen, muß man sich kurz die Gesetze der Ökonomie vergegenwärtigen. Glücklicherweise sind es, entgegen der herrschenden alienistischen Lehrmeinung, nicht so viele.

Das erste Gesetz lautet, daß die Ökonomie keine innere Logik ihrer Fortentwicklung hat. Sie hat keine Geschichte. Nur das Soziale hat eine Geschichte, und die Ökonomie folgt ihr. In der Ökonomie hat man es nicht mit Naturgesetzen zu tun – ihre Gesetze sind gemacht. Die einzige unumstößliche Tatsache ist, daß man Entscheidungen treffen muß, weil es Grenzen gibt; daß man nicht alles gleichzeitig zu hundert Prozent haben kann. Aber wie diese Entscheidungen ausfallen, ist eine soziale Frage. Jedes ökonomische Projekt, mag es auch noch so klein oder banal sein, geht über den einzelnen hinaus und nimmt fremde Arbeit und Natur in Anspruch – Marius Müller-Westernhagen hat es auf den Punkt gebracht mit den unsterblichen Zeilen: »Baby, wenn ich in die Saiten dresche / spür' ich hier den Blues, und du machst die Wäsche«. Darum geht es, und die entscheidende Frage ist, wie die Inanspruchnahme fremder Arbeit und Natur geregelt wird, und wer darüber bestimmt. Jedes ökonomische Gesetz ist daher nichts als eine Projektion sozialer Verhältnisse.

Das zweite ökonomische Gesetz ist das Gesetz der Diffusion. Es besagt: Unter den Bedingungen halbwegs freier Kooperation verteilt sich der gesellschaftliche Reichtum und verallgemeinert sich soziale Macht. Akkumulierter Reichtum kann ohne Herrschaftsmittel nicht daran gehindert werden, nach allen Seiten »wegzutrickeln«; egal, ob in der reziproken Beziehung oder im abstrakten Tausch. (Die alltägliche Erfahrung dazu lautet: Man kann soviel Geld haben, wie man will, es ist immer weg.) Ein Projekt kommt zu Geld, und sofort wollen alle Zulieferer das Doppelte. Ein Bekannter erzählt einem, als Student habe er sich noch Fernreisen leisten können; heute, wo er ein Professorengehalt bezieht, kann er nach Abzug der Hypotheken und der Bedürfnisse sämtlicher Familienmitglieder vielleicht noch ins Kino gehen. Reichtum diffundiert ständig. Deshalb ist in Metropolen alles teurer, deshalb wollen alle MigrantInnen dennoch dahin: der Reichtum sickert durch die Ritzen.

Die Diffusion hat viele Gesichter. Manche heißen Diebstahl, manche Korruption; die meisten sind legal. In Italien gibt es die »enti inutili«, die »nutzlosen Einrichtungen« – staatliche Stellen, die keinem anderen Zweck dienen, als einen Kreis von Leuten (und viele dahinterstehende Verwandte und Bekannte) mit einem Einkommen zu versorgen. Das Gesetz der Diffusion ist auch der Grund, warum man in sozialen Projekten und alternativen Zusammenhängen nie richtig reich werden kann. Man kann dort erstaunliche Dinge auf die Beine stellen, aber wenn es Geld gibt, wollen über kurz oder lang auch alle anderen welches, und man kann sie nicht drücken, solange man nicht mit den Regeln dieser Zusammenhänge bricht. Wenn man alle angemessen bezahlt, die ihr Scherflein beitragen, bleibt nicht viel übrig. Man könnte es auch das Al-Bundy-Prinzip nennen, in Anlehnung an den Trailer der Serie: Al Bundy sitzt auf dem Sofa, und alle holen Geld ab; als letzter kommt der Hund, und der kriegt auch einen Schein.

Nur Herrschaft und Gewalt ist in der Lage, Diffusion zu bekämpfen. Daß ein Konzern wie Kraft-Jacobs-Suchard bei all seinem Reichtum die Zulieferer drücken kann, liegt nur daran, daß diese sich in einer Zwangslage befinden. Unter den Bedingungen freier Kooperation würden sie versuchen, mehr zu bekommen, weil sie ja wissen, daß Jacobs es sich leisten kann. Die kapitalistische Preiskonkurrenz ist also ein Ausdruck von Herrschaftsverhältnissen und Alternativlosigkeit, eine Umkehrung des »normalen« Gesetzes, daß derjenige härter verhandelt, der's dringender braucht.

Das dritte Gesetz ist das Gesetz der ungleichen Akkumulation und Allokation. Es lautet: Unter den Bedingungen erzwungener Kooperation wachsen sich selbst kleinste Unterschiede in Reichtum und Macht unweigerlich aus. Einfacher gesagt: Wo Geld ist, fliegt Geld hin. Reichtum und Macht diffundieren dann nicht, sondern konzentrieren sich bei einigen. So und nur so entsteht ein bleibender Vorteil in der Konkurrenz, nicht durch Fähigkeiten oder Einfälle. Eine Firma muß keine Ideen produzieren; sie kauft welche. Sie kann alles kaufen: Platz, Leute, Visionen, Fähigkeiten; Hauptsache, die Leute müssen sich verkaufen. Deshalb wird, wer mehr kaufen kann, auch besser sein. Billiger produzieren kann man nicht durch Ideen und Können, sondern dadurch, daß man Wissen und Maschinen kauft und Leute zwingt, billiger für einen zu arbeiten – was einen wiederum reicher und mächtiger macht, und so weiter. So läuft es.

Wie wir wissen, ist dieses Gesetz unabhängig vom Wirtschaftssystem wirksam – nicht umsonst wurde analog zum Monopolkapitalismus auch der Begriff des Monopolsozialismus geprägt. Selbst in reziproken Gruppen gibt es die einseitige Akkumulation von Reichtum und ungleiche Allokation von Macht. Aus diesem Grund werden die Vorsitzenden von Kaninchenzüchtervereinen so selten abgewählt, und aus diesem Grund wird man ProjektgründerInnen so schlecht los. Das Gesetz ist aber nicht allmächtig. Es ist ohne weiteres möglich, seine Wirkung einzuschränken oder ihr gegenzusteuern. Man kann Posten rotieren lassen und Besitz umverteilen. Dies bleibt jedoch ein ständiges Schwimmen gegen den Strom. Erst wenn die Kooperation frei ist, verliert dieses Gesetz seine Wirkung.

Das vierte Gesetz handelt vom Zusammenbruch sozialer Kooperation durch ökonomischen Kontakt. Es lautet: Wenn ein reiches und ein armes Kollektiv in ökonomischen Austausch treten, muß das ärmere Kollektiv die kollektive Autorität besitzen, die externen ökonomischen Beziehungen seiner Mitglieder zu begrenzen, oder es bricht zusammen. Für das einzelne Mitglied des ärmeren Kollektivs sind nämlich direkte ökonomische Beziehungen mit dem reicheren Kollektiv attraktiver (selbst wenn es nach seinen eigenen Maßstäben schlecht zahlt) als die Perspektive des eigenen Kollektivs insgesamt. Die Individuen gehen also dazu über, ihre Natur und Arbeit immer weniger in das eigene (das ärmere) Kollektiv zu investieren und immer mehr in das fremde (das reichere). Das hat mehrere fatale Folgen. Erstens sind notwendige Güter und Leistungen im ärmeren Kollektiv zumindest phasenweise nicht verfügbar, weil sie abwandern und nicht sofort in gleichem Maß zurückgekauft werden können. Die ökonomische Struktur wird »dekomponiert«, was nicht nur vorübergehende Probleme verursucht, sondern nachhaltige Schädigungen. In Volkswirtschaften sterben Menschen an so etwas. Zweitens nehmen Reichtums- und Machtunterschiede im ärmeren Kollektiv sprunghaft zu, weil nicht alle in gleicher Weise Güter oder Leistungen zum externen Verkauf anbieten können. (Auch daran kann man sterben.) Drittens fangen die reziproken Austauschbeziehungen, ohne die keine soziale Kooperation existieren kann, an sich zu zersetzen, weil die Einlösung der gegenseitigen Verpflichtungen unsicher wird. Sie geraten unter Streß, weil immer mehr Engpässe aufgefangen werden müssen und gleichzeitig immer mehr Gegenleistungen ausfallen. All diese Faktoren verstärken sich gegenseitig bis zu dem Punkt, wo die soziale Kooperation im ärmeren Kollektiv auseinanderbricht. Alle diese Effekte stellen sich nicht etwa ein, weil das reichere Kollektiv das ärmere »betrügt« oder durch seine Machtmittel einen ungleichen Tausch erzwingt. Auch wenn durchweg fair getauscht, gehandelt und kooperiert wird, ändert das nichts an der zersetzenden Wirkung. Deshalb empfinden wir beim Kontakt mit einem reicheren oder mächtigeren Kollektiv

Hoffnungen und Schrecken; ein Film wie »Independence Day« versteht zwar nichts von Aliens, aber einiges von Globalisierungsängsten.

Man muß dabei gar nicht an den Zusammenbruch ganzer Nationalökonomien denken, wie er sich in den neunziger Jahren durch Blockauflösung und verschärfte Globalisierung ereignete. Auch nicht an die typischen Folgen von Kolonialismus und Neokolonialismus. Dasselbe spielt sich in Lebensgemeinschaften ab. Alle Frauen wissen, daß Beziehungen mit Männern davon abhängen, ob deren ökonomische Außenkontakte auch begrenzt werden können; anderenfalls brechen nämlich auch dort soziale und emotionale Ökonomien zusammen.

Gegensteuern kann man dem nur durch die Autorität eines Kollektivs, die ökonomischen Außenbeziehungen seiner Mitglieder zu begrenzen. Natürlich ist Herrschaft die simpelste Lösung des Autoritätsproblems. Deshalb sind die jeweils schwächeren Volkswirtschaften oft politisch autoritär verfaßt, und deshalb sind Kampagnen für Demokratisierung und Menschenrechte, aus der Sicht der reicheren Nationen, vor allem Dosenöffner für fremde Ökonomien. Herrschaft ist jedoch nicht die einzige Lösung. Ein Kollektiv muß nicht herrschaftsförmig sein und kann dennoch Autorität über die ökonomischen Außenbeziehungen ausüben. Nur dann kann es den Kontakt mit einem reicheren Kollektiv überleben.

Das fünfte und letzte Gesetz besagt: Wirtschaftliche Macht beruht wesentlich auf dem Scheidungsgewinn. Ökonomische Theorie im Alienismus handelt typischerweise vom Zustandekommen von Beziehungen, aber nicht von deren Auflösung. Was passiert, wenn eine Kooperation endet?

Zu Zeiten persönlicher Herrschaft ist dieser Fall häufig gar nicht vorgesehen. Kooperation geht, bis der Tod euch scheidet. Im demokratischen Zeitalter ist die Aufkündigung oder Auflösung von Kooperation durchaus gängig. Und sie wirft die Frage auf, wer was mitnimmt. Aufgrund der Kollektivität und Historizität von Arbeit gibt es dafür keine

»natürliche« Lösung. Da Marius Müller-Westernhagens Songwriter seinen Blues nur schreiben kann, wenn ihm jemand die Wäsche macht, kann er sich im Scheidungsfall auch nicht auf den Standpunkt stellen, daß ihm der Blues allein gehört, nur weil er ihn geschrieben hat. Wie die Tantiemen verteilt werden, ist eine soziale Frage. Wem der größere Teil des Scheidungsgewinns zufällt, dem fällt es auch leichter, die Kooperation zu verlassen. Und das bedeutet automatisch: er kann eher deren Bedingungen diktieren, er hat mehr Macht.

Wenn jemand bei seiner Firma kündigt, ist es legitim, daß er eine Abfindung erhält; aber die Firma kann er nicht mitnehmen. In gleicher Weise wäre es denkbar, daß eine Firmenleitung die Kooperation mit einem Land beendet; aber die Firma bleibt da. Ohne den Scheidungsgewinn hätte die Drohung nicht dieselbe Macht. Das heißt nicht, daß sie gar keine Macht hätte, denn die Leitung hat ihre Sache vielleicht gut gemacht und wird nicht gerne entbehrt. Aber der Scheidungsnachteil bestünde für die andere Seite nur darin, für die Leitung andere Leute finden zu müssen. Genauso liegen die Dinge in einem PMK: Man kann es nicht mitnehmen, wenn man es hinschmeißt. Im Idealfall einer freien Kooperation ist die Sache so geregelt, daß der Scheidungsgewinn von allen Beteiligten als gleich angesehen wird, und deshalb ist ihre ökonomische Macht in der Kooperation gleich. Die Frage nach dem Scheidungsgewinn läßt sich nicht durch die Forderung nach gleichem Eigentum ersetzen. Diejenigen, die über mehr Mobilität verfügen oder sich in der Kooperation mehr verwertbare Qualifikationen aneignen konnten, haben auch bei gleichem Eigentumsanteil einen höheren Scheidungsgewinn; eine freie Kooperation müßte dies gerade durch einen ungleichen Eigentumsanteil zu kompensieren versuchen.

Das sind die fünf Gesetze der Ökonomie, die in jeder Wirtschafts- und Kooperationsform gelten. Sie wirken möglicherweise banal. Aber Ökonomie ist banal. Zu einer Geheimwissenschaft wird sie stilisiert, um diese Gesetze hinter einer Fülle von Detailfragen verbergen zu können.

Die Krise des alienistischen Imperiums

Jede Herrschaftsform, jede Zivilisation, jede Gruppe muß sich ihren Reim auf die Gesetze der Ökonomie machen – welche sie stützen und benützen, welchen sie gegensteuern will. Die alienistische Ökonomie hat dazu eine klare Haltung. Sie fragt nach keiner inneren Logik der Ökonomie, sondern beurteilt jede Form danach, ob sie dem alienistischen Zweck, dem maximalen Zugriff auf Natur und Arbeit und der Einebnung aller Widerstände, dient oder nicht. Alienistisches Eigentum in diesem Sinne gilt als sakrosankt, anderes Eigentum wird enteignet. Die Diffusion wird bekämpft, um die zentrale Investitionsquote autoritär zu steigern. Aliens sind immer gegen Korruption, gegen Mißbrauch, gegen Leistungserschleichung. Sie wollen die Starken vor den Faulen schützen und die Milchkuh vor dem Schlachten. Die ungleiche Akkumulation und Allokation sichern sie dadurch ab, daß sie ökonomische Zwangsgewalt erzeugen. Die Menschen werden von den Leistungen der kollektiven und historischen Arbeit ausgeschlossen und müssen sich zur Verfügung stellen, wenn sie überleben wollen – Kapitalismus und Realsozialismus machen da keinen Unterschied. Nachträglich wird dann ein bißchen »umverteilt«, was nach Großzügigkeit aussieht und Sozialstaat oder Partizipation genannt wird. Der Dieb gibt einen aus und fühlt sich gut. Der Alienismus betreibt die gewaltsame Öffnung von Volkswirtschaften und anderen ökonomischen Kollektiven durch kapitalistischen Freihandel oder durch die Standardisierung nach dem Vorbild der realsozialistischen Vormacht. Der traditionelle Alienismus steuert den zerstörerischen Folgen dieser Öffnung jedoch teilweise entgegen, um sein eigenes Entwicklungsversprechen nicht völlig bloßzustellen. Aus demselben Grund läßt er auch über den Scheidungsgewinn zumindest mit sich reden.

An allen diesen Punkten wird klar, daß der progressive Alienismus gegenüber dem traditionellen keine »Aufweichung«, sondern eine Verschärfung ist. Unter dem Slogan vom »gemeinsamen Menschheitserbe« werden sämtliche Eigentumsrechte in Frage gestellt, um sie dann den Institutionen und Konzernen zuzusprechen, die eine optimale alienistische Verwertung versprechen. »Entschlackung«, »Privatisierung« und »Ökonomisierung« sollen die Diffusion noch schärfer bekämpfen und das zurückholen, was schon in die Gesellschaft durchgesickert ist. Die nachträgliche, staatliche Umverteilung wird zusammengestrichen, um die ökonomische Zwangsgewalt zu erhöhen. Es wimmelt zwar von Partizipation; im Unterschied zu den gesellschaftlichen Beteiligungs- und Finanzierungsmodellen, die unter dem Druck der anti-alienistischen Revolte von ʼ68 zugestanden wurden, handelt es sich dabei aber durchgehend um eine zahnlose Goodwill-Partizipation: beratende Gremien, nicht-institutionell geförderte Projekte, Runde Tische ohne Kompetenz, Wunschlisten unterbreitende Untertanenversammlungen.

Zusammenbruch durch ökonomischen Kontakt wird vom progressiven Alienismus ohne jede Hemmung und Abfederung provoziert. Er tut dies durch Freihandelszonen, internationale Abkommen im Stil des MAI, selbst durch Krieg gegen Nationen, die ihre Autorität über die ökonomischen Außenbeziehungen nicht aufgeben wollen. Geradezu wahnhaft übersteigerte Züge nimmt die Haltung des progressiven Alienismus zum Scheidungsgewinn an, der nahezu ausschließlich für Aliens proklamiert wird – egal, ob es um »Investitionsschutz« und die »intellektuellen Eigentumsrechte« von Konzernen geht, die im Regenwald eine ökonomisch attraktive neue Spezies entdeckt haben, oder um die angeblich unzumutbare Belastung, die sich für männliche Aufsteiger aufhäuft, wenn sie für jede ihrer Phasen-Frauen und Phasen-Familien Unterhaltszahlungen leisten sollen.

Aber wieso ist diese verschärfte Gangart nötig? Sie ist die ökonomische Antwort des progressiven Alienismus auf die »Krise« der siebziger Jahre. Die Frage ist nur, was »Krise« heißt.

Die schrecklichen Folgen des Wohlstands

Selbst die alienistische Ökonomie, der es bestimmt nicht um das Wohlergehen der Menschen geht, kann kaum verhindern, daß sich manchmal so etwas wie Wohlstand entwickelt. Die Menschen sind in der Lage, unter den verrücktesten ökonomischen Systemen Bedürfnisse zu befriedigen, wenn man sie nur läßt – Hauptsache, es herrscht Frieden, ihre Mobilität wird nicht behindert, der gesellschaftliche Reichtum wird nicht für unsinnige Großprojekte der Staatsmacht verpulvert, und die Rückverteilung großer Eigentumsgewinne zugunsten allgemeiner Bedürfnisse wird nicht verhindert. Entgegen der alienistischen Lehrmeinung muß man die Menschen nicht durch kunstvolle Systeme zu ökonomischen Aktivitäten anhalten; sie machen das von selbst. Kapitalismus, Realsozialismus, »Entwicklung« sind viel weniger »Wirtschaftssysteme« als vielmehr Wirtschaftsverhinderungssysteme. Ihre Hauptfunktion ist es, »falsche« ökonomische Aktivitäten der Menschen zu verhindern und die gesellschaftliche Ökonomie einem permanenten Streß auszusetzen, um der Entwicklung von Prosperität bei der Mehrzahl der Menschen entgegenzuwirken.

Genau diese Störmanöver fallen den Aliens in den siebziger Jahren aber immer schwerer. Der Widerstand gegen die großen Entwicklungsprojekte wächst. Die Aufteilung der Welt in die beiden großen Blöcke und die Entwicklung der Massenvernichtungswaffen macht das Kriegführen in weiten Teilen der Erde zu einer heiklen Angelegenheit. Die anti-alienistische Revolte der späten Sechziger hat ein höheres Maß an Rückverteilung von Einkommen erzwungen. Die Mobilität der Menschen ist immer schwerer zu kontrollieren, nicht nur wegen der verbesserten Transportmittel, sondern auch wegen ihrer veränderten Einstellung. Und selbst aus der Raumfahrt ist die Luft raus.

In den Siebzigern sehen sich die Aliens daher mit der grauenhaften Bedrohung konfrontiert, daß es den Menschen zu gut gehen könnte. Das hätte für die alienistische Ökonomie fatale Folgen, die damals in ersten Ansätzen schon zu spüren sind. All die Krisensymptome, die die Aliens stöhnend auflisten: »Verschuldung«, »Wachstumsrückgang«, »Massenarbeitslosigkeit«, »Innovationsrückgang«, »Anspruchsdenken«, sind im Grunde die normalen Anzeichen einer prosperierenden Ökonomie. Öffentliche Verschuldung, also die Verschuldung des Staates bei den Banken und die Verschuldung der Dritten Welt bei den internationalen Finanzorganisationen, bedeutet nichts anderes, als daß gesellschaftlicher Reichtum dahin geht, wo er benötigt wird, weil es anderswo gar keine vernünftige Verwendung dafür gibt. Es ist vorauseilende Distribution. Eine Verschuldungs-»Krise« wird daraus, wenn die Menschen gar nicht einsehen, daß sie sich die Rückzahlung vom Leibe absparen sollten, wo das Geld doch offenbar für gar nichts anderes dringend gebraucht wird. Die alienistische Kategorie des »Wirtschaftswachstums« mißt ausschließlich die formal geregelten, mit abstraktem Tausch verbundenen ökonomischen Aktivitäten. Wachstumsrückgang bedeutet also, daß weniger Geld in die großen zentralen Projekte fließt und die Menschen mehr Zeit und Arbeit in reziproken Austausch investieren – ein Zeichen von Wohlstand und Vernunft. In gleicher Weise demonstriert die »Massenarbeitslosigkeit« vor allem, daß sich zumindest soviel allgemeiner gesellschaftlicher Reichtum entwickelt hat, daß Menschen sich nicht mehr um jeden Preis verkaufen müssen und anfangen können, Entscheidungen zu treffen. Die Menschen arbeiten ja trotzdem, sie tun es nur nicht in Form formaler Arbeit. »Innovationsrückgang« heißt, daß die Unterstellung der gesellschaftlichen Kapazitäten an Arbeit und »Einsatz« unter die großen zentralen Projekte, unter das alienistische Kommando, nicht mehr so gut klappt. Die Menschen kümmern sich auch weniger um den Erwerb alienistischer Schlüsselqualifikationen, sondern beschäftigen sich lieber mit anderen Dingen. So verbreitert sich der gesellschaftliche Zugang zu Qualifikation, Information und Bildung, obwohl die Menschen im alienistischen Sinne »nichts können«. Das »Anspruchsdenken« schließlich bezeichnet den Zustand, daß die Menschen die einmal erreichte Konsumquote zäh verteidigen, und manchmal bedeutet es noch Schlimmeres: das Beharren auf den materiellen Zugeständnissen aus der anti-alienistischen Revolte und das Wissen um die Kollektivität und Historizität von Arbeit, aus dem sich die Idee eines allgemeinen Grundanspruchs auf die Ergebnisse dieser Arbeit ableitet.

Das Death Star Project

Am Anfang verstanden die Menschen die Problemliste der Aliens gar nicht. Es leuchtete ihnen nicht sofort ein, warum diese Probleme so schwerwiegend sein sollten, daß sie alle errungenen Positionen, alle Prosperität wieder zur Disposition stellen sollten, um sie zu lösen. Sie begriffen nicht, warum die Banken die Schulden nicht einfach abschreiben konnten; offenbar fehlte das Geld doch niemandem. Die Menschen waren spontan eher bereit, die großen Projekte des Alienismus über die Klinge springen zu lassen, als selbst den Gürtel wieder enger zu schnallen. Dann fuhr man eben nicht mehr zum Mond. Sie reagierten auf die Krise wie Jawas: Man verteilt das Vorhandene; man konzentriert sich auf die wesentlichen Projekte; man handelt versorgungsorientiert und nicht risikoorientiert. Die sozialen Bewegungen, damals noch platt und unverbildet von den neuen Post-Entwicklungs-Diskursen, waren den Aliens keine große Hilfe, sondern fielen ihnen hemmungslos in den Rücken. Wenn es so viele ökologische Probleme gab, dann brauchte man doch um Himmels willen nicht mehr Wachstum, mehr Innovation und mehr formale Arbeit. Sollte man doch beim Militär sparen, den globalen Warenaustausch etwas verlangsamen, und wenn die hohe Besteuerung der Gewinne dazu führte, daß die alienistischen Leistungsträger sich schmollend zurückzogen, dann würde man den Laden schon selber übernehmen. Für die Aliens war soviel geballte Unvernunft zum Verzweifeln.

Die faule, nichtsnutzige Wohlstandslethargie mußte zerschlagen werden. Was materiell dafür nötig war, hatten sich die Aliens schon überlegt. Man brauchte einen neuen Streßfaktor, der das leistete, was Krieg und »Entwicklung«, Kapitalismus und Sozialismus nicht mehr so gut konnten: falsche Prosperität vernichten, falsche ökonomische Aktivitäten verhindern, kurz – die Menschen wieder jung, dumm und hungrig machen. Man brauchte einen Todesstern, der Ökonomien mit seinem Energiestrahl auslöschen konnte und die anderen dadurch gefügig machen. Es mußte eine Raumstation außerhalb der von Menschen erreichbaren Territorien sein. Dieser Todesstern sollten die multinationalen Konzerne und die globalen Finanzmärkte sein.

Eigentlich hätte man »antinationale Konzerne« sagen müssen, denn ihre Hauptaufgabe würde die Zerschlagung der Autorität nationaler Ökonomien sein. Letztere hatten sich aus alienistischer Sicht nicht bewährt, weil sie zu weich gegenüber den Bedürfnissen der Menschen und der Einflußnahme sozialer Bewegungen waren. Multinationale Konzerne hatte es bisher auch schon gegeben, aber ihre Funktion war anders; bislang waren sie nur der verlängerte Arm der großen Industrienationen, nicht hinreichend selbständig ihnen gegenüber, und mitunter konkurrierten sie sogar miteinander und ließen sich gegeneinander ausspielen. Das Death Star Project sollte anders laufen. Auch die Industrienationen des Nordens sollten die multinationalen Konzerne und die globalen Finanzmärkte nicht mehr kontrollieren können, der

Todesstern mußte so unabhängig sein, daß er überall zuschlagen und alle disziplinieren konnte. Selbst die Aliens mußten sich hinstellen können und sagen: »Wir können nichts dafür, daß wir euch ausbeuten und ruinieren; es ist der Todesstern, der uns zwingt!«

Damit der Todesstern funktionierte, mußte man ihn erst langsam aufladen. Die Aliens schleppten also in den folgenden Jahren soviel Anteil am gesellschaftlichen Reichtum wie möglich in den Todesstern, während sie die nationalen Kapazitäten zur Selbstversorgung sorgfältig aushöhlten, die ökonomischen Kreisläufe von Fremdkapital abhängig und die Währungssysteme verwundbar machten. Das dauerte etwa bis Mitte der achtziger Jahre. Dann begann der Todesstern zu schießen. Der Schuß bestand darin, daß man keine Rückverteilung aus dem globalen gesellschaftlichen Reichtum mehr bekam. Man bekam einfach kein Geld mehr – keine Kredite, kein »Kapital«, keine »Investitionen«. Wenn der Todesstern schoß, sprang auch das eigene, nationale Kapital auf und lief davon. Man hatte ja dafür gesorgt, daß es das konnte. Geschossen wurde auf alle Strukturen, die von den erwähnten fünf Krisensymptomen infiziert waren, die die Aliens inzwischen zu den Hauptfeinden der Menschheit erklärt hatten. Es funktionierte großartig, und die Ergebnisse waren ganz wunderbar.

Warum Alienismus cool ist

Das eigentliche Problem war das Marketing. Es ließ sich nicht verbergen, daß die Aliens hinter dem Todesstern steckten. Sie kommandierten nicht jede einzelne seiner Aktionen, zum Beispiel wenn es sich um Entladungen im Bereich der globalen Finanzmärkte handelte, aber schließlich hatten sie ihn gebaut, sie taten alles dafür, seine Wirkung zu optimieren, und die meisten seiner Aktionen steuerten sie eben doch. Wenn man nicht aufpaßte, konnte das ein schlechtes

Licht auf den progressiven Alienismus werfen. Das Wirken des Todessterns stand auch in einem gewissen Widerspruch zu den neuen Post-Entwicklungs-Diskursen. Irgend etwas mußte man tun, damit die Menschen den Todesstern auch mögen konnten. Die traditionelle alienistische Marketingabteilung zeigte sich von dieser Aufgabe völlig überfordert. Als die progressiven Aliens die ersten Hochglanzbroschüren gesehen hatten (»Warum Fortschritt manchmal weh tun muß«, »Der Todesstern – ein Gebot der ökonomischen Vernunft« und dergleichen), schickten sie die gesamte Abteilung sofort nach Hause und übertrugen das Marketing des Todessterns einer jungen, kreativen Designergruppe, die sich den Namen WACI gab (»Warum Alienismus Cool Ist«).

Nachdem die MitarbeiterInnen von WACI etwa die Hälfte ihres gigantischen Etats mit Kreativmassagen, Kreativdinnern, Kreativkreuzfahrten und Bungeejumping verbraucht hatten, ohne daß dabei etwas Greifbares herausgekommen wäre, hockten sie sich mit einem Berg von Plastikpizzas vor den Videorecorder, kifften ein bißchen und sahen sich zum x-ten Mal »Star Wars« an. Und dann war alles klar. Die Rebellen und das Imperium, so mußte es laufen. Mit »Wir sitzen alle in einem Boot« und »Es ist fünf vor zwölf« war hier nichts zu holen. Ökonomisch mußte der Schlachtruf lauten: »Die Imperien zerschlagen!« Das kam gut. Das klang wie »Macht kaputt, was euch kaputtmacht«. Das war was für die junge Generation.

WACI war ein voller Erfolg. WACI versuchte gar nicht erst, den Todesstern schönzufärben; es schwärzte die Imperien an. WACI produzierte Computerspiele, wo man in der Rolle des Globalizers Jagd auf alle machen konnte, die einem schon immer auf den Geist gegangen waren: Eltern, Lehrer, Meister, Gewerkschaftsbosse, die Direktoren der öffentlich-rechtlichen Rundfunkanstalten, die Funktionäre der nationalen kommunistischen Einheitspartei und Heino. Sie drehten Videoclips, wo man die Rebellen auf Tatooine picknicken sieht, vor den rauchenden Trümmern eines abgeschossenen imperialen Raumkreuzers, mit der Unterzeile: »Zu langsam für den Wettbewerb von morgen.«

Die progressiven Aliens runzelten die Stirn, als WACI ihre Kampagne vorführten. Was sie da sahen, war ganz schön antiautoritär. Außerdem wurde der Todesstern doch in praktisch jeder »Star Wars«-Episode von den Rebellen kaputtgeschossen. Aber WACI überzeugte die Aliens, daß das altdenkerische Bedenken waren – in der Popkultur spiele der ursprüngliche Kontext nicht die entscheidende Rolle, letztlich komme es nur darauf an, »who represents«.

Headhunter auf Tatooine

Die Haltung der Rebellen, der postmodernen Kollektive, zum Death Star Project ist in der Tat indifferent. Wo die Post-Entwicklungs-Diskurse sich die Neigung der sozialen Bewegungen zunutze machen, es müsse doch dringend etwas geschehen gegen die Probleme der Welt, kommt das Death Star Project (in der wissenschaftlichen Literatur spricht man auch von Neoliberalismus) den Rebellen und ihrer Ablehnung der traditionellen Strukturen und Institutionen entgegen. Vieles, was unter den Schüssen des Todessterns zugrunde geht, sehen die Rebellen ganz gern zugrunde gehen; oder jedenfalls würden sie sich nicht zu dessen Verteidigung aufraffen. So wie den sozialen Bewegungen aber im Grunde klar ist, daß eine Verschärfung des herrschaftsförmigen Zugriffs ihren Zielen letztlich nicht dienlich sein kann, ist auch den PMKs bewußt, daß der Todesstern ein autoritäres Projekt ist und daß sie eigentlich auf einige der Strukturen angewiesen sind, die er zerstört – ökonomische Umverteilung, Existenzsicherung, Strukturen reziproken Austauschs.

Auch die Haltung des progressiven Alienismus zu den Rebellen ist ambivalent. Obwohl die Rebellen ihnen suspekt sind, versuchen die Aliens nicht, die PMKs zu vernichten.

Das ist keine Freundlichkeit, sondern pure Berechnung. Mit dem Ende der Entwicklungsära fangen die PMKs an, die Imperien und die Strukturen der formellen Arbeit an Produktivität zu überholen. Zumindest liefern sie eine Menge von Dingen, die die Aliens anders nicht produzieren können: Kreativität, Einsatz, neue soziale Kooperationsformen, nicht-marktförmige Problemlösungen.

Und so sieht man plötzlich scharenweise Aliens auf Tatooine picknicken, die sich unter den Rebellen umsehen und überlegen, wie sie sich deren Potential zunutze machen könnten. Sie probieren verschiedene Formen aus, wie die PMKs kreativ bleiben und trotzdem kontrolliert werden können: Modelle von Bürgerarbeit, Teamarbeit im Betrieb, flachere Hierarchien und teilselbständige Gruppen, ausgelagerte Produktionseinheiten und Halbselbständigkeit, Förderprogramme im Rahmen der neuen Diskurse, Hilfsprojekte mit Kleinkrediten und technologischer Beratung. Sie versuchen theoretische und praktische Ansätze zu entwickeln, wie sie die PMKs in ihr ökonomisches Konzept integrieren können, zum Beispiel mit der Kategorie des »sozialen Kapitals«.

Rebellen, Kollektive und der Maquis

Auch die PMKs sind ein Erlenmeyerkolben, ein Ort, wo der Genpool in Bewegung ist, wo es zahllose Übergänge gibt. Man findet dort MaquisianerInnen, Zivilisten und Aliens. Im Unterschied zu den sozialen Bewegungen fliegen die Rebellen allerdings nicht mit Erlenmeyer-Antrieb. Es ist nicht die drohende Stärkung des Maquis in den PMKs, was die Aliens dazu bringt, den Rebellen Zugeständnisse zu machen; es ist ihre produktive Leistung, die für die Aliens interessant ist.

Für den Maquis gibt es keine Alternative zu den PMKs, ebensowenig wie zu den sozialen Bewegungen. Er hat keine Wahl: In der Auseinandersetzung zwischen den Rebellen und dem Imperium muß er sich auf der Seite der Rebellen engagieren. Alle Versuche, Imperien zu retten, weil sie zu irgend etwas gut sind oder nutzbar gemacht werden könnten, sind zum Scheitern verurteilt. Was die Rebellen zum möglichen Ansatzpunkt für den Maquis werden läßt, ist ihre diffuse Nähe zur freien Kooperation. Die Rebellen praktizieren keineswegs durchweg freie Kooperation in den PMKs, aber sie haben eine Schwäche für die Idee. Schließlich hassen sie das Imperium und sein autoritäres Kommando. Der Maquis muß sich allerdings anstrengen, denn die Rebellen werden sich mit keiner Kraft gegen das Imperium verbünden, die versucht ihnen Vorschriften zu machen oder selbst auch nur im Entferntesten nach Imperium und Kommando riecht.

Der Ansatzpunkt des Maquis in den PMKs ist daher zunächst derselbe wie in den sozialen Bewegungen. Er beharrt darauf, daß wir in einer herrschaftsförmigen Welt leben und daß die Probleme nur durch Zurückdrängen von Herrschaft gelöst werden können. Er kann den PMKs nicht mit einer fertigen »idealen Ökonomie« vom Reißbrett kommen, sondern muß auch hier mit dem Prinzip der freien Kooperation und dem selbstähnlichen Wirken seiner Politik Ernst machen. In jedem möglichen Modell und unter den verschiedensten Ausgangsbedingungen fordert der Maquis eine ökonomische Politik, die anti-alienistisch ist. Er setzt sich ein für die Stärkung und Förderung des anti-alienistischen Eigentums – vom gemeinsam bewirtschafteten Jawa-Land und Jawa-Crowler bis zum gemeinnützigen Projekt. Er befürwortet eine kontrollierte Diffusion, die vielleicht manchmal verlangsamt und gestreckt, aber nie aufgehalten werden kann; den Abbau der großen zentralen »Innovationsprojekte« zugunsten einer Förderung dezentraler Kapazitäten und verallgemeinerter Möglichkeiten, in eigene Ziele zu investieren; die Entinstitutionalisierung von Qualifikation, Information, Bildung. Er drängt auf eine Rückverteilung des gesellschaftlichen Reichtums jenseits der formalen Arbeit (sei es durch Existenzgeld oder durch Landverteilung) und auf die Förderung von »short circuits«, selbstversorgenden Parallelstrukturen, die regionale und nationale Gesellschaften vor den Schüssen des Todessterns schützen können. Er fordert eine Kontrolle des Scheidungsgewinns, so daß er für alle Beteiligten annähernd gleich ist. Und er tritt ein für den Respekt vor fremder ökonomischer Autorität, insbesondere vor anderen Volkswirtschaften; er hält daran fest, daß Ökonomie kein »Vollkontaktsport« sein darf. Das ist die Haltung des Maquis zu den fünf Gesetzen der Ökonomie; kein fertiges Modell, sondern eine Richtungsangabe, die in jeder ökonomischen Struktur wirken kann.

Die entscheidende Rolle des Maquis in den PMKs ist jedoch eine andere. Sie besteht darin, in Theorie und Praxis vorstellbar zu machen, wie freie Kooperation in den PMKs verwirklicht werden kann. Nach welchen Orientierungen verfährt man in einer Kooperation, in der es keine festgesetzten Regeln geben soll? Die ersten beiden Bestandteile der Politik der Autonomie, die der Maquis vertritt, sind auch hierfür von Bedeutung – die Abwicklung alienistischer Herrschaftsinstrumente auch in den PMKs, ebenso die praktische Demokratiekritik. Wichtiger aber noch sind die beiden anderen Bestandteile: die Politik der Beziehungen und die Entfaltung sozialer Fähigkeiten.

In der Politik der Beziehungen entwickelt der Maquis seine Vorstellung, wie soziale Verhältnisse anders geregelt werden sollen als durch diskursive, objektive Vernunft und alienistische Gewaltmittel. Nach den vorläufigen Erfahrungen des Maquis gehört dazu das Prinzip des Verhandelns – mit offenem Ausgang, mit der Möglichkeit des Scheiterns, mit keinem anderen Druckmittel als der Einschränkung der Kooperation. Es gehört dazu, daß die Kooperation »reziprok im realistischen Rahmen« ist: Die zufälligen persönlichen Vorteile, die die einzelnen Mitglieder in der Gesellschaft genießen, werden zwar zu einem gewissen materiellen Ausgleich innerhalb des Kollektivs gebracht, aber zu keinem totalen, einfach weil sonst niemand mehr einem solchen Kollektiv beitreten würde. Die Qualität der Beziehungen zwischen den Mitgliedern beruht nicht auf Gleichheit, sondern auf Verschiedenheit, die in einem Prozeß der Anerkennung letztlich als positiv erlebt wird und beide Seiten verändert. Das Kollektiv muß fähig sein, eine Politik der Ermöglichung zu betreiben, das heißt, einzelnen Mitglieder die Arbeit und Unterstützung der anderen hin und wieder auch »blanko« zur Verfügung zu stellen, ohne daß erst alle bis ins letzte vom jeweiligen Projekt überzeugt sein müssen – also das, was sonst Herrschaft oder abstrakter Tausch dem Individuum ermöglichen. Und schließlich sollen sich soziale Kooperationen auf eine Disloyalität gegenüber dem Bestehenden gründen: Die Weiterexistenz des Kollektivs darf kein unhinterfragter letzter Wert sein, sondern muß immer zur Disposition gestellt werden können.

Die Entfaltung sozialer Fähigkeiten ist eine Art Leitfaden des Maquis, welche Eigenschaften beim einzelnen entwickelt und gefördert werden müssen, damit freie Kooperation funktioniert. Notwendig ist Selbstreflexion, die Fähigkeit, sich Situationen und Strukturen auch aus der Sicht der anderen vorzustellen und sich eigener Vorteile, Privilegien und Defizite bewußt zu werden. Notwendig ist das, was auf englisch »leadership« heißt und am ehesten mit »Initiative« übersetzt werden muß, und zwar kollektive Leadership. Es reicht nicht, daß alle ihre Interessen formulieren und in ihrer Unterschiedlichkeit einbringen; irgend jemand muß den jeweils nächsten Schritt formulieren, der daraus folgt, und in einer freien Kooperation sollte diese Fähigkeit so weit wie möglich kollektiviert sein. Freie Kooperation erfordert von ihren Mitgliedern Selbstbewußtsein, die Fähigkeit, Dinge beim Namen zu nennen und sich von Unterschieden an Erfahrung, Wissen und »Dienstalter« nicht einschüchtern zu lassen. Sie befürwortet eine Haltung der »agency«, der aktiven Einflußnahme auf die eigene soziale Umwelt, anstatt davon auszugehen, das gehe einen alles nichts an oder irgend jemand werde es schon richten. Und sie erfordert und fördert die Fähigkeit zur Unabhängigkeit, die der Disloyalität zum Bestehenden entspricht – die Bereitschaft, seine Kooperationsleistung unter Bedingungen zu stellen und gegebenenfalls aufzukündigen, auch wenn dies immer mit materiellen und emotionalen Risiken verbunden ist. Die Entfaltung sozialer Fähigkeiten, die der Maquis anstrebt, läßt sich am besten verstehen, wenn man sie gegen die fünf Aspekte des »Faschismus in der Gesellschaft« gegenliest, sie ist ihr genaues Gegenbild.

Warum sollte die Rebellen all das interessieren? brummt es aus der Ecke der Veteranen. Keine Disziplin, keine emanzipativen Ideale! Dieses Pack träumt von nichts anderem, als selbst zu Aliens zu werden! Aber das ist eben nicht ganz richtig. Die Rebellen wollen durchkommen, aber sie wollen nicht so werden wie die Imperien. Manchmal finden sie die Aliens cool, aber sie trauen ihnen nicht. Die PMKs stehen jeden Tag vor der Alternative, wie sie ihre soziale Kooperation organisieren, welche Gestalt sie sich geben. Nur die soziale Gestalt, ihre wirkliche Ökonomie, kann ihnen die Autorität geben, die ihren Erhalt gewährleistet. Und wenn sie dabei nicht vollständig in die Strukturen verfallen wollen, von denen sie sich eigentlich abgewendet haben, dann kann ihre Gestalt sich nur an der Politik der Autonomie orientieren. Umgekehrt muß der Maquis in der Praxis beweisen, daß seine Politik funktioniert. Die PMKs sind das zweite große Praxisfeld, auf dem er den Kampf gegen die Herrschaft der Aliens führt. Nur wenn seine Vorstellungen von sozialer Kooperation sich hier als brauchbar erweisen, können auch wieder soziale Bewegungen hervortreten, die die gesellschaftliche Ökonomie zu ihrem Thema machen. Eine andere Ökonomie, nicht das, was die Aliens darunter verstehen.

Spätestens mit dem vierten Teil der »Star Wars«-Saga ist deutlich geworden, daß die Welt der Rebellen, wenn sie denn jemals auf neun Teile aufgebläht wird, ganz schön langweilig werden kann: ein permanentes Fegefeuer, eine Wiederkehr des Immergleichen. Ihre Abenteuer sind nett, aber es ist immer das gleiche Drehbuch. Zwischen den ermüdenden dynastischen Familienkonflikten und dem ebenso ermüdenden Geplänkel mit dem Imperium gibt es nichts wirklich Neues. Es ist Sache des Maquis, den postmodernen Kollektiven die Fähigkeit zu geben, an, wie Fox Mulder es nennt, »extreme Möglichkeiten« zu glauben. Zum Beispiel an eine Welt ohne Aliens.

3. Glauben Sie nicht an Löffel!

Wenn Sie bis hierher gelesen haben, haben Sie wahrscheinlich was gelernt. Sie werden Aliens die Stirn bieten, die sich mit einer Flasche Sekt und einem Päckchen Tiefkühlpizza im Korb und einem freundlichen »Ich darf doch?« vor Sie in die Schlange drängeln wollen, während Sie schwitzend einen gewaltigen Einkaufswagen mit dem Wochenendeinkauf für eine vierköpfige Familie steuern. Sie sollten jetzt in der Lage sein, Emerald Bars zu erkennen, auch wenn sie den allerneuesten progressiv-alienistischen Anstrich tragen. Sie werden Schlüsselworte erkennen wie »Verantwortung«, »besser für uns alle«, »Anspruchsdenken«. Sie können Aliens und Zivilisten auseinandersortieren und sich entsprechend verhalten. Möglicherweise nehmen Sie manches in Ihren Maquis-Kontakten etwas leichter. Und vielleicht denken Sie darüber nach, ob Sie nicht das Geld für Ihre Therapie sparen und lieber ein paar Aliens aus Ihrem Leben entfernen sollten.

Aber wie geht es weiter? Sie wissen, daß der Alienismus keine Lösung ist, aber sein blankes Gegenteil auch nicht (wegen der Fearful Symmetry). Sie wissen, daß Krisen interessant sind, aber daß es nur so schnell weitergeht, wie der Maquis sich weiterentwickelt. Und Sie wissen, daß das neue Versprechen, die Befreiung von den Aliens und vom Alienismus, ein selbstähnliches Konzept ist, das auf den verschiedensten Ebenen – im Großen und im Kleinen, extern und intern, im Zurückdrängen des Alienismus und im Aufbau einer weniger alienistischen sozialen Welt – den gleichen Prinzipien folgt.

Diese Prinzipien müssen nicht erfunden werden. Man kann sie suchen und sehen; man findet sie in der Realität des Maquis, seinen Ideen und Praktiken. Dort bilden sie sich heraus. Machen Sie sich auf den Weg, studieren Sie diese Prinzipien und wenden Sie sie an. Suchen Sie nach der Politik der Autonomie. Befassen Sie sich mit freier Kooperation. Lassen Sie sich nicht vom Bewegungskater der Veteranen aufhalten. Denken Sie nach und lernen Sie. Die Zeit läuft.

In einer Szene in »Matrix«, auf die uns Laclau unter dem Stöhnen der Umsitzenden noch mal besonders aufmerksam machte, sitzt ein Junge in der Wohnung des »Orakels« und biegt Löffel. Er scheint es durch Telepathie zu tun, aber er erklärt Neo, daß es keine übernatürlichen Fähigkeiten sind, die er anwendet. »Versuchen Sie nicht, den Löffel zu biegen. Denken Sie daran: Es gibt keinen Löffel!« Als Neo sich darauf konzentriert, schafft er es ebenfalls. Später, als die Ereignisse sich in Richtung auf den Showdown überschlagen und es sehr eng wird für Neo und Trinity, schließt Neo die Augen und wiederholt sich die Formel: »Es gibt keinen Löffel!«

Auch Sie wissen jetzt, warum es keinen Löffel gibt. Nach den Gesetzen des Alienismus ist die Herrschaft der Aliens unzerstörbar. Sie ist vernünftig, sie ist selbstverständlich. Sie scheitert nicht an internen Widersprüchen oder Baufehlern. Ihre Löffel sind unverbiegbar. In der alienistischen Welt erscheinen die Regeln, die die Aliens aufstellen, als Naturgesetze – alle ihre Sozialwissenschaften lehren das. Wenn man jedoch nicht mehr an diese Selbstverständlichkeit glaubt, wenn man seine Sichtweise verändert und die Idee der Emanzipation zu denken wagt, werden die Gesetze als Regeln erkennbar, und sie bekommen Sprünge. Die sozialen Bewegungen und die PMKs der Rebellen sind in ihren Handlungen und ihrer Entwicklung nicht mehr hundertprozentig den Gesetzen der alienistischen Wissenschaft unterworfen, weil sie nicht an die Regeln der Aliens glauben. Sie können nicht alle Regeln brechen, aber einige.

Wie viele Regeln Sie brechen können, hängt vom Fortschritt der sozialen Bewegungen und von der Auseinandersetzung zwischen dem Imperium und den Rebellen ab, und beides wiederum davon, wie schnell sich der Maquis entwickelt. Sie werden merken, daß Sie an Orten und in Zusammenhängen, wo sich viele MaquisianerInnen befinden, mehr Regeln brechen können als anderswo. Noch herrschen allerdings die Aliens. Noch ist es nicht soweit, daß die Welt ohne Gesetze und ohne Kontrollen, die der Maquis ansteuert, die Oberhand gewinnen könnte. Bis es soweit ist: Glauben Sie nicht an Löffel!

Nachwort

Diesem Buch hätten etwas alienistischere Produktionsbedingungen hin und wieder gutgetan. Aber vermutlich wäre es dann weit verständnisvoller mit den Aliens umgesprungen und irgendwann zu einer Verteidigung des Alienismus übergegangen …

Was in diesen Kapiteln steht, beruht auf einer Menge *teaching*: durch die, deren Schriften in der Bibliothek des Maquis stehen; aber hauptsächlich durch die, mit denen ich lebe und arbeite. An einige möchte ich eine persönliche Danksagung loswerden:

An Claude, für endlose Diskussionen und fürs Beharren auf Demokratiekritik; für gelbe Fenster und feministische Härte; für Kritik und Abenteuer und für alles andere. (»Things won't do without you / matter of fact.«)

An meine Alien-Group: Vivien Brit Busche, Alexander Bernhard und Kai Kaschinski. Ich mußte dieses Buch schreiben, um klarzustellen, daß es *Arbeitszeit* ist, die wir im Kino und vorm Videorecorder verbringen. An Vivien auch für die ständige Nutzung des Kiwi-Space-Archivs und an Alex für die Berichte von der Alien- und Dr.-Röppel-Front.

An die Redaktion der *alaska*, das große Mutterschiff im Hintergrund, das seiner Zeit voraussegelt: Iris Bockermann, Bernd Hüttner, Kai und Claude.

An Frank Trümper, für Stil und Visionen.

An Klaus Pranger, den *Blade Runner*, der jeden Satz und jeden Gedanken in diesem Buch einem unnachsichtigen Voigt-Kampff-Test unterzogen hat.

An die ZuhörerInnen auf der Volksuni Berlin '97, an Johannes Weigel, Bettina Stang und Gero von Randow, die alle zusammen schuld sind, daß es zu diesem Buch gekommen ist.

To Uche Nduka, for encouragement, friendship and experience.

An Armin Stickler für *Morphing Zone*.

An die Patinnen und Paten in Bielefeld: Annette, Barnim und Christiane.

An Renée, für ihre unerschütterliche Coolness, für gemeinsames morgendliches »Akte X«-Schauen und für selbstbewußten Babyismus.

An die Studentinnen und Studenten in meinen Seminaren, für Geduld und Neugier, für Kaffeetrinken und Babytoleranz und für kreativen Input.

Und an alle Aliens, die mir Modell gestanden haben.

Filme

Akte X: Der Film (Fight the Future). USA 1998. Regie: Rob Bowman.

Alien 1. Großbritannien 1979. Regie: Ridley Scott.

Alien 2. USA 1986. Regie: James Cameron.

Alien 3. USA 1991. Regie: David Fincher.

Alien 4. USA 1997. Regie: Jean-Pierre Jeunet.

Blade. USA 1998. Regie: Stephen Norrington.

Blade Runner. USA 1982. Regie: Ridley Scott.

Die Dämonischen. USA 1956. Regie: Don Siegel.

Hackers. USA 1996. Regie: Iain Softley.

Mars Attacks. USA 1996. Regie: Tim Burton.

Matrix. USA 1999. Regie: Andy und Larry Wachowski.

Mean Guns. USA 1997. Regie: Albert Pyun.

Nixon. USA 1995. Regie: Oliver Stone.

Scream. USA 1996. Regie: Wes Craven.

Scream 2. USA 1998. Regie: Wes Craven.

She's having a baby. USA 1988. Regie: John Hughes.

Sie leben. USA 1988. Regie: John Carpenter.

Star Wars. USA 1976. Regie: George Lucas (»Episode IV«).

Star Wars: Das Imperium schlägt zurück. USA 1979. Regie: Irvin Kershner (»Episode V«).

Star Wars: Die Rückkehr der Jedi-Ritter. USA 1983. Regie: Richard Marquand (»Episode VI«).

Star Wars: Die dunkle Bedrohung. USA 1999. Regie: George Lucas (»Episode I«).

Strange Days. USA 1995. Regie: Kathryn Bigelow.

Terminator 2: Judgement Day. USA 1991. Regie: James Cameron.

Titanic. USA 1997. Regie: James Cameron.

Tödliche Weihnachten. USA 1996. Regie: Renny Harlin.

Die Unbestechlichen. USA 1976. Regie: Alan J. Pakula.

Fernsehserien

Akte X. 6 Staffeln. USA 1993 ff. Idee und Produktion: Chris Carter.

Star Trek. USA 1966–1969. Idee und Produktion: Gene Roddenberry.

Star Trek – The Next Generation. USA 1987–1994.

Star Trek – Deep Space Nine. USA 1993 ff.

Star Trek – Voyager. 1995 ff.

Literatur

Unerläßlich beim Verfassen dieses Buches waren solide Nachschlagewerke wie der dtv-Atlas zur Weltgeschichte, das Heyne-Lexikon des Science-Fiction-Films, sowie diverse CD- und Online-Lexika; die Websites zu »Akte X«, »Star Trek«, »Star Wars« usw.; das CD-ROM-Archiv der *taz* und von *Le Monde Diplomatique*; immer die Fischer Weltgeschiche; sowie die Informationen gutinformierter Freundinnen und Freunde. Die folgende Literaturliste kann nicht alles wiedergeben, was informativ oder einflußreich war. Es handelt sich um eine praktisch orientierte Auswahl dessen, was hauptsächlich benutzt wurde, zum Weiterlesen geeignet ist oder zitiert wurde.

Kapitel I.1

Albert Camus: *Gesammelte Erzählungen.* Reinbek 1966.
Iyamidé Hazeley: »Political Union«. In: Margaret Busby (Hrsg.): *Daughters of Africa.* London 1993.
Ernst Toller: *Hoppla, wir leben!* Stuttgart 1980.

Kapitel I.2

Andreas Kasprzak: *Hinter den Kulissen von Akte X. Alle 5 Staffeln auf einen Blick.* München 1998.
Brian Lowry: *Akte X – Die Wahrheit ist irgendwo dort draußen. Das offizielle Kompendium.* Köln 1996.
Ders.: *Akte X – Vertrauen Sie niemandem! Das offizielle Kompendium Band 2.* Köln 1997.
Andy Meisler: *Akte X – Leugnen Sie alles! Das offizielle Kompendium Band 3.* Köln 1998.
Guy Peellaert/Nik Cohn: *Rock Dreams.* München 1982.

Gayatri Spivak: *The Post-Colonial Critic. Interviews, Strategies, Dialogues.* New York 1990.

Kapitel II.1

Marilyn French: *Jenseits der Macht. Frauen, Männer und Moral.* Reinbek 1988.

Marielouise Janssen-Jurreit: *Sexismus. Über die Abtreibung der Frauenfrage.* Frankfurt/Main 1979.

Joseph Ki-Zerbo: *Die Geschichte Schwarz-Afrikas.* Frankfurt/Main 1981.

Richard Lorenz: *Sozialgeschichte der Sowjetunion I. 1917–1945.* Frankfurt/Main 1976.

Erhard Lucas: *Märzrevolution 1920.* 3 Bände. Frankfurt/Main 1970 ff.

Jürgen Osterhammel (Hrsg.): *Asien in der Neuzeit. 1500–1950.* Frankfurt/Main 1994.

Gert v. Paczensky: *Weiße Herrschaft. Eine Geschichte des Kolonialismus.* Frankfurt/Main 1979.

Angel Rama (Hrsg.): *Der lange Kampf Lateinamerikas. Texte und Dokumente von José Martí bis Salvador Allende.* Frankfurt/Main 1982.

Gert Raeithel: *Geschichte der nordamerikanischen Kultur.* 3 Bände. Frankfurt/Main 1995.

Dietmar Rothermund: *Delhi, 15. August 1947. Das Ende kolonialer Herrschaft.* München 1998.

Das Titanic-Desaster. CD. o.O, o.J.

Kapitel II.2

Stéphane Courtois/Nicolas Werth/Jean-Louis Panne u.a.: *Das Schwarzbuch des Kommunismus.* München 1998.

Mihran Dabag/Kristin Platt (Hrsg.): *Genozid und Moderne. Strukturen kollektiver Gewalt im 20. Jahrhundert.* Opladen 1998.

Heinz Dieterich: »Ironien der Weltgeschichte. Strukturparallelen zwischen Nazi-Lebensraum und Erster/Dritter Welt heute«. In: Bruno Höfer/Heinz Dieterich/Klaus Meyer (Hrsg.): *Das Fünfhundertjährige Reich. Emanzipation und lateinamerikanische Identität 1492–1992*. Bonn 1990.

Gunnar Heinsohn: *Lexikon der Völkermorde*. Reinbek 1998.

Klaus Theweleit: *Männerphantasien*. 2 Bände. Reinbek 1980.

Wolfgang Wippermann: *Europäischer Faschismus im Vergleich (1922–1982)*. Frankfurt/Main 1983.

Kapitel II.3

Forrest J. Ackerman: *Science Fiction*. Köln 1998.

Allan Asherman: *The Star Trek Compendium. The Complete Reference Book*. London 1987.

Isaac Asimov: *Außerirdische Zivilisationen*. Köln 1981.

Philip K. Dick: *Kosmische Puppen und andere Lebensformen*. München 1986.

Ders.: *The Shifting Realities of Philip K. Dick. Selected Literary and philosophical writings*. New York 1995.

Jim Dilettoso/Lt. Col. Wendelle Stevens: *UFO-Begegnungen*. CD. o.O. 1993.

Milovan Djilas: *Die Neue Klasse. Eine Analyse des kommunistischen Systems*. München 1958.

Das Ende des sowjetischen Entwicklungsmodells. Beiträge zur Geschichte der sozialen Konfrontationen mit dem sozialistischen Akkumulationskommando (Materialien für einen neuen Antiimperialismus 4). Berlin 1992.

Gustavo Esteva: *Fiesta – jenseits von Entwicklung, Hilfe und Politik*. Wien 1992.

Paul Halpern: *Löcher im All. Modelle für Reisen durch Zeit und Raum*. Reinbek 1997.

Herbert Marcuse: *Der eindimensionale Mensch. Studien zur Ideologie der fortgeschrittenen Industriegesellschaft*. Darmstadt 1967.

Maria Mies: *Kapital und Patriarchat. Frauen in der internationalen Arbeitsteilung*. Zürich 1989.

Michael Morris/Kip Thorne: »Wormholes in Spacetime and Their Use for Interstellar Travel. A Tool for Teaching General Relativity«. In: American Journal of Physics, Nr. 56, 1988.

Martin Pabst: *Südafrika.* München 1997.

Christian Pfister (Hrsg.): *Das 1950er Syndrom. Der Weg in die Konsumgesellschaft.* Bern 1995.

Wolfgang Sachs (Hrsg.): *Wie im Westen, so auf Erden. Ein polemisches Handbuch zur Entwicklungspolitik.* Reinbek 1993.

Carsten Schütz: *The Trek Generation. Der Online-Guide für Star-Trek-Fans.* Düsseldorf 1997.

Herbert F. Solow/Robert H. Justman: *Star Trek. Die wahre Geschichte.* München 1998.

Elke Tashiro/Jannes K. Tashiro: *Hiroshima. Menschen nach dem Atomkrieg.* München 1982.

Matt Visser: »Traversable Wormholes from Surgically Modified Schwarzschild Spacetimes«. In: *Nuclear Physics,* B328, 1989.

Kapitel II.4

Neville Alexander: »Sozialismus in Südafrika. Die Phasen des nationalen Befreiungskampfs«. In: *Die Beute,* Nr. 14, Heft 2/1997.

Claudia Bernhard: »Kritik der historischen Demokratie«. In: Schwertfisch (Hrsg.): *Zeitgeist mit Gräten. Politische Perspektiven zwischen Ökologie und Autonomie.* Bremen 1997.

Jochen Hippler (Hrsg.): *Demokratisierung der Machtlosigkeit. Politische Herrschaft in der Dritten Welt.* Hamburg 1994.

Herbert Marcuse: »Repressive Toleranz«. In: ders.: *Schriften.* Band 8. Frankfurt/Main 1984.

Modelle für ein deutsches Europa. Ökonomie und Herrschaft im Großwirtschaftsraum (Beiträge zur nationalsozialistischen Gesundheits- und Sozialpolitik 10). Berlin 1992.

Sylvia Plath: *Collected Poems.* London 1981.

Leslie Sklair: *Sociology of the Global System.* London 1995.

Kapitel III.1

Ann Anders (Hrsg.): *Autonome Frauen. Schlüsseltexte der neuen Frauenbewegung.* Frankfurt/Main 1988.

Claudia Bernhard: *1968 – Die Neue Frauenbewegung. Der Beginn einer Standortbestimmung des Feminismus zwischen Autonomie und Klassenkampf.* Augsburg 1989 (Ms.).

Oliver Demny: *Die Wut des Panthers. Die Geschichte der Black Panther Party.* Münster 1996.

Frantz Fanon: *Black Skin, White Masks.* London 1986.

Ben Fowkes: *Aufstieg und Niedergang des Kommunismus in Osteuropa.* Mainz 1994.

Ruth Frankenberg (Hrsg.): *Displacing Whiteness. Essays in Social and Cultural Criticism.* Durham, NC, 1997.

Paul Gilroy: *The Black Atlantic. Modernity and Double Consciousness.* London 1993.

Sarah Hoagland: *Die Revolution der Moral. Neue lesbisch-feministische Perspektiven.* Berlin 1991.

Elmar Kraushaar (Hrsg.): *Hundert Jahre schwul. Eine Revue.* Berlin 1997.

Audrey Lorde/Adrienne Rich: *Macht und Sinnlichkeit. Ausgewählte Texte.* Berlin 1983.

N. Barney Pityana u.a. (Hrsg.): *Bounds of Possibility. The Legacy of Steve Biko and Black Consciousness.* Kapstadt 1991.

Lutz Schulenburg (Hrsg.): *Das Leben ändern, die Welt verändern! 1968 – Dokumente und Berichte.* Hamburg 1998.

Paco Ignacio Taibo II: *1968. Gerufene Helden – Ein Handbuch zur Eroberung der Macht.* Hamburg 1997.

Veronika Bennholdt-Thomsen: »Die Ökologiefrage ist eine Frauenfrage. Zum Zusammenhang von Umweltzerstörung, Kapitalakkumulation und Frauenverachtung«. In: *beiträge zur feministischen theorie und praxis* Nr. 19. Köln 1987.

Veronika Bennholdt-Thomsen/Maria Mies: *Eine Kuh für Hillary. Die Subsistenzperspektive*. München 1997.

Janet Biehl: *Der soziale Ökofeminismus und andere Aufsätze*. Grafenau-Döffingen 1991.

Steve Biko: *I Write What I Like*. Oxford 1978

Murray Bookchin: *Die Ökologie der Freiheit. Wir brauchen keine Hierarchien*. Weinheim 1985.

James E. Brooks/Craig Reid: »Matrix«. In: *Xposé*, Nr. 15, 1999.

Iain Chambers/Lidia Curti (Hrsg.): *The Post-Colonial Question. Common Skies, Divided Horizons*. London 1996.

Glenn Jordan/Chris Weedon: *Cultural Politics. Class, Gender, Race and the Postmodern World*. Oxford 1995.

Detlev Hartmann: *Leben als Sabotage. Zur Krise der technologischen Gewalt*. Göttingen 1988.

Joachim Hirsch: *Kapitalismus ohne Alternative? Materialistische Gesellschaftstheorie und Möglichkeiten einer sozialistischen Politik heute*. Hamburg 1990.

Bell Hooks: *Sehnsucht und Widerstand. Kultur, Ethnie, Geschlecht*. Berlin 1996.

Dies.: *Black Looks. Popkultur, Medien, Rassismus*. Berlin 1994.

Bernd Hüttner/Christoph Spehr: »Befreiungstheorien im Elchtest. Welches Modell sollten Sie kaufen?« In: *Forum Wissenschaft*, Heft 3/98, Juli 1998.

Ernesto Laclau: »Beyond Emancipation«. In: ders.: *Emancipation(s)*. London 1996.

Libreria delle donne di Milano: *Wie weibliche Freiheit entsteht. Eine neue politische Praxis*. Berlin 1988.

Amy Linden: »Rock Mom«. In: Evelyn McDonnell/Ann Powers (Hrsg.): *Rock She Wrote. Women Write about Rock, Pop, and Rap.* New York 1995.

Catherine MacKinnon: »Feminismus, Marxismus, Methode und der Staat. Ein Theorieprogramm«. In: Elisabeth List/Herlinde Studer (Hrsg.): *Denkverhältnisse. Feminismus und Kritik.* Frankfurt/Main 1989.

Anja Meulenbelt: *Scheidelinien. Über Sexismus, Rassismus und Klassismus.* Reinbek 1988.

Maria Mies/Vandana Shiva: *Ökofeminismus. Beiträge zur Praxis und Theorie.* Zürich 1995.

Janice G. Raymond: *Frauenfreundschaft. Philosophie der Zuneigung.* München 1987.

Myriam Szejer: *Platz für Anne. Die Arbeit einer Psychoanalytikerin mit Neugeborenen.* München 1998.

Klaus Viehmann: »Drei zu Eins – Klassenwiderspruch, Rassismus und Sexismus«. In: *Metropolen(gedanken) und Revolution. Texte zur Patriarchats-, Rassismus-, Internationalismusdiskussion.* Berlin 1991.

Wohlfahrtsausschüsse (Hrsg.): *Etwas Besseres als die Nation. Materialien zur Abwehr des gegenrevolutionären Übels.* Berlin 1994.

Michaela Wunderle (Hrsg.): *Politik der Subjektivität. Texte der italienischen Frauenbewegung.* Frankfurt/Main 1977.

Kapitel IV.1

Louis Althusser: *Für Marx.* Frankfurt/Main 1968.

Ti-Grace Atkinson: *Amazonen Odyssee.* München 1978.

Iris Bockermann: »Fit fürs Leben. Zwischen Anschlußfähigkeit und Autonomie«. In: *alaska,* Nr. 221, 1998.

BUND/Misereor (Hrsg.): *Zukunftsfähiges Deutschland. Ein Beitrag zu einer global nachhaltigen Entwicklung.* Basel 1995.

Maivân Clech Lâm: »Feeling Foreign in Feminism«. In: *Forum entwicklungspolitischer Aktionsgruppen,* Nr. 185/186, 1994.

Christoph Gesang: *Alternativprojekte zwischen Nachhaltigkeit und Herrschaftskritik*. Bremen 1998.

Jürgen Habermas: »Bestialität und Humanität. Ein Krieg an der Grenze zwischen Recht und Moral«. In: *Die ZEIT* 18/1999.

Ders.: *Vorstudien und Ergänzungen zur Theorie des kommunikativen Handelns*. Frankfurt/Main 1986.

Samuel Huntington: *Der Kampf der Kulturen. The Clash of Civilizations. Die Neugestaltung der Weltpolitik im 21. Jahrhundert*. München 1997.

Kai Kaschinski: »Expo, Biopolitik und Herrschaft. Widerstand und gesellschaftliches Naturverhältnis«. In: *alaska*, Nr. 228, 1999.

Niklas Luhmann: *Protest. Systemtheorie und soziale Bewegungen*. Frankfurt/Main 1996.

Nachbarn in Einer Welt. Der Bericht der Kommission für Weltordnungspolitik. Bonn 1995.

John Rawls: *Eine Theorie der Gerechtigkeit*. Frankfurt/Main 1979.

Armin Stickler/Christoph Spehr: »Morphing Zone. Nachhaltigkeit und postmodernes Ordnungsdenken«. In: Andreas Foitzik/Athanasios Marvakis (Hrsg.): *Tarzan – was nun? Internationale Solidarität im Dschungel der Widersprüche*. Hamburg 1997.

Kapitel IV.2

Roger Burbach/Orlando Nunez/Boris Kagarlitsky: *Globalization and its Discontents. The Rise of Postmodern Socialisms*. London 1997.

Anke Kuper: *Auskommen ohne Einkommen. Leben in der Bergbausiedlung Uis in Namibia*. Frankfurt/Main 1995.

Richard Douthwaite: *Short Circuit. Strengthening Local Economies for Security in an Unstable World*. Dublin 1996.

Franz Everschor: »Cyberpunkt und Jedi-Ritter. Spiegelbilder einer verunsicherten Welt«. In: *Filmdienst* Nr. 13, 1999.